SIEBENHÖFEN

1
Im eigenen Reich

Ein lauer Wind aus Böhmen bringt den Schnee zum Schmelzen. Von Süden her hat er dem Gebirge das winterliche Weiß gestohlen und Bäumen und Sträuchern den Lebenssaft in die Zweige getrieben. Zwei Wochen nach dem Osterfest färbten sich am Sonnenhang von Drebach deren Spitzen grün. In den Gärten blühten die Krokusse. Im Erzgebirge hatte der Frühling begonnen.

Der Hahn kräht. Auf dem Hof von Steinmetzmeister Steiner beginnt der Tag. Carl, der jüngste Sohn, reibt sich die Augen und starrt ins Dunkel.

Als ein Morgenschimmer durch die Fenster auf sein Bett kroch, wurde allmählich der Raum erkennbar, der ihn umgab. Es war nicht der, in dem er bislang am Morgen die Augen aufschlug. Es war nicht seine kleine Kammer, die ihm der Vater vom Bodenraum abgetrennt hatte. Sie war schmal und hatte nur ein winziges Fenster in einer kleinen Gaube. Gegenüber von ihr war eine Bretterwand mit einer hölzernen, braunen Tür, auf die er bislang vom Bett aus sehen konnte. Er sah sie nicht. Auch nicht seine kleinen Zeichnungen, mit denen er die dünne Bretterwand verschönert hatte. Mit einem Blick darauf war er abends stets eingeschlafen und am nächsten Tag wieder erwacht. Sie waren ihm ans Herz gewachsen, wie anderen Jungen selbst gebautes Spielzeug. Wo waren die Wand und die Zeichnungen geblieben?

Nun blickte er beim Erwachen auf zwei große Fenster. Mehr und mehr füllten sie sich mit Licht. Er erkannte den Tisch vor den Fenstern und den Schrank an der Wand und wusste nun, dass er sich im Zimmer seines Bruders Friedrich den Schlaf aus den Gliedern schüttelte. Schon einmal hatte sein Bett hier gestanden, aber daneben auch das seines vier Jahre älteren Bruders. Als der zum jungen Mann heranwuchs, konnte er Carls nächtliche Nähe nicht mehr ertragen. Er stänkerte gegen den Jüngeren und der schoss kleine

Giftpfeile mit gespitzten Lippen zurück. So blieb dem Vater nur übrig, die beiden zu trennen und Carl ein eigenes Domizil zu schaffen. Das Gemecker der Söhne war damit beendet. Ein kurzer Frieden folgte. Carl hatte den kleinen Raum »mein kleines Verlies« getauft, denn er war nur wenig breiter als das Bett. Aber es gab die gerade Wand aus Brettern, die nach Leinöl rochen und bis zur Dachschräge reichten. Darin war am Ende des schmalen Bettes die Gaube eingeschnitten. Das Bett stand direkt an der niedrigen Außenwand. Im Sommer konnte das Licht aus dem Fenster wenigstens Carls nackte Füße erreichen. Doch was vor dem Fenster stattfand, sah er nicht. Er konnte es nur ahnen: Sonnenschein, trübes Wetter, helle bis tiefschwarze Nächte, je nachdem, wie gut es Sonne, Mond, Sterne und die Wolken mit der Erde meinten. Geräusche von draußen weckten seine Fantasie schon eher. Vogelgezwitscher und Taubengurren bedeuteten einen schönen Tag, trommelnder Regen ans Fenster einen schlechten. Gekrächze von Krähen kündigte den Winter an. Sturmgeheul ließ nichts Gutes ahnen. Nachts hörte Carl den Kauz und gelegentlich Haushund Raul, der bellte, wenn Füchse und Marder in die Nähe des Federviehs kamen. Vor Wölfen musste sich hier keiner mehr fürchten. Die Flinten der Jäger hatten sie bis in die schier endlosen Wälder auf dem Erzgebirgskamm und ins Böhmische vertrieben.

Im Sommer war es im Verlies heiß. An Schlaf war dann nur selten zu denken und Carl lief, das auch mitten in der Nacht, die schmale Bodenstiege und dann die breite Treppe zum Hausflur hinab. Nackt stieg er in den großen steinernen Wassertrog, der wohl schon ewig neben der Haustür stand.

Eine Quelle hinter dem Haus versorgte den Trog ständig mit frischem Wasser. Im Sommer war das für die Steinerbrüder ein kühles Labsal, und im Winter ließ ihr Vater die Weihnachtskarpfen aus dem Gutsteich darin schwimmen, mit Brettern vor Raubzeug und Frost geschützt. Einige Tage vor dem Fest fing sie Mutter Steiner mit einem Kescher für den Kochtopf ein. Dann war schon tiefer Winter und Carl ging mit zwei übereinandergezogenen Wollsocken ins Bett. Seinen Körper bedeckten ein dickes Nachthemd und eine gestrickte Weste. Auf seiner Strohmatratze lag zusätzlich eine Wolldecke und auf ihm ein weiteres dickes Federbett. Eine Wollmütze, wie sie die Mutter allen Kindern und auch für sich und den Vater gestrickt hatte, schützte in kalten Winternächten den Kopf bis zur Stirn und ein dicker langer Schal Hals, Mund und Nase. Dazwischen konnte Carl mit den Augen herausblinzeln wie ein Ritter aus seiner eisernen Rüstung und die kleinen Härchen in seiner Nase waren häufig durch Eis wie mit Kleister zusammengeklebt. Schutz vor der Kälte war fast an jedem Wintertag nötig, denn in Drebach, wohin die Steiners vier Jahre zuvor gezogen waren, herrschte vom späten Herbst bis hinein ins Frühjahr weit häufiger Frost als im Dorf Pleißa, wo Carl geboren wurde und zwölf Jahre wohnte, bis die Familie auf einen Bauernhof in Drebach umzog. Sein Vater, der für den Landbaumeister Johann Traugott Lohse alle Steinmetzarbeiten ausführte, war dem Baumeister ins Gebirge gefolgt, als dieser große Aufträge für Kirchen und Spinnmühlen in Orten südlich von Chemnitz erhielt. Das war im Jahr 1808 gewesen. Carl konnte sich an das Jahr erinnern, da er in Pleißa in der Dorfschule noch die sechste Klasse abschloss. In Pleißa lag Steiners Wohnung gut geschützt durch Bäume und Buschwerk in einer Mulde. In Drebach stand ihr Haus schutzlos an einem Hang, wenn eisiger Wind aus der Richtung der aufgehenden Sonne von Osten kam. Dafür erreichte die wärmende Sonne das Gutshaus viel eher als die Häuser, die bergab im schattigen Tal lagen. Dass im Winter in den Bergen die Sonne schien, war allerdings seltener. Viel häufiger verdeckten sie mächtige, mit Schnee beladene Wolken. Wenn der nach unten fiel, war Steiners Hof bald wie eine Wanne mit weißen Flocken gefüllt, und lange Eiszapfen reichten von den Dachrinnen zu ihnen hinab. Das Eis war besonders in Winternächten Carls schlimmster Feind, denn wenn sein warmer Atem die niedrige Wand, an der das Bett stand, erreichte, dauerte es nicht lange, bis der auf dem Putz zu Eis gefror. Dann stieg Neid in Carl auf, wenn er daran dachte, dass das Bett seines älteren Bruders Friedrich nebenan in der Dachstube mit dem Kopf zur warmen Innenwand neben dem Schornstein stand. Nun durfte er wieder in der Dachstube schlafen und sie gehörte ihm jetzt allein. Friedrich hatte am Tag zuvor das Elternhaus verlassen. Seinem Vater war es gelungen, Baumeister Lohse von den Fähigkeiten seines älteren Sohnes als guten Handwerker und Organisator der Werkstattarbeit zu überzeugen. Der Baumeister hatte das mit großem Interesse gehört, denn er war inzwischen zu einem hochgelobten Mann geworden und mit vielen Bauaufgaben betraut, die ihm mehr Zeit nahmen, als ihm lieb war. Zugleich schufen sie ihm große Herausforderungen, die er mit stets neuen Ideen lösen wollte. In Grünhain, das nach Süden hinter drei Bergrücken lag, stellte er mit seinen Leuten gerade die neue Stadtkirche fertig und nördlich von Geyer in Erfenschlag eine neue Spinnmühle. Steiners Steinmetzwerkstatt lieferte für beide Gebäude die Gewände für Türen und Fenster. Ebenso fertigte sie aus rotem Porphyr die runden Sockelsteine und die oberen Abschlüsse der aus Bruchsteinen gemauerten runden Säulen, wodurch Kirche und Fabrik eine monumentale Wirkung erlangten. Diese Säulen fügte der Baumeister seit einigen Jahren an den Gebäudeecken ein, um die hoch aufragenden Wände zu stützen und die Lasten der ungewöhnlich hohen Dächer in den Baugrund zu leiten. Keiner machte es ihm nach.

Meister Lohse war jedoch mit seinen vielen Aufgaben in die Jahre gekommen. Zunehmend fiel es ihm schwerer, wie ein Junger die Baugerüste zu erklimmen. Als sein Steinmetzmeister ihm seinen Sohn als Helfer anbot, zögerte er dann nicht lange, das Angebot anzunehmen. Meister Steiner war froh, für Friedrichs Zukunft das Bestmögliche getan zu haben. Carl war sich sicher, dass Friedrich nicht wieder ins Elternhaus zurückkehren würde, denn er hatte bereits im Rittergut zu Geyer zwei kleine Zimmer für sich gefunden.

Carl dachte auch über seine Schwester Beate nach. Sie war schon seit einiger Zeit aus dem Elternhaus weggezogen und in Geringswalde verheiratet. Weder Bruder noch Schwester würden sich zukünftig mit ihm um die Dachstube streiten.

Die Aufregung vor dem heutigen Tag hatte den Schlaf von Steiners Jüngstem erheblich verkürzt. Der Hahn hatte zwar gekräht, doch es würde noch dauern, bis die Mutter rief, dass der Malzkaffee auf dem Tisch steht.

Im dämmrigen Licht sah sich Carl im Dachzimmer um: weiße Wände und grün bemalte Möbel. Außer einem Schrank und Tisch gab es noch zwei Stühle und eine Kommode, auf der ein Wasserkrug und eine Waschschüssel standen. Kein Bild hing an der Wand, nur ein Kranz getrockneter Blumen und ein Kreuz.

Im Gegensatz zu Mutter Steiner und Tochter Beate waren die Männer bei Steiners nicht besonders gläubig. Sie hatten vor allem ihre Arbeit im Kopf und für Gott war nur sonntags beim Kirchgang ein freier Platz. Für die übrige Zeit reichte Friedrich dieses hölzerne Kreuz. In Carls altem »Verlies« gab es nicht einmal ein Kreuz und keinen Tisch, auf dem ein Gebetbuch hätte liegen können. Dafür hatte sich die Bretterwand immer mehr mit seinen Zeichnungen gefüllt.

Mit dem Zeichnen hatte Carl begonnen, als die Familie nach Drebach gezogen war. Gegenstände in Haus und Werkstatt, Tiere, Häuser im Dorf sowie die Wälder, Felder und Berge, die das Elternhaus umgaben, wurden dabei auf Papier festgehalten.

Vor dem Umzug ins Gebirge hatte er noch nicht gezeichnet, was ihn interessierte, doch mit scharfen Blicken beobachtet, was ihn umgab: das Dorf Pleißa sowie Schloss und Park Wolkenburg. Wie zum Anfassen konnte er durch die in seinem Kopf gespeicherten Bilder spazieren gehen.

In Pleißa war die Steinmetzwerkstatt seines Vaters ein Teil des Bauhofs von Johann Traugott Lohse, der dort seit einigen Jahren seinen Sitz hatte. Er baute für Fabrikanten, Kaufleute und Kirchgemeinden rings um Chemnitz.

Carls Vater hatte die Werkstatträume gemietet und arbeitete darin auf eigene Rechnung. Er war deshalb ein freier Mann und stand nicht – wie die Gesellen des Baumeisters – bei diesem in Lohn und Brot. Meister Steiner schuf alle Bauteile, die ins Mauerwerk der neuen Gebäude zum Schmuck und auch als tragende Teile eingesetzt wurden. Der Landbaumeister hatte sie konzipiert. Die Formen der schmückenden Elemente überließ er seinem Steinmetz.

Auf Lohses Bauhof war außer an Sonn- und Feiertagen immer Lärm wie auf einer großen Baustelle. Sägen, Hämmern und krachende Geräusche, wenn Steine abgekippt und Hölzer gestapelt wurden. Die laute Kommandostimme des Baumeisters und das Fluchen der Maurergesellen, wenn etwas nicht richtig voranging, mischten sich häufig dazwischen.

Wenn Steiners Kinder Ruhe haben wollten, mussten sie weit hinaus in die Felder laufen. Vor ihnen breitete sich dann bergab das flache Land aus, hinter dem eine berühmte Stadt lag, von der Carl damals nur wusste, dass sie Leipzig genannt wurde. Von Steiners hatte nur der Vater diese Stadt gesehen. Das war in den beiden Jahren seiner Wanderschaft, als er noch Maurergeselle war und in Leipzig beim Umbau eines großen Handelshauses mithelfen konnte. Vater Steiner erzählte in der Familie nichts darüber, denn sein Lehrmeister in Wolkenburg hatte ihm wenig beibringen können, und so wurden die Monate in Leipzig für ihn eine harte zweite Lehrzeit, an die er nicht gern zurückdachte. Carl allerdings erfuhr vom Vater in wenigen Worten, wie er zu seinem heutigen Beruf kam, in dem nun auch seine beiden Söhne eine Lehre absolviert hatten: Er hatte bei der Arbeit in Leipzig entdeckt, dass es ihm weitaus mehr Freude bereitete, mit Eisen und Schlegel den weichen roten Stein zu formen, der in Leipzig bei fast jedem größeren Haus verbaut wurde, als mit Kalkmörtel die schweren gebrannten Ziegel zu mauern und sich die Hände dabei aufzureißen.

Als er dann in die Heimat zurückkehrte und nahe Wolkenburg bei Baumeister Lohse in Pleißa Arbeit suchte, hatte er ihm auch von seiner Arbeit mit dem roten Porphyr erzählt. Unerwartet setzte er damit beim Meister einen Gedanken frei, der sein Leben in eine völlig neue Bahn lenkte. Der Landbaumeister stellte den Gesellen Steiner vor einen Block aus dem roten Stein, den es sehr ähnlich auch in einem Bruch in Hilbersdorf bei Chemnitz gab. Er drückte ihm einen Meißel und einen Schlegel in die Hand und sagte nur: »Zeige er, was er kann! Ich möchte eine gerade Kante sehen, die oben die Waage hält und nach unten lotrecht in die Tiefe führt.«

Meister Lohse hatte den jungen Gesellen mit dem Stein und dem Werkzeug dann für einige Zeit allein gelassen. Dem trat Schweiß auf die Stirn. Doch er gab sich einen Ruck und begann, sich der Aufgabe zu stellen. Bald waren alle Hemmungen verflogen, und als der Stundenzeiger eine Umdrehung gemacht hatte, stand der Baumeister wieder am Block, prüfte mit seinen Augen und Fingern die Arbeit und murmelte dabei vor sich hin. Das Gemurmel wandelte sich in Worte der Anerkennung und dann ging alles sehr schnell: Landbaumeister Johann Traugott Lohse schloss mit dem Maurergesellen Christian Carl Steiner einen Vertrag. Der war zweifach geschrieben und mit beiden Unterschriften wie eine Urkunde versehen. Das wurde zur Grundlage einer jahrelangen Zusammenarbeit. Meister Lohse hatte endlich einen Gesellen gefunden, der das Zeug hatte, die komplizierten Steinarbeiten, die er plante, auszuführen. Dafür musste dieser zwar noch einiges an handwerklichem Können dazulernen, aber das konnte in den Porphyrbrüchen in Hilbersdorf bei Chemnitz erfolgen. Deshalb führte nun der Weg des jungen Maurers aus Wolkenburg zu einer Ausbildung als Steinmetzmeister nach Hilbersdorf.

Carl wusste nichts über die Zeit des Vaters in Hilbersdorf, denn er wurde geboren, als sein Vater mit Anna Christine, der Tochter des Hilbersdorfer Steinmetzmeisters Bauer, als Ehefrau und den beiden Kindern Friedrich und Beate nach Pleißa gekommen war. Carl hatte sich vorgenommen, wenigstens von der Mutter einmal mehr über die Zeit vor seiner Geburt zu erfahren.

Als Carl kräftig genug war, um mit den Älteren auch längere Wege mitlaufen zu können, sah er etwas, das ihm nie wieder aus der Erinnerung schwinden sollte. Es war bei einem Sonntagsspaziergang mit Vater, Mutter, Friedrich und Beate. Die Steiners brachen von Pleißa aus nach Süden auf. In zwei Henkelkörben trugen sie einen verschlossenen Krug mit Quellwasser sowie Becher aus

Waldenburger Keramik und belegte Brote. Nur die Eltern kannten das Ziel der Wanderung; die Kinder sollten überrascht werden. Erst ging es die Landstraße nach Wüstenbrand bergauf, es folgte ein Weg durch hohen Wald und dann, als eine kleine Anhöhe erreicht war, wurde der Blick in Richtung der Mittagsonne frei. Steiners Kinder kamen aus dem Staunen nicht heraus.

Die Eltern nahmen sich und die Kinder bei den Händen und blickten der Sonne entgegen. Vor ihnen lag das Erzgebirge in aller Pracht, die es zu bieten hatte, bis es in der Ferne mit dem Himmel verschmolz.

Als sich eine Wolke vor die Sonne schob und ihre Strahlen steil nach unten fielen, färbten sich die Berge blau wie seltene Edelsteine und wirkten wie Scherenschnitte, die aus unterschiedlich blauem Papier hintereinander aufgeklebt waren. Besonders Carl bekam den Mund nicht wieder zu. Der Vater erklärte das Bild vor ihm: Links im Tal, von Bäumen verdeckt, befand sich Reichenbrand, das Dorf, in dem Meister Lohse mit Vaters Unterstützung die neue Kirche gebaut hatte. Rechts, auch hinter Bäumen versteckt, lagen die zwei zusammengewachsenen Städte Hohenstein und Ernstthal. Hier wurden – auch wie im Erzgebirge – Erze abgebaut, und es gab viele Strumpfwirker und Weber. Die gab es auch – wie der Vater erzählte – in den anderen Orten, die in den Tälern lagen und bis auf einige Kirchturmspitzen dem Blick verborgen blieben. Dahinter stiegen die Berge an. Sie waren schier endlos mit Wäldern bedeckt. Vater zeigte auf einen auffälligen Hügel: »Dort liegt Schneeberg und davor schlängelt sich der Fluss, der – weil er durch Zwickau fließt – die Zwickauer Mulde genannt wird.« »Durch Wolkenburg, wo die Großeltern wohnen, fließt die Mulde aber auch!«, stellte Friedrich fest.

»Recht hast du! Wie in Wolkenburg stehen an den Flussufern auf hohen Felsen viele Schlösser und Burgen. Sie stammen fast alle aus der Zeit des Kaisers Barbarossa, dem ›Rotbart‹, von dem du aus dem Schulunterricht wissen müsstest, wenn du dem Lehrer überhaupt zugehört hast!«

Heimatkunde war nicht Friedrichs Lieblingsfach. Ihn interessierte Rechnen und Naturkunde. Carl hatte zugehört, konnte aber keine Schlösser und Burgen entdecken. Er sah nur blaue Berge. Die staffelten sich nach hinten und einer saß auf ihnen wie ein Reiter mit Hut. »Das ist der Auersberg«, erklärte der Vater.

Carls Gedanken jagten in seinem neuen Zimmer in wenigen Augenblicken den Erinnerungen hinterher. Dass die Steiners wenige Jahre später mitten zwischen ihnen wohnen würden, ahnte damals keiner von ihnen.

Doch für Carl war dann die Zeit vorbei, in der er zu Ausflügen nach Wolkenburg aufbrechen konnte. Nur einmal im Jahr, meist im Sommer, war er noch für längere Zeit bei den Großeltern, wenn der Vater seine Eltern besuchte und ihn nach Wolkenburg mitnahm und dann wieder von dort abholte. Eine Fahrt dauerte fast einen ganzen Tag.

In Drebach hatte Meister Steiner ein kleines Bauerngut gekauft, die Felder verpachtet und in der Scheune seine Werkstatt eingerichtet. An einem Pfeiler des Hoftors befestigte er eine Steinplatte, in die er »Christian Carl Steiner – Steinmetzmeister« eingemeißelt hatte.

Die Ställe blieben für die beiden neu angeschafften Kutschpferde und Haustiere, die Milch, Eier und das Fleisch lieferten, so erhalten, wie die Eltern sie vorgefunden hatten. Für Heu und Stroh wurde nun der Dachraum darüber genutzt.

Bald hatte Carl herausgefunden, dass es in seinem neuen Umfeld durch die Berge und endlosen Wälder viel interessanter war als im Gebiet rings um Pleißa. Das hatte ihn verlockt, die neue Welt, in der er nun lebte, mit Stift, Feder und Pinsel festzuhalten. Die Geräte lieh ihm der Vater, der damit die Werkpläne für seine steinernen Bauteile schuf. Bei Carl waren es allerdings zunächst Schmetterlinge, Käfer, Blumen, Pilze, Beeren und Eidechsen, die er sich als Bildmotive wählte. Er hatte sie hinter dem Gutshof an der Böschung entdeckt, hinter der die meisten Felder von Drebach aneinandergereiht lagen. Bald stieg er den endlos langen Waldweg zwischen Feldern und Waldrand hinauf und konnte von oben über die Dächer der Bauern- und Leineweberhäuser bis zu den Wäldern hoch über dem Tal blicken, das die Zschopau in den Fels geschnitten hatte. Carl beobachtete die über den Feldern kreisenden Raubvögel, die nach Mäusen, kleinen Vögeln, aber auch nach jungen Feldhasen ausspähten und gelegentlich auch nach Federvieh, das von einem Bauernhof einen Ausflug unternommen hatte. Tiere und Pflanzen konnte Carl bald auf dem Papier festhalten. Bei Landschaften scheiterte er zunächst, bis ihm der Vater beibrachte, dass es nicht darauf ankäme, alle Einzelheiten, die an einem Weg liegen, aneinanderzureihen. Wichtiger sei es vielmehr darzustellen, dass sich ein Weg nach hinten verjüngt und alle Linien, die an einem Haus sichtbar werden, in Punkten zusammenlaufen. Carl übte und nach kurzer Zeit hatte er begriffen, was der Vater als Perspektive bezeichnete.

In Pleißa war Carl nicht auf die Idee gekommen, allein durch die Felder zu streifen. In seinen freien Stunden hatte er mit den Bauernjungen aus der Nachbarschaft herumgetobt. Hier in Drebach wohnten die Jungen in seinem Alter weiter unten im Dorf, während der Hof der Eltern sich am oberen Ende des Ortes befand. Von hier aus war es für Carl näher zur Schule von Herold, dem Bauerndorf, das hinter dem Berg lag, an dessen Sonnenhang sich das Gut der Steiners befand. In Herold hatte Carl die letzten beiden Schuljahre beendet. Inzwischen war er Lehrling beim Vater und bald sein Geselle.

Freunde fand Carl unter den Dorfjungs auch deshalb nicht, weil er ein Zugezogener war, dem eine Sprache über die Lippen kam, die deutlich anders klang als die in den Gebirgsdörfern Drebach und Herold.

Wie von einer Windbö getrieben waren Carls Erinnerungen an wichtige Orte und Ereignisse seiner Jugend an ihm vorbeigezogen, als er sich den Schlaf aus den Gliedern trieb. Nun stand bereits die Sonne im Fenster und schaute zu ihm herein.

Ihre Strahlen, die sich über den Bergrücken vor Wolkenstein nach oben schoben, hatten die Decke des Zimmers erreicht. Dann senkte sich das helle Licht an der Wand hinter dem Bettgiebel ab und vertrieb das Schattenreich, in dem Carl mit wachen Augen immer noch träumend lag. Das alles war vorbei, als ihn die Mutter mit lautem Klopfen aus den Gedanken riss: »Junge, hast du das Rufen nicht gehört? Ich rufe schon zum dritten Mal. Heiße Milch und Brot stehen auf dem Tisch. Dein Vater hat schon die Pferde angespannt und die Kutsche gepackt. Es wird höchste Zeit! Beeile dich!«

Zwei Treppen tiefer saßen die Eltern bereits am Tisch. Carl sprang vor die Tür, streifte sein Nachthemd ab und tauchte im großen Wassertrog unter. Das Wasser war frisch. Das tat gut. Dann trocknete er sich mit einem großen Tuch die Nässe vom Leib und zog frische, bereitgelegte Kleidung an – die zweitbeste, die er hatte und nicht den Sonntagsstaat, den er wie seine Augäpfel für festliche Anlässe hütete, und auch keine Arbeitssachen, denn zunächst sollte auf der neuen Baustelle, zu der sein Vater nun mit ihm fahren wollte, noch nicht gearbeitet werden. Baumeister Lohse und der Bauherr Evan Evans wollten ihr Vorhaben und die Bauarbeiten den dafür ausgewählten Handwerkern vorstellen.

Bald saß Carl neben den Eltern. Die Mutter betete, dankte Gott und bat ihn um Schutz für ihre Liebsten. Der Vater wünschte guten Appetit und ermahnte Carl, dass er sich auf der Baustelle beim großen Treffen benehmen solle: »Stell keine Fragen und höre einfach nur zu und ... vertrag dich mit Friedrich!«

Es gab keinen Widerspruch, denn auf dem Bau war Carl Vaters Lehrling und hatte sich zu fügen und Friedrich war seit gestern der neue Mitarbeiter des großen Baumeisters und musste sogar seinem Vater Anweisungen übermitteln.

2
Das Unglück

Carl war neugierig und konnte die Abfahrt kaum erwarten. Vater und Mutter hatten die Sitze der Kutsche so vollgepackt, dass für ihren Sohn nur noch ein Platz mittendrin auf der Rückbank blieb. Das verleitete Carl zu einer frechen Frage: »Geht's zum Wochenmarkt, sollen wir das alles dort verkaufen?«

»Meckere nicht, das ist alles für deinen Bruder: Sachen aus seinem Zimmer und Essen für die nächsten Tage.«

»Immer alles für Friedrich«, knurrte Carl, entzog sich der Hand seines Vaters und sprang auf den Platz in der Kutsche.

Friedrich war für den Vater der eindeutige Favorit unter den Kindern. Seine Erziehung richtete sich vor allem darauf, ihm die lose Zunge zu bändigen und Älteren, besonders denen, die für die Werkstatt arbeiteten, höflich und zuvorkommend zu begegnen. Carl missdeutete die Mühen des Vaters um Friedrich als dessen einseitige und aus seiner Sicht ungerechtfertigte Bevorzugung. Wenn er das wahrnahm, verzog er sein Gesicht und zeigte Missmut. Steinmetzmeister Steiner ging jedoch anderes durch den Kopf. Sein Älterer hatte seine Fähigkeiten in der Werkstatt und auf den Baustellen schon nachgewiesen. Seine Werkstücke waren sehr genau gearbeitet, und er hatte Schlegel und Eisen gut in der Hand, vor allem arbeitete er zügig hintereinanderweg und machte im Gegensatz zu manchem Helfer erst eine Pause, wenn etwas abgeschlossen war. Friedrich sollte einmal die Werkstatt übernehmen. In Carl hingegen sah er einen künstlerisch begabten Individualisten und Träumer. Das war für einen Handwerker, der einmal eine eigene Werkstatt führen soll, keine gute Grundlage. Die Eltern führten Carls Hang zum Träumen darauf zurück, dass ihm am Dorfende von Drebach das jugendliche Umfeld, wie es vorher in Pleißa reichlich vorhanden war, fehlte. Dafür entdeckten sie bei ihrem jüngsten Sohn künstlerische Talente, die weit über das in einer Handwerkerfamilie Gewohnte hinausreichten. Ob Carl damit einmal sein Brot verdienen könnte, glaubte vor allem der Vater nicht, er wollte den Sohn mit seinen gerade erst sechzehn Jahren aber erst einmal gewähren lassen.

Für Friedrich hatte das Leben auf Baustellen schon vor einigen Jahren begonnen. Bei Carl wird es heute der erste Tag sein, an dem er als Handwerker auf einer großen Baustelle erscheint. Seine Lehrzeit hatte er bis dahin in der abgeschieden gelegenen väterlichen Werkstatt verbracht.

Auf ging's. »Hüh! Hüh!«, rief Meister Steiner, als er sich auf den Kutschbock geschwungen hatte, die Zügel straffte und die Pferde auf Trab brachte. Die Mutter winkte hinterher, und als sich ihr Mann noch einmal zu ihr umdrehte, sah er, dass sein Sohn bereits die Beine ausgestreckt hatte, es sich wie ein Prinz bequem machte und genoss, dass er übers Land kutschiert wurde. Vater Steiner rümpfte die Nase und dachte, dass es der Bursche schon noch lernen würde, dass vor dem Vergnügen die Arbeit kommt. So weit dachte Carl nicht. Er fand es nur befreiend, einmal ohne körperliche Anstrengung auf die Berge hinauf- und danach wieder hinabgelangen zu können.

Die Pferde, der »Schwarze« und der »Braune«, waren jung und die Kutsche neu. Sie war vom Stellmacher aus Geyer für den Vater gebaut worden, damit er schneller als die Post zu den Baustellen fahren konnte. Über dem Kutschbock hatte sie ein zurückklappbares Dach. Auch über den beiden Sitzbänken dahinter konnte das Dach aufgeklappt werden. Die hintere Bank war seitlich gut gegen Wind und Regen geschützt. Die vordere war eher ein Notsitz, um Handwerker oder Gepäckstücke zu transportieren. Schweres Gepäck wurde zwischen den hohen Hinterrädern auf einer Ablage festgeschnallt. Über den kleinen Türen war der Blick frei.

Bald war die Bergkuppe vor Ehrenfriedersdorf erreicht. Bäume am Straßenrand. Anschließend Felder und Wiesen. Dann ging es bergab in die Stadt. Schon von Weitem war eine große Postkutsche erkennbar. Sie hielt vor der Poststation. Offenbar waren dort alle Reisenden nach dem Halt der Kutsche auf dem Weg von Chemnitz nach Annaberg bereits wieder zugestiegen, die Gepäckstücke der neuen Reisegäste aufgeladen und mit Riemen festgezurrt. Der Postillion blies zur Abfahrt. Meister Steiner schaffte es nicht mehr, die langsame Reisepostkutsche zu überholen und war gezwungen, hinter ihr herzufahren. »Wie ungünstig, welcher Zeitverlust!«, ärgerte er sich und fluchte laut. Carl hingegen störte der nun aufgezwungene Zuckeltrab der Pferde nicht. Er genoss es, aus der Kutsche heraus alles genau beobachten zu können: die letzten Häuser der Stadt, dahinter der Rauch der Erzgrube. Fuhrwerke, die zu ihr oder von ihr kommend unterwegs waren, Männer mit einem Schiebebock voller Waren und Frauen, die gefüllte Körbe auf dem Kopf balancierten oder auf dem Rücken trugen. Sie waren sicherlich auf dem Weg zum Markt. Nun freies Feld. Was Carl nicht sah, war der Zustand des Weges unter den Rädern. Er spürte nur das Holpern, wenn sie die Spur verloren. Beim lange zurückliegenden Regen war die Straße weich geworden. Die Fuhrwerke hatten tiefe Rinnen hinterlassen, und dann hatte eine längere Dürre die Spurrillen zu hohen, festen Graten werden lassen. Das kannte Carl vom Feldweg hinter dem Haus. Viel besser als ein Feldweg waren allerdings die Poststraßen wohl auch nicht, nur häufiger befahren. Carl sah vor sich die schwere Postkutsche wanken, wenn sie von Spur zu Spur sprang. Für alle, die in ihr mitfuhren, war es sicher eine Qual. Die Steinerkutsche hingegen war leicht gebaut, gut gefedert und geölt. Der Abzweig des Weges von der Poststraße nach Geyer war erreicht. Meister Steiner bog nach rechts ab und hoffte, das Ziel mit einer geringen Verspätung zu erreichen. Carl winkte dem Postillion hinterher und sah plötzlich mit großem Erschrecken, wie der mit seiner Kutsche ins Wanken geriet und das große Gefährt seitlich nach vorn kippte. Es krachte gewaltig. Ein Rad schien gebrochen zu sein. Geschrei drang aus der Kutsche. Und der Postillion? Er war verschwunden. Die Pferde waren vor einem Straßenbaum stehen geblieben und wieherten voller Schrecken laut.

Carl schrie nach vorn zum Vater: »Vater halt an, ein Unglück!« Der hatte das Krachen und Quietschen ebenso gehört und brachte die Kutsche am Straßenrand zum Stehen. Vom angrenzenden Feld herbeigeeilte Bauern waren schnell zu Hilfe gekommen. Sie schirrten die Postpferde aus und brachten sie zur anderen Straßenseite in eine Koppel. Dann richteten sie die Kutsche auf und legten Hölzer, die an der Koppel lagen, unter die Achse, an der noch Reste des gebrochenen rechten Vorderrades hingen. Die Reisenden in der Kutsche rüttelten an der Tür. Sie hatte sich verklemmt. Ein großes dickes Gesicht drückte gegen die Scheibe. Einer der Bauern öffnete die Tür mit einem Eisen, und die Insassen wurden der Reihe nach befreit. Zuerst der Mann mit dem dicken Gesicht, dann seine zierliche Frau in vornehmer Kleidung und schließlich ein in Schwarz gekleideter Herr mit Zylinder, der wie einer jener Gelehrten aussah, die beim Grafen von Einsiedel in Wolkenburg ein- und ausgingen. Außer etlichen blauen Flecken und Schürfwunden, die ihnen ihre herumfliegenden Handgepäckstücke bereitet hatten, schienen die drei ohne Schäden davongekommen zu sein. Der Schock saß hingegen tief in ihnen. Die Bauern brachten sie zur Böschung, damit sie dort Ruhe finden konnten. Ein Postreiter kam zufällig aus Richtung Annaberg vorbei und sprach mit den Verunglückten. Er gelobte, von der Poststation Hilfe zu holen und erhielt für das Versprechen ein glänzendes Geldstück. Carl sah es nur in der Sonne blitzen. Der Mann mit dem dicken Gesicht musste viel Geld besitzen, wenn er damit etwas belohnte, das für einen Christenmenschen selbstverständlich ist.

Den Postillion fanden die Helfer einige Meter entfernt im Straßengraben liegend. Im hohen Gras war er weicher als auf dem harten Fahrweg gelandet. Er lebte, stammelte sogar einige Worte und blutete aus der Nase und auch aus einer Wunde am Arm. Das Blut hatte sich auf seiner prachtvollen Uniform verbreitet. Rot leuchtete es vom weißen Beinkleid und in größeren Flecken von der gelben Jacke. Der schwarze Zylinder, der ihn vor Regen und Sonne schützte sowie Achtung gebietende Würde verlieh, wurde später in einem Unkrautbusch, der an der Böschung blühte, gefunden. Der rechte Arm schien, wie Vater Steiner mit einiger Sachkenntnis feststellte, gebrochen zu sein. Die Uniformjacke wurde mit einem Messer am Arm aufgeschnitten. Sie verlor ihre Pracht.

Ein Knochen spießte durch die Haut. »Das ist ein offener Bruch. Das ist gefährlich. Die Wunde muss desinfiziert werden«, waren die entschiedenen Worte des Steinmetzmeisters. Er holte eine kleine Flasche harten Kornbrand aus der Jacke – er hatte immer eine kleine Flasche Kornbrand bei sich – tränkte damit sein frisches Schnupftuch und säuberte die Wunde so gut es ging, nachdem ein Bauer ihm einen Gürtel gereicht und der gebrochene Arm oben abgebunden worden war. Ein weiterer Bauer half, aus Stöcken eine Schiene anzulegen und diese mit Stoffstreifen von seinem Arbeitshemd festzubinden.

»Mehr kann ich nicht tun, der Verunglückte muss sofort zu einem Arzt«, sagte Meister Steiner und gab nun Befehle in einem Kommandoton, wie er es auf der Baustelle gewohnt war. Er bat nicht, er befahl, dass der Postillion sofort zu dem Arzt zu bringen sei, der unweit am Weg zur Erzgrube wohnte. Die Bauern folgten ihm ohne Widerspruch.

Meister Steiner hatte bisher keine Zeit gehabt, darüber nachzudenken, dass er den Termin in Siebenhöfen nicht mehr einhalten konnte. Das hatte er zurückgestellt, denn wenn Hilfe nötig war, half er und betete nicht zu Gott, dass dieser ihm das Helfen abnehmen würde. Doch nachdem keine weiteren Schäden durch das Unglück zu erwarten waren, drängte er Carl zum Aufbruch und trieb dann sofort die Pferde an. Nun holperte auch seine Kutsche über die Steine, die auf dem abfallenden Weg durch den Wald vom Regen freigespült waren.

Carl hatte die Rettungsaktion verstört, mit großen Augen und stummem Mund, verfolgt. Nun saß er mit angezogenen Beinen und verschränkten Armen und gar nicht mehr wie ein übermütiger Märchenprinz in der Lücke zwischen den Gepäckstücken auf dem Rücksitz. Zunächst war er in Gedanken noch immer beim Unglück. Das zehrte an seinem Befinden. Er musste an etwas anderes denken. Das gelang ihm endlich, als er sich bei der Fahrt in Richtung Geyer erinnerte, wie er einst auf dieser Straße mit seinem Vater nach Wolkenburg zu den Großeltern fuhr. Erinnerungen lenkten ab. Er holte sich die Bilder aus der Zeit, als er von Pleißa aus Wolkenburg zu Fuß erreichen konnte, vor seine inneren Augen. Anderthalb Stunden benötigte er für eine Strecke, als er sich, groß und kräftig geworden, allein auf den Weg machte. Der Lohn für die Anstrengung waren Eindrücke, die es für ihn sonst nirgends gab, denn die Großeltern wohnten auf dem Schloss des Grafen von Einsiedel. Von ihrer Dachwohnung, die über den Ställen der gräflichen Reit- und Kutschpferde lag, konnte er Ankunft und Abreise der Gäste des Grafen beobachten und auf der Rückseite des Stallgebäudes aus der Dachkammer hinab in den Park blicken, in dem seltene Pflanzen blühten und aus Eisen gegossene Figuren standen. Gelegentlich spazierten die adligen Herrschaften zwischen den Figuren herum oder verfolgten Theateraufführungen, die bisweilen stattfanden. Carl blickte dabei von oben auf eine Welt, die völlig anders war als die der Bauern und Handwerker, die ihn in Pleißa und dann später in Drebach umgab. Nun erinnerte er sich an die Damen, die mit Hilfe ihrer Begleiter aus den Kutschen stiegen, lange – meistens weiße – Kleider trugen, die farbige Bänder verzierten und ihren Schmuck um die Handgelenke und den Hals gut zur Geltung brachten. Fast unter dem Busen waren sie oben zusammengerafft. Die Schultern verdeckten weite, wie aufgeblasen wirkende Ärmel, die darunter eng die Arme umspannten. Den Kopf bedeckten Frisuren, die offenbar Künstler geformt hatten. Es waren Lockentürme, die mit Nadeln hochgesteckt und mit Bändern zusammengehalten wurden. Das hatte seine Großmutter, die in der Schlossgärtnerei gelegentlich Blumen und grüne Zweige in ähnlicher Art als Tischschmuck für Festtafeln steckte, Carl erklärt. Sie verriet ihm auch, dass künstliche Haarteile eingebunden wurden, um die Frisuren noch prachtvoller aussehen zu lassen, so wie sie selbst Moosballen nutzte, um die Blütenpracht der Gestecke zusätzlich herauszuheben.

Bei den Männern war das völlig anders. Ob jung oder alt sahen sie sich in der Kleidung sehr ähnlich. Stiefel, enge Hosen, bei denen man sah, wer – wie die jüngeren Reiter – gut gebaut, dünn oder dick war. Hemden mit Rüschen. Knapp geschnittene Westen. Enganliegende Röcke mit hohen Kragen und auf dem Kopf ein Zylinder, unter dem sich jugendliche Haarpracht ausbreitete oder fehlendes Haar geschickt verdeckt wurde.

Die Älteren der vornehmen Herren kleideten sich meistens in Grau oder Schwarz, die Jüngeren in warmen Tönen, wie Gelb, Ocker, Rot, oder in kalten Farben, wie Himmelblau und sattem Grün. Fast alle Herren trugen Backenbärte, doch nur wenige hatten sich Orden an die Brust geheftet. Dafür musste man, wie Graf von Einsiedel, schon im Krieg verdienstvoll gewesen sein oder im praktischen Leben etwas geleistet haben.

Auf der Terrasse oberhalb der Treppe vor dem Schlosseingang wirkte der Auftritt der Adelsgesellschaft auf Carl wie eine Theateraufführung. Theaterspiele hatte er schon aus dem Dachfenster unten im Park bei Sommerfesten betrachten können. Auf einem Holzpodest, das vor den Gästen des Festes aufgebaut war, bewegten sich die Theaterleute in bunten Kostümen mit gezierten Gesten. Vor und nach der Aufführung waren das meist ganz natürliche Leute. Carl konnte das genau beobachten, da sie in Nebenräumen der Stallungen unter der Wohnung der Großeltern in die Kostüme schlüpften und sich schminkten. Wenn sich die jungen Schauspielerinnen und Tänzerinnen umzogen, schaute er länger hin und spürte, wie sein Herz dabei zu klopfen begann. Ganz anders war er mit seinem Inneren beteiligt, wenn abends Musik aus dem Schloss drang. Sie regte seine Fantasie und Gefühlswelt an. Musizieren war in Carls Familie Tradition gewesen, da sein Vater in der Jugend als Musikus bei Feiern und in der Kirche aufspielte. Das war inzwischen durch seine anstrengende Arbeit vorbei. Die Finger des Steinmetzmeisters kannten nur noch die harten Schläge auf den Stein und hatten die Fähigkeit zu gefühlvollem Spiel mit der Geige verloren.

Carl lauschte den Klängen, die vom Schloss herüberkamen, und schickte ihnen seine Blicke entgegen, doch weil die Vorhänge der

Fenster bei Konzerten und Festen verschlossen waren, konnte er sich nur ausmalen, was im großen Saal des Schlosses stattfand. Er ließ in Gedanken die Figuren tanzen, die er vordem auf der Terrasse gesehen hatte. Das war immer der Höhepunkt seiner Besuche auf Schloss Wolkenburg.

Auf dem Rückweg nach Pleißa hatte Carl unweit der Brücke über die Mulde ein eigenartiges, neu errichtetes Gebäude entdeckt. In der Nachmittagssonne sah es wie ein hohes Herrenhaus aus. Eines Sonntags schaute er näher hin. An der Stirnseite floss Wasser zu einem großen Mühlrad und von dort am tiefsten Punkt des Rades wieder weg. Da immer Sonntag war, wenn Carl vorbeikam, stand das Rad immer still und durch die Fenster im Erdgeschoss war keine Menschenseele zu entdecken. Als ihn später der Vater von Drebach mit der Kutsche zu den Großeltern brachte, fragte er ihn: »Was ist das für ein eigenartiges Haus, das wie ein kleines Schloss aussieht, ein Wasserrad an der Seite hat und in dem offenbar keiner zu Haus ist?«

Zunächst hatte der Vater Lust, seinem Sohn einen Bären aufzubinden und zu erklären, dass in diesem Haus nachts die bösen Buben zu Korn zermahlen würden. Doch Carl war für derartige Gruselgeschichten schon zu alt und deshalb erläuterte er, was sich in dem Haus verbarg: »Das ist die Spinnmühle unseres Schlossherrn Graf Detlef von Einsiedel. Hier wird Schafwolle zu Garn versponnen, wie in den Spinnmühlen, die Meister Lohse in anderen Orten errichtet. Dort entsteht allerdings das Garn aus Baumwolle, die aus fernen Ländern zu den Spinnmühlen gelangt. Es macht bei den Maschinen keinen großen Unterschied, ob Wollschafe oder Wollpflanzen das rohe Material liefern. Ich habe vor einigen Jahren den Bau der Mühle miterlebt. Sonntags stehen die Räder deshalb still, weil die Arbeiter in die Kirche gehen und sich von den Mühen der Wochenarbeit ausruhen sollen.«

Carl hatte bei der Fahrt nach Siebenhöfen immer noch die Bilder aus Wolkenburg im Kopf und übersah die Einfahrt in die Stadt Geyer und die Händler auf dem Markt. Dann waren die kleinen

Häuser von Siebenhöfen erreicht, doch rechtzeitig konnte die Kutsche nicht mehr am künftigen Bauplatz einrollen.

Meister Steiner war es immer wichtig, pünktlich zu Verabredungen zu erscheinen. Ihm war das in diesem Fall besonders unangenehm, denn eingeladen hatte zwar sein langjähriger Auftraggeber, doch hinter diesem stand Evan Evans, der Mechaniker aus England, der in dieser Zeit bei der Entwicklung und Herstellung von Spinnmaschinen in Sachsen die wichtigste Rolle einnahm. Die Einladung, bei dessen neuem Fabrik- und Wohngebäude mitzuwirken, sah der Steinmetzmeister als Ehre an.

3
Ein Palast für Siebenhöfen

Carl sah schon von Weitem seinen Bruder Friedrich, wie er eine Tafel an einen hölzernen Ständer nagelte, dann entdeckte er auch die anderen versammelten Bauleute. Die Kutsche aus Drebach traf als letzte ein. Etliche Stimmen, die nach dem Grund der Verspätung fragten, waren zu hören. Carl, der sonst zögernd mit der Sprache herauskam, antwortete, bevor der Vater dazukam. Ihm fielen die Worte wie Steine bei einem Bergrutsch aus dem Mund. Das kurz verdrängte Schockerlebnis brach wieder hervor: »Ein Unglück, die Postkutsche nach Annaberg ... der Kutscher ist vom Bock gestürzt ... zum Glück kam keiner unter die Räder ... aber das Blut, ich habe noch nie so viel Blut gesehen ...«

»Beruhige dich, Carl!« – Friedrich stieg zu ihm auf den Kutschensitz und hielt ihm die Hände fest und zugleich den Mund zu. Der Vater berichtete inzwischen den Umstehenden, was sich ereignet hatte. Die Pferde waren zum Glück nicht ausgebrochen und der Postillion habe zwar viel Blut, doch nicht sein Leben verloren.

Als Carl die Fassung wiedergefunden hatte, sah er, wie ein großer Mann, der wie ein Herr gekleidet war, seinem Vater die Hand gab und lange und herzlich schüttelte.

»Wer ist das?«, fragte er seinen Bruder.

»Landbaumeister Johann Traugott Lohse, mein neuer Meister und nun auch der Arbeitgeber für den Vater und dich. Du müsstest ihn aus Pleißa kennen. Und noch etwas, was dich freuen wird: Ich wohne für die nächste Zeit in Geyer. Mein Zimmer bei den Eltern kannst du übernehmen.«

»Muss ich dafür dankbar sein und dir die Füße küssen?«

»Rede kein dummes Zeug!«

Das Gespräch der beiden Brüder war beendet. Carl überlegte, ob das Unglück ein schlechtes Omen für die beginnenden Arbeiten war. Er hoffte das nicht und betrachtete nun Baumeister Lohse genauer. In der Zeit, als die Steiners auf dessen Bauhof in Pleißa wohnten, hatte er ihn häufiger gesehen und einen schlanken, kräftigen und sehr regsamen Mann in Erinnerung. Nun war der Baumeister sichtbar älter, ruhiger und dabei auch vornehmer geworden. Carl teilte seinen Eindruck dem Vater mit, und der ergänzte: »Auch berühmt ist er geworden!«

»Und wer ist der Mann, der eher wie ein erfolgreicher Handwerker und nicht wie ein vornehmer Herr aussieht, doch wie ein Adelsherr auftritt?«, fragte der Sohn.

»Das ist unser Bauherr.«

»Der Engländer?«

»Ja. Der Engländer!«

Carl hatte über den Engländer schon viel gehört, wusste aber nur, dass er Maschinen baute, die in den Fabriken aufgestellt werden, die Meister Lohse mit seines Vaters Hilfe errichtet. Gesehen hatte ihn Carl bisher noch nicht, denn der Mechanikermeister kam erst dann zu einer neuen Fabrik, wenn die Mauern standen und das Dach eingedeckt war. Dann erst konnte er die Maschinen in den Fabriksälen aufstellen. Weitere Fragen wiegelte der Vater ab und raunte Carl zu: »Nun hörst du erst einmal zu, wenn jetzt die beiden Hauptpersonen erklären, was und wie hier gebaut werden soll.«

Friedrich hatte ein einfaches Podest errichtet und dahinter eine Tafel aus geölten Brettern mit einer Zeichnung aufgestellt. Sie war mit einer aus Leinöl, Ei und Ruß gemischten Farbe aufgetragen und gegen Nässe mit einer Wachsschicht geschützt. Der Baumeister stieg aufs Podest und begrüßte alle, die seiner Einladung gefolgt waren: die Maurermeister Andreas Hans Kretzschmar, Johann Georg Hähnel und Martin Bamberger mit einigen ihrer Gesellen und die Steiners, die für die edleren Natursteinarbeiten zuständig waren.

Wenn die Fundamente stünden, würde auch Zimmermeister Uhlig mit seinen Gesellen hinzukommen, denn er war für den gesamten hölzernen Innenausbau und das Dach zuständig.

Der Baumeister fuhr in seiner Ansprache fort: »Verehrte Meister und Gesellen der Maurerzunft. Gott meint es mit uns und dem anstehenden Werk offenbar gut und hat uns heute Sonne und Wärme geschickt. Das möge ein gutes Zeichen für unser Werk sein, das hier entstehen soll. Ich will kurz erläutern, was unser Bauherr, der verehrte Mechanikermeister Evan Evans, und ich abgesprochen und geplant haben. Es soll eine Fabrik entstehen, die es in dieser Form im sächsischen Land noch nicht gegeben hat. Meister Evans, der rechts von mir steht« – der Bauherr verbeugte sich kurz – »wird Ihnen nach mir seine Vorstellungen und Wünsche vortragen. Er wird erläutern, wie der zeitliche Ablauf geplant ist, wie die Handwerker entlohnt werden und wo alle, die einen längeren Weg hierher haben, eine Unterkunft und Verpflegung finden können.«

Evan Evans sparte sich die Mühe, auf das Podest zu steigen. Er überragte die meisten der vor ihm stehenden Handwerker. Carl, der sich im Hintergrund unter einem etwas erhöhten Baumstumpf postiert hatte, um alles genau beobachten zu können, sah mehr als den schwarzen Hut des Engländers. Auch seine Augen und den Mund konnte er trotz des Schattens, den die Hutkrempe warf, gut erkennen. Er war gespannt darauf, was er Neues erfahren würde. Der Engländer hatte eine klare und laute Stimme, mit der er sich nun den Eingeladenen zuwandte: »Gott zum Gruß! Ich freue mich, dass sie vollzählig zum Baubeginn meines ersten eigenen Fabrikbaus gekommen sind. Meinem Vorredner gilt zunächst der Dank, dass er meinen Auftrag angenommen hat; trotz des Zeitdrucks, den er mit der Fertigstellung von Meinerts Spinnmühle in Lugau und der stattlichen Kirche zu Grünhain hat. Zu meiner großen Freude hat er dem Baubeginn schon in der kommenden Woche zugestimmt.

In spätestens zwei Jahren müssen die Maurer- und Zimmerarbeiten abgeschlossen sein, damit ich mit dem Einbau meiner Maschinen beginnen kann. Wenige Wochen später sollen sich die Spindeln drehen, damit die mit Krediten finanzierten Baukosten bald wieder abgetragen sind. Wie sagt man? Zeit ist Geld! In diesem Fall kostet mich eine längere Bauzeit viel Geld für die Zinsen. Dies ist auch der Grund, warum der Baumeister nicht nur mit seinen eigenen Leuten hier tätig sein wird, sondern Sie, verehrte Herren, in die Maurerarbeiten einbezieht. Meister Lohse wird Ihr Auftraggeber sein. Er wird von mir auch für Ihre Arbeit den Lohn erhalten und Ihnen Ihren Anteil auszahlen. Selbstverständlich nur für Arbeiten, die fachgerecht ausgeführt sind und von ihm und mir abgenommen wurden. Darauf lege ich besonderen Wert, denn bei den Maschinen, die ich baue, müssen die Zähne der Räder genau ineinandergreifen, und das wollen wir dann beim Bau ebenso halten. Meister Lohse sprach bereits davon, dass ein bisher in seiner Form noch nie dagewesener Bau entstehen soll. Ich hoffe, dass wir alle zum Abschluss, wenn ich mit meinen Werkstätten und meiner Familie Einzug gehalten habe, stolz auf unser gemeinsames Werk sein können. Ich bitte Gott, immer ein waches Auge auf den entstehenden Bau zu haben und Schäden durch Sturm, Regen, Frost oder gar Feuer und andere Unglücke von ihm abzuhalten.«

Evan Evans faltete die Hände und sprach mit kaum hörbarer Stimme ein Gebet in seiner Waliser Heimatsprache. Laut stimmten alle Anwesenden mit dem Vaterunser ein, denn Schutz vor Unbill und das Glück bei ihrer Arbeit war ihnen gleichfalls wichtig. Der

Bauherr fügte noch hinzu: »Ich habe in den zehn Jahren, die ich nun schon mit meiner Familie in Sachsen lebe, so hoffe ich, genügend Worte der deutschen Sprache gelernt, um meine Gedanken auch in deutscher Sprache erläutern zu können. Doch die Sprache, die hier im Erzgebirge gesprochen wird – und wie es mir scheint, in jedem Tal anders klingt – bewältige ich nicht. Dafür bin ich zu alt. Meine Kinder haben damit keine Probleme.«

Gelächter. Evan Evans hatte die Zuhörer für sich gewonnen.

»Aber das ist alles nicht so wichtig. Wichtig ist mir, dass ich auf eigenem Grund und Boden und in meiner eigenen Fabrik meine Maschinen herstellen und auch mit diesen eine mechanische Spinnerei betreiben kann. Die soll groß sein, damit ich vielen Leuten, die hier ohne Arbeit sind, zu Lohn und Brot verhelfen – und ich verhehle das nicht – auch meine eigene große Familie ernähren kann.«

Carl hatte es bisher genügt, nur mit halbem Ohr zuzuhören, um seine Sinne auch auf Dinge zu heften, die ringsherum geschahen. Nun aber hörte er aufmerksam und mit beiden Ohren zu, denn das, worüber Evan Evans nun sprach, interessierte ihn sehr. Er wusste aus der Familie und der Schule, dass nach dem Versiegen der Erze im Berg neue Ideen für Arbeit dringend nötig waren. Sie fehlte seit Langem im Städtchen Geyer. Hier wuchs die Arbeit nicht – wie im Bauerndorf Drebach – auf den Feldern nach. Die Erzgruben, die Geyer einst reich gemacht hatten, waren versiegt. Der Lehrer hatte berichtet, dass sich die Bergleute bis zur letzten Erzader unter der Stadt vorangegraben und dabei leichtfertig mit Feuer große Höhlen geschaffen hatten, um den Stein mürbe zu machen. Raubbau nannte das der Lehrer. Immer wieder waren Höhlen in sich zusammengebrochen und dann gab es, wenige Jahre bevor er mit seinen Eltern von Pleißa nach Drebach zog, einen großen Schlag, bei dem östlich vom Rittergut Geyer der Berg in sich zusammenbrach. Den wilden Steinhaufen, der danach zusammengestürzt in der Grube lag und die »Binge« genannt wurde, hatte er schon mehrfach gezeichnet. Dass mit einer großen Fabrik die Leute von Geyer und Tannenberg wieder mehr Arbeit finden könnten, hatte er zu Hause gehört, als die Eltern und Friedrich darüber sprachen.

Der Baumeister hatte seinen Wohnsitz und den Bauhof zwei Jahre nach dem Umzug der Steiners nach Drebach in Pleißa endgültig aufgelöst und war ins Schloss Schlettau umgezogen, das er günstig ersteigert hatte. Nun war er mit seiner Kutsche von Schlettau über Tannenberg und Geyer zwei Stunden nach Drebach unterwegs gewesen. Im Gespräch bei den Steiners war es nicht nur um die Bezahlung der letzten Steinmetzarbeiten für Schnabels große Fabrik in Erfenschlag, sondern auch um die Gebäude gegangen, deren Bau Meister Lohse gerade plante und organisierte. Und damit ging es auch um die Zukunft der Werkstatt und der Familie. Außer Kleinkram kamen Aufträge fast immer nur über Baumeister Lohse. Wenn diese ausfielen, musste Carl die Daumen drehen. Deshalb teilte er nun mit den Eltern und dem großen Bruder Freuden und Sorgen. Die Schwester hatte damit nichts mehr zu tun. Sie war nach ihrer Lehre in der Rittergutsküche von Drebach in Geringswalde gut verheiratet. Geringswalde? Carl wusste nur, dass der Ort hinter der Zschopau auf den Höhen lag, über denen die Sonne aufging. Seine Schwester Beate hieß nun Beate Sophie Zießler, geborene Steiner, und war mit dem jungen Müllermeister und Weißbäcker Reinhold Gottlieb Zießler verheiratet – wer trug nicht alles im Zweitnamen den »Lieben Gott« mit sich herum – dachte Carl.

Bei Steiners war die Sorge nicht unbegründet, dass die Aufträge über den Baumeister ausblieben: In Harthau war ein großes Spinnereigebäude entstanden, das weitgehend von Zimmerleuten errichtet wurde. Beim Fachwerkbau braucht man kaum Maurer und keinen Steinmetzmeister. Auch in Erfenschlag war eine zweite Fabrik ohne behauenen Naturstein im Bau.

»Man braucht uns nicht mehr«, sagte dazu resigniert der Vater. »Bei den wenigen Etagen, die dort geplant sind, benötigt man keine stabilisierenden Säulen. Dicke Wände tun's auch.«

Die Fenstergewände, welche die Steiners noch in Lugau aus herbeigebrachtem Porphyr maßgerecht Stück für Stück herausschlugen, waren für den kleinen Bau nun im Steinbruch direkt bestellt worden. Die Bauherren drängten auf niedrige Baukosten. Die Arbeiter im Steinbruch waren billiger, der Transport vorbereiteter Bauteile kostengünstiger und die Maurer konnten die Teile mit Schablonen allein einbauen.

Carl begriff sehr schnell, dass die Werkstatt der Steiners und die geschickten Hände der Steinmetze bald überflüssig werden konnten und dachte noch weiter: Das ist doch wie bei den Figurenschnitzern. Die Figuren werden immer häufiger aus Holzringen heraus gedrechselt, einige Schnitte noch an den Rändern und schnell ist ein Schäfchen fertig zum Bemalen. Schäfchen, Hunde, Rehe, Pferde, Kühe, Engel, Bergleute, Tannenbäume ... Das kann fast jeder, und wenn der Absatz läuft, wird durch den Verkauf der Ware auch der Hunger vertrieben. Das Nachsehen haben dann allerdings die Schnitzer, die Figur für Figur mit Mühen und Fleiß per Hand aus dem Holz herausschneiden und jeder ein eigenes Aussehen geben. Deshalb brauchten sie neue Ideen, um das Einmalige jeder Figur zur Geltung zu bringen und dafür gut zahlende Käufer zu finden. Mit den erzgebirgischen »Weihnachtsbergen« war das gelungen. Bei denen wurden nun nicht nur die Arbeit im Bergwerk, sondern auch die Weihnachtsgeschichte und das Alltagsleben zu Motiven der bewegten Szenerien erzählt. Doch was fällt den Steinmetzmeistern ein, um nicht Opfer von simpler Massenproduktion zu werden? Darüber hatte Carl schon mit seinem Vater gesprochen. In der Zeit des Fabrikbaus würde er zum Gesellen, doch was kommt dann? Immer häufiger dachte er darüber nach, wenn er nicht einschlafen konnte oder sonntags am Morgen noch im Bett lag. Er musste sich dazu selbst etwas einfallen lassen.

Leute wie der große Engländer, der hier vor ihm stand, haben sich doch auch etwas einfallen lassen. Evan Evans ist dafür sogar mit seinen Leuten übers Wasser von der englischen Insel bis nach Sachsen gekommen. Carl spitzte nun wieder beide Ohren und hörte ihm aufmerksam zu: »Hier in Geyer, Tannenberg und an weiteren Orten arbeite ich mit meinen Leuten in gemieteten, voneinander weit entfernt liegenden Räumen. Rentabel ist das nicht. In England sind riesige Fabrikgebäude mit hunderten Spinnmaschinen entstanden. Das ist rentabel. Viele Leute haben in ihnen Arbeit gefunden. Wie ich mit meinen Leuten bisher hier arbeite, ist nur Splitterwerk. Daraus kann sich nichts Größeres entwickeln.«

Evan Evans berichtete nun, dass er für seine geplante Fabrik den Platz gefunden habe, auf dem sie gerade stünden. Vordem befand sich hier ein Pochwerk, das keiner mehr brauchte. Es hatte Wasserantrieb. Das sei von Vorteil für den Neubau einer Spinnmühle. Nach einem Gesuch an den sächsischen König, das vom Oberbergamt Freiberg befürwortet wurde, habe ihm das Bergamt Marienberg dieses Grundstück verkauft. Er verschwieg bei seiner Schilderung nicht nur den Kaufpreis von 300 Talern, sondern auch die Bücklinge, die er in Worten dem sächsischen König gegenüber gemacht hatte, wie mit der Anrede »Allerdurchlauchtigster, Großmächtigster König, Allergnädigster Herr, Ew. Königl. Majth.« und am Schluss seines Gesuchs mit »Ew. Königl. Majth, flehe ich nur nochmals um allergnädigste Erhörung meines gethanen aller unterthänigsten Gesuchs und ersterbe in tiefster Ehrfurcht und Erniedrigung als Ew. Königl. Majth. alleruntertänigster und treugehorsamster Evan Evans.«

Evan Evans spürte sehr wohl, dass er sich mit derartigen Gesuchen in einer Lage befand, die seinem Stolz widersprach, doch was blieb ihm übrig, da er aus England geflohen war und nun in Sachsen den Vorteil genoss, dass dessen Landesvater an der Seite Napoleons stand, denn dieser hatte gegen die Einfuhr von Textilen und Maschinen aus England die Kontinentalsperre erlassen. Sie gab den sächsischen Spinnereibesitzern und ihm als Spinnmaschinenbauer überhaupt erst die Möglichkeit für einen gewinnbringenden Absatz des sächsischen Garns, das Weber und Strumpfwirker benötigten.

Der Bauherr erklärte abschließend, dass er im Erdgeschoss eine Maschinenfabrik und darüber Säle für die Garnspinnerei mit von ihm selbst gebauten Maschinen einrichten wolle und ebenfalls mit seiner großen Familie im Haus wohnen sowie Kontorräume unterbringen möchte.

Der Baumeister ergriff erneut das Wort. Carl gab seinen im Hintergrund liegenden Standort auf und drängte sich zwischen den Maurern nach vorn zum Podest, denn der Redner hatte einen Zeigestock ergriffen und erläuterte, von Friedrich assistiert, den auf die Tafel gezeichneten Grundriss.

»Das Baugrundstück zwischen dem Geyerbach und dem alten Mühlgraben ist nicht breit genug, um, wie in Erfenschlag und nun auch in Lugau, ein langgestrecktes Gebäude zu errichten. Meine Idee ist, den Kopf mit Treppenhaus und Wohnräumen abzuschneiden und seitlich anzusetzen, um die Gebäudelänge zu kürzen, damit sie zwischen Graben und Bach Platz hat.«

Der Redner zeigte auf die Grundrisszeichnung und Carl murmelte dabei halblaut.

»Das sieht dann wie ein dickes ›T‹ aus.«

Der Baumeister fuhr fort: »Der Vorteil ist, dass nun in jedem Geschoss ein großer Maschinensaal zur Verfügung steht und die Transmissionsanlage für den Maschinenantrieb über die volle Gebäudelänge eingebaut werden kann. Keine Wand stört dazwischen. Am Giebel neben dem Mühlgraben bauen wir einen Schacht für die Königswelle an. Die verbindet das Wasserrad mit den Transmissionswellen in den Geschossen.« Er holte tief Luft und sprach weiter: »Da es der Wunsch unseres Bauherrn ist, auch das erste Dachgeschoss als Werkssaal zu nutzen, gibt es ein Problem, was noch gelöst werden muss. Bei den üblichen Mansarddächern ist am Rand zu wenig Kopffreiheit für die Arbeiter, die die Maschinen bedienen. Ich muss mir einfallen lassen, wie ich das Dach formen muss. Eine Idee habe ich schon, doch die muss ich mit Zimmermeister Uhlig besprechen, der im kommenden Jahr den Dachstuhl errichten soll.«

Friedrich hatte eine weitere Tafel neben dem Grundriss aufgehängt. Sie zeigte nicht – wie üblich – einen Gebäudeschnitt, vielmehr nur die Außenmauern der Maschinensäle vom Fundament bis zur Traufe. Der Baumeister erläuterte: »Die Radwelle muss wegen der Lage der Gräben für Zu- und Abfluss über dem Erdgeschossboden liegen. Das macht auch den Antrieb für den Maschinenbau einfacher. Es ist kein Kellergeschoss nötig. Die Technik der Maschinenfabrikation steht damit direkt auf festem Grund. Im Erdreich liegen nur die Fundamente.«

Ein Zwischenruf von Maurermeister Bamberger: »Meister Lohse, das ist klug gedacht, denn es kann bei einem Hochwasser, das vom Berg über Geyer kommt, kein Keller volllaufen. Doch Hochwasser wird es geben und die Fabrik ist quer im Tal geplant. Entsteht da kein Rückstau? Ich denke schon, und dann steht das Wasser rings um den Bau und wird sich einen Weg nach innen suchen. Was dann?«

»Auch daran ist gedacht. Es wird nur zwei Türen geben und im unteren Bereich nur sehr kleine Fenster. Bei Hochwasser kann man die Türöffnungen und die kleinen Fensterbogen schnell abdichten. Die großen Fenster, die der Maschinenbauwerkstatt Tageslicht bringen sollen, habe ich weiter oben vorgesehen. Schnee und Hochwasser werden sich wohl nicht so hoch auftürmen, und durch die Wände aus hartem Gestein wird kein Wasser dringen, denn diese sind hier mehr als zwei Ellen dick.

Die Mauern der weiteren Wände laufen außen lotrecht in die Höhe und springen innen fünf Zoll zurück. Auf diesen Rücksprung werden dann die Holzbalken für die späteren Deckeneinbauten gelegt. Zuvor dienen die inneren Stützen und Balken als Gerüst für die Laufbohlen der Maurer. Außen wird dafür wie üblich eingerüstet. Noch Fragen dazu?«

»Wie hoch wird gemauert und eingerüstet, bis das Dach beginnt?«, fragte der klein gewachsene Maurermeister Hähnel.

»Über dem Gelände werden es genau 32 Ellen sein.«

Ein Raunen ging durch die Reihen der Versammelten und die Blicke gingen nach oben zum Himmel. Das war vermutlich so hoch, wie die Erlen am Mühlgraben sich nach oben strecken.

Carls Vater meldete sich noch zu Wort: »Wo wird Porphyr eingebaut, was muss hier auf der Baustelle und was kann in meiner Werkstatt aus dem Stein gehauen werden?«

»Alle Umfassungsmauern werden aus gebrochenem Stein entstehen und geputzt. Steinmetzarbeiten werden sich wie folgt ergeben: Am Giebel des Anbaus« – der Zeigestock wanderte an die entsprechende Stelle auf der Tafel – »sind die Fenstergewände und das Portal zum Schmuck aus rotem Porphyr vorgesehen. Auch das Portal der Rückseite wird daraus bestehen. Alle sonstigen Fenster werden mit flachem Korbbogen wie die Wände gemauert, jedoch die Sohlbänke sollen auch aus Porphyr und seitlich aufgekantet sein, damit das Regenwasser nach vorn und nicht seitlich in die Mauer läuft. Das ist Werkstattarbeit.«

Carl wusste nun, was er in den kommenden Monaten und über den Winter hinweg zu tun hatte. Die wichtigsten Worte folgten: »Wie in Erfenschlag, Lugau und meinen Kirchenbauten in Reichenbrand und Grünhain werden die Dachlasten an den Ecken über Säulen zum Boden geleitet. Es wird folglich auch hier Basissteine und Kapitelle aus Porphyr geben. Insgesamt sechs Säulen« – erneut zeigte der Stab auf den Grundriss – »sind an den Ecken vorgesehen. Meister Steiner, Ihr werdet auch hier auf der Baustelle mit diesen steinernen Kolossen viel zu tun haben.«

Meister Lohse hob beide Arme und beendete damit die Rede.

Aufbruchstimmung. Bratenduft lockte zum zweiten Teil der Versammlung, doch vorher verteilte der Baumeister noch die Verträge an die versammelten vier Meister.

Der Bauherr meldete sich noch einmal zu Wort: »Liebe Leute, ich spreche Sie so ohne große Umschweife an. Meine Ehefrau und ihre Helferinnen haben einen langen Tisch gedeckt. Es stehen Braten, Brot und Bier für Sie bereit. Ich wünsche guten Appetit und wohl bekomm's.«

Carl erinnerte sich, dass der Vater zu Hause bereits von Familie Evans und ihrem Haus in Geyer berichtet hatte. Dort wurde nun auch sein Bruder Friedrich gegen Kostgeld mit Speis und Trank versorgt. Frau Evans hatte für einige junge Gesellen der Werkstätten ihres Mannes in Geyer eine Küchenversorgung eingerichtet. Dass sie durch die große Zahl der zubereiteten Essen und ihr Geschick beim Einkauf auch gut verdiente, band sie keinem auf die Nase.

Es gab eine Durchfahrt zum Hof. Zur Linken befanden sich Speiseraum und Küche in einem einstigen Kramerladen. Die vordere Tür rechts führte zu Evans' Kontor, und durch die hintere Tür war die Treppe zum Wohngeschoss und dem Dachgeschoss mit Kammern für die Kinder zu erreichen. Das Haus hatte Evan Evans gemietet und es ärgerte ihn, dass die Miete Jahr für Jahr anstieg.

Hier auf der zukünftigen Baustelle war der Weg zum gedeckten Tisch kurz. Er führte vorbei an der Grube, die zur Prüfung des Baugrunds ausgehobenen war. Unter einer dicken Geröllschicht hatte Meister Lohse festen Stein gefunden. Carl zog den Leuten hinterher, schaute in das Loch und stellte fest, dass er wohl noch über den Grubenrand herausschauen könnte.

Carl hielt seine Nase in den Wind. Der Geruch vom Wildschwein, das gerade am Spieß unter der Aufsicht von Frau Evans gebraten wurde, roch er schon von Weitem und bald sah er das große Fass Bier, das auf den Anstich wartete. Bier! Zu Hause gab es für ihn nur Quellwasser, Kräutertee, Milch und Malzkaffee. Carl beschloss, dass sich das mit dem heutigen Tag ändern würde. Den Unfall der Postkutsche hatte er schon fast vergessen. Der Geschäftskram, der sich aus Verträgen sowie Absprachen zu Unterkunft und Verpflegung ergab, interessierte ihn nicht, aber der Krustenbraten vom Wildschwein und die mit frisch gezapftem Bier gefüllten Becher. Unter dem Dach eines halboffenen Lagerschuppens ließen sich die Gäste am hölzernen Tisch auf Bänken nieder. Es wurde serviert.

Die Sonne schien weiterhin wie von Gott gesandt und tauchte den zukünftigen Bauplatz in helles Licht. Den Pferden gaben die Bäume Schatten und das Podest mit dem Pfahl und den Zeichnungen stand nun verwaist am Rand des Platzes. Es war das erste Zeichen für den angekündigten, ungewöhnlichen Bau.

Carl hatte sich nicht neben dem Vater und Friedrich niedergelassen, sondern war mit einem Junggesellen namens Anton aus dem Trupp von Maurermeister Kretzschmar in ein Gespräch über Tanzsäle vertieft. Alle in der Runde, die Carl zum ersten Mal sahen, schätzten ihn wegen seiner Größe und Statur älter ein, als er mit seinen reichlich sechzehn Lenzen tatsächlich war. Carl spielte mit und tat so, als hätte er bereits viele Erfahrungen auf den Tanzböden gesammelt. Das war hochgestapelt, denn er gab mit seinen Worten nur das weiter, was ihm Friedrich von seinen Erlebnissen erzählt hatte. Carl erfuhr, dass Anton aus einem Ort hinter Schlettau kam. Er setzte sich nicht ohne Grund zu den Kretzschmar-Leuten an den Tisch, denn damit war er nicht im Blickfeld des Vaters und von Friedrich, die mit Baumeister und Bauherr und über die ersten Schritte des Bauens berieten.

Anton trank wie ein echter Maurer, und Carl versuchte, es ihm gleichzutun. Ein Fehler. Bald drehte es ihm im Kopf. Friedrich fand beim Aufbruch der Handwerker seinen jüngeren Bruder zusammengesunken auf einer wackligen Bank hinter dem Schuppen. Er spottete: »So wirst du endlich zum Mann und einem richtigen Handwerker.«

Der ältere Steinersohn holte die Kutsche der Familie, lud Carl wie einen Sack Kartoffeln zwischen die für Friedrich aufgeladenen Sachen ein und ließ den Vater zusteigen. Dann kutschierte er sie zu seinem neuen Zuhause im Geyerschen Rittergut. Carl bekam davon nichts mehr mit. An der Unglücksstelle vom Morgen war er danach auf dem Heimweg schlafend vorbeigerollt. Das war sicherlich gut für sein Seelenheil. Erst als der Vater im Hof schon die Pferde ausgespannt hatte, fand er, in der Kutsche am Boden liegend, wieder zu sich. Der Vater gab ihm eins hinter die Ohren und schimpfte, dass einer, der nichts vertragen könne, auch nichts trinken solle. Carl wankte, stolperte. Der Zaun vom Garten hielt ihn auf. Das Bier schwappte aus ihm heraus und ergoss sich in das dahinterliegende Blumenbeet. Die Mutter half ihm – der Vater war erzürnt in der Werkstatt verschwunden – beim Erklimmen der Treppen zur Dachkammer und zog ihm die Stiefel aus. Ausgestreckt auf seinem Bett, versank Carl in einen tiefen Schlaf.

4
Steiners Haus

Carl hatte es nicht einmal geschafft, Hose und Hemd auszuziehen. Die Mutter ließ ihn ruhen, so wie er nun vor ihr lag, völlig ermattet, doch offenbar glücklich mit geschlossenen Augen und offenem Mund. Sie schlich sich hinaus und ein leichter Dunst vom Geyerischen Bier folgte ihr. Über das Gesicht der Mutter huschte ein Lächeln. Carl war zum ersten Mal in seinem Leben betrunken. Ihr Jüngster war offenbar auch in diesem Zustand ein friedlicher Typ. Friedrich hatte sie nur mit Hilfe des Vaters und einem Schwung kalten Wassers über den Kopf zu Ruhe bringen können.

Es war noch Nacht, als Carl erwachte. Das übermäßig abgefüllte Bier drückte wie ein Fass auf seinen Kopf, und die Gedanken drehten sich wie ein Räderwerk durcheinander. Aber sein Körper schien schon beisammen zu sein. Das spürte er wie an jeden Morgen. Bald hatte der Alkohol keine große Wirkung mehr, doch nun bedrängten ihn die Bilder vom vergangenen Tag und purzelten durch seinem Kopf: Der verunglückte blutende Postillion, Meister Lohse und Bauherr Evans und natürlich Friedrich, der sich in den Vordergrund schob und stolz vor der Zeichnung des Hausgrundrisses postierte, als sei der seine eigene Erfindung. Neben seinem großen Bruder empfand sich Carl als einen noch unbedarften Burschen, der durch seine Statur zwar schon auf andere erwachsen wirkte, in seiner Innenwelt jedoch noch recht unerfahren war. Mit immer klarer werdendem Kopf wurde ihm das bewusst und steigerte seine miese Stimmung.

Ein Lichtschein drang zwischen den Augenlidern zu ihm herein. Doch das war nicht die Morgensonne. Es war der Mond. Warmes Licht schickte er zu ihm. Ein schönes Gefühl. In seinem »Verlies« hatte er das nie genießen können.

Der Mond machte noch keine Anstalten, sich von der Sonne verdrängen zu lassen und gab ihm Zeit, über den neuen Abschnitt in seinem jungen Leben nachzudenken. Carls Blicke schweiften durch den Raum. Friedrich hatte einiges, als er alleiniger Herr im Dachzimmer war, verändert. Die Wände waren weiß gekalkt und die Möbel, die zuvor aufgemalte Blumenornamente schmückten und noch aus Pleißa stammten, erschienen nun in einem einheitlichen Grün. Doch ein »Jagdzimmer« war es nicht geworden, wie sich das sein Großvater wohl vorstellte, als er eines Tages eine große Kiste mit ausgestopften Waldtieren und Vögeln Friedrich vorab als Erbe vermachte. Die Kiste stand, so wie sie der Vater von Wolkenburg nach Drebach mitgebracht hatte, immer noch unter einer Dachschräge. Carl hatte ihr Inneres längst inspiziert. Als er den Deckel angehoben hatte, strömte ihm Lavendelduft entgegen. Lavendel benutzte die Mutter gegen Motten. Unter einem großen Leinentuch waren ausgestopfte Tiere in einzelne Tücher eingewickelt. Er schloss den Deckel und wusste nun, wo er Vorlagen zum Zeichnen fand. In einer Zimmerecke bemerkte er das Gesellenstück seines Bruders. Es war das untere Stück einer Säule aus Porphyr. Aus einem eckigen Block wuchsen abgerundete Formen; die breiteste sah wie eine Hutkrempe aus. Darauf stand ein steinerner Schaft. Zusammen wirkten beide wie ein Zylinderhut. Friedrich war es als Geselle sogar gelungen, grobe Steinbrocken in exakte Kugeln zu verwandeln. Die verkauften sich sehr gut an vornehme Herrschaften, die sie als Gartendekoration und Aufsätze an Torsäulen nutzten. Das konnte Carl noch nicht.

Er hatte seine Erinnerung zur Seite gelegt, als der Mond verblasste und sich die Morgensonne, wie am Tag zuvor ohne störende Wolken, am Horizont in die Höhe schob. Er beschloss, aus den Federn zu schlüpfen. Er trat zu den beiden Fenstern, öffnete deren

Flügel und zog frische Luft durch die Nase. Das tat ihm gut und dann nahm er das Bild wahr, dem er einst keine Aufmerksamkeit geschenkt hatte und das nun im Morgenlicht immer mehr aufleuchtete: Vorn die Häuser am oberen Ende der Dorfstraße, dahinter der Wald, durch den er im vergangenen Jahr mit den Eltern und Friedrich zur Hochzeit seiner Schwester nach Geringswalde gefahren war. Diese Straße war damals im Wald zum holprigen Weg zwischen hoch aufragenden Bäumen geworden. Unergründbar ihre Zahl. Erzgebirgswald. Der Weg schlängelte sich steil bergab durch die Schlucht. Carl saß rechts und konnte direkt in den Abgrund schauen. Die Mutter saß in der Mitte der Rückbank, Friedrich links neben ihr, und der Vater hatte auf dem Kutschbock die Zügel und die Bremse in der Hand. Jeder Kurve folgte eine neue. Links, rechts, links ... und scheinbar kein Ende. Der Blick in eine Schlucht. Tief abstürzende Hänge, einige Male sah er Baumwipfel direkt neben sich und erstarrte vor Angst. Das Blut in seinen Adern wollte gerinnen. Doch sein Vater hatte Pferde und Kutsche im Griff.

Schließlich tief im Grund an der Uferstraße der Zschopau hatte die Abfahrt, an die sich Carl mit Schrecken erinnerte, ein Ende gehabt. Hinter dem Fluss stieg der Weg wieder und noch steiler an. Damit ihn die Pferde überhaupt bewältigten konnten, wand er sich auch hier wie eine Schlange am felsigen Hang empor. Er endete in Wolkenstein. Carl dachte sich, dass die kleine Stadt ihren eigenwilligen Namen erhalten hatte, weil beim Blick vom Fluss aus, ähnlich Wolkenburg, das Schloss zwischen den Wolken zu schweben schien. Inzwischen war es in seinem neuen Zimmer taghell geworden und mit großen Augen bestaunte er, wie sich die Sonne emporhob, langsam erst, als würde sie das anstrengen und dann schien es immer schneller zu gehen. Ein riesiger heller Ball tanzte für Momente auf der Horizontlinie. Er blendete. Carl musste die Augen schließen und dann blinzelte er, um nichts zu verpassen.

Auf der Baustelle in Siebenhöfen hatte sich, als Carl beim Blick aus dem Fenster seinen Gedanken nachhing, die Sonne über die

Wipfel der Bäume erhoben und die ersten Arbeiten am Bau wurden begonnen. Baumeister Lohse kommandierte seine Gesellen beim Räumen des Geländes. Äste, Steinbruch und sonstiger Unrat mussten beseitigt werden. Friedrich hatte den Grundriss des Baus auf einem alten Holztisch befestigt. Meister und Assistent richteten ihn mit einem Kompass nach Norden aus. Die längste Front des Bauwerks sollte im Osten parallel zur langen Tischkante und der Giebel mit dem Wasserrad quer dazu im Süden liegen. Nun galt es, die genaue Lage des Gebäudes auf dem Baufeld zu markieren. Evan Evans war eingetroffen. Er wollte selbst die günstigste Stelle zwischen dem Geyerbach und dem von ihm erworbenen künstlichen Kanal für den Wasserradantrieb herausfinden. Keiner wunderte sich, als Christian Steiner ohne Carl nach seiner langen Anfahrt ankam. Alle Anwesenden hatten Carls Zustand am Abend zuvor amüsiert mitbekommen und zeigten aus eigenen Erinnerungen Verständnis, dass der Bursche im Bett geblieben war.

»Lass ihn ausschlafen, habe ich zu seiner Mutter gesagt, in dem Zustand ist er beim Bau sowieso zu nichts brauchbar!«

Die Worte des Vaters waren Erklärung genug.

Baumeister Lohse und die beiden Steiners markierten die erste der zukünftigen Gebäudeecken nahe dem Untergraben, in den das Wasser laufen sollte, das dem Wasserrad Schwung geben musste. Der erste Pflock zur Markierung wurde gesetzt und dann der Pflock am anderen Ende der Ostfront in den Boden geschlagen. Zügig ging es weiter, bis alle sechs Gebäudeecken des T-förmigen Grundrisses einen Pflock als Markierung erhalten hatten. Die Meister wussten, wie mit den Zahlen 3, 4 und 5 auf simple Weise der rechte Winkel für die Anlage der Gebäudefluchten bestimmt werden konnte.

Pflöcke und Bretter für die Böcke zum Spannen der Schnuren, nach denen die Mauern ausgerichtet werden, wurden danach zusammengefügt.

»Zufrieden?«, fragte der Baumeister seinen Bauherrn.

Der stand vor dem zukünftigen Eingang, durch den auch später die Wohnungen zu erreichen waren.

»Zufrieden! Der Platz reicht aus! Da wir hoch genug bauen werden, kann das Haus auch mit dieser geringen Länge alle erforderlichen Maschinen aufnehmen.«

Evan Evans schaute dabei hoch in den Himmel, zu jener von ihm vermuteten Stelle, an der einmal in einem Turm Glockenschläge den Beginn und das Ende der Arbeitszeit bestimmen würden.

Die Arbeit des ersten Tages war abgeschlossen. Meister Lohse schickte seine Maurer in das Quartier, für das Frau Evans gesorgt hatte. Mit Kost und Logis würde sie, wie bei den auswärtigen Handwerkern, die in den Werkstätten ihres Mannes in Geyer arbeiteten, gut verdienen. Lowry Evans hatte von Katharina, der Ehefrau des Reformators Martin Luther, gehört und eiferte ihr nach. Die hatte einst in Wittenberg Studenten mit Kost und Unterkunft versorgt. Zwischen den Eheleuten war abgesprochen, dass die Einnahmen der Ehefrau ihr allein zustehen und nicht in den Büchern ihres Mannes erscheinen. So konnte eine Geldreserve für Zeiten entstehen, in denen ihrem Ehemann bei seinen Geschäften etwas misslingen sollte.

Zu den Hausgenossen von Lowry Evans gehörte nun auch Friedrich Steiner. Er blieb in der Stadt. Sein Vater fuhr zurück nach Drebach, bevor die Dunkelheit hereinbrach.

Dort war Unerwartetes geschehen, weit mehr als das vom Vater gewünschte Säubern der Keller.

Carl war, nachdem er zehn Stunden wie tot geschlafen und noch lange Zeit mit seinen Gedanken gespielt hatte, aus dem Bett gesprungen. Die Waschküche hatte er durch den Stall erreicht, um nicht seiner Mutter in der Küche zu begegnen. Die Tür dorthin stand einen Spalt offen. Er sah dahinter die Mutter am Herd hantieren. Splitternackt stand er in einem Bottich mit warmem Wasser und hatte den Rücken zur Küche gedreht, als ihn die Mutter durch den Türspalt an den Küchentisch rief. Seit langer Zeit sah sie ihren Jüngsten wieder ohne jede Hülle. Die spätere Ehefrau wird sich freuen, dachte sie mit einigem Stolz beim Blick auf ihren Nachwuchs. »Der Bursche steht gut im Saft!« Sie trat etwas zurück und schloss geräuschlos die Tür, klopfte an diese und rief Carl nun laut zum Frühstück. Er hatte ein großes Tuch umgelegt und saß bald am Tisch. Rührei mit Speck.

»Mutter, du hast wohl geahnt, was ich mir heute zum Frühstück gewünscht habe?«

»Ich kenne dich doch, du könntest das im Wechsel mit Spiegelei auf Speckscheiben an jedem Morgen essen, doch drei Eier müssen es immer sein.«

Die Mutter stellte einen großen Becher warme Milch dazu und Brot, das bei Steiners nur in Scheiben abgeschnitten wurde, wenn etwas darauf gestrichen werden sollte. Sonst wurde es vom Laib abgebrochen. Mutter Steiner setzte sich Carl gegenüber und fragte, wie der vergangene Tag abgelaufen sei. Ihr Mann hatte nichts erzählt. Erschöpft war er in den Schlaf gefallen und frühzeitig wieder zur Baustelle aufgebrochen. Für den Sohn hatte er hinterlassen, dass er seinen Rausch ausschlafen und danach der Mutter helfen solle, die beiden Keller von allem zu befreien, was der Winter zurückgelassen hatte. Carl berichtete von der Bauberatung und schwärmte vom Entwurf des Baumeisters und vom Auftritt des Bauherrn, von dem er eigentlich nur wusste, dass er Maschinen baute und sich nun eine Fabrik dafür errichten ließ. Carl bekam beim Erzählen rote Wangen, beschrieb mit Armen und Händen die Größe des Bauwerks, wie er es sich bereits vorstellte und schob die noch feuchten langen Haare immer wieder hinter die Schultern zurück, wenn sie ihm ins Gesicht fielen. Er überging dabei den selbstgefälligen Auftritt seines Bruders und erwähnte auch nicht das Unglück der Postkutsche, an das er erst jetzt wieder dachte und Mühe hatte, die Bilder davon wieder zurückzudrängen. Carls Erzählfreude übertrug sich auf seine Mutter, die plötzlich sagte: »Ach weißt du, Carl, ... was hältst du davon, wenn ich uns etwas zu Mittag bereite, was eigentlich für den Sonntag gedacht ist? Ich koche uns und für den Vater ein Huhn.« Carl hatte sofort den Geschmack des zarten Fleisches auf der Zunge, der besonders angenehm war, wenn er das Fleisch des Schenkels direkt vom Knochen knapperte. Huhn und Braten gab es auch bei Steiners, die nicht zu den Ärmsten im Ort zählten, wochentags eigentlich nicht, weitaus eher schwammen Wurst und Kochfleisch vom Rind in der Suppe. Brot lag immer dabei. Die drei Männer mussten gut essen, um für die Arbeit mit Schlegel und Eisen Kraft zu haben. Und es wurden sehr häufig Kartoffeln, gekocht, gebraten oder zu Brei gestoßen, gegessen. Mit Quark, Ei, Wurst und gelegentlich Fisch. Gemüse, Beerenobst und Kräuter erntete die Mutter im Garten, in dem sie bis auf die Winterzeit fast täglich mit Hacke und Spaten hantierte. Für Obstbäume gab es ein Wiesenstück hinter dem Haus, das bis zum Feldweg reichte. Salatkräuter sammelten die Kinder einst auch auf dieser Wiese, doch das war längst vorbei. Besonders am Sonntag lobte Meister Steiner seine Frau für ihre Kochkünste, bevor er sich eine Mittagsruhe gönnte und die Kinder wenigstens ein »Dankeschön« knurrten. Carl aß bislang immer zu Haus. Nur nach dem Kirchgang sah er mittags ein Gasthaus von innen.

Wahrscheinlich zum ersten Mal beobachtete Carl an seinem heutigen »faulen« Tag die Mutter, wie sie am Herd hantierte, um das Suppenhuhn zu bereiten. Nudelsuppe stand schon fertig zum Aufwärmen auf dem Herd. Doch erst kam die Arbeit in den Kellern. Geschrumpelte Kartoffeln und Möhren, die aber noch für die Schweine gut waren, mussten von den verfaulten, die auf dem Mist landeten, getrennt werden. Besen fegten über Regalböden, Bodenplatten und gekalkte Wände im kleinen Tonnengewölbe, das unter dem Boden im Hausflur als Keller diente. Steiners lagerten hier haltbare Lebensmittel, die in der Küche griffbereit auch bei Frostwetter und Schnee erreichbar sein mussten, wie in Sand gesteckte Möhren, Kartoffeln, Kohlköpfe, Winteräpfel, Eier, eingelegte Gurken.

Den Lagerkeller im Hang hinter dem Haus hatte der Vater aus Steinen, die bei der Arbeit abfielen, geschaffen. Hier musste geschruppt, tote Insekten sowie Spinnenfäden beseitigt werden. Carl holte Besen und Schaufel, die Mutter einen Eimer mit warmem Wasser und beide begannen die »Höhle«, wie Carl den Erdkeller nannte, zu säubern, damit im Herbst der Futtervorrat eingelagert werden konnte. Es gab hier nicht nur verfaulte Reste von Kartoffeln mit langen Keimaustrieben, auch Mäusedreck, zwei ausgedörrte Ratten und eine tote kleine Fledermaus zu beseitigen. Der Anblick der toten Fledermaus bereitete Carl Kummer. Er dachte daran, wie sie einsam im Keller im langen Winter erfroren war.

Nach der Drecksarbeit und einer Katzenwäsche saß er munter und gut gelaunt wieder am Küchentisch. Das vorbereitete Huhn verschwand im Topf und die Mutter mit einem Beil im Hühnerstall. Carl wusste, wie ein Huhn sehr schnell vom Leben in den Tod und dann in einen Suppentopf befördert wurde. Die Mutter setzte einen Topf mit dem immer warmen Wasser aus der Waschküche auf den Herd. Das Ersatzhuhn lag nach einer Weile befreit von Kopf und Füßen in einer großen Schüssel, und die Mutter begann wortlos, diesem das Federkleid zu rupfen. Carl, der sonst nie Zeit fand, seiner Mutter bei der Küchenarbeit zuzuschauen, höchstens zu helfen, wenn es etwas Schweres zu tragen gab, spürte bald, dass es angenehm sein kann, selbst nichts zu tun und nur zuzuschauen. Wenn er nicht auf seinem Bett lag und träumte, war er sonst immer in Bewegung. Er nahm sich ein Glas mit Milch und beobachtete seine Mutter, sah zu, wie sie mit kräftigen Fingern die Federn aus dem Huhn zog, das noch kurz vorher munter im Stall herumgelaufen war. Die Mutter schaute gelegentlich nach dem Huhn im Topf. Unerwartet fragte sie: »Was schaust du mich so an, Carl?«

»Ich überlege. Da Friedrich hinter den Frauen her ist, Beate bereits verheiratet wurde und ich beginne, mich nach hübschen Mädchen umzudrehen, kam mir soeben der Gedanke, wie es bei dir und Vater war, als ihr euch kennengelernt habt? Hast du ihm schöne Augen gemacht oder ist er dir nachgelaufen?«

Die Mutter war sprachlos. So eine Frage von ihrem Jüngsten, der erst siebzehn Jahre alt wurde, hatte sie nicht erwartet.

»Carl, du machst mich verlegen, so private Dinge fragt man seine Eltern nicht. Was soll ich dir antworten?«

Und dann erzählte sie doch aus ihren Erinnerungen.

»Dein Vater kam als Maurergeselle mit Empfehlungen unseres Baumeisters Lohse von Pleißa nach Hilbersdorf, um dort bei meinem Vater eine zweite Ausbildung als Steinmetz zu erhalten. Die hatte er nach zwei Jahren abgeschlossen. Inzwischen hatten wir uns bei einer Kirmesfeier kennengelernt. Es war Oktober, die Bäume trugen buntes Laub, die Stimmung war wunderbar und dein Vater und ich tanzten bis in die Nacht. Ich hatte ihm keine schönen Augen gemacht und er war mir nicht nachgelaufen. Es war tatsächlich die Liebe auf den ersten Blick. Mein Vater war gegenüber einer baldigen Heirat nicht abgeneigt, denn er suchte einen Nachfolger. Dein Vater schien dafür der Richtige zu sein. Wir heirateten, aber keiner ahnte, dass Friedrich schon unterwegs war und schon ein Jahr später Beate zur Welt kommen würde.«

Die Mutter stockte und blickte etwas irritiert. Carl vermutete, dass sie über das in ihren Erinnerungen Folgende nicht sprechen wollte. Die Mutter schaute nach dem Huhn im Topf und setzte dann das Rupfen fort. Kein Wort verließ mehr ihren Mund.

»Und dann? Was folgte dann?«

Carl wollte das nun wissen. Erst Schweigen, dann die Antwort: »Dann erschien Landbaumeister Lohse und es gab Ärger. Er hatte deinem Vater finanziell unterstützt, damit er als Steinmetzmeister die Prüfung ablegt und danach zu ihm nach Pleißa zurückkommt. Der Meister hatte einen großen Auftrag in Aussicht, bei dem er unbedingt einen Steinmetzmeister brauchte. Der Prüfungstermin war zum Glück schon bestimmt, aber bei mir auch erneut Nachwuchs unterwegs. Dein Vater erhielt die Meisterurkunde und wollte nach Pleißa. Mein Vater beschimpfte ihn als untreuen Gesellen. Es kam zum Streit.

Ich stellte mich gegen meinen Vater und hielt zu meinem Mann. Meine Mutter litt dabei stumm und für meinen Körper und meine Seele war alles zu viel. Ich verlor mein Kind. Die kleine Marie Susanne verstarb, noch bevor sie die Augen aufschlug.«

»Ich hatte noch eine Schwester?«

»Ja, wir haben's dir nicht erzählt. Eine traurige Geschichte, mit der du nicht groß werden solltest. Nun weißt du es.«

Carl schluckte. Es dauerte einige Zeit, bis er sich gefangen hatte.

»Wie ging's dann weiter?«

»Hals über Kopf zogen wir nach Pleißa. Landbaumeister Johann Traugott Lohse galt als ungewöhnlich aktiver und zugleich erfindungsreicher Mann, der sich bei jeder neuen Anforderung eine neue Lösung mit baukünstlerischem Anspruch einfallen ließ. Dein Vater war sich sicher, dass er einmal in die Baugeschichte Sachsens eingehen würde und dankbar, durch den Baumeister Aufträge und auf dem Bauhof eine Werkstatt mit Wohnung zu erhalten. Dein Vater arbeitete von Anbeginn auf eigene Rechnung. Meister Lohse war sehr zufrieden mit ihm, als die ersten großen Bauten, an denen er deinem Vater beteiligt hat, von den Bauherren gelobt und gut bezahlt wurden. Nun ging es uns auch gut und weitaus besser als meinen Eltern in Hilbersdorf. Alles hatte in Harthau begonnen, das liegt südlich von Chemnitz. Meister Lohse baute den Kaufleuten Gebrüder Bernhard eine Spinnmühle für einen Wasserantrieb. Es war die erste ihrer Art im Land. Dein Vater hat dabei den steinernen Schmuck am Giebel geschaffen. Es folgten die innen mit Steinarbeiten geschmückte Kirche in Wildbach nahe von Schneeberg und die Villa der Bernhards direkt gegenüber der Spinnmühle. Hier entstanden erstmals die über mehrere Stockwerke hochführenden Säulen, die von nun an vom Baumeister an vielen seiner Bauten vorgesehen wurden und von deinem Vater ihren steinernen Fuß und Kopf erhielten. Anfangs konnte ich mir bei Ausfahrten an langen Sommertagen seine Arbeiten noch ansehen, dann warst du unterwegs. Dein Vater wusste, dass er des Baumeisters ›rechte Hand‹ war, wenn er dessen Gebäude schmückte. Dass sein Name nicht in die Geschichte eingehen würde, war ihm gleichgültig. Es genügten ihm das Gefühl und der Gedanke, dass er ein nicht unwesentliches Rad im Getriebe war, das der Baumeister in Gang setzte. Dein Vater hatte einmal erklärt: ›Kirchen werden seit vielen Jahrhunderten gebaut, doch das, was nun durch die Baukunst von Meister Lohse mit den Fabriken entsteht, ist erstmalig. Der Meister baut wie bei großen Turmuhren ein Gehäuse, in dem sich ein neuartiges Räderwerk dreht. Bei Turmuhren drehen sich die Räder, um die Zeit anzuzeigen. In den neuen Fabriken drehen sich die Räder der Maschinen, damit aus Wolle Garn gesponnen werden kann. Das geht mit Maschinen viel schneller als mit einzelnen Spinnrädern, die von den Handwerkern selbst in Gang gehalten werden. Mit den Spinnmühlen sei nun auch im Erzgebirge das neue Zeitalter der Maschinen angekommen.‹«

Carl hatte der Mutter, die ihm bislang nie so lang und ausführlich etwas erläutert hatte, zugehört. Er dachte nach und fragte: »Und warum erhalten diese Häuser für Maschinen den Schmuck aus dem kostbaren roten Stein wie die Kirchen, an denen der Vater und Friedrich mitgearbeitet haben?«

»Das habe ich deinem Vater auch gefragt und er hat geantwortet, dass der Meister den Fabriken das Aussehen von Palästen geben will, weil sie für ihn die Schlösser einer neuen Zeit sind. In Lugau wird von ihm gerade eine Fabrik, die wie ein Schloss aussieht, gebaut, und Evans' Fabrik in Siebenhöfen wird wohl wie ein großer Palast wirken, wenn ich mir ein Bild aus deinem Erzählen von vorhin mache.

Es gibt weitere Gründe, über die dein Vater nicht sprach. Das musst du ihn selbst oder Meister Lohse fragen.«

»Doch wie ging es dann in Pleißa weiter?«

»Nach dem fluchtartigen Aufbruch in Hilbersdorf war in Pleißa alles wieder gut. Meister Lohse und seine Familie halfen uns. Ostern darauf wurdest du geboren. Was weiter geschah, weißt du, denn du warst schon früh ein hellwaches Kind, das die Welt sehr genau beobachtete und bald auf Papier kritzelte, was es sah. Aber du warst auch ein verschlossenes Kind, das selten preisgab, was es dachte und später lieber hinter dem Haus durch die Felder gelaufen ist und mit eigenartigen Fundstücken zurückkam, statt Spielkameraden im Dorf zu finden.«

»Friedrich und Beate haben dir doch mehr Sorgen gemacht, wenn der Vater über Tage fernab auf einer Baustelle war!«

»Beate war kein lautes und auch kein störrisches Kind, nur nicht zu Arbeiten im Haushalt zu bewegen. Sie begann noch, bevor sie im Heiratsalter war, sich schöne Sachen selbst zu nähen. Sie sah darin bald wie eine junge Frau aus und blieb am Wochenende immer seltener zu Haus, um im Gasthof neben der Kirche das Tanzbein zu schwingen und nach einem jungen Mann Ausschau zu halten. Der sollte, wie sie deinem Vater und mir ohne Scheu erklärte, nicht nur ein vorsorglicher, sondern auch gut verdienender Ehemann und vor allem kein Bauernbursche sein. Es sollte ein Handwerksmeister sein, für den sie mehr als nur Mutter der Kinder und Hausfrau war. Sie wollte ihm mit ihren guten Kenntnissen im Schreiben und Rechnen beistehen.

Beates Streben, einen geeigneten Mann zu finden, war bald erfolgreich. Wie das ausgegangen ist, weißt du. Beate hat den Sohn vom Weißbäcker in Geringswalde geheiratet. Dein Vater und ich waren froh darüber. So fiel sie uns nicht mehr zur Last.«

»Und Friedrich? Mit dem habt ihr doch seit dem Umzug nach Drehbach immer Ärger gehabt.«

»Ich denke, dass du wohl eher unter ihm gelitten hast, weil er immer den großen Bruder herauskehrte. Der Vater war aufgrund seines handwerklichen Geschicks als Lehrling und Geselle immer stolz auf ihn, und mir gegenüber war Friedrich immer hilfsbereit.«

»Ich hab's bemerkt, wie du ihn immer noch umsorgst, selbst, da er nun in Geyer wohnt.«

»Sei nicht ungerecht. Friedrich hat noch keine Frau, die für ihn da ist. Eine Mutter muss ihm zur Seite stehen und wenn er über die Stränge schlug, hat ihm der Vater immer mal eine gelangt, wie dir auch.« Carl knurrte: »Zucht hilft, Ordnung zu schaffen, wie das auch die Lehrer und sogar der Herr Pfarrer erklären!«

Die Mutter allerdings scheute gebietende Worte und vermied ebenso, den Kindern etwas hinter die Ohren zu geben, auch dann, wenn Friedrich nach der Arbeit in der Werkstatt bis in die Nacht mit seinen Kumpanen unterwegs war. Sie saß dann beim Licht einer Kerze am Küchentisch und stopfte Löcher in der Wäsche, bis Friedrich hereinpolterte. Die Mutter ließ die Tür zwischen Küche und Hausflur immer einen Spalt offen. Friedrich gelang es nie, ungesehen bis zur Dachstube zu gelangen. Er ging auch mit wackeligen Beinen in die Küche, drückte der Mutter einen Schmatz auf die Stirn, sagte: »Schön Mutter, dass du auf mich gewartet hast«, löschte die Kerze, hakte sich bei ihr ein und brachte sie bis zur Tür des elterlichen Schlafzimmers. Wenn Carl das mitbekam, dachte er: »Heuchler.«

Von den Missetaten seiner Kinder zu Haus erfuhr der Vater selten. Wenn ja, wurde es laut im Haus. Die Mutter hörte nie ein böses Wort vom Vater, doch sie griff auch nicht ein, wenn er durchgriff, denn sie dachte wie ihr Mann, dass Zucht helfe, Ordnung zu schaffen. Später begriff Carl des Vaters Reaktion. Er ließ seinen Ärger an den Kindern aus, wenn er auf der Baustelle Probleme hatte. Die gab es häufiger, besonders, wenn Bauherren, die von Meister Lohse Gebäude bauen ließen, angebliche Mängel nutzten, um ihm die erbrachten Leistungen geringer, verspätet oder gar nicht zu bezahlen.

Friedrich hatte auf dem Steinerhof im Sichtfeld des Vaters nichts zu melden. In der Werkstatt bestimmte nur der »Alte«, wie die Söhne ihn untereinander nannten. Wenn am Morgen aus der Werkstatt die ersten Hammerschläge dröhnten und Carl nicht neben ihm stand, rief sein Vater: »Carl, Schlafmütze, schere dich an die Arbeit«, um ihm Beine zu machen. Ohne Frühstück und meist ungewaschen stürzte Carl dann los. Wen kümmerten in der mit Steinstaub überzogenen Werkstatt Carls häufig in der Nacht verschmierte Hände und sein von Rotz und Tränen gezeichnetes Gesicht? Carl hatte manchen Grund, dass ihm am Morgen Tränen aus den Augen quollen und er keine Lust zum Aufstehen hatte. Es waren nicht die Folgen schimpfender Worte der Eltern oder schlechter Schulnoten, gar Pöbeleien frecher Mitschüler. Carl war ein guter Schüler und wer ihm gegenüber frech wurde, bekam im Rücken des Lehrers seine Faust zu spüren. Tränen drängten aus seinen Augen, weil er zu viel Mitgefühl vor allem mit Tieren hatte und schwer schlafen konnte, wenn er hinterm Haus oder auf dem Dachboden tote Tiere fand: Einen Igel, einen Maulwurf oder eine Taube, die ein Raubvogel geschlagen hatte, und an die nur noch bunte Federn erinnerten. Auch das Schicksal verunglückter Schwalben und Mauersegler, erfrorener Fledermäuse und kleiner Vögel, die aus dem Nest gefallen waren, wühlten in seinen Gedanken. Die Mutter hatte dafür Verständnis, sie empfand das ähnlich, Friedrich hingegen spottete »Weichei«, und der Vater hoffte, dass die Männerarbeit in der Werkstatt aus Carl einen richtigen Mann machen würde.

Wenn Carl früh am Morgen nur noch Zeit fand, seine Arbeitskleidung über Unterhosen und Unterhemd zu ziehen, kam die Mutter mit einem Topf Malzkaffe oder Milch hinter ihm hergelaufen und drückte ihm auch seinen schwarzen Hut auf den Kopf. »Nicht so tief bis vor die Augen, Mutter«, sagte er dann, und schob den Hut vorn hoch, bis dieser keck auf dem Kopf saß und eine große blonde Locke darunter hervorquoll. Das hatte er Friedrich abgeschaut, der so zum Tanzen ging.

Das Huhn für den Sonntag war nun gerupft und die Mittagszeit lange schon vorbei, doch es dauerte noch, bis die Hühnerbrühe mit Fleischstücken endlich auf dem Tisch stand. Carl war inzwischen nach oben verschwunden, suchte, da er beunruhigt war, seine Bilder, die er vermisst hatte, und wo fand er sie? Sie hingen noch an der Wand, so wie er seine kleine Kammer verlassen und noch nicht wieder betreten hatte. Er nahm alle Blätter vorsichtig ab und legte sie behutsam und immer ein Blatt weißes Papier dazwischen in eine hölzerne Kiste, die er mit hinunter in die Küche nahm, da er sie der Mutter zeigen wollte. Sie hatte bislang nur sehr wenige seiner Zeichnungen gesehen.

Nach dem Essen verkündete er der Mutter eine Idee: »Mutter, es ist noch Zeit, bis der Vater wieder im Haus ist. Ich will ihm zeigen, dass ich ebenso geschickt bin wie Friedrich und den Grundriss eines Hauses aufzeichnen kann. Hilfst du dabei?«

»Wobei?«

»Beim Aufmessen unseres Bauernhauses. Ich zeichne es aus dem Kopf. Du kannst mir dabei mit den Augen folgen, und dann messen wir Mauern, Fenster und Türen im Erdgeschoss auf. Danach kann ich alles noch ins Reine zeichnen. Ich will zeigen, dass ich das ebenso gut kann wie Friedrich.«

»Oh, du hast aber Einfälle! Der Vater wird sich freuen.«

Die Mutter staunte, mit welcher Sicherheit ihr Sohn den Plan aus dem Gedächtnis aufs Papier brachte. Er begann mit der großen Stube, die nach Süden zum Vorgarten ausgerichtet war. Vorn zwei Fenster und gegenüber zwei Türen, in der Mitte von diesen der große Kachelofen. Auch seitlich je zwei Fenster für die Morgen- und Abendsonne. Hinter dem Ofen führte eine dicke Wand nach Norden. Dort lag der Stall, ebenso breit wie die Stube. Auf der Morgenseite der Wand befanden sich der Hauseingang, der Hausflur mit der Klappe, die über der Treppe zum Keller lag, und die breite Holztreppe ins Obergeschoss zu dem Schlafzimmer der Eltern sowie zwei Kammern. Als schmale Stiege führte sie weiter zum Dachzimmer und Carls einstigem »Verlies«. Hinter der Wand lagen Küche und Waschküche mit Herd und Kessel. Für beide Feuerstätten zeichnete Carl die Schornsteine ein und ebenso die Türen zum Garten und Aborthäuschen sowie zum Stall. Den Backofen, der von außen ans Haus angebaut war, formte er rund, wie er war.

Dann begann das Aufmessen. Die Mutter hatte bereits den langen Maßstock aus der Werkstatt geholt. Darin waren Kerben vom Abstand exakt einer Elle geschnitten. Es dauerte keine halbe Stunde, die Maße der Öffnungen und der Räume auszumessen. Die Reinzeichnung konnte beginnen, und noch bevor eine Stunde vergangen war, konnte die Mutter eine exakte Zeichnung bewundern. Die Wände hatte Carl mit Wasserfarbe rot angelegt und in die Mitte der Räume mit seiner schönen Schrift notiert, wofür sie genutzt werden.

Beim Aufmessen hatte Carl erkannt, wie geschickt der Vater das Brunnenwasser ins Innere des Hauses zum Waschkessel und zu einem eisernen Becken, das im Küchenherd eingebaut war, mit Rohren gelenkt hatte. Im Küchenherd wurde auch über Nacht hinweg Glut gehalten, und so gab es bei Steiners immer warmes Wasser.

Was vom Quellwasser überlief, verschwand in einem Bodeneinlauf und kam im Gartenteich wieder zum Vorschein.

Schon als Junge war Carl von den Eltern in notwendige Arbeiten auf dem Steinerhof eingespannt worden, in der Küche von der Mutter, im Stall und bei Feldarbeiten vom Vater. Wenn an Wänden und Dächern etwas zu flicken war, stand er unter Friedrichs Kommando und der ließ ihn spüren, dass er der Ältere war. Der Kerl drangsaliert mich zu oft, dachte Carl, ich muss ihm das heimzahlen, und dabei war er erfindungsreich. Das beste Mittel war, wenn er von Friedrichs Kleidung, mit der er am Sonnabend die Tanzböden unsicher machen wollte, etwas versteckte: einen Schuh beispielsweise. Langes Suchen, viel Trara, Friedrich tobte, Carl feixte und die Eltern zeigten schmunzelnd ihre Zustimmung, dass der mehr als selbstbewusste Friedrich einen Dämpfer erhielt.

Nun war Carl mit neuen Mitteln gegen seinen Bruder ins Feld gezogen: Sein Plan vom Haus lag, schon bevor der Vater durch die Tür trat, auf dem Tisch.

»Sehr gut mein Sohn, ich hätte nicht gedacht, dass du eine Bauzeichnung hinbekommst. Friedrich wird Augen machen!«

Das war's doch, dachte Carl. Mehr wollte ich nicht beweisen.

Dann sättigte der verbliebene Teil vom Huhn, inzwischen in einer Nudelsuppe in kleine Stücke zerlegt, drei hungrige Mägen.

Der Vater war müde, doch Carl drängte ihn, noch die Frage zu Evan Evans zu beantworten, die er ihm gestern vor der Versammlung noch stellen wollte: »Vater, erzählt mir was vom Engländer, wie kam der nach Sachsen, da doch die Engländer nicht unsere Freunde sind?«

»Nun gut, aber nur kurz. Evan Evans stammt aus Wales und war als Werkmeister in Manchester tätig, als ihn dort der Kaufmann Bernhard kennenlernte. Dieser wollte mit seinem Bruder in Harthau bei Chemnitz eine mechanische Spinnerei errichten und studierte die Technik dazu in England. Doch in Sachsen gelang es zunächst nicht, die Spinnmaschinen mit der Wasserkraft der am Grundstück vorbeifließenden Würschnitz in Betrieb zu bringen. Die Bernhards überzeugten Evan Evans, England zu verlassen und mit der Familie nach Harthau zu ziehen. Das war im Frühjahr 1802. Als Werkmeister der Bernhards gelang es ihm später, die Spinnmaschinen in Gang zu setzen. Dann überwarf er sich mit dem Fabrikanten und beschloss, in Dittersdorf eine eigene Maschinenbauwerkstatt zu eröffnen.

Es stellt seitdem an mehreren Orten und Werkstätten die von ihm erfundenen Maschinen für viele neue Spinnereien her. Selbst besitzt er in Geyer eine Handspinnerei und gibt vielen Leuten eine gut bezahlte Arbeit. Seine Frau Lowry steht ihm zur Seite.«

»Beim Bier wurde gestern erzählt, dass bei den Engländern in fast jedem Jahr Nachwuchs angekommen sei. Habe ich das richtig gehört?«

»Das stimmt nicht ganz. Die Tochter Anna ist so alt wie du. Sie wurde noch in Manchester geboren. Die nächsten Kinder, es sind fünf Jungen und ein Mädchen kamen tatsächlich hier in Sachsen im Abstand von ein und zwei Jahren zur Welt. Es sind einige von ihnen früh gestorben. Darüber wird nicht weiter gesprochen. Ich respektiere das. Ein Tipp: Halte deine Augen auf, wenn du Anna siehst. Sie ist ein sehr hübsches Mädchen. Sie wird dir gefallen.«

Der Vater sprach es, gab der Mutter einen Klaps auf den Hintern und stieg die Treppe zum Schlafraum der Eltern hoch.

5
Der Palast wächst

Mehrere Tage blieben Vater und Sohn der Baustelle in Siebenhöfen fern, denn dort wurden die Fundamente ausgeschachtet. Dabei hatten Steinmetze nichts zu tun, doch hier in der Werkstatt wurde jede Hand gebraucht, denn aus Hilbersdorf kamen die ersten Steinblöcke für die Fenstersohlbänke an. Sie waren schon grob auf die endgültigen Maße gebracht. Es waren nur noch wenige Zoll abzutragen, um die endgültige Form zu erreichen. Christian Steiner hatte seinen Altgesellen Johann, der unweit entfernt in Drebach wohnte, wieder eingestellt. Nach den Arbeiten für Grünhain hatte es für ihn keine Arbeit mehr bei Steiners gegeben. Er musste als Tagelöhner auf dem Rittergut arbeiten. Nun hatte er wenigstens die nächsten beiden Jahre wieder ein Auskommen, mit dem er Frau und noch einen Nachzügler ernähren konnte. Er war nicht mehr der Jüngste. Mit Johann sollte Carl die Steine in der Werkstatt bearbeiten. Ein Fuhrmann aus Drebach war vom Baumeister unter Vertrag genommen worden, um mit einem Ochsenkarren die fertigen Steine zur Baustelle zu bringen. Hundertfünfzig Steinblöcke waren bestellt. Hundertsechsunddreißig Sohlbänke sollten daraus entstehen. Der Rest war als Reserve gedacht, denn erst beim Bearbeiten zeigten sich Fehler im Material. Für den Sonnabend erhielt Johann frei, nachdem die Werkstatt so vorbereitet war, dass danach mit der Arbeit begonnen werden konnte.

Carl fuhr an diesem Sonnabend frühzeitig mit dem Vater zur Baustelle. Sie brachten Werkzeug zum kleinen Schuppen, den Zimmerleute für sie errichtet hatten. Die Tür wurde mit kräftigen Eisenbändern und einem Schloss gesichert. Der Jüngste der Steiners hatte danach Zeit, die Arbeiten der ersten Tage zu inspizieren. Der Vater erklärte ihm die gespannten Schnuren, nach denen sich die Fundamentarbeiten und die Mauerschichten richten mussten, um den Bau im rechten Winkel und den richtigen Maßen entstehen zu lassen. Über den Fundamenten waren die Mauern mehr als zwei Ellen dick. Innenwände gab es nur im seitlichen Anbau, wie Carl auf einem von Friedrich neu angefertigten Plan sehen konnte.

Bis der Vater zurückfuhr, hatte Carl noch Zeit. Er ging zum Kunstwasser und suchte dessen Ursprung. Er fand ihn nicht. Das Wasser musste von einer Quelle weit oben im Berg stammen und im Kanal einst zum alten Pochwerk herangeführt worden sein, auf dessen Platz nun Evans' Fabrik stehen würde.

Am Sonntag danach, es war ein Regentag, der ihn von Spaziergängen abhielt, holte Carl die Mappe mit den kleinen Zeichnungen hervor, die er einst an die Bretterwand im »Verlies« geheftet hatte. Nicht alle gefielen ihm noch. Carl, ehrgeizig wie er war, wollte die Mängel ausmerzen und fragte den Vater: »Heute kommen mir nun einige der Zeichnungen, auf die ich einmal stolz war, nicht gelungen vor. Woran liegt das?«

»Nimm Stift und Papier und komm mit!«

Der Vater ging mit Carl in die Werkstatt, suchte einen Platz am großen Fenster und stapelte auf den davorstehenden Tisch mehrere behauene Steine nebeneinander und übereinander.

»Carl, dass du inzwischen Gegenstände wie Häuser an der Straße mit einer Perspektive zeichnen kannst, habe ich auf deinem letzten Blättern gesehen. Damit eine Wirkung wie in der Natur entsteht, musst du das Spiel von Licht und Schatten darstellen können« – er zeigte auf den Tisch – »hier kommt das Licht von außen und wirft die Schatten der Steinstücke nach innen. Wenn ich den Tisch drehe, verändern sich nicht die Dinge auf dem Tisch, aber ihre Schatten. In der Natur stehen die Häuser fest, wie sie gebaut wurden. Da verändert sich hingegen der Stand der Sonne. Diesen Wandel musst du üben und begreifen. Dann kannst du Schatten aus dem Kopf heraus entwickeln.«

Der Vater hatte einen guten Einfall. Er verschob den weiteren Unterricht auf den Abend. Dann legte er eine von Friedrichs Steinkugeln auf den Tisch vor der Wand. Kleine Klötzchen sollten das Wegrollen verhindern. Dann zeigte er, wie das Licht einer Kerze die Schatten auf der Kugel, auf dem Tisch und an der Wand entstehen lässt und wie sich die Schatten verändern, wenn der Standort der Kerze verschoben wird. Nun überließ er es Carl, die vielen Varianten der Schatten selbst zu entdecken. Die Schatten waren rund, doch je nach Stand der Kerze kurz und breit oder lang und schmal gezogen. Carl fand Gefallen daran. Er legte eine zweite Kugel dazu und spielte »Schattentheater«. Dann hatte er genug gesehen, fertigte noch kleine Skizzen mit der Wasserfarbe aus dem Gedächtnis an.

Der Vater sagte dazu nur kurz: »Sehr gut, du hast das Zeichnen der Dinge begriffen, nun musst du lebende Figuren wählen. Ich habe davon keine Ahnung. Ich werde darüber nachdenken, wie dir Schnorr von Carolsfeld das beibringen kann.«

Die Arbeit in der Werkstatt für Carl und den Altgesellen Johann begann. Meister Steiner hatte am Morgen aus einem breiten Brett eine Schablone für die Sohlbänke geschnitten. Eine ungewöhnliche Form. Sie war an beiden Enden mehr als eine Handspanne hochgezogen, damit Regen und Schnee nicht in die Fugen der angrenzenden Bruchsteinwand gelangen konnten. Meister Lohse hatte einen Schauplan für die Maurer- und Steinmetzarbeiten gezeichnet. Mit Wasserfarben hatte er sogar die Schatten der aus den Wänden hervortretenden Bauteile hervorgehoben, was die Zeichnung sehr anschaulich machte.

Bauherr Evan Evans war beeindruckt. Er sah seinen Fabrikpalast bereits in Gedanken vor sich.

»Der Plan stellt mich zufrieden. Dass ihn die Handwerker in die Tat umsetzen, will ich hoffen.«

Doch es war spürbar, dass er nicht nur auf seine zukünftige eigene Fabrik blickte, die weit und breit die größte und schönste sein würde. Als Engländer hoffte er ebenso, sich mit ihr mitten im Erzgebirge ein Denkmal setzen und damit auch seiner Familie auf Dauer eine neue Heimat schaffen zu können. Nur bezahlt werden musste der enorme Aufwand, den die Bauleute in den nächsten Jahren zu bewältigen hatten, und deshalb gab er noch einen trockenen Kommentar ab: »Ob das alles so rechtzeitig wie geplant fertig wird und nicht vorher meine Geldschatulle leer ist, steht noch in den Sternen.«

Vater Steiner und Sohn Carl hatten den Plan genau studiert, um den Umfang ihrer Arbeit einschätzen zu können.

An den Fenstern von fünf Gebäudefronten gab es aus behauenem Naturstein diese Sohlbänke. Alles andere, die Seiten und der nach oben gebogene Sturz waren aus Steinbruch gemauert. Nur an den Fenstern des Hausvorsprungs in Richtung Geyer waren Natursteingewände erkennbar. Dieser Vorsprung war drei Fenster breit und hatte im Erdgeschoss ein Portal, das einem Landschloss angemessen war. Über dem fünften Geschoss ragte der Vorsprung noch um ein weiteres Geschoss über die Traufe hinaus und endete in einem Giebel. Aus dessen halbrundem Fenster konnte man sicher einmal über Geyer hinweg bis hinauf zu den Greifensteinen blicken. Die Steiners sahen zu ihrer Freude, dass sie weit in das kommende Jahr hinein in die Bauarbeiten eingebunden waren. Sie hatten für diese Zeit wahrscheinlich ein sicheres Einkommen, wenn nicht etwas Unvorhergesehenes dazwischenkäme.

Zurück in der Werkstatt, prüfte Meister Steiner am ersten Stück, ob Jung- und Altgeselle die Maße eingehalten und die Tropfkanten richtig ausgeführt hatten. Er war zufrieden und verabschiedete sich für die kommenden Tage, in denen er mit zwei Helfern auf der Baustelle arbeiten wollte. In einem Monat mussten die behauenen Steine für das unterste Geschoss fertig sein. Die beiden in der Werkstatt kamen gut voran. Nach drei Wochen war die Aufgabe erfüllt, die Steine wurden mit Ochsenkarren eines Fuhrmanns aus Drebach zur Baustelle gebracht. Danach mussten Carl und Johann auch in Siebenhöfen anfassen. Dort war Not am Mann, weil das Behauen der großen Sockelsteine für die Ecksäulen länger als gedacht dauerte. Der Vater hatte ein Bett im Rittergut gefunden. Carl übernachtete im Haus bei der Mutter. Er musste, da er längst kutschieren konnte, Johann bei Tagesanbruch mit der Kutsche abholen und abends mit ihm zurückfahren. Friedrich half ebenfalls, und so konnten die sechs Porphyrsockel der Säulen rechtzeitig fertiggestellt und von den Maurern mit in die Wand eingesetzt werden. Ende Juni waren die Wände für die zukünftige Maschinenwerkstatt hochgezogen und auch die Zwischenwände des Flügelbaus mit den beiden mächtigen Kaminen bis zum Beginn der Obergeschosse gemauert.

Carl beobachtete, wie die Mauern zwischen den Säulen aus gebrochenem Gestein entstanden. Große Steinbrocken wurden von Halden einstiger Erzgruben und vor allem vom benachbarten eingestürzten Bergwerk, der »Binge«, herangebracht. In dem nahe gelegenen Pochwerk wurde das Gestein mit Hilfe eines schweren Eisenblocks zerkleinert. Ein Wasserradantrieb hob in einem Gestell den Block an. Dann wurde eine Sperre gelöst und der Block krachte nach unten und zertrümmerte die Steine, bis sie eine handliche Größe erreicht hatten. Hier im Gebirge gab es keinen Lehm, um Ziegel zu brennen, und deshalb wurde mit Steinbruch gebaut.

Carl, der das geordnete Mauern mit Ziegeln aus Pleißa kannte, meinte zum Vater, dass hier in Siebenhöfen nicht mit Mörtel gemauert, eher geklebt werde, um die unregelmäßigen kleinen Steinbrocken zur Wand werden zu lassen. Vaters Antwort: »Wenn die Wände geputzt sind, wirst du den Unterschied zu einem Ziegelbau nicht mehr erkennen.«

Carl beobachte, wie Meister Lohse mit Friedrichs Hilfe die Arbeiten der Maurer organisiert hatte. Die eigenen Maurer waren für die Mauern des Flügelbaus mit Innenwänden, die beiden bis übers Dach führende Kamine sowie die runden Ecksäulen der Eingangsfront zuständig. Die Maurer von Meister Bamberger kümmerten sich ausschließlich um die Ecksäulen, die sich nach oben verjüngten. Das konnten außer den Leuten des Baumeisters nur sie. Und die Maurer der Meister Kretschmar und Hähnel mauerten die Zwischenstücke, brachten die Steine heran und mischten Kalk und Steinsand zu Mörtel. Für die Ecksäulen wurde sogar Quark beigemischt. Der führte zu einer Härte, die bei den Lasten, die das Dach bringen würde, notwendig war.

Am Rand des Bauplatzes war bereits von Zimmermeister Uhligs Leuten ein Unterstand für die Zurichtung der hölzernen Stützen und Deckenbalken entstanden; zur rechten Zeit, denn es zog das erste große Sommergewitter über den Berg heran. Sturzregen wie ein Wasserfall. Den Bauleuten gelang es gerade noch, die Unterstände zu erreichen. Der Geyerbach schwoll an. Mit vielen Händen, Spaten und Schaufeln wurde ein Erdwall errichtet, um die Baustelle zu schützen. Es regnete drei Tage. Dann war der Spuk, so wie er gekommen war, vorbei.

Die Zimmerleute begannen, auf niedrige Fundamente in der zukünftigen Maschinenbauwerkstatt Kanthölzer als Stützen zu setzen. Darauf legten Uhligs Leute Balken und verstrebten diese mit den Stützen. Mit Eisenklammern wurden sie untereinander verbunden. Schließlich wurde das innere Holzgerüst des Gebäudes noch mit Hilfe von Ankereisen mit den Außenwänden verbunden. Im Seitenflügel allerdings, wo die Feuerstellen für die Werkstatt vorgesehen waren, mussten Gewölbe statt der schnell entflammbaren Holzdecken entstehen.

Carl interessierte der Grund, warum außen so dicke Mauern entstanden und im Inneren des Hauptflügels nur mit Holz gebaut wurde, welches aufwändig untereinander verbunden wurde. Er fragte den Baumeister direkt und dieser erläuterte: »Carl, ich habe schon mehrere Fabriken gebaut, doch so viele Maschinensäle wie hier habe ich noch nicht übereinandergestapelt. Du musst dir vorstellen, dass in den oberen vier Geschossen, vielleicht auch im Dach einmal sehr viele Maschinen im Gleichklang angetrieben werden. Alles dreht und bewegt sich hin und her. Da können Deckengebälk und Stützen in Schwingungen geraten wie ein Kirchturm beim Läuten der Glocken. Das kann gefährlich werden. Es sind schon etliche Kirchtürme durch das Schwingen von Glocken eingestürzt. Ich lasse hier eine dicke schwere Hülle aus Mauerwerk wie den Schutzwall einer Burg bauen und zusätzlich an den Ecken mit stützenden Säulen einfassen. Diese steinerne Hülle steht stabil und bringt eine enorme Last in den Boden. Das hölzerne Gerüst im Inneren ist leicht und kann, wenn die Teile gut verbunden sind, Schwingungen aufnehmen. Ich hoffe, dass die Verbindung von hartem, schwerem Stein mit weichem Holz die richtige Lösung ist, um mit den Materialien des Erzgebirges eine Fabrik mit vielen Geschossen zu bauen. Meister Evans erzählte mir, dass man in England statt der Holzkonstruktion Stützen und Träger aus Gusseisen nutzt. So weit ist man in Sachsen noch nicht. Wer Gusseisen gießen kann, wie die Einsiedels in Lauchhammer, der nutzt das wertvolle Material zum Nachguss von antiken Figuren oder Schmuckplatten.«

Carl bedankte sich und fügte hinzu: »Ich hätte nie gedacht, was beim Bau einer Fabrik zu beachten ist.«

In den Wochen danach wuchs das erste Obergeschoss in die Höhe, im untersten Geschoss konnten die beiden Portale endlich eingebaut werden. Der Steinmetzmeister, sein Sohn Friedrich und Johann hatten dafür sogar am Sonntag gearbeitet.

6
Winterzeit

Carl war bei der Sonntagsarbeit nicht dabei. Sein Vater hatte ihn zuvor nach Wolkenburg zur Großmutter gefahren. Sie brauchte Hilfe beim Zusammenpacken ihrer Sachen, um in eine Stube im Rittergut umzuziehen. Der Großvater hatte im Winter friedlich und ohne besondere Krankheit die Augen geschlossen. Der junge Graf Detlef von Einsiedel, nur ein Jahr älter als Carls Vater, der seinem Vater als Schlossherr und Konferenzminister des Königs nachgefolgt war, hatte der Großmutter eine kleine Kammer im Gesindehaus des Rittergutes zur Verfügung gestellt und kostenlos den täglichen Bedarf für Essen und Trinken zugesichert. Carl hatte Stifte und Papier mit nach Wolkenburg genommen, um dort zum ersten Mal seine Kenntnisse über die Perspektive, Licht und Schatten ohne Anleitung zu zeichnen. Dafür hatte er den Pferdestall ausgewählt, da ihm die Pfeiler und Gewölbe dafür geeigneter schienen. Er wollte auch die Pferde, so wie sie im Stall standen, aufs Papier bringen. Als er das Ergebnis sah, begann er laut zu schimpfen: »Ich muss von Größenwahn besessen sein, mir zuzutrauen, nicht nur Dinge ins Bild zu bringen, die tot sind und sich nicht bewegen.«

Die unförmig gezeichneten Pferdeköpfe machten ihm seine Grenzen deutlich. Sein Vater nannte das Ergebnis, als er Carl abholte, »Kinderkritzeleien«.

In der Zwischenzeit hatte es erneut Unterbrechungen auf dem Bau gegeben: Sturm, Regen über Tage und schließlich erneut Hochwasser. Alles ging glimpflich aus, doch der Zeitverzug war ärgerlich. Meister Lohse sah seine Planung in Gefahr, und der Bauherr lief nervös durch seine Werkstätten, die ihm mit gestiegenen Mieten weitere Unkosten brachten. Heimlich setzte Carl seine zeichnerischen Bemühungen in den eigenen Stallgewölben zu Hause fort. Steiners Pferde waren ruhiger als die Reitpferde des Grafen, und so kam der Erfolg schneller als gedacht. Sein Vater sagte zum Ergebnis, wohl etwas neidisch geworden, mit verkniffenem Mund: »Ich staune! Bald wirst du wohl besser zeichnen als ich.«

Ähnliches sagte der Vater zu Carl, als er dessen Fortschritte beim Geigenspiel vernahm. Er musste das wissen, denn einst war er, wie es die Großeltern erzählten, der jüngste Musikus, der im Dorf Wolkenburg bei Feiern aufspielte. Nun jedoch fehlte ihm zum Musizieren die Zeit und durch den harten Beruf auch das Feingefühl in den Fingerspitzen, um einer Geige schöne Klänge entlocken zu können. Die Geige war, in ein weiches Tuch eingeschlagen, beim Umzug nach Drebach in einer Kiste verschwunden. Carl fand sie beim Herumstöbern im vergangenen Herbst auf dem Dachboden. Als keiner im Haus war, hatte er auf ihr die ersten Töne versucht. Dann übte er an warmen Tagen außer Hörweite oben am Waldrand. Er hatte ein gutes Gehör und merkte sich leicht Melodien. Als wohlklingende Töne von ihm bekannten Weisen im Stück gelangen, fand er den Mut, seine jugendlichen Musizierkünste den Eltern und Geschwistern vorzuführen. Am vergangenen Weihnachtsfest war es so weit. Im Licht der Kerzen, die in großer Zahl auf geschnitzten und bunt bemalten Leuchtern die Stube erhellten, entlockte er der Geige die Melodie zu Luthers »Vom Himmel hoch, da komm ich her« und sang mit heller Stimme dazu. Vater, Mutter und Geschwister bekamen große Augen, waren gerührt und stimmten ein »... Ich bring euch eine gute Mär. Der guten Mär bring ich so viel, davon ich sing und sagen will.«

Carl hatte fast fehlerfrei gespielt. Über zwei Fehlgriffe sah der Vater hinweg und lobte seinen Jüngsten für die Überraschung und besonders, dass er sich alles selbst beigebracht hatte.

Noch stolzer war Carl, als ihm der Vater spontan die Geige noch zusätzlich zum Weihnachtsfest schenkte und sogar versprach, ihm einen Geigenlehrer zu bezahlen.

Der Lehrer wurde der Kantor der St. Niklaskirche in Erfenschlag. Er spielte nicht nur die Orgel vorzüglich, auch die Geige hatte er in der Hand, als sei sie fest mit seinem Körper und seiner Seele verbunden. Er war ein guter Lehrer. Carl wählte ihn sich zum Vorbild. Zum ersten Mal hatte Carl den Kantor beim Orgelspiel erlebt, als ihn der Vater zu Reparaturarbeiten in die Kirche mitgenommen hatte. In dieser Kirche war ständig etwas zu reparieren, denn an die kleine Kirche aus dem Mittelalter war ein massiver Turm angebaut worden. Gelegentlich brachte die Arbeit der Bergleute des nahe gelegenen Schachtes die Erde unter den zusammengefügten Bauwerken zum Wackeln, und dann zeigten sich Risse, die Meister Steiner ausbessern musste. Carl war dabei nur Handlanger und hatte Zeit, dem Orgelspiel zu folgen. Er stand zunächst staunend neben dem Kantor und starrte auf die Orgelpfeifen über ihm. Er stellte Fragen in einer Pause, und der Kantor antworte mit Tönen und erklärte, wie diese entstehen. Dann durfte er unter Aufsicht des Kantors die Tasten bedienen. Ihm gelang es, der Orgel Klänge zu entlocken, die sogar dem Kantor gefielen. Carl strahlte: »Das möchte ich richtig können.«

»Ich kann dir etwas beibringen, wenn du Lust hast.«

Der Vater war hinzugekommen und beeindruckt. Kein Lob kam über seine Lippen, doch was er sagte, war mehr: »Einmal in der Woche gebe ich dir am Nachmittag frei.«

»Danke, das nehme ich an«, sagte Carl bestimmt und selbstbewusst. Von der Werkstatt bis zur Kirche war er eine halbe Stunde zu

Fuß unterwegs. Er nutzte die vom Vater geschenkte Zeit. Carls Vater und der Kantor schlossen einen Pakt zur Bezahlung, und die Mutter packte Carl gelegentlich Eier, Äpfel, auch einmal ein gebratenes Huhn und ein Fässchen Butter und anderes mehr in das Tragetuch. Der Kantor freute sich, denn ein Kantor wurde so schlecht bezahlt wie ein Kirchschullehrer, der sich mit Schreibarbeiten etwas dazu verdienen musste.

Nach einem Jahr konnte Carl passabel auf der Orgel spielen. Er beherrschte inzwischen auch das Flötenspiel und vor allem konnte er der Geige Töne entlocken, die nicht nach Dorfmusik klangen. Carls Talent zum Musizieren hatte sich herumgesprochen. Auch Frau Evans war es zu Ohren gekommen. Sie hatte sich beim Kantor und Carls Vater vorsorglich über Carls Fähigkeiten erkundigt, als sie ihn bei einem Rundgang über die Baustelle beiseite nahm und fragte: »Carl, haben Sie Lust, bei der Geburtstagsfeier meiner Tochter Anna zur Unterhaltung aufzuspielen?«

Anna war zwar im selben Jahr geboren wie Carl, doch wirkte sie schon reifer als er. Sie hatte in Manchester das Licht der Welt erblickt, bevor Familie Evans die Insel verlassen hatte und nach Sachsen übergesiedelt war. Auf diese Herkunft war sie stolz. Sie sah sich als Engländerin und damit in Sachsen als etwas Besonderes an. Sie war bereits eine hübsche junge Frau. Kein Wunder, dass sich die Maurer auf den Gerüsten und die Handlanger, die am Boden den Mörtel mischten, nach ihr umdrehten, wenn sie mit ihrem Vater auf die Baustelle kam.

Was Carl nicht ahnte, war, dass sein Vater insgeheim hoffte, seinen Jüngsten mit der ältesten Tochter von Evan Evans zusammenzubringen. Ein Mädchen vom Dorf sollte nicht irgendwann seine Schwiegertochter sein.

Der Vater wusste nicht, dass in Carl bereits die Funken der Zuneigung für ein hübsches Mädchen vom Dorf sprühten. Seine Kuppelbemühungen kamen zu spät. Das junge Mädchen, für das Carl entflammt war, hieß Marie. Er hatte es auf dem Weg oben am Wald zum ersten Mal getroffen. Er saß zeichnend auf der Böschung am

Wegrand und blickte hinab auf die Bäume und Häuser im Tal. Auf einem Weg zwischen den Feldern, auf denen der Flachs noch nicht seine blauen Blüten entfaltet hatte, war sie ihm mit zwei Freundinnen entgegengekommen. Die Mädchen pflückten Wiesenblumen am Wegrand und hatten ihn erst spät entdeckt. Bald standen sie hinter ihm und blickten auf das mit einem Rötelstift begonnene Bild. Vermutlich doch eher auf seine blonde Haarpracht, die ihm beim Zeichnen und Musizieren bis hinab in den Nacken hing. Carl blickte auf. Zwei der Mädchen kicherten. Das dritte hielt den Mund geschlossen und sah ihn mit verträumten Augen an. Carl konnte nicht verbergen, dass ihm das gefiel. Ehe ein Wort fallen konnte, liefen die beiden Kichermädchen bereits zurück ins Tal. Ihre Freundin blieb unschlüssig vor ihm stehen. Er überbrückte das Schweigen mit: »Ich bin Carl.« Sie antworte leise mit niedergeschlagenen Lidern: »Und ich bin Marie.«

Dann legte sie Carl den kleinen Wiesenblumenstrauß, den sie gepflückt hatte, vor die Füße, drehte sich um und lief den beiden anderen hinterher. Aus der Ferne noch ein kurzes Winken, dann war auch sie hinter den Büschen verschwunden.

Marie ging Carl seitdem nicht mehr aus dem Sinn und er überlegte, wo er sie finden könnte. Im oberen Ortsteil wohnte sie nicht. Hier wäre er ihr wohl begegnet. Er hatte die Idee, Marie wie einen Schmetterling anzulocken und sich sichtbar für sie am Weg vor dem Wald niederzulassen und zu zeichnen.

Es war Sonntag, freie Zeit nach dem gemeinsamen Kirchbesuch und zur Abwechslung anstelle der Gaststätte Mittagessen in der Stube. Wochentags gab es das bei Steiners nicht. Da wurde in der Küche gegessen und unregelmäßig, je nachdem, wie die Männer dafür Zeit hatten, wenn sie nicht auswärts auf Baustellen waren.

Bruder Friedrich hatte sich mit Vaters Kutsche auf den Weg gemacht. Er hatte eine neue Freundin in Geyer, eine Bäckerstochter. Das war aus der Sicht der Eltern angemessen. Der Vater ließ ihn ziehen und legte sich zur Mittagsruhe nieder. Die Mutter verschwand in der Küche, und Carl begab sich auf den Weg bergauf in Richtung Herold. Oben zweigte der Waldweg ab. Der war länger, als der Blick reichte. Er sammelte die schmalen Felder und deren trennende Wege auf. Am hinteren Ende verschwand er im Wald und senkte sich dort hinab zur Kirche und zum Rittergut. Drebach war ein sehr langgestrecktes Kirchdorf mit vielen Bauernhöfen und Handwerkerhäusern.

Carl verlegte seinen Platz an der Böschung immer weiter in Richtung Dorfmitte, und dann hatte ihn Marie entdeckt, da sie ebenso Ausschau nach ihm gehalten hatte. Sie kam allein über die Felder zum oberen Weg, setzte sich neben Carl, schaute ihm beim Zeichnen zu, strahlte ihn ab und zu mit ihren schönen Augen an und schwieg. Carl bat sie, sich zur Seite zu drehen und zeichnete ihren Kopf neben eine kleine Skizze. Er wollte ihn für einen Scherenschnitt, so wie er das bei einem Wanderkünstler auf dem Markt gesehen hatte, nutzen.

Marie hatte eine zierliche Nase und Carl bemerkte, dass sie jünger war als er und Anna Evans. Zwei Jahre waren es wohl. Einer der nächsten Sonntage, für den sie sich verabredet hatten, war der letzte warme Tag, der zum Zeichnen einlud. Sie saßen, wie Königskinder im Märchen, aneinandergelehnt im Schutz der Böschung, die den kalten Wind abhielt, der bereits über die Berge das Herbstlaub über den Hang blies. Unerwartet zeigte Marie auf drei kleine Weberhäuser unten im Tal. Das mittlere war ihr Elternhaus. Nun wusste Carl, dass sie dort an der Dorfstraße wohnte, wo nur kleine Häuser von Gärtnern und Leinewebern standen. Häuser von Leuten, die kein Feld besaßen, das groß genug war, um eine Familie ernähren zu können. Carls Eltern hatten hingegen einen richtigen Bauernhof mit Vorgarten und kleinem Karpfenteich sowie einem großen bergauf liegenden Feld und einem Stück Wald gekauft. Carl ahnte den Konflikt. Er konnte seinen Eltern wohl nicht erzählen, dass er für die Tochter eines einfachen Leinewebers Zuneigung empfand. Für seine Eltern waren das Leute, mit denen man als Nachbarn gut auskommen konnte, doch die für eine verwandtschaftliche Bindung zu arm waren. Er beschloss, ohne Mahnungen der Eltern das Glücksgefühl in seinem Herzen zu erleben.

Marie und Carl saßen an diesem Nachmittag noch nebeneinander, bis die Sonne hinterm Wald verschwand. Sie hielt Carls linke Hand und er strich ihr mit dem Zeigefinger seiner rechten zärtlich übers Haar und dann die Stirn hinab bis zur Nasenspitze. Marie hatte die Augen geschlossen und hoffte wohl, dass er nun auch ihre Lippen berührte. Doch das getraute Carl sich noch nicht. Das zärtliche Spiel wiederholte sich noch einmal am folgenden Sonntag und endete dann doch mit einem zarten Kuss. Bald darauf wurde es oben am Wald kalt und nass. Einen trocknen Platz, den keiner beobachten konnte, hatten sie nicht. Es blieb nur, sich ihre Zuneigung ins Ohr zu flüstern, vom anderen ein Bild im Inneren zu bewahren und auf das Wiedersehen zu warten. Sie versprachen sich, dass dies bald sein würde.

Der Geburtstag von Anna Evans holte Carls Vater in die Realität zurück. Carl brachte als Geschenk sein Geigenspiel mit und der Vater eine kleine Kugel, die er noch von Friedrichs Arbeiten im Regal liegen hatte. Die Feier war für alle, die reichlich Torte und Kuchen essen wollten, sehr angenehm. Carl erhielt Beifall für sein Spiel, besonders von Annas Mutter, doch Anna selbst hatte für Carl keinen besonderen Blick. Der ist doch nur ein Musikus, der auf Wunsch ihrer Mutter aufspielte, dachte sie. Annas Blicke galten dem großgewachsenen Johann Rettig, einem Burschen, der wenig älter als Friedrich war. Evan Evans hatte ihn eingeladen, und er war mit seinem Pferd aus Tannenberg gekommen. Dort war er der Vorarbeiter im »Eisenhammer«, der Evan Evans gehörte und der sich auf den Rettig-Johann verlassen konnte.

Als Vater Steiner das bemerkte, zog er sich enttäuscht in die Runde zurück, in der Baumeister Lohse, die drei Maurermeister und Zimmermeister Uhlig, der extra angereist war, zusammensaßen. Der Bauherr hatte eingeladen, um die Sicherung des Baus für den Winter zu beraten.

Die Maurer waren beim Hauptbau inzwischen bis ins dritte Geschoss gelangt. Das sollte fertiggestellt werden, aber ohne Deckenlage bleiben. Nur die Mauern mussten hier abgedeckt und bei Schnee die Deckenbalken abgekehrt werden. Sie waren nur über die Gerüste erreichbar. Eine Treppe gab es noch nicht. Die sollte erst, wenn das Dacht dicht war, im angebauten Gebäudeteil entstehen und das konnte noch ein Jahr dauern. Der Baumeister legte fest, dass die Mauern in einer Linie abgeschlossen werden, damit sie einfacher vor Schnee und Eis geschützt werden konnten. Mehr war nicht zu tun, denn mauern konnte man nicht mehr, da ein Frosteinbruch das Wasser im Mörtel sofort zum Frieren bringen würde.

Carl konnte in der Runde der Frauen und Kinder, die er mit seinem Geigenspiel unterhielt, inzwischen die große Kinderzahl der Familie Evans bewundern, und die bewunderten in ihm den Geiger, der ihre Herzen erfreute. Frau Evans stellte Carl den Nachwuchs vor. Nach Anna, die sich mit ihrem Bewunderer zurückgezogen hatte, standen zwei Knaben, die das Schulalter erreicht hatten, vor Carl und hörten die Worte ihrer Mutter: »Carl Ludwig und Eli, reicht unserem Musikus die Hand.«

Sie folgten brav und Eli senkte dabei den Kopf. Sie fuhr fort: »Vielleicht kommt noch mehr Nachwuchs, wenn wir in die neue Wohnung gezogen sind. Mein Mann und ich lieben Kinder und haben Freude an ihnen.«

Später nahm sie Carl zur Seite und sprach leise mit einer unerwartet belegten Stimme: »Carl, bevor Sie es von anderen erfahren. Ich habe schon elf Kinder geboren, doch nur Anna und die beiden Jungen hier haben ein zweites Lebensjahr erlebt. Nach Elis Geburt starben ein Mädchen und drei Jungen hier im Erzgebirge. Ob es am rauen Klima lag? Ich kann es nicht sagen. Ihr – oder kann ich noch du sagen – Geigenspiel ist mir sehr nahegegangen und hat zugleich dunkle Gedanken verdrängt.«

Frau Lowry sah Carl dabei an, als würde er sehr gut als Ersatz für die Verluste in ihre Familie passen. Na ja, dachte Carl, die Anna würde das wohl nicht wollen. Doch der Tod der Kinder ging ihm von nun an nicht mehr aus dem Kopf. Seine Bewunderung für die tapfere Frau stieg noch mehr, da er sie bislang nur als umsichtige Mutter und Geschäftsfrau erlebt hatte, die ihrem Mann für seine vielen technischen Erfindungen, Werkstätten und die neuen Baupläne den Rücken freihielt.

Vater Steiner übernachtete wieder im Rittergut und für Carl war als Dank für sein Geigenspiel der Tisch zum Abend mit gedeckt, und es stand ein Bett für ihn bereit. Anna und der Rettig-Johann, wie er hier im Gebirge genannt wurde, waren im Gasthof geblieben und saßen mit Annas Freundinnen und Freunden zusammen. Carl zog sich bald zurück.

Sehr früh am Morgen, es war Sonntag, kam eine Nachricht von der Baustelle. Der eigentlich gut gesicherte Schuppen, in dem die Steinmetzwerkzeuge lagen, war aufgebrochen worden. Die wertvollen Meißel waren den Dieben in die Hände gefallen. Nur Brechstangen, Schlegel und anderes, was schnell wieder zu beschaffen war, lagen noch am Boden herum. Der Vater und Friedrich waren schon informiert und holten Carl aus den Federn. Der Vater rechnete den Verlust aus und Friedrich sagte: »Ganze Arbeit! Ich habe einen Verdacht. Ich hatte mich gewundert, dass sich einer der Maurergesellen für unser Werkzeug interessierte, als ich ihn vergangene Woche vor dem Schuppen stehen sah. Er hatte die Tür etwas zu genau betrachtet. Da nichts fehlte, hab ich's wieder vergessen. Nun doch der Ärger!«

»Wie heißt der Bursche und wo wohnt er?«, fragte der empörte Vater. »Er heißt Hans Weißhaupt und wohnt von hier aus hinter dem Wald am Anfang von Elterlein.«

»Den knüpfen wir uns vor, auf, auf, Jungs!«

Carl war schnell angezogen und die drei Steiners fuhren schneller als sonst mit ihrer Kutsche in den Nachbarort.

Weißhaupt-Hans lag noch im Bett, da Sonntag war. Die Eltern mussten ihn wecken und so war er völlig überrascht, dass ihn die Steiners gleich zu dritt mit Fragen in die Zange nahmen. Da seine

Eltern, die als ehrbare Leute galten, daneben standen, begann er, vor Angst zu zittern und gestand alles. Das Diebesgut fand sich in Weißhaupts Schuppen und war vollzählig.

»Werden Sie mich anzeigen?«, fragte er Meister Steiner.

»Das müssen wir! Ein Diebstahl ist kein Kavaliersdelikt.«

»Dann bin ich meine Arbeit los!«

»Das ist auch schlecht für den Bau, denn du bist ein guter Maurer, welcher Teufel hat dich geritten, dass du zum Dieb geworden bist?«, fragte Friedrich. »Doch offenbar bist du auch maßlos dumm. Was wolltest du mit den kostbaren Eisen? du hast doch gar keine Ahnung von unserem Beruf.«

»Ich kenne einen in Wolkenstein, der hat mir dafür viel Geld geboten, als ich ihm erzählte, dass ihr eure wertvollen Eisen über Nacht im Geräteschuppen verschließt. ›Dann brich das Schloss auf, wenn es Nacht geworden ist‹, hat der gesagt, und da keine Menschen mehr in der Nähe waren, hab ich's getan. Was ist nun, was soll ich tun?«

»Pack deine Sachen und werde Soldat. Da hast du, wenn du Wache schieben musst und Angst hast, genügend Zeit, über dein Tun nachzudenken und kommst hoffentlich zur Einsicht, dass ein Weißhaupt sein Geld auf ehrliche Weise verdienen muss!«

»Und was ist, wenn ein Krieg ausbricht und Hans nicht zurückkommt?«, jammerte die Mutter.

»Dann hat er seine Strafe weg. Einen Dieb will ich nicht in der Familie haben«, sagte der Vater.

Die Mutter brach in Tränen aus. Sie hatte ein ungutes Gefühl. Ihr wäre eine Gefängnisstrafe für den Sohn lieber gewesen.

Der erste Schnee fiel dann doch schneller als erwartet. Vater und Sohn Carl kontrollierten zweimal in der Woche die Baustelle. Kalt, sehr kalt wurde es, als der Dezember begann. Über Weihnachten und vermutlich bis in den März hinein würde wohl die weiße Winterpracht liegen bleiben. Sehr schnell türmten sich Schneeberge auf den dicken Mauern des unfertigen Fabrikgebäudes. Schneebretter hatten sich auf den frei liegenden Deckenbalken gebildet. Wenn die Sonne mit warmen Strahlen an diesen leckte, tropfte es bald von ihnen herunter wie in einer Tropfsteinhöhle. Von Weitem bot der begonnene Bau den Eindruck einer Gespensterburg. Die beiden Steiners prüften, wie mit dem Baumeister verabredet, die Schlösser an den Handwerkerschuppen und die Vollständigkeit des gelagerten Baumaterials. Häufiger trafen sie dabei Evan Evans, wenn dieser mit hohen gefütterten Stiefeln und in gefütterte Kleider gehüllt um den im Winterschlaf liegenden Bau durch den Schnee stapfte. Vermutlich dachte er darüber nach, wie schnell sich sein Geldbeutel seit dem Baubeginn geleert hatte und sich nun im Winter, da er die Bauleute nicht bezahlen musste, nur sehr langsam, viel zu langsam durch die Einnahmen seiner Maschinenwerkstatt und die Handspinnerei wieder füllte. Der Baumeister ließ sich nicht sehen. Er hatte mit letzten Arbeiten im Inneren der Kirche zu Grünhain zu tun.

An einem Schönwettertag wurden Steiners Pferde vor den Schlitten gespannt. In Geyer musste der Bau kontrolliert werden. Für Carl war es ein Ausflug mitten durch den Winterwald. Schnee und Eis glitzerten in der Sonne. Er fühlte sich wohl. Das verging ihm beim Mittagessen im Gasthof, das sein Vater spendierte. Im Gasthof wurde laut diskutiert, denn schlimme Berichte waren bis nach Geyer gedrungen. Was dabei zu hören war, machte alle betroffen und ließ noch Schlimmeres befürchten. Heinrich Grummbacher, Spinnmeister in Evans' Werkstatt, hatte die Nachricht vom Tod seines ältesten Sohnes erhalten. Der war mit Napoleons Armee nach Russland gezogen und war nicht einmal bis Moskau gelangt. Keine Kugel hatte ihn getötet, der Typhusbazillus hatte ihn dahingerafft. Todesnachrichten auch aus anderen Orten rings um Geyer. Nicht nur Kugeln aus Gewehren und Kanonen, auch Hunger, Krankheiten und eisige Temperaturen brachten Leute um, die diesem und jenem bekannt waren. Carl kannte Grummbachers Sohn, da er zum Freundeskreis seines Bruders Friedrich gehörte. Die Leute sprachen am Tisch über die fast immer tödliche Krankheit, der Heinrich zum Opfer gefallen war. Carl sah Bilder vor sich, die ihm Angst machten.

Der Vater war ihm gefolgt, holte Pferde und Schlitten, sagte kein Wort, nahm nur die Hände seines Sohnes. Ein fester warmer Druck, Carl stieg ein, hüllte sich in Decken und blickte nach vorn zum Wald, der immer näher kam. Tief hingen die Äste unter der Schneelast herab. Winterwald. Ruhe und Frieden. So müsste es immer sein, dachte Carl. Sein Vater pfiff ein Lied vor sich hin. Das war seine Art, den Schreckensnachrichten zu begegnen. Plötzlich sagte er: »Carl, sei froh, dass du noch keine achtzehn Jahre alt bist …«

»Warum, Vater? Ich bin doch kein Kind mehr!«

»Im Gasthof wurde gemunkelt, dass eine Wehrpflicht eingeführt wird. Ich will nicht, dass meine Söhne in den Krieg ziehen und dazu kommt es vermutlich, so, wie die Dinge stehen. Man hat im Gasthof auch berichtet, dass Napoleon mit dem Feldzug nach Russland gescheitert ist und nun auf dem Rückzug in Richtung Paris sei. Das wird er nicht auf sich sitzen lassen. Er wird mit einer noch größeren Armee wiederkommen und dafür neue Soldaten benötigen. Sie werden in alle Länder kommen, die er besetzt hält, und Soldaten werben.«

»Was wird dann mit Friedrich?«, fragte Carl den Vater.

»Der ist nicht auf den Kopf gefallen und kennt den Weg ins Böhmische. Mit dem Baumeister haben wir schon gesprochen und Evan Evans werde ich rechtzeitig einweihen. Wir sind am zweiten Weihnachtstag bei ihm zu Hause eingeladen.«

Das Weihnachtsfest nahte. Der Schnee reflektierte hunderte Lichter, die aus den Fenstern der Häuser abends vom Tal zum Himmel strahlten. Friedrich hatte sich ein Pferd mit einem Schlitten bei seinem Meister ausgeborgt und war, bepackt mit zwei riesigen Weihnachtsstollen, aus Schlettau eingetroffen. Dort wohnte er in der Winterpause der Bauarbeiten von Siebenhöfen in einer Gärtnerwohnung des Schlosses, das Baumeister Lohse bei einer Versteigerung erworben hatte, und in dem er gemeinsam mit seinem

Schwiegersohn Julius Hermann Naumann eine Garnspinnerei und ein Garngeschäft betrieb. Der Landbaumeister wurde immer mehr zum Textilfabrikanten und hoffte, dass Friedrich seine Bauaufträge einmal übernehmen würde.

Den Heiligen Abend erlebten die Steiners bei einem Krippenspiel in der Kirche von Ehrenfriedersdorf. Der Kantor begleitete es an der Orgel, und Carl durfte zuvor mit der Geige für weitere festliche Stimmung sorgen. Auch hier war Festbeleuchtung mit hunderten Kerzen in den Fenstern am Weg zur Kirche und im Gotteshaus. Sehr viele Leute waren gekommen. Sie suchten die friedvolle, festliche Stimmung, um die Sorgen des Alltags und die politischen Ungewissheiten etwas zur Seite zu drängen. Wieder zu Hause, gab's die Geschenke. Carl erhielt von den Eltern neue Kleidung, die für Reisen geeignet war. Friedrich neue Stiefel. Carl schenkte den Eltern ein Winterbild, das er erst am Sonntag zuvor mit selbst gemischten Farben gemalt hatte. Der Vater schenkte der Mutter eine silberne Kette mit einem Medaillon. Der Vater erhielt eine neue Taschenuhr als Gemeinschaftsgeschenk, und die Mutter verteilte selbst gestrickte Handschuhe und Socken, Friedrich überreichte die beiden mitgebrachten Stollen.

Am Ersten Feiertag zwang Neuschnee zur häuslichen Ruhe bei Gänsebraten, und am zweiten Feiertag fuhr die Familie nach Geyer, um der Einladung ins Haus Evans zu folgen. Frau Lowry hatte diese vor allem ausgesprochen, um erneut Carls Geigenspiel bei Kaffee und Kuchen zu erleben. Der Hausherr war allerdings nicht in weihnachtlicher Stimmung. Er hatte am Tag zuvor die weiteren Ausgaben für den Bau seiner Fabrik überschlagen und sie den möglichen Einnahmen bis zur Fertigstellung gegenübergestellt. Als er mit Christian Steiner, den er in sein Arbeitszimmer gebeten hatte, allein war, befand er sich nicht nur in schlechter Stimmung, er schimpfte sogar laut, dass der Zeitplan beim Bau nicht eingehalten worden war. Meister Steiner war das Opfer. Er wehrte sich und nannte viele Gründe für die Verzögerung, die nicht nur an den Bauleuten lag. Er fand keinen Widerhall. Schlechte Laune im Arbeitszimmer, gute im Salon. Der Vater reichte, zurück in Drebach, Evan Evans' Laune weiter. Carl traf es unverdient und er wurde bockig. Die Mutter schlichtete und dabei kam heraus, dass der harte Winter schon jetzt die Rücklagen der Eltern, die bis zum Frühjahr reichen sollten, erheblich zur Neige gebracht hatte. In der Werkstatt lagen jedoch behauene Steine, die Meister Lohse noch nicht bezahlte, da auch der Bauherr das Geld zurückhielt. Der Vater hatte im Arbeitszimmer den Bauherrn um einen Vorschuss auf die fertige Arbeit gebeten und war auf Granit gestoßen. Er solle sich an den Baumeister halten, war er angeknurrt worden. Carl erinnerte sich an eine Geschichte, die Meister Lohse über den vormals reichen Bürger- und Stadtbaumeister von Leipzig, Hieronymus Lotter, erzählte, der vom sächsischen Kurfürsten August um den Rest seiner Entlohnung für den Bau der Augustusburg geprellt worden war und seinen Leipziger Besitz verkaufen und sogar sein Rittergut in Geyer verpfänden musste, um dort seine letzten Jahre verbringen zu können.

Bei den abendlichen Gesprächen der Eltern, in die Carl nun einbezogen wurde, erfuhr er, dass Evan Evans selbst einen Anteil Schuld daran besaß, dass der Bau nur schleppend vorankam, denn er wünschte ein Fabrikgebäude, das sich wie ein Palast hoch aus dem Gebirgstal erhob. Doch die finanziellen Rücklagen dafür hatte er nicht. So drängte er seinen Baumeister, auf dem knapp bemessenen Baugrund nicht nur hoch hinaus, vielmehr sogar bis ins Dach hinein Werkräume und Wohnungen zu bauen. Dafür musste das Dach steil ansteigen und sich dann flacher zur Mitte krümmen. Die Idee überzeugte auf dem Plan, doch wie sie praktisch umgesetzt werden sollte, wusste auch der erfahrene Kirchen- und Fabrikbaumeister Lohse noch nicht.

Er hoffte, dass er bei einer Reise zum Fabrikneubau der Kaufleute Meinert in Lugau, das lag eine knappe Tagesreise entfernt im Westen des Gebirges, mit Zimmermeister Uhlig die Lösung für das neuartige Dach finden würde.

Mutter Steiner äußerte sich kaum zu den Problemen beim Bau in Siebenhöfen, von denen sie immer häufiger hörte, aber sie dachte an die Nöte, in die Steiners Werkstatt schon geraten war, wenn gute Arbeit sehr spät oder gar nicht bezahlt wurde.

Die entstandene Zuneigung zu Marie beflügelte Carls Träume, sein Zeichnen, sein Geigenspiel und neuerdings seine Fingerübungen mit dem Schnitzmesser. Die begannen, als er beobachtete, wie sein Vater Ornamente nach Vorlagen von Pflanzen und Tieren aus dem Stein schlug. An Figuren wagte sich der Vater allerdings nicht heran, denn ein Steinbildhauer war er nicht. Doch Carl wollte auch Figuren unter seinen Fingern entstehen lassen. Im Kerzenlicht langer Winterabende formte er sie aus Lindenholz und schließlich gelang es ihm, Maries Gesichtszüge als flaches Relief aus Ton zu formen. Den Ton hatte er, in ein feuchtes Tuch eingeschlagen, zufällig in der Werkstatt gefunden. Die Anregung für das Relief hatte er im Schloss Wolkenburg entdeckt.

Carl fragte sich öfter, wie weit er es selbst beim Modellieren von Figuren bringen würde. Er hatte entdeckt, dass Modellieren einfacher als die Bildhauerei war. Was beim Modellieren nicht gelang, wurde weggeschnitten und neu angeformt. Ein falscher Schlag mit dem Meißel in den Stein jedoch konnte bereits das Ende der Mühen und viele vergeudete Stunden bedeuten.

Der Vater hatte Carl gefragt, als er das kleine Relief mit Maries Gesichtszügen sah, wer das schöne junge Mädchen sei und ob er es näher kenne.

»Nein, ich kenne es nicht, es ist aus meiner Fantasie heraus entstanden, doch ich beobachte die jungen Mädchen und Frauen, wenn sie still in den Kirchbänken sitzen.«

Der Vater wollte nicht weiter nachfragen, doch wusste er, dass er auf seinen Sohn aufpassen musste, damit der nicht einer Falschen hinterherliefe. Er nutzte die Gelegenheit, um mit seinem Jüngsten über etwas zu reden, das ihn beschäftigte.

»Carl, verstehe bitte nicht falsch, was ich dir jetzt sage: Ich habe beobachtet, wie du einen Stein, der für den Bau exakt sein muss, behaust und wie du beim Zeichnen einen Stift führst. Im Steinmetzhandwerk ist dein Talent nicht so gut ausgeprägt wie bei deinem Bruder Friedrich, beim Zeichnen wohl schon. Friedrich hatte ich nach seiner Gesellenzeit auf Wanderschaft geschickt, damit er bei anderen Meistern lernt, wie man eine Werkstatt führt. Als die Aufträge für Grünhain und Erfenschlag sicher waren, hab ich ihn zurückgeholt. Er hat mir das Organisieren der Arbeit abgenommen und schon schwierige Formen selbst bewerkstelligt. Doch ein Künstler ist Friedrich nicht. Er hat das Talent für das Geschäftliche und die exakte Handwerksarbeit. Die Begabung zur Kunst hast du.«

Nach etlichen Irrtümern hatte nun Vater Steiner begriffen, dass er sich seinen Nachwuchs nicht nach seinem Ebenbild formen konnte, denn seine beiden Jungen hatten Talent und Stärke auf sehr unterschiedlichen Gebieten. Friedrich war Perfektionist und alles, was aus seinen Händen kam, war bis auf Bruchteile sächsischer Ellen genau und passte an die Stelle im Mauerwerk, für die es gedacht war. Friedrich hatte allerdings eine große Klappe. Er ließ den Vater reden und machte, was er für richtig hielt. Friedrichs Lehr- und Gesellenjahre waren deshalb für Vater und Sohn Lehrjahre im Umgang miteinander.

Ganz anders sah der Vater seinen Sohn Carl. Der war weitaus empfindsamer als sein großer Bruder, überlegte erst, bevor er eine Meinung kundtat, und die gab er dann leise, aber mit klaren Worten von sich und oft mit hintergründigem Witz. Er hatte viele Talente, doch ein sehr guter Steinmetz für den Bau würde er sicherlich nicht werden. Ihm fehlte die Ausdauer für reine Handwerksarbeit und die Muskelkraft dafür, und er zeigte auch keinerlei Neigung, sich diese anzueignen. Carl missdeutete die Mühen des Vaters um Friedrich. Er sah sich benachteiligt. Wenn er das bemerkte, verzog er sein Gesicht und wurde missmutig. Spät begriff er, dass sich der Vater auf andere Weise um ihn kümmerte, etwa wenn er zu ihm sagte: »Locker und nicht penibel musst du zeichnen, sonst wirkt alles, was du aufs Papier bringst, steif. Bei Bildern sind Ausdruck und Anmut der Maßstab für Schönheit.«

Einige Male, da war Carl bei ihm bereits Lehrling, nahm er ihn mit auf die Baustellen, ließ ihn Schmuckmotive in Kirchen abzeichnen und, wenn er sie als Vorlagen benötigte, auch in der Werkstatt in Ton modellieren. Carl gelang es, Schmuckelemente aus weicher Tonmasse mit Messer und Spatel zu formen, und der Vater konnte sie in Gips nachgießen und nach dem Muster den Stein bearbeiten. Das Formen von Figuren konnte er Carl nicht beibringen. Er erinnerte sich, dass er einst in Schneeberg im Haus der Schnorrs den Sohn Hans Veit wiedergesehen hatte, als dieser Kurse für die künstlerische Bildung gab. Bereits als junger Mann hatte er dessen Können bei der Ausmalung der neuen Kirche von Wolkenburg bewundern können. Schnorrs Sohn war inzwischen Direktor der Leipziger Kunstakademie. Vater Steiner überlegte nun, wie er Carl zum Kontakt mit Schnorr von Carolsfeld verhelfen könnte.

Carls Freude an seinen künstlerischen Versuchen an langen Winterabenden wurde mehrfach durch Ereignisse getrübt, die ihm nahegingen und nachts schlaflos im Bett wälzen ließen. Dann verfluchte er wieder seine oft sehr deutliche Bildfantasie. Es war im Februar. Fastnachtzeit. Einige kostümierte Narren hatten sich hinaus in den Schnee gewagt und tanzten um die Käufer und Händler auf dem von hohen Schneebergen umgebenen Markt in Geyer herum. Vater und Mutter Steiner waren mit dem Schlitten hierhergekommen, um den Vorrat an Kerzen und anderen notwendigen Dingen des Haushalts aufzufrischen und zugleich Familie Evans einen Besuch abzustatten. Der Bauherr hatte wissen lassen, dass er einen kleinen persönlichen Auftrag für die Werkstatt habe und dafür einen Vorschuss zahle. Der Auftrag hatte einen traurigen Anlass.

Mutter Steiner erfuhr beim Besuch die tragische Geschichte vom Scheithauer-Käthchen, der jungen Frau, die zwei Jahre vor Carl in Herold in die Dorfschule gegangen und dann bei Lowry Evans Kindermädchen gewesen war.

Zu Haus in Herold hatte sich Käthe bei einem Dorffest in einen jungen Leineweber verliebt. Der hatte sie später nicht geheiratet, vielmehr schmählich im Stich gelassen, als er das Ergebnis der Nacht nach dem Fest sah. Käthe war schwanger und ihr Verführer bald über die Berge zur Armee Napoleons verschwunden. Die

Eltern der Verführten, wohlhabende gottgläubige Bauern, die sich einen tatkräftigen Schwiegersohn gewünscht hatten, fürchteten weniger, dass die Tochter mit einem Kuckuckskind keinen Ehemann fände, als das Gerede im Dorf und Gehässigkeiten und Spott der Nachbarn. Sie machten der Tochter schwere Vorhaltungen und die lief hinauf bis zu den Greifensteinen, um sich in den Tod zu stürzen. Doch ihr hatte dazu der Mut gefehlt und so stand sie in der Tür von Lowry Evans, die mit ihren Lebenserfahrungen schon alles geahnt hatte, und bat um Rat und um Hilfe. Die fand sich mit einer Adresse im Böhmischen. Hinter Oberwiesenthal und Joachimsthal lag »St. Christoph Hammer«, ein Blaufarbenwerk. Die zugehörige Schänke gehörte einem in der Gegend sehr bekannten Wirt. Es war Stülpner-Carl aus Scharfenstein. Im Sächsischen war er als Wilddieb und Deserteur bekannt und wurde gesucht. Im Böhmischen war er ein freier Mann, der sich mit unehelich gezeugten Kindern gut auskannte. Ausgestattet mit einigen Talern von Frau Evans, begab sich Käthe Scheithauer auf den Weg über die Grenze, um dort ihr Kind zur Welt zu bringen. Man hatte nie wieder etwas von ihr gehört. Dann fand vor wenigen Tagen der Jagdaufseher von Schlettau im Wald eine junge Frau neben einer Futterkrippe, die unter Resten von Heu in der eisigen Kälte Schutz gesucht haben musste. Sie hatte die Nacht nicht überlebt. Schnee hatte sie schon fast zugeweht. In ihren Armen hielt sie, in ihren Schal eingewickelt, ein Kind. Erst einige Monate alt, schätzte der Jagdaufseher. In beiden war kein Funke Leben mehr, und so blieb ihm nur die Möglichkeit, im Schloss Nachricht zu geben, damit sein trauriger Fund geborgen würde und ein Arzt den Tod der beiden bestätigen konnte. Evan Evans selbst holte die beiden Toten mit seinem Schlitten ab, damit sie in der Kirche aufgebahrt werden konnten. Er hoffte, sich mit den Eltern seiner einstigen Angestellten einigen zu können, dass die Bestattung in Geyer erfolgt, wo keine böswilligen Nachbarn in der Nähe wohnten. Carl hatte das Gesicht der toten Käthe sofort vor Augen und ahnte, dass ihn deren Schicksal und die erahnten Bilder vom Sterben der beiden unglücklichen Menschen wie vor einiger Zeit das Unglück der Postkutsche wieder durch den Kopf spuken würden.

Nach einem harten Winter und Schneemassen, die sich an den Straßen türmten, kam vor Ostern der Frühling. Ein warmer Wind wehte über den Gebirgskamm. Böhmische Winde überraschten in jedem Jahr neu. Sie brachten Frost und Wärme im Wechsel und im Sommer oft viel Regen, der die Flüsse über die Ufer treten ließ. Die setzten dann das Land im Norden unter Wasser. Bei Siebenhöfen trat der Geyerbach über die Ufer, doch leckte sein Wasser so stark an den Schneebergen neben Straße und Bach, dass bald die letzten Spuren des Winters ausgelöscht waren. Die Arbeit der Maurer, Zimmerleute und Steinmetzen konnte wieder beginnen.

Es war Anfang April im Kalenderjahr 1813.

Zu Monatsmitte verkündeten die Zeitungen, dass am 13. April die Kontinentalsperre aufgehoben wurde und damit Waren aus England wieder freien Zugang zu den Märkten und Messen der deutschen Länder hätten. Reisende mit der Postkutsche, Post- und Kurierreiter verbreiten die Nachricht in Windeseile bis zu den Fabrikanten im Erzgebirge. Große Sorgen überall, dass der Absatz der heimischen Waren ins Stocken geraten, wenn nicht gar bald zusammenbrechen würde. Alle Hoffnungen ruhten nun auf Napoleon, dass er mit einem neuen Feldzug die Folgen für Sachsen im letzten Moment noch verhindern könnte. Evan Evans drängte die Bauleute, von Sonnenaufgang bis zum Abend zu arbeiten. Laut kommentierte er in der Runde: »Lieber eine Fremdherrschaft unter Napoleon als billige fremde Waren in unserem Land. Dass ihr und ich nicht im Warenstrom meiner einstigen Landleute ersticken, soll der Franzosenkaiser notfalls auch mit Waffen verhindern.«

Evan Evans plagten düstere Vorahnungen. Sein Drängen hatte Erfolg. Kurz nach den Ostertagen war das zweite Obergeschoss komplett im Rohbau fertiggestellt. Für das zweite Wochenende im Mai konnte sich Carl auf seine erste mehrtägige Reise freuen. Dabei war die Bauabnahme von Meinerts Fabrikbau in Lugau und dann eine Feier im neuen Herrenhaus der Großkaufleute Meinert vorgesehen.

7
Carls Tagebuch zur Reise bis ans Ende des Gebirges

Morgen wird meine erste längere Reise in eine mir unbekannte Gegend beginnen. Sie soll vier Tage, von Donnerstag bis Sonntag, dauern. Schon sehr früh am Morgen geht es mit der Kutsche los. Zunächst mit unserer bis Geyer und dann mit Meister Lohses Reisekutsche weiter. Bisher war ich über Nacht nur mit Vater und Mutter in Wolkenburg unterwegs. Jetzt ist Oelsnitz am Rand des Gebirges das Ziel. Ich hatte noch nie von dem Ort gehört. Dort wohnen die Kaufleute Meinert. Meister Lohse hat für sie im Nachbardorf Lugau eine Spinnmühle gebaut. Die Steinmetzarbeiten hatte mein Vater zusammen mit Friedrich übernommen. Die beiden waren immer mehrere Tage auf der Baustelle. Nun haben auch die Zimmerleute dort ihre Arbeit getan. Am Wochenende soll der Bau von den Bauherren abgenommen werden. Danach kann Meister Evans die Antriebsanlagen für die Spinnmaschinen einbauen.

Am Tag darauf wird nicht nur der Abschluss der Bauarbeiten an der Fabrik gefeiert, sondern auch die Einweihung des neuen Herrenhauses der beiden Kaufleute. Mein Vater hat berichtet, dass sich die Firma »Gebr. Meinert« bereits wenige Jahre nach ihrer Gründung zu einem Welthandelsunternehmen für Textilien entwickelt habe.

Dass ich auf dem freien Platz in der Kutsche mitreisen kann, entsprang einer Idee von Frau Evans. Ihr war es nicht geheuer, dass ihr Mann den Meinerts nur ein Gastgeschenk überreichen wird, vielmehr sollte er auch in einer ungewohnten Gesellschaft eine kurze Rede halten. Den Text hatten sie beide bereits verfasst und auch den Vortrag schon probiert, doch Frau Evans befürchtete, dass die Zuhörer wohl eher lächeln, als angetan sein würden, wenn sie die aus Sächsisch und Englisch gemischte Sprache ihres Mannes vernähmen. Nach ihrer Vorstellung musste es nur eine kurze Rede sein, die von Musik umrahmt wird. In mir sah sie den Musikus für diese Umrahmung. Zum Auftakt sollte ich jenes Ständchen spielen, das sie schon vom Geburtstag ihrer Tochter kannte. Als Abschluss dachte sie an ein festlicher klingendes, kurzes Stück. Mein Vater war gerade dazugekommen, um mich zur Heimfahrt nach Drebach abzu-

holen. Wir überlegten gemeinsam. Er erinnerte sich, dass der Kantor begonnen hatte, mit mir etwas Leichteres vom jungen Mozart einzuüben. Ich schluckte. Der berühmte Mozart! Den spielt man nicht wie ein Geburtstagslied herunter. Da kann man sich nur in die Nesseln setzen. Ich fühlte mich nicht gut genug dafür. Lieber wollte ich auf die für mich erste große Reise verzichten, als vor einem unbekannten Publikum zu versagen. Mein Vater wusste Rat und hielt auf dem Heimweg beim Kantor in Ehrenfriedersdorf an.

Bald hatte er das richtige, mit mir ebenfalls geübte Stück herausgefunden. Es war »Trillo del Diavolo« von Pietro Locatelli. Es gab noch genügend Zeit bis zur Abreise, um das Stück zu üben und in mein Gedächtnis aufzunehmen.

Den Grund, dass es mein Vater gut fand, mich mit auf die Reise zu nehmen, kann ich nur vermuten. Es muss ihm meine heimliche Zuneigung zu Marie zu Ohren gekommen sein. Nun suchte er einen Anlass, mich mit anderen Mädchen bekannt zu machen, die nach seiner Auffassung besser zu mir und in die Familie passen. Wahrscheinlich hatte er deshalb mehrfach die schönen und anmutigen jungen Mädchen erwähnt, die er in Oelsnitz gesehen hatte, als er und Friedrich während der Bauarbeiten an Meinerts Fabrik dort ein Dorffest besuchten. Friedrich hatte mir erzählt, dass das schönste Mädchen dort eine Luise sei, die von verstorbenen Verwandten an Kindes statt angenommen worden war. Friedrich hätte sie gern zum Tanz aufgefordert, doch die Kaufleute haben alle Burschen ferngehalten, die in die Nähe der Schönen kamen.

Was plant mein Vater? Soll ich zum Verräter an Marie werden, der ich gerade mit meinen Lippen Treue geschworen habe?

Marie hatte ich von der bevorstehenden Fahrt erzählt und auch, dass ich dabei Papier und Stift zum Zeichnen mitnehmen möchte. Wir hatten uns für den gestrigen Abend noch einmal oben am Wald verabredet. Wir tauschten nur zärtliche, keine heftigen Küsse! Zum Schluss hatte sie ein wunderbares Geschenk für mich. Es war ein aus Leinen genähter Beutel für mein Zeichenpapier und die Stifte. Ein gesticktes Lindenblatt und die Buchstaben C.C. zierten die Vorderseite. Das war ein Liebesgruß und ich spürte, wie er mich erregte, als sie mir ins Ohr flüsterte, dass sie mit der Stickerei die letzten Tage vor meiner Reise verbracht und dabei an mich gedacht hatte. Der Beutel kam gerade recht, denn mein Vater hatte mich gebeten, meine schönsten Zeichnun-

gen in einer Mappe und ebenso leere Blätter zum Skizzieren mitzunehmen. Zur Herkunft des Beutels erfand ich eine Geschichte. Von Marie durften die Eltern nichts wissen. Ich gab vor, dass ihn mir eine Handarbeiterin in Herold gegen ein Handgeld nach meiner Vorlage angefertigt habe.

»Das hat sie aber liebevoll gemacht«, sagte die Mutter und der Vater fügte mir in die Augen blickend hinzu: »Die Handarbeiterin war hoffentlich nicht dein Liebchen aus dem letzten Schuljahr, mit dem ich dich Händchen haltend danach gesehen habe.«

»Sie war's, Vater, doch das Händchenhalten ist längst vorbei. Sie hat jetzt einen festen Freund.«

Der Vater schien beruhigt. Marie blieb weiter mein Geheimnis.

Meine Gedanken waren bereits seit einigen Tagen der Reisekutsche vorausgeeilt. Bis zum kleinen Fluss Würschnitz kannte ich den Weg, da der Vater fast immer mit der Kutsche an Chemnitz im Süden vorbeifuhr, wenn wir zu den Großeltern nach Wolkenburg unterwegs waren. Mein Vater hielt einmal dort an, begrüßte einen der Kaufleute, den wir im Hof antrafen, als er gerade mit zwei Jagdhunden auf einem Rappen ausreiten wollte. Ich hielt mich zurück, wurde dann aber dem vornehmen Herrn doch noch vorgestellt. Er gestattete uns einen Gang durch den Garten, und mein Vater durfte mir von dort aus die hohe Villa auf ihrer Sonnenseite zeigen. Mir verschlug es beim Anblick die Sprache und meine Augen konnten nicht so recht erfassen, was ich da sah. Der Vater staunte nicht, denn wie er mir nun erklärte, hatte er die Säulen und alles Steinwerk mitgebaut. Zwischen zwei Anbauten erhob sich genau in der Mitte ein Bauwerk, wie ich es noch nie gesehen hatte. In seiner Mitte strebten vier kolossale Säulen nach oben, so, wie sie in Siebenhöfen an den Hausecken entstanden und ich sie auch von der neuen Kirche in Grünhain kannte. Hier aber standen sie eng beieinander wie angewachsen vor der Villa. Erst nach dem Keller und drei hohen Geschossen waren sie oben unter einem mächtigen steinernen Balken angelangt. Obenauf ruhte ein Häuschen mit drei Fenstern und darüber gab es noch einen Giebel. Den schmückte ein Fenster rund wie die Sonne.

»Da oben muss der Blick bis zu den blauen Bergen reichen.«

»Kann sein. Auf jeden Fall lässt es sich dort gut feiern und einen Abort haben wir oben in die Säulen auch eingebaut.«

Vater zeigte auf ein kleines Fenster am oberen Ende einer Säule. »Dann sind die Säulen wohl hohl, damit die Notdurft sofort nach unten fällt?«

»So ist es und in einer der hohlen Säulen kann mit einem Flaschenzug sogar ein Korb mit Speisen und Getränken nach oben gezogen werden.« Mit diesem Luxus konnte nicht einmal Schloss Wolkenburg mithalten.

Geplant war, dass Vater und ich mit unserer Kutsche bis zur Baustelle Siebenhöfen fahren und dort Friedrich die Kutsche übernimmt, damit er am Wochenende unserer Mutter im Haus und im Stall helfen kann.

Die eigentliche Reise nach Lugau und Oelsnitz sollte dann mit der Kutsche des Baumeisters erfolgen. Die Mutter hatte bereits zusammengestellt, was dafür nötig war: Kleidung für die Reise und die Feier, Wegezehr für die Hinfahrt. Für Essen und Trinken auf der Rückfahrt würde sich ein Gasthof finden. Es gab davon genügend.

Ich stellte meine Zeichenutensilien und vor allem den Geigenkasten und die Notenblätter griffbereit neben meine Zimmertür und legte mich zeitiger als sonst zum Schlafen nieder. Als der Hahn krähte, hatte ich schon die Augen geöffnet und die Vorhänge zur Seite gezogen. Ich blickte in die Nacht, die über den Bergen lag. Wird es einen schönen Tag geben? Die Antwort wird die Sonne bringen.

Keine Zeit für weitere Betrachtungen. Ich lief die beiden Treppen hinab in die Waschküche und zündete zwei Kerzen an. Im kleinen Spiegel strahlte mir ein junges Gesicht, eingerahmt von blondem Lockenhaar, entgegen. So wollte ich mich auch beim Geigenspiel am bevorstehenden Fest den vielen mir noch unbekannten Leuten zeigen. Ich säuberte lange die Finger und mit Hanffasern die Zähne, und zum Schluss trug ich im Gesicht etwas von der Creme auf, die ich bei Friedrich gesehen und vorsorglich zur Seite gebracht hatte.

Noch nie hatte ich vorher derartigen Wert auf mein Aussehen gelegt. Die Eltern sahen's am Frühstückstisch mit Wohlgefallen.

Lange genug hatten sie fast jeden Morgen Anlass zur Mahnung, dass ich die schwarzen Ränder der Fingernägel beim Waschen mit einer Bürste beseitige.

In der Kutsche waren bereits die Sachen für Friedrich und unsere Reiseausstattung auf den rechten Sitz gepackt. »Warum soll ich nicht rechts sitzen?«, fragte ich die Mutter. »Damit du auf der sicheren Seite sitzt. Kutschen kippen öfter nach rechts, wenn sie umstürzen.«

Ich stieg gegen meine Gewohnheit neben meinem Vater auf den Kutschersitz und dachte: »Was für Friedrich alles mitgeschleppt wird«, und merkte dabei, wie in mir Eifersucht aufstieg. Friedrich war schon erwachsen und die Mutter wusch und flickte immer noch seine Wäsche und legte für ihn immer Geräuchertes und andere schmackhafte Sachen zur Seite.

Nach knapp einer Stunde hatten wir die Baustelle erreicht. Friedrich übernahm die Kutsche. Die von Meister Lohse hatte sein Kutscher Oskar bereits vorgefahren. Unser Gefährt rollte doppelt so schnell wie eine Postkutsche. Beim Vorbeifahren noch ein Blick auf die Baustelle. Das sah alles schon sehr gewaltig aus, wie die Baustelle einer großen Kirche.

Durch Geyer ging's schnell und danach durch den hochgelegenen Geyerischen Wald bergauf, bergab und wieder bergauf. Über uns nur der blaue Himmel. Keinerlei Lichtung, die einen Blick hinter den Stangenwald der Bäume gewährte.

Die Kutsche rollte schier endlos zwischen den grünen Wänden bergab, fast bis an die ersten Häuser von Zwönitz. Bald darauf stoppte uns das Gewimmel von Käufern und Händlern auf dem Marktplatz. Einige verkauften Gewebtes und Gewirktes aus einem Planwagen heraus. Andere handelten mit Waren, die in Kisten oder Säcken auf einem Leiterwagen gestapelt waren. Leinenstoffe, Hausrat aus Holz, Keramik und Blech lagen auf Schiebeböcken ausgebreitet. Auch Handwagen und Schubkarren wurden genutzt. Die Ärmsten der Händler hatten das, was sie verkaufen wollten, in Tragetüchern und Kiepen herangebracht und vor sich ausgebreitet.

Unsere Kutsche hielt seitlich vor einer Weißbäckerei. Hier hatte Meister Lohse ein besonderes Geschenk für die Meinerts bestellt und sogar Gewürze aus fernen Ländern vorab übergeben. Er bat mich, beim Tragen zu helfen und ich war neugierig, was in der mit Blech ausgeschlagenen Holzkiste lag. Es war ein längliches braun glasiertes Ungetüm, das wie ein bunter Igel aussah. Die Igelstacheln waren getrocknete Scheiben von Äpfeln, Pflaumen, Aprikosen sowie kleine Trauben verschiedener Beeren. Vorsichtig wurde das eigenwillige Gebäck mit einem feuchten Tuch abgedeckt und zum Schluss die Kiste mit zwei Bändern umgürtet.

Auch Meister Evans hatte eine Kiste mit seinem Geschenk gut verschnürt auf dem Kutschendach verstaut. Er hatte nicht vorzeitig verraten, was er sich als Geschenk ausgedacht hatte. Wir sollten uns überraschen lassen.

Und mein Vater? Der hatte mit großem Erschrecken festgestellt, dass der kleine steinerne Blütenkranz, den er als Festgabe extra aus einem schönen Stein geschlagen hatte, noch in unserer Kutsche bei Friedrichs Sachen lag. Er knurrte nur kurz und wusste sich zu helfen, denn der Markt bot eine große Auswahl an Geschenken, die es nur im Erzgebirge gab. Er wählte zwei bemalte geschnitzte Figuren aus, einen Händler mit Bauchladen und einen mit einer Kiepe, und hoffte, dass die reichen Kaufleute das nicht falsch verstehen würden. Dazu gab es getrocknete Blumen zum Kranz gebunden.

Oskar hatte den Pferden aus Wassereimern den Durst gestillt und nach kaum einer halben Stunde ging die Fahrt weiter. Erst durch Niederzwönitz. Vater zeigte auf die »Papiermühle«, wo er und der Baumeister Karton und Pergament für ihre Werkpläne kauften. Mir fiel auf, dass es in dieser Stadt weitaus mehr Fachwerkhäuser gab als im steinernen Geyer, wo die Binge als Steinvorrat für die Maurermeister mitten im Ort lag.

Auch waren viele der hiesigen Fachwerkhäuser gegen Wind, Regen und Schnee mit einer Haut aus grauen Schieferplatten versehen. Mit ihren kleinen Fenstern sahen diese Haushüllen wie Ritterrüstungen aus.

Ich hatte in Zwönitz den Platz mit meinem Vater getauscht, damit ich besser in Fahrtrichtung Ausschau halten konnte. Wieder stieg die Straße an. Bäume auf beiden Seiten. Ebereschen. Bald würden sie rote Beeren tragen. Wir fuhren an einem Gasthof vorbei, der links an der Straße lag und hinter dem die Wiesen steil bergab fielen und im Schattenreich des Waldes verschwanden. Ich mag derartige geheimnisvolle Blicke in das Dunkel von Wäldern, da es meiner Fantasie Platz einräumt, ebenso wie eine Fernsicht, wenn der Horizont verbirgt, was hinter ihm liegt und sich immer weiter verschiebt, wenn man glaubt, ihm nahegekommen zu sein.

Ein solcher Fernblick bot sich gerade gegenüber dem finsteren Tal. Ich sah eine sonnendurchflutete Mulde zwischen zwei Höhenzügen. Wald, Buschwerk und Felder im Frühlingsgrün. Nur weit hinten am Ende der abzweigenden Straße einige graue Dächer unter hohen Bäumen.

»Wohin führt diese Straße?«, fragte ich und notiere hier unser Gespräch, wie es in meinen Erinnerungen hängen geblieben ist: Meister Lohse, der neben mir saß, antwortete: »Nach Thalheim und weiter bis ins Dorf Harthau, wo ich meine erste Fabrik gebaut habe und dein Vater dabei war.«

Evan Evans fiel ihm ins Wort: »Und in jenes Harthau, in das mich die Fabrikbesitzer Bernhard mit großen Versprechungen aus Wales weggelockt haben, damit ich von Dilettanten gebaute Spinnmaschinen in Gang bringe.«

Diese Worte klangen nicht besonders freundlich und eher nach giftigem Spott.

»Habt Ihr das hinbekommen, Meister Evans?«

»Selbstverständlich, nachdem es auch dem aus England stammenden Mechaniker Watson nicht gelungen war, die Mulemaschinen dauerhaft in Gang zu setzen.«

»Wie ging's dann weiter?«

»Ich habe mit meinen Helfern die wackligen vorhandenen Maschinen in Einzelteile zerlegt, Nutzbares behalten, den Rest weggeworfen und dann nach meinen Erfahrungen eine neue Maschine konstruiert. Und die funktioniert. Meister Lohse und dein Vater können's bezeugen.«

Nach kurzer Talfahrt ging's schon wieder bergauf. Die beiden Pferde kamen ins Schwitzen und erreichten das Halbdunkel eines Waldes, ich spähte in ihn hinein. Zwei Buben und eine Frau, wohl ihre Mutter, zogen wie graue Schatten durchs Unterholz. Die Kinder sammelten Bruchholz und ihre Mutter legte die Stecken und Zweige in ein großes Tuch, das sie sich um die Schultern gebunden hatte. Arme Leute, dachte ich, denn wir, die Steiners, hatten hinter dem Haus ein eigenes Waldstück. Brennholz gab's für Haus und Werkstatt bei uns genug.

Plötzlich war es mit einem Schlag hell, die Kutsche fuhr aus dem Wald heraus und dem blauen Himmel entgegen. Ich sah in ein weites Tal. Ein Höhenzug trennte in der Ferne die Erde vom Himmel. Davor lag eine kleine Stadt. In der Sonne erschien sie weiß und an den Hang angeklebt zu sein, damit sie nicht abrutscht. »Schaut mal!«, rief ich, alle Form vergessend.

Meister Lohse nun zum Kutscher: »Oskar, halte ein! Kurze Pause!« Er wollte sich selbst und uns Mitreisenden diesen Blick für einige Augenblicke gönnen und murmelte vor sich hin: »So habe ich Hohenstein-Ernstthal am Höhenzug noch nie in der Sonne gesehen. Immer war der Himmel verhangen, wenn ich hier oben aus dem Wald kam.«

Nun mein Vater: »Carl, dort hinter der Stadt und dem Wald«, er zeigte mit ausgestrecktem Arm auf die langgestreckte Höhe, »bist du in Pleißa zur Welt gekommen!«

»Was, dort liegt Pleißa? Von dort aus haben wir doch vor vielen Jahren den Spaziergang unternommen, um die blauen Berge des Gebirges zu sehen.«

»Du kannst dich gut erinnern! Dort war auch der Bauhof von Meister Lohse, auf dem wir gewohnt haben!«

Bau- und Steinmetzmeister nickten und in den fragend blickenden Augen von Evan Evans merkte ich, dass alles, was er soeben gehört hatte, neu für ihn war.

»Oskar, wir fahren weiter!«, rief Meister Lohse dem Kutscher zu, der den Pferden inzwischen den Schweiß abgerieben hatte. Wieder rollte die Kutsche wie frisch geschmiert steil bergab hinunter ins Tal.

»Vor uns liegt Schloss Hoheneck«, sagte der Vater zu mir. Kutscher Oskar griff in die Zügel und fuhr langsam an einer Baustelle vorbei. Ich blickte hinüber zum Schloss und staunte, denn ich entdeckte hohe Mauern und ein mächtiges Gerüst, so wie ich das in Siebenhöfen noch am Morgen gesehen hatte.

»Was wird denn hier gebaut, auch eine Fabrik?«, fragte ich. Meister Lohse, der sich auskannte, antwortete etwas verbissen: »Nein, keine Fabrik. Sachsens König lässt hier ein neues Amtshaus bauen, von dem aus Recht und Ordnung im Amtsbezirk überwacht und Steuern eingetrieben werden.«

»Wieso der König?«

»Ach, das ist eine lange Geschichte.«

»Erzählt!«

»Nun gut, unseren Engländer wird's interessieren und deinem Vater langweilen. Er kennt das schon. Also: Einst zu Zeiten von Kaiser Rotbart war das hier eine Ritterburg, die später zum Jagdsitz ausgebaut wurde. Sachsens Kurfürst August der I. nutzte die Burg, bevor er von Hieronymus Lotter Schloss Augustusburg als Hauptsitz für seine Jagdvergnügen errichten ließ. Aus dem Bau hier wurde dann ein Amtshaus, das brannte aus und wird nun gerade wieder neu errichtet. Du siehst vor dir den Bau eines zukünftigen Verwaltungssitzes unseres Landesherrn, in dem kein Garn, vielmehr Gold in Form von Steuereinnahmen gesponnen wird. Der Franzosenkaiser Napoleon ist dabei der Schutzpatron und hat erst vor wenigen Jahren unseren Landesherrn zum »König von Sachsen« ernannt, und wir Landeskinder leben nun in einem Königreich unter einem Franzosenkaiser und als Dank dafür sind wir mit ihm in den Krieg bis nach Moskau gezogen.«

»Spottet nicht, Baumeister«, warf Evan Evans ein, »das hat doch noch immer große Vorteile, denn nur so sind hier in Sachsen viele Fabriken entstanden, es werden sächsische Maschinen gebaut und keine aus England teuer eingeführt.«

»Dass gerade ein Engländer mich aufklären muss …«

Der Baumeister knurrte in sich hinein. Nun meldete sich auch mein Vater zu Wort: »Wenn das alles nur gut geht! Wir haben in unserem verschneiten Erzgebirge sehr wenig von Napoleons Feldzug gegen die Russen mitbekommen. Aufgeschreckt haben uns nur Nachrichten von gefallenen Soldaten der Sächsischen Armee, wenn sie hier aus der Gegend stammten. Nun soll es gegen die Preußen gehen; wir Sachsen an der Seite Napoleons. Allein gegen die Preußen würden wir sowieso verlieren. Mit Napoleon könnten wir vielleicht siegreich sein und manche Schmach, die uns Preußen zugefügt hat, vergessen machen. Viele Leute in Sachsen und allen voran unser König denken so. Doch ich habe ein flaues Gefühl in der Magengrube. Das kann auch schief gehen und wieder sind wir Sachsen die Dummen. Wer gibt uns dann noch Aufträge, Fabriken zu bauen?«

Mein Vater sprach aufgeregt und schnappte nach Luft: »Ich hoffe nicht, dass meine Söhne Grabsteine anstelle von Säulen und Portalen anfertigen müssen.«

Dass mein Vater so ernsthafte Dinge denken und sagen konnte, hat mich erstaunt. In meiner alltäglichen Welt hatte ich fast nichts von den Ereignissen draußen in der Welt gehört.

War es gut, dass mir meine Eltern fast nichts von Kriegen und Toten erzählt haben, weil sie mich vor den Schrecken schützen wollten? Sie sahen es lieber, wenn ich musizierte und zeichnete.

Die Reise hatte, kaum begonnen, meine Gedankenwelt schon gewaltig durcheinandergerüttelt. Denn ich verstand noch nicht so recht, was ich gehört hatte, wie vom soeben gescheiterten Winterfeldzug des Franzosenkaisers und den Tausenden Toten, die er forderte. Aber es entstanden in mir Bilder. Eines davon mit vielen Toten im Schnee erinnerte mich an eine Eisregennacht, die ich als Kind in Pleißa erlebte: Tausende Stare hatten sich auf den Bäumen am Teich neben dem Bauhof zum Schlafen niedergelassen. Zuvor waren sie als schwarze Punkte durch die Luft gewirbelt und hatten geschrien, als würde sie der Teufel jagen. Dann war es plötzlich still. Nachts, von keinem gesehen, blieb über der Pleiße eine Eisregenwolke am Höhenzug hängen. Erst regnete es so stark, dass der Hof zu einem See wurde und dann kam eisige Kälte.

Früh war der Hof eine Eisbahn. Keiner konnte zu den Pferden hinüber in den Stall laufen. Der Kutscher streute Sand, schuf einen Weg hinaus vors Tor. Dann kam er laut rufend und die Arme schwingend zurück. Wir sollten vors Tor kommen. Ich war der Erste, der auf der Sandspur zu ihm lief, und dann sah ich ein Bild, dass ich nie vergessen werde. Das ist wohl die Ursache meiner Empfindlichkeit, wenn ich ein totes Tier sehe. Im Teich und an seinem Ufern lagen Tausende zu Eis erstarrte Stare. Der Regen hatte sie durchnässt, der Blitzfrost erstarren lassen und dann waren sie wie Steine von den Ästen gefallen.

Als meine Gedanken wieder bei mir und am heutigen Tag gelandet waren, beobachtete ich meine drei Mitreisenden. Das Gespräch hatte den drei Meistern wohl bewusst gemacht, dass sich sehr schnell auch in unserem von der großen Welt abgelegenen Gebirge etwas zum Nachteil für die Arbeit, den Besitz und sogar das Leben ändern kann. Ich war zu unerfahren, um das für mich auf die Reihe zu bringen. Ich dachte an Marie.

Den Berg in zwei großen Wegekurven überwindend, lenkte Oskar die Kutsche hinab in die Kleinstadt Stollberg. Oskar war bemüht, das verwinkelte Amtsstädtchen schnell zu durchqueren und die nächste Höhe zu erreichen.

Oben auf dem Berg dampften die Pferde. Ein Halt war nötig und er wurde zum Essen und Trinken genutzt. Für die Meister Lohse und Evans hatte Frau Evans gesorgt. Mein Vater nahm den Korb, den unsere Mutter vollgepackt hatte, fand einen Platz neben dem Fahrweg und breitete das oben auf dem Korb gelegene Leinentuch aus. Zwei kleine Brote, die sie gestern noch gebacken hatte, eine große Räucherblutwurst, eine Schale Butter, Ziegenkäse, hart gekochte Eier, ein kleines Beutelchen Salz sowie zwei große, gut verkorkte Flaschen mit Holunderblütentee waren für uns als Wegezehr gedacht.

Ich aß langsam und hatte einen Blick für die Umgebung. Über Hohenstein-Ernstthal war eine riesig wirkende Regenwolke aufgezogen. Die helle freundliche Bergstadt war im Dunkel verschwunden. Zum Glück zog die große Wolkenfront nach hinten. Die Sonne strahlte nun direkt zwischen einem Wolkenschlitz hindurch in das vor uns liegende Tal. Ein eigenartiges Bild, denn aus einem silbrig glänzenden dünnen Faden, der links unten im Tal durch kleine Häuser hindurch blitzte, wurde ein breiter glänzender Strom, der hinter einem Hügel verschwand.

»Ich fürchte Schlimmes«, verkündete der Baumeister, als er das sah. Im Tal angelangt, wurde seine Vorahnung bestätigt. Das gewöhnlich harmlose Flüsschen Würschnitz war zum Strom angeschwollen. Die Straße, zu der wir nach der Bergabfahrt wollten, lag auf der anderen Seite des Flusses. Noch ragte der Brückenbogen über das Wasser hinaus, doch die Lücke zwischen Wasser und Stein wurde immer geringer, denn flussabwärts war ein Baum umgestürzt. Er bremste das Wasser, das nur noch in dünnen Fäden zwischen den belaubten Ästen hindurch gurgelte. Der Schmied, der gegenüber klugerweise seine Werkstatt höher am Hang gebaut hatte, versuchte, mit seinen Gesellen und vier starken Pferden, den Baum ans Ufer zu drehen. Ein heikles Spiel.

Wir standen neben unserer Kutsche und konnten nicht helfen, nur verfolgen, ob den Schmieden ihr Werk gelang. Sie hatten ein dickes Eisen in den Boden geschlagen und eine Kette am längsten Ast, der aufs Land ragte, befestigt. Die Pferde zogen an der Kette, die um den Eisendorn lag, und die Männer steuerten die Drehbewegung. Die Mühen waren erfolgreich. Das Wasser lief wieder schneller unter der Brücke hindurch und ergoss sich in die Wiesen. Die drei Erwachsenen gingen nun zu Fuß hinüber zu den Schmieden, und ich lief in kleinen vorsichtigen Schritten hinterher. Es folgte die Kutsche. Oskar ging voran und führte die Pferde an ihrem Zaumzeug. Auch das ging gut, doch an die Weiterfahrt auf der Straße nach Oelsnitz war nicht zu denken. Sie lag tiefer als die Brücke und war hoch überflutet. Meister Lohse schaute auf seine Taschenuhr und begann laut zu schimpfen, als er sah, wie weit der Tag schon fortgeschritten war.

»Diese Bauerntölpel hier an der Würschnitz! Fast jedes Jahr tritt der Fluss über die Ufer und was tun sie dagegen? Sie bauen Mauern am Wasser und engen das Flussbett immer weiter ein.«

Der Schlossermeister und seine Gesellen kamen hinzu. Nun standen wir vor dem Baumeister, der jetzt wie ein Pfarrer zur Gemeinde über Verwerfliches, besonders Dummheit und Habgier, sprach und sich dabei immer mehr in Wut redete.

»Als ich für die Bernhards begann, meine erste Fabrik in Harthau zu bauen, waren alle froh, dass die Würschnitz genügend Kraft besaß, um ein *großes Wasserrad anzutreiben. Wir haben dafür einen gesonderten Graben mit einem Wehr angelegt, um den Wasserstand steuern zu können. Anfangs ging alles gut, bis Schneeschmelze und Dauerregen den Fluss ansteigen ließen. Die Arbeiter warfen Schutzwälle auf und der Schaden blieb gering. Aber dass im Wasser tote Tiere und der Inhalt von Abortgruben an uns vorbeigetrieben wurden, machte die Bernhards und mich stutzig. Wir ritten flussaufwärts, um die Ursachen für das Hochwasser zu erkunden. In den Dörfern Nieder- und Oberwürschnitz entdeckten wir die Ursachen. Hier reihte sich Bauernhof an Bauernhof vom Fluss bis hoch zum Wald. Die Gehöfte lagen höher am Hang. Hoher Wasserstand im Fluss war für sie keine Gefahr, doch dann hatte man die Würschnitz immer mehr eingeengt, um das Uferland nutzen zu können. Mauern waren errichtet worden, um die Wege neben dem Wasser zu verbreitern und auf dem gewonnenen Land sogar kleine Häuser für die Altbauern, Kinder und die immer größer werdende Zahl der zuziehenden Handwerker zu bauen. In Zeiten ohne Schnee oder Regen war die Würschnitz ein schmales friedliches Bächlein. Doch Tauwasser und große Niederschläge fanden keinen Platz mehr zum Versickern und schossen wie in einem Kanal durch den Ort, weiter durch die Auenwiesen und dann in Richtung Harthau. Das konnte meinen Bauherren nicht egal sein, denn für ihre Fabrik war das eine Bedrohung. Wir diskutierten mit manchen der Bauern, doch diese lachten uns aus.« Der Schlossermeister bestätigte die Worte des Baumeisters, denn jedes Hochwasser des gewöhnlich harmlosen Bachs war auch für ihn eine Bedrohung. Der Baumeister setzte seinen Redeschwall fort.*

»Als wir wenige Jahre nach der Fabrik in Harthau die Villa errichteten, kündigte sich nach Wochen mit hohem Schnee auf Häusern und Feldern plötzlich Tauwetter an. Die Furcht vor Hochwasserschäden war bei den Bernhards groß, und sie fuhren mit mir in der Kutsche hierher, um möglichst rechtzeitig etwas dagegen unternehmen zu können. Hier, an der Stelle, an der wir jetzt stehen, endete die Kutschfahrt. Über die Brücke nach Niederdorf waren wir noch gekommen und hatten dann gesehen, wie im unteren Teil des Dorfes der Fluss zum See geworden war. Die großen Bauernhöfe standen hoch über dem Uferrand, doch die kleinen Häuser am Wiesenhang gegenüber bereits mitten in den Fluten. Hier an dieser Brücke bot sich beim Blick flussaufwärts ein

schlimmer Anblick. Baumstämme, Bretter, sogar kleine Hühner- und Karnickelställe, auch hölzerne Möbel kamen im Wasser geschwommen, blieben hängen und versperrten den Wassermassen den Weg. Fast alle Brücken zu den Gütern hinter dem Fluss waren eingestürzt und lagen wie Bremsklötze in den Fluten. Hilflos standen die Leute im Obergeschoss der ellenhoch im Wasser stehenden Häuser. Einige hatten ihre Habe bereits auf höher gelegenem Land gelagert. Glück für sie, dass sich kein weiterer Wolkenbruch entlud, dann wäre alles in den Fluss gespült worden.

Wir sprachen mit den Leuten, die zu nahe ans Wasser gebaut hatten. Doch keiner im Dorf interessierte sich für die Gedanken, die wir vortrugen. Den Brüdern Bernhard hörte man ihre Herkunft aus dem Rheinland an und so kam als Antwort: »Was interessierte die Leute hier, welche Sorgen sich Fremde um ihre flussabwärts gebaute Fabrik machten. Die Fabrik nimmt den fleißigen Handwerkern die Arbeit weg, soll doch die Fabrik in der Würschnitz absaufen.« Mir gelang es wenigstens, ihnen nahezubringen, dass man Holz nicht am Fluss stapelt, Bäume nicht direkt am Ufer pflanzt, nicht mit Mauern den Fluss des Wassers einengt und Häuser an höher gelegener Stelle baut. Das leuchtete ein, denn da ging es um den Verlust von eigenem Hab und Gut. Doch das durch Ufermauern gewonnene Nutzland wollte keiner zurückgeben, und keine Gemeinde wollte ihre verbreiterte Dorfstraße wieder schmaler machen, damit bei Hochwasser der Fluss genügend Platz hat.«

Meister Lohse holte tief Luft, doch er war mit seiner Rede noch nicht am Ende.

»Wenn ich das hier sehe und noch keine zehn Jahre nach dem letzten großen Hochwasser vergangen sind, reicht keine Bitte an den lieben Gott aus, damit den Bauern hier am Fluss ein Licht aufgeht.« Nun sprach er schon fast wie ein Prediger.

»Es ist gar kein Problem der Bauern von hier, sondern eines, das alle betrifft, die denken, dass der Mensch sich gegenüber den Naturgewalten seine eigenen Regeln schaffen kann. Die Leute in Chemnitz und anderen Orten, durch die sich ein Fluss schlängelt, sind keinen Deut schlauer als die Bauern hier. Warst du schon einmal in Chemnitz?«, fragte mich der Baumeister.

»Nein!«

»Wenn es dich einmal dorthin verschlägt, schau dir die Flüsse dort an. Da treffen die Würschnitz und die Zwönitz, an der wir auch entlanggefahren sind, aufeinander. Sie sind in Chemnitz in steinerne Kanäle eingezwängt und wenn dann das Hochwasser kommt ... ich muss das wohl nicht weiter ausmalen, denn was dann geschieht, haben wir gerade erst gesehen ... Das musste aus mir heraus!«

Das Treffen in Lugau mit Zimmermeister Uhlig in Meinerts Fabrik drängte. Die Meister lobten nochmals die Schlosser, die uns, da die Fernstraße vom Wasser versperrt war, einen trockenen Weg nach Lugau durch ein Ödland genannt hatten, mit den Worten: »Dann ist der Weg durch diese Struth auch unser Weg zu Meinerts Fabrik. Vergelt's Euch Gott!« Dann ging's weiter, und wir stiegen in unser Gefährt. Kutscher Oskar musste die Pferde antreiben, damit sie die Kutsche mit Schwung auf einem steilen kurvigen Hangweg zur höher gelegenen Struth zogen.

Die Rede des Baumeisters hatte mich beeindruckt. Derartige Gedanken hatte ich mir noch nie gemacht. Ich war an keinem Fluss aufgewachsen und vom Hochwasser der Mulde hatten mir die Großeltern zwar erzählt, doch da sie oben auf dem Schlossberg wohnten, waren sie nie in Gefahr gewesen. Anders die Leute unten im Dorf, wenn deren Häuser plötzlich im Wasser standen.

Wir waren inzwischen auf die Hochebene, die man Struth nannte, gelangt. Hier sah es tatsächlich wie in einer Wildnis aus. Ich schaute erst verwundert, dann aber mit großer Neugier auf vom Wind zerzauste Bäume, die hoch aufgereckt wie die letzten tapferen Recken einer Ritterschlacht auf dem Schlachtfeld standen. Am Boden lagen die Toten. Das waren Baumstämme vor allem von Erlen und Birken. Der Fahrweg und seine Ränder bestanden aus zu Bruch zerfallenem rotem Gestein. Unkraut wucherte an den Rändern und blühte vor allem weiß, gelb und blau. Zwischen den wenigen Bäumen lag der Holzbruch in allen Farben des Verfalls von schimmelweiß bis braun und schwarz. Knochige rindenlose Äste reckten sich wie vielzinkige Gabeln daraus in die Höhe. Ich fragte mich, gab es hier irgendwo ein Haus? Lebte hier jemand? Die Kutsche musste eine große Lache umfahren, an deren Ufer strahlte uns Lehm in reinem Ziegelrot entgegen. Die Berggesteine gab es hier nicht mehr.

Das Wasser hatte offenbar bei Oskar ein Bedürfnis und der Lehm bei meinem Vater Neugier ausgelöst. Die Kutsche hielt, Oskar stieg vom Bock, nickte kurz den Dienstherrn zu und verschwand hinter einem hohen Dornengebüsch.

Ein von ihm aufgeschrecktes Reh sprang aus dessen Schutz und verschwand im gegenüberliegenden Gestrüpp.

Mein Vater hatte sich den Brotkorb mit dem Leinentuch sowie den kurzen Spaten, der unter dem Kutschbock angeschnallt war, genommen und begab sich zur rot leuchtenden Böschung des Teichs. Dort grub er einen großen Batzen vom Lehm ab, legte diesen in das vorher angefeuchtete Leinentuch und das Paket dann in den Korb. Diesen verstaute er schließlich wieder am alten Platz an der Kutsche.

»Was willst du mit dem Lehm?«, fragte ich meinen Vater und seine Antwort war kurz und bündig: »Wart's ab und lass dich überraschen.«

Oskar war zurückgekehrt. Meister Lohse rief: »Weiterfahren, und nun Tempo!«

Ich hielt weiter Ausschau, um im unwirtlichen Gebiet noch etwas Aufregendes zu entdecken. Statt einer Lehmlache sah ich nun modriges Sumpfland mit abgestorbenen Birken und Erlen. Entengrütze bedeckte das offene Wasser dazwischen. Wildenten stiegen aufgeschreckt in die Höhe, um kurz danach wieder in sicherem Abstand von uns zu landen. Über allem kreiste majestätisch ein Raubvogel. Eine Gabelweihe, wie ich am gespaltenen Schwanz erkannte.

Und darunter stieg eine dünne Rauchfahne auf. Ein Lebenszeichen von einem bewohnten Haus? Der Rauch stieg vom Meiler eines Köhlers auf, der hier den Baumbruch zu Holzkohle werden ließ. Ob der Köhler hier auch die Nacht verbrachte? Sicherlich, denn er musste den Meiler am Glimmen halten und bewachen. Erinnerungen an Märchen, die mir meine Mutter als Kind erzählt hatte, tauchten auf. Gab es hier vielleicht noch Wölfe?

Felder kündigten ein Dorf an: Lugau. Nach den ersten Häusern kreuzten wir die Flockenstraße. Wir hatten bis zur Fabrik noch eine halbe Stunde zu fahren. Ich wollte sie nutzen, um Meister Evans weiter zu seinen Konstruktionen auszufragen. Ich beobachtete zunächst Meister Lohse, um meine Fragen so zu stellen, dass auch er antworten konnte. Doch der schien zu schlafen. Immer mal blitzte es aus einem Lidspalt zu mir hin. Vermutlich täuschte er den Schlaf nur vor, um ungestört über seine ungelöste Dachkonstruktion nachzudenken.

»Also Carl, was willst du wissen?«

Evan Evans hatte Lust auf eine Fortsetzung unseres Gesprächs.

»Warum waren die Maschinen, die ihr in Harthau vorgefunden habt und reparieren solltet, nicht in Gang zu bringen?«

»Ich versuche das an einem Beispiel zu erklären. Du kennst die erzgebirgischen Weihnachtsberge, bei denen auf mechanische Weise Figuren, Fuhrwerke und anderes mehr wie von Geisterhand bewegt werden?«

»Die kenne ich und finde sie nicht nur schön, sondern auch anregend, denn sie erzählen Geschichten.«

»Der Antrieb liegt unter der schönen äußeren Hülle verborgen und besteht aus unzähligen Rädchen, Wellen, Seilen und kleinen Gelenken. In Gang gesetzt werden sie fast immer mit einer Handkurbel. Man könnte das auch wie bei einer großen Uhr machen, bei der von Hand ein Federwerk gespannt oder ein Gewicht mit einem Seilzug angehoben wird, das beim Absenken die Mechanik des Berges antreibt. Kannst du mir folgen?«

»Bis hierher schon.«

»Nun weiter und jetzt musst du mitdenken! Jedes sich bewegende Teil dieses Bergtheaters ist nur für diesen einen Berg mit der Hand gefertigt und abschließend ins Ganze eingepasst worden, wie auch bei jeder der Spinnmaschinen, die anfangs bei den Bernhards aufgestellt wurden, bevor ich kam. Würde man versuchen, die unterschiedlichen Weihnachtsberge hintereinander aufzustellen, damit sie nun ein einziger gemeinsamer Antrieb in Bewegung setzen kann, würde das nicht funktionieren. Warum wohl?«

Ich dachte lange nach und hatte dann die Lösung gefunden: »Die sich drehenden Teile jedes Berges sind wie die Räder eines Uhrwerks aufeinander, aber nicht auf die Bewegung anderer Weihnachtsberge abgestimmt.«

»Richtig, der Versuch, alles mit einer gemeinsamen Welle in Gang zu setzen, würde die Mechanik der einzelnen Berge zerstören, weil die Drehungen der Antriebswellen und Räder unterschiedlich sind. Das hatte ich erkannt, als ich die bei Bernhards vorhandenen Maschinen auseinandergebaut hatte. Es gab immer kleine Unterschiede zwischen den mechanischen Teilen, die man äußerlich kaum sah und die erst beim Versuch spürbar wurden, sie gemeinsam mit einem Wasserrad anzutreiben.«

Mir fiel ein Vergleich ein.

»Lacht mich nicht aus, Meister Evans, das ist dann wie der Versuch, ein zerbrochenes Kutschrad durch ein anderes zu ersetzen, das nicht denselben

Durchmesser hat wie das vorherige. Wenn die Pferde dann die Kutsche ziehen, wie ein einziges Wasserrad die verschiedenen Maschinen, kommt die Kutsche ins Schlingern und wird verunglücken.«

»Ein gutes Beispiel. Landsmann Watson ist bei den Bernhards gescheitert, weil die von ihm aufgestellten Maschinen nicht in Gang kamen. Er wurde entlassen, weil er keine Lösung fand und ich wurde an seiner Stelle angestellt und hatte Erfolg.«

»Wie habt ihr das Problem dann gelöst?«

Ich sah, wie mein Vater immer aufmerksamer zuhörte und auch Meister Lohse mit den Augen zwischen den Lidern hervorblinzelte. Evan Evans fuhr fort: »Ich habe nicht versucht, die Fehler der gebauten Maschinen zu korrigieren, ich habe nach meinen Erfahrungen alles neu gebaut. Ich brauchte deshalb viele neue Maschinen, die auf gleiche Weise angetrieben werden und sich im Gleichklang bewegen. Nur so funktioniert der Antrieb mit einem einzigen Wasserrad. Auf einem exakten Plan waren alle Einzelteile dargestellt. Die wurden danach von Handwerkern hergestellt und schließlich standen Kisten mit gleichen Zahnrädern, Rollen, Stangen nebeneinander. Zwei geschickte Vorarbeiter haben daraus die Teile entnommen und zu Maschinen zusammengesetzt. Zum Schluss glich eine Maschine der anderen und sie passten dann auch zum Antrieb, der vom Wasserrad aus bis in den Maschinensaal reichte. Unterschiede gab es nur zwischen den Maschinen, die verschiedene Aufgaben hatten, wie vom groben Vorspinnen bis zum Spinnen von feinstem Garn.«

Inzwischen folgten nicht nur ich, vielmehr auch mein Vater und Meister Lohse aufmerksam den Worten von Evan Evans. Der Baumeister mischte sich ein und sagte, dass er die vergangene halbe Stunde sehr genau zugehört habe und zu folgender Erkenntnis gekommen sei: »Die Warenherstellung mit Maschinen benötigt für jede Aufgabe eine spezielle genau geplante Maschine. Will man viel produzieren, benötigt man viele gleichartige Maschinen und einen genau auf sie abgestimmten gemeinsamen Antrieb. Für mich als Fabrikbaumeister ergibt sich hieraus, dass ich die Maschinensäle so planen muss, dass die Maschinen in Reih und Glied stehen, damit von einer sich drehenden Antriebswelle jede Maschine in Gang gesetzt werden kann.«

»Habe ich das zu kompliziert erläutert?«, fragte mich danach der Baumeister.

»Nein, ich habe das verstanden«, sagte ich und fügte nach einer Pause hinzu: »Nun begreife ich auch, warum Sie in Siebenhöfen die großen Arbeitssäle übereinander wie große Tanzsäle ohne trennende Wände und Treppen geplant haben. Treppen und Nebenräume befinden sich im Seitenflügel, damit sie die Maschinenantriebe nicht stören.«

»Gut beobachtet.«

Evan Evans hatte aber noch etwas auf der Zunge: »Wie es wichtig ist, die Mechanik der Spinnmaschinen aus sich entsprechenden Einzelteilen zusammenzusetzen, ist es unerlässlich, dass diese Teile gesondert von speziell geschulten Arbeitern angefertigt werden. Ich habe diese Spezialisten für das Schmieden, Feilen und Schleifen, das Drehen von Teilen aus Holz und Metall und schließlich das Montieren aller Teile zum großen Ganzen selbst ausgesucht und entsprechend geschult. Das ist der Grund, warum ich nun viele Spinnereien mit meinen Maschinen und Spindeln beliefern kann und«, Evan Evans holte tief Luft und zögerte, den nachfolgenden Gedanken auszusprechen, »ich will mit der neuen eigenen Fabrik an die erste Stelle der Maschinenfabrikanten treten und die Konkurrenten überholen, die schon in eigenen Werkstätten Maschinen herstellen.«

Verbittert klingend fügte er an: »Leider hat mir Sachsens König, wohl dem Rat seiner Beamten und den Stimmen der sächsischen Konstrukteure folgend, ein schützendes Patent für meine neu erfundenen Maschinen verweigert, vermutlich um die sächsischen Werkstätten vor dem Engländer Evan Evans zu schützen. Wenigstens wurde mir, als meine Arbeit für die Bernhards sogar schriftlich gewürdigt wurde, eine Gratifikation von 100 Thalern aus der sächsischen Prämienkasse ausgezahlt.«

Nun mischte sich mein Vater ein: »Ihr werdet jedoch nur weiterhin Erfolg haben, wenn die sächsischen Maschinenbauer und Garnfabrikanten ohne Krieg und die ausländische Konkurrenz arbeiten können. Ob das bei der politischen Entwicklung weiterhin gelingt, steht für mich in den Sternen.«

Mein Vater klang sehr besorgt und erklärte mir später, dass er dann auch das Ende des Fabrikbaus und damit auch der Aufträge für unsere Werkstatt befürchte.

Später notierte ich unter meine Zeichnung von der öden Struth, die wir gerade durchquert hatten: »Eine am Beginn schöne Reise an einem wun-

derschönen Tag führte in diese Ödnis und endete in einem Gespräch, das allen Reisenden eine unheilvolle Zukunft verhieß, wenn der Franzosenkaiser Napoleon und unsere sächsische Armee die drohende Schlacht verlieren.«

Die Kutsche stoppte. Wir hatten unser erstes Ziel erreicht. Kutscher Oskar hatte vor einer neu verputzten Wand den Platz zum Aussteigen gewählt. Sie lag voll im Schatten. Es war die Nordseite der Meinertschen Fabrik. Der Giebel ragte hoch hinauf vor dem blauen Himmel und wirkte wie ein gigantisches Schattenbild, denn die Sonne stand hinter ihm.

Links fassten ihn zwei kolossale Säulen ein – wie Beine eines Riesen. Hoch oben wedelte ein Mann mit den Armen aus einem großen Gaubenfenster und rief: »Gott zum Gruß, die Herren, ich bin schon hier oben im Dach und erwarte Euch.«

»Gott zum Gruß, Meister Uhlig, wir folgen Eurem Ruf.«

Das war der Baumeister.

Ich wusste bereits, dass da oben eine Diskussion stattfinden wird, wie aus der bisher üblichen Dachkonstruktion die Lösung für die neue Idee des Baumeisters entstehen kann.

In meinem Kopf drehten sich die Räder aller Weihnachtsberge des Erzgebirges und jagten die Fluten der Würschnitz mitten hindurch. In ihnen lagen erfrorene Starenvögel und ertrunkene Haustiere und über allem zog der Rauchschweif des Kohlenmeilers so langsam dahin, als wäre darunter alles in großem Frieden und das für lange Zeit.

Ich bat meinen Vater, mir zu gestatten, die neue Fabrik zunächst von außen zu betrachten und auch zu zeichnen.

»Gut, dann komm später nach.«

Mein Vater verschwand den anderen hinterher durch die Eingangstür ins Treppenhaus.

»Du kommst dann auf jeden Fall hinterher!«, hatte er mir noch mahnend zugerufen. Ich nuschelte zurück: »Ja, aber ja!«

Die Tür wurde bewacht. Der Bewacher winkte mich heran. Es war ein Beamter der Fabrikanten. Mir hatte er offensichtlich nur wenige Lebensjahre voraus. Ich spielte den Erschöpften, der keine Kraft zum Reden mehr hat. Aber das war es auch, denn mich quälte Durst.

Er duzte mich und fragte, wer die Herren, mit denen ich gekommen bin, sind. »Kennt ihr die nicht? Das sind die Meister, die die Fabrik im Auftrag der Kaufleute Meinert gebaut haben. Das müsstest du doch wissen.« Ich duzte ihn nun auch.

»Ich bin heute zum ersten Mal hier in Lugau. Meine Mutter ist die Schwester der Meinerts. Wir sollen hier später wohnen und die Fabrik verwalten und bewachen.«

»Bewachen?«

»Ja, es sind schon erste Spinnmühlen ausgebrannt, nicht nur weil Baumwolle zu nahe an die Lampen gekommen ist. Es gibt auch böswillige Leute, die Fabriken wieder zerstören wollen, weil sie angeblich den Ortshandwerkern die Arbeit wegnehmen.«

»Und was machst du?«

Der Bursche fragte nicht nur, er musterte mich auch neugierig von oben bis unten. Ich konnte seinem Blick nicht standhalten, blickte weg und sagte: »Ach, weißt du, ich bin seit fünf Uhr auf den Beinen und habe fast nichts getrunken und deshalb wenig Lust zu langen Reden.« »Oh! Dann will ich dir etwas zum Trinken beschaffen.« Er öffnete die Tür, trat an einen kleinen Tisch, der im Vorbereich der Treppe stand und auf dem zur Hälfte geleerte Wasserkrüge und einige genutzte sowie auch leere Gläser standen. »Die Getränke sind für die Gäste bereitgestellt worden.«

Er bemühte sich, freundlich zu sein und ließ mit seinen Blicken von mir ab. Ich trank eine halbe Karaffe leer.

»Gott wird's dir danken«, sprach ich wie ein Pfarrer vor mich hin, holte meinen Skizzenblock aus der Kutsche, die Oskar brav bewachte, und suchte mir einen günstigen Platz, von dem aus ich die Fabrik und den Eingang im Auge hatte.

Ich zeichnete schnell. Es gelang auf Anhieb eine gute Skizze.

Eigentlich konnte man nichts falsch machen, wenn man die Säulen und die hohe gebrochene Dachform auf dem Zeichenblatt markiert hatte. Doch da war noch mehr. Auf mich wirkte die Fabrik kraftvoll und majestätisch wie ein Schloss. Ich wollte versuchen, diese Wirkung in meiner Zeichnung zum Ausdruck zu bringen.

Ich wurde unterbrochen, weil eine weitere Kutsche vorfuhr. Der kleinen Reisekutsche mit großen, gefederten Hinterrädern entstieg ein eleganter Herr. Schlank, hoch gestellter Kragen, Locken in die Stirn fallend und Backenbart. Ein Gesicht mit Charakter. Sein Kutscher blieb auf dem Bock sitzen. Der Türsteher kam auf den Ankömmling zu. Vom Gespräch habe ich nichts gehört. Der Herr betrachtete den Giebel, blickte an ihm hoch und schritt rings ums Haus. Dann sah er mich und trat heran. Er blickte auf meine Zeichnung.

»Das sieht sehr gut aus. Die Linienführung ist klar, bloß keine weiteren Schattenschraffuren. Das geht meistens schief. Lieber ein neues Blatt zur Hand nehmen und das, was besondere Wirkung schafft, mit kraftvolleren Linien hervorheben!«

Ich erhielt einen Rat, den ich nicht erwartet hatte, der bei den nächsten Zeichnungen aber zu großer Wirkung führte.

Der Herr redete auf mich ein wie ein Fachmann für Kunstbetrachtungen. Ich behielt davon Gedanken in Erinnerung, die ich nachfolgend notiere.

Das neue Gebäude scheint in den Besitzungen der Schönburger eines der schönsten zu werden. Es sieht dabei einem Schloss am ähnlichsten, anders als die zu Schlössern veredelten Burgen wie Schloss Wolkenburg.

»Kennen Sie Schloss Wolkenburg, junger Mann?«

Ich verneinte, denn ich war zu müde, um meinen Kopf mit weiteren Fragen und Antworten zu verwirren.

Er fügte hinzu, dass das neue Gebäude, vor dem wir standen, mit den neueren Schlössern des Landadels zwischen Leipzig und Dresden zu vergleichen sei. Und doch sei es eben nur eine Fabrik. »Palast der Arbeit« sollte man sie nennen.

»Wollt Ihr aus Eurem Können als Zeichner Euren Beruf machen?«, fragte er nun.

»Ich soll auch kein unbegabter Musikus sein, sagt unser Kantor.«

»Hm! Ich denke, als Musiker werdet Ihr ein armer Mann bleiben, denn selbst der berühmte Mozart hatte nie das nötige Geld. Da würde ich Euch raten, einen vernünftigen Beruf zu lernen und das Musizieren zum Vergnügen zu machen. Mein eigener Sohn Robert zeigt jetzt schon mit drei Jahren einen Hang zur Musik. Er singt in allen Räumen und klimpert auf dem

Klavier herum. Ich hoffe, dass sich das gibt und er einmal etwas Rechtschaffenes studiert. Mit der Zeichenkunst ist es schon etwas anderes. Ich denke an Hanns Veit Schnorr von Carolsfeld aus Schneeberg. Habt Ihr von dem schon gehört?«

Mein Vater hatte ihn schon erwähnt, doch ich schüttelte mit dem Kopf, da ich nichts weiter über den Mann wusste.

»Bei dem hat der Vater durchgesetzt, dass er Jura in Leipzig studiert. Das hat er gemacht und was ist er heute? Bald der Direktor der Leipziger Kunstakademie und jetzt schon ein berühmter Mann.

Sie haben Chancen, junger Mann, wenn Sie weiterhin fleißig sind und Ihr Herz dabei einbringen. Wenn Sie in der Kunst weitergekommen sind, können Sie mich in Zwickau gern besuchen.« Er drückte mir ein Kärtchen in die Hand. Ich las darauf »August Schumann, Verleger und Reiseschriftsteller zu Zwickau in Sachsen.«

»Jetzt gehen wir zusammen ins Haus!«

Er war selbstbewusst und liebte kurze Entschlüsse und deshalb imponierte er mir noch mehr als meine drei Meister, die ich in der Kutsche hierher begleiten durfte. Ich sagte Oskar, dass ich ins Dachgeschoss hinaufsteige, und er gab mir mit auf den Weg, dass ich die Herrschaften drängen solle, denn in weniger als zwei Stunden werde die Sonne hinter dem Berg verschwinden.

Der Türsteher-Beamte ließ uns mit großer Geste ein.

Wir stiegen ein imposantes Treppenhaus empor. Es hatte je Geschoss drei Läufe und einen freien Raum in der Mitte. Aborte gab es sogar im Inneren des Hauses. Sie befanden sich auf dem Zwischenpodest der Treppenanlage. Von den Etagenpodesten gingen nach links und rechts Türen zu Räumen ab, die man sicher für die Verwaltung und zum Wohnen nutzen wollte. Die Türen standen offen. In der Mitte ging es offenbar durch schwere Eichentüren in die Maschinensäle, je einer in jedem Geschoss.

Wir waren bis ins dritte Geschoss gelangt. Herr Schumann trat ans Fenster und rief zu seinem Kutscher laut nach der Uhrzeit.

Dann rief er mir zu, er habe sich in der Zeit vertan und müsse mit Einbruch der Dunkelheit in Zwickau sein. Vielleicht komme er morgen zum Fest.

Wenige Worte zum Abschied: »Gott zum Gruß!«

»Gott zum Gruß.«

Selbst mit seiner Rennkutsche wird er es bei Tageslicht wohl nicht bis Zwickau schaffen, erklärte später Oskar, der sich mit Entfernungen und Reisezeiten auskannte. Ich stieg weiter hoch ins Dachgeschoss, um, wie Oskar es mir aufgetragen hatte, an den Aufbruch nach Oelsnitz zu erinnern. Zuerst musste ich dort gewaltig staunen. Auf einer großen Papptafel hatten der Maurer- und der Zimmermeister die Lösung für die neue Dachform in Siebenhöfen mit Kohlestift aufgezeichnet. Links sah ich die Skizze eines umgedrehten Bootes. Der Kiel zeigte nach oben. Daneben war der Querschnitt dargestellt. Durch ihn begriff ich, wie das Dach werden sollte. Von den nun unten liegenden Bootskanten führte die Bootshülle zuerst fast senkrecht nach oben. Dann wölbte sie sich immer mehr zur Mitte, wurde nach einem Bogen flach und dann stieg sie zum Kiel wieder an.

»Carl, wie findest du die Idee, ein Dach wie ein umgedrehtes Boot zu bauen?«, fragte mich der Baumeister direkt, dessen Grübeln nun ein Ende hatte. Ohne eine Antwort abzuwarten, stellte er mich Zimmermeister Uhlig, den ich noch nicht kannte, völlig entspannt vor: »Das ist Carl, der letztgeborene Knabe unseres Steinmetzmeisters Steiner.«

Meister Uhlig war erheblich jünger als der Baumeister und sicher noch keine vierzig Jahre alt. Er zeichnete nun vor meinen Augen Kreisbogen, die der Außenhülle folgten, und setzte außen in Gegenrichtung Bogen ein, die der Hüllenkrümmung nun bis zur Spitze eine Form gaben. Meister Uhlig lachte und fragte gleichfalls: »Na, wie findet das denn der Knabe, was wir uns ausgedacht haben?«

Ich antwortete bedächtig wie ein Erwachsener: »Kühn finde ich das«, und mit einem blitzartig entstandenen Gedanken fügte ich hinzu: »Wenn dann Schnee und Regen so am riesigen Dach nach unten abgleiten, wie das Wasser an einem Boot zur Seite weicht, haben die großen Meister etwas richtig Gutes erfunden.« Ich wagte noch eine Frage: »Wie soll das aber gebaut werden, denn die Dachsparren kann man doch nicht biegen?«

»Auch das ist schon geklärt«, meinte der Zimmermeister und zeigte auf eine weitere Skizze.

»Stell dir ein Kantholz vor, das von wenig Breite, aber deutlicher Höhe ist. Es ist das tragende Holz und bleibt gerade. Auf beiden Seiten werden breite Bretter angesetzt, aus denen die gebogenen Formen des Dachs herausgeschnitten werden.« Meister Uhlig strahlte dabei wie einer, der einen Silberschatz gefunden hat. Meister Lohse nickte dazu und ich prustete heraus: »Genial!«, und fügte leiser hinzu: »Das müssen Ihnen die Götter eingegeben haben!«

Oskar rief durchs Treppenhaus und drängte zum Aufbruch, denn die letzten Sonnenstrahlen verglimmten bereits zwischen den Bäumen. Worte zum Abschied: »Bis morgen!« Sie waren an die Schwester der Meinerts gerichtet, die sich und ihrem Sohn, dem eigenartigen Beamten an der Zugangstür, schon Räume eingerichtet hatte, um das Haus bewachen zu können. Unsere Kutsche stand abfahrbereit auf dem Vorplatz. Meister Uhlig wollte erst am nächsten Tag zum Fest kommen. Er hatte hier vermutlich ebenfalls ein Bauzeitquartier wie vordem mein Vater und Friedrich.

Nun ging es sanft bergauf und immer an dem Bach entlang, der das Wasserrad der Fabrik einmal in Bewegung setzen sollte. Das Tal wurde eng. Große stattliche Bauernhöfe und kleine Häuser von Handwerkern und Lohnarbeitern wechselten sich ab. Auf den Höhen ringsherum Wald.

Wir erreichten die Straße, die von der Höhe aus Richtung Stollberg kam und wegen des Hochwassers von uns nicht genutzt werden konnte. Dann wurde es interessant. Mein Vater hatte mir berichtet, dass Oelsnitz das Zentrum der Strumpfwirkerinnung im südwestlichen Sachsen sei. Wir sahen in eine Gasse mit Umgebindehäusern hinein und dann auf das Innungshaus. Es war eine einstige Gaststätte mit einem Saal im Obergeschoss. Die Fenster füllte Kerzenlicht. Viel Trubel. Ein Fest wurde vorbereitet. Wir querten den Dorfbach, an dem viele kleine Fachwerkhäuser standen, und dann erhob sich auf einem Bergvorsprung wie eine Burg das neue Haus der Meinerts.

Mein Vater sagte, dass die beiden Meinerts ihr Geld mit dem Handel bis nach Amerika viel schneller verdienen als die Handwerksmeister im Gebirge. Keiner verweigerte ihm angesichts des neuen prachtvollen Hauses die Zustimmung. Dann ging es noch einmal steil bergauf und mit einem Schwenk nach links hatte die Kutsche den Meinerthof erreicht.

8
Das Herrenhaus

Die Sonne war hinter der Anhöhe verschwunden. Letzte Lichtflecken huschten in einem immer blasser werdenden Rot über Felder und das Wolkengebirge, das sich hinter ihnen aufgebaut hatte. Sie trauerten der untergegangenen Sonne nach. Das neue Haus der Kaufherren Meinert reckte sich davor hoch in den Abendhimmel hinauf.

Kutscher Oskar stoppte die Pferde nach einem kühnen Schwung auf dem Hof direkt vor dem Portal. Auf beiden Seiten des großen Portals brannten Fackeln und tauchten es in flackerndes Licht. Oskar hatte etwas heftig in die Zügel gegriffen. Die beiden Pferde und die Kutsche standen sofort wie angewurzelt, und Carl fiel seinem Vater entgegen. Der war eingenickt und blickte seinem Sohn plötzlich aufgeschreckt ins Gesicht: »Verdammt, wo sind wir?« Carl war wieder vorlaut: »Man soll nicht fluchen, Vater – wir sind am Ziel!«

In zwei Tagen sollte sich die prunkvolle Tür des neuen Hauses zum ersten Mal für geladene Gäste öffnen. Die Kaufherren Christoph Christian August und sein jüngerer Bruder Johann Carl wollten den neuen Geschäftssitz präsentieren. Vordem hatten die Kaufherren und angereisten Meister noch einiges zu tun. Die Bauarbeiten für die Fabrik in Lugau, für die Meister Lohse zuständig war, mussten abgenommen werden, damit die Handwerker bezahlt werden konnten. Maschinenbaumeister Evans und die Meinerts hatten eine noch gewichtigere Aufgabe vor sich: Es musste die Anzahl der Spinnmaschinen ermittelt werden, die in den entstandenen Maschinensälen Platz fänden, und vor allem war eine Lösung für den Wasserradantrieb der Spinnmaschinen zu finden. Die gab es noch nicht, denn obwohl die Fabrik mehr als eine halbe Wegstunde dem Wasserlauf folgend einen Standort gefunden hatte, war noch nicht entschieden, wo der Ort für den Radantrieb sein würde.

Zunächst sollte das neue Herrenhaus bewundert werden.

Der Baumeister hatte dessen Front im Blick: »Das hätte ich nicht erwartet!« Der ältere der beiden Hausherren stand bereits neben der Kutsche und hörte mit innerem Wohlgefallen den Kommentar. Er und der Baumeister begrüßten sich wie enge Vertraute.

»Alle Achtung, das ist ein imposantes Haus geworden, bei meinem letzten Besuch war alles noch in Gerüste gehüllt«, kommentierte Johann Traugott Lohse und strebte zum Portal.

Der Kaufmann hielt ihn zurück: »Meister Lohse, ich möchte noch auf meinen Bruder Johann warten und Sie und Ihre Begleiter dann mit ihm gemeinsam im Haus begrüßen. Mein Bruder muss noch eine Warenlieferung zusammenstellen, die morgen nach Leipzig und von dort mit dem Schiff bis Amerika gehen soll.« Er sprach laut, damit die anderen Reisenden mitbekamen, welchen Aufstieg der Handel der beiden Brüder bis in ferne Länder genommen hatte.

»Liesbeth, unsere Magd, wird Sie zunächst zu Ihren Zimmern geleiten, sie stehen bereit, auch eines für den jungen Mann, der bei Ihnen ist, Meister Steiners jüngster Sohn, vermute ich? Wir haben im alten Gutshaus im Obergeschoss Räume für unsere Gäste ausgebaut. Ich wünsche Ihnen einen guten Aufenthalt in unserem neuen Reich!«

Carl stand bereits vor dem in weißem Ton gestrichenen Haus. Ein so großes neues Gebäude, das sich Leute leisten konnten, die keinen Adelsnamen trugen, hatte er in der Welt, die er bisher kannte, noch nicht gesehen. Drei Stockwerke war es hoch, der mittlere Teil trat aus der Front hervor. Die Hausfront lag im Dunkel. Die Fenster erkannte er nur, da sich die flackernden Flammen der Fackeln in ihnen spiegelten. Obenauf gab es noch in einem Giebelaufsatz ein sehr großes halbrundes Fenster. Das war durch Sprossen gegliedert, die von der Mitte zum Rand wie Sonnenstrahlen strebten.

Schnell war die Nacht hereingebrochen. Wie ein Schattenbild stand der große Bau wie vor einem Abgrund. Aus diesem leuchteten kleine Lichtpunkte herauf. Carl vermutete, dass es die Fenster der kleinen Fachwerkhäuser waren, die er am Bachlauf gesehen hatte, bevor die Kutsche den steilen Weg nach oben nahm.

»Komm, Sohn!« Mit diesen Worten wurde Carl aus seinen Betrachtungen herausgerissen. Der Vater legte ihm den Geigenkasten, den er an sicherer Stelle während der Fahrt in der Kutsche verwahrt hatte, in die Arme. Stolz erklärte er zu den Meinerts gewandt: »Beim Fest wird mein Sohn Carl seine Künste beim Geigenspiel zeigen.«

Wie peinlich, dachte Carl. Blut stieg in ihm bis zu beiden Ohren auf, denn sein Vater kündigte ihn wie einen Meistergeiger an. Das war er doch nicht. Sein Geigenspiel reichte, so sah er es selbst, für kurze Stücke beim Erntedankfest und kleinen Feiern.

Nochmals trat der ältere der Kaufleute zu seinen Gästen: »Wir erwarten Sie zu einer Hausbesichtigung und zum Abendessen, wenn die Turmuhr der Kirche zur vollen Stunde schlägt. Sie ist nicht zu überhören.

Die beiden Stallburschen werden Ihnen das Gepäck nach oben bringen. Sie können etwas entspannen. In den Zimmern befinden sich Waschgelegenheiten.«

Und wo ist der Abort, fragte sich Carl, ohne die Lippen zu öffnen und dachte dabei: Vermutlich dort, wo er im Elternhaus auch ist, auf der Rückseite angebaut, denn das alte Gutshaus der Meinerts und ihr Haus in Drebach ähnelten sich wie Geschwister.

Hausmagd Liesbeth führte die Gäste zu ihren Zimmern. Carl freute sich, dass er nicht bei seinem Vater schlafen musste.

Nach dem Glockenschlag fanden sich die Gäste im Flur des alten Gutshauses ein. Die Decke war hier niedrig, der Fußboden mit gebrochenen Steinplatten belegt. Die Wände frisch gekalkt. Ein altes Haus nach einer Frühlingskur. Die Gäste hatten sich den Staub der langen Reise aus den Kleidern geklopft und Gesicht und Hände gewaschen. Carl hatte sogar sein langes blondes Haar gebürstet. Im Flur hing ein Spiegel. Er fand sich darin vorzeigbar. Liesbeth holte die Gäste ab. Wenige Schritte zum Herrenhaus. Carl flüsterte dabei seinem Vater zu: »Die Meinerts müssen im Geld schwimmen. So feine Bettwäsche wie im Gästezimmer haben wir zu Haus nicht und sogar ein Teppich liegt im Zimmer und Tapeten gibt es; bei uns ist alles nur weiß gestrichen.«

»Na wenigstens sind die Möbel einfach«, sagte der Vater und Carl ergänzte: »Auch stabil. Das Bett knarrt nicht so wie mein eigenes. Ich hab's schon ausprobiert.«

Liesbeth ließ sich Zeit. Sie führte die Gäste zur Mitte des Hofes und erst dann zum Portal. Ihre Herrschaften hatten ihr das nahegelegt. Die Gäste sollten zunächst die Gelegenheit haben, den inzwischen mit Kerzen in allen Fenstern erleuchteten Prunkbau zu bewundern. Ein erhabener Eindruck. Das Licht strahlte hoch über Gastgeber und Gäste hinweg hinaus in die Nacht. Kein Haus und kein Berg fing es auf. Das Gegenüber waren nur Felder, die bereits im Dunkel versunken waren.

»Die Meinerts verstehen etwas von Inszenierung«, murmelte der Baumeister, der wusste, wie vor allem die Kirchen zu Festtagen mit Kerzenlicht zum Strahlen gebracht werden, um Herzen zu öffnen und Stimmung zum Glücksgefühl werden zu lassen.

Evan Evans schwieg. Vermutlich dachte er: »Euch Sachsen werde ich es zeigen, wenn ich meinen Fabrikpalast mit allen Fenstern hinaus in die Nacht leuchten lasse.«

Die Gäste gelangten in eine Vorhalle. Wie das Portal waren auch die Platten am Boden aus rotem Naturstein, die Wände im unteren Bereich mit Eichenbrettern verblendet, darüber hell gestrichener Putz, wie auch die Felder zwischen den Deckenbalken. Auch diese aus Eichen, wie auch eine nach hinten abschließende sehr elegant und leicht wirkende Trennwand. Viel Glas und schmale gliedernde Sprossen, doch kein Licht im Raum dahinter. So spiegelten sich in den Gläsern die Lichter der Kerzen und steigerten deren festlichen Glanz. Vor dieser Wand im Licht der Kerzen standen alle Meinerts, Alt und Jung. Vorn, zwei Schritte vor den anderen, hatten sich die Hausherren postiert: links der Ältere, Christoph Christian August und rechts Johann Carl, der Jüngere. Hinter ihnen standen die Familienmitglieder aufgereiht: in der Mitte die Gattinnen und auf beiden Seiten anschließend die Kinderschar. Die Mädchen mussten außen stehen. Erst jetzt fiel auf, dass am Ende der linken Reihe noch jemand fehlte.

»Wo ist Christiane Luise, verdammt noch mal!?« Ihr Vater, den Bruder und Gattin nur August nannten, schimpfte, alle Form vergessend, laut und rief nach der Tochter. Mutter Emilie warf beschwichtigend dazwischen: »Ich habe Luise in der Küche helfen lassen. Sie musste sich noch umziehen.«

Statt einer Antwort kam Luise selbst. Fast flog sie die Treppe herab und reihte sich mit gesenktem Kopf neben ihren Brüdern ein. Meinert junior lachte, denn seine eigenen jüngeren Schwestern waren rechtzeitig erschienen und standen brav am Ende der Reihe. Carl schmunzelte und murmelte: »Familientheater wie überall. Auch bei den Reichen und Vornehmen. Das beruhigt.« Dann hob Luise den Kopf und die Lockenpracht, die ihr bis dahin das Gesicht verdeckte, fiel zur Seite zurück. Luise stand genau in Carls Blick und dem stockte der Atem. »Oh, wie schön sie ist«, murmelte er leise.

Nun reichten die Damen, die Söhne und die Töchter den Gästen die Hand. Die drei Meister begrüßten die Damen des Hauses mit Handkuss. Beide Ehefrauen lächelten Carl an und ebenso die hübsche Tochter, die Carl ein wenig älter schätzte als er selbst war. Wieder färbten sich seine Wangen rot, denn Luise trat dabei nahe an ihn heran und sah ihm direkt in die Augen, so intensiv, dass ihm das Herz in die Hose fiel, und flüsterte: »Ich bin Luise.« »Und ich heiße Carl«, war seine leise, doch mit klarer und männlich klingender Stimme gesprochene Antwort.

Vater Steiner, der neben Carl stand, hatte das vernommen. Ein Lächeln trat in sein Gesicht. Würde sein Plan aufgehen und Carl sich hier verlieben? Doch auch Luises älterer Bruder Karl Robert hatte etwas bemerkt. Als später beide etwas abseits standen, rammte er Carl einen Ellenbogen in die Seite und giftete ihm zu: »Achtung, Bursche, lass Luise und auch die Mägde in Ruh!«

Die Fronten zwischen den beiden etwa gleichaltrigen Burschen schienen abgesteckt. Missstimmung lag in der Luft.

Doch geschickt begann August Meinert, die Situation wieder in den Griff zu bekommen. Ohne lange Vorrede begrüßte er seine Gäste, die bereits vor der Hauseinweihung eingeladen waren, um ihnen für die vorzüglichen Leistungen beim Bau der Fabrik zu danken. Er nannte Meister Lohse ausdrücklich, aber erwähnte auch Steinmetzmeister Steiner, besonders für die Arbeit an den imposanten Säulen.

Dann wandte er sich Evan Evans zu. Auf ihm würde die Hoffnung der Bauherren liegen, da sie erfahren haben, dass die Spinnmaschinen aus Evans' Werkstatt die besten weit und breit wären. Er und sein Bruder hätten das in der Spinnerei in Plaue bei Flöha nachgeprüft, denn wer Meinert heißt, würde nicht die Katze im Sack kaufen. Dort bei Pflugbeil & Co. habe man einen vorzüglichen Eindruck gewonnen. Der Auftrag an den Maschinenfabrikanten Evan Evans liege nun zur Unterschrift bereit, wenn man sich am kommenden Tag zum Preis und zur Lieferzeit verständigen könne.

Die Kaufleute gaben den Gästen noch kurze Hinweise zum Haus. Die große Einweihung würde zwar erst in zwei Tagen stattfinden und in den beiden Salons im Parterre müssten die Handwerker noch letzte Feinheiten erledigen, doch die Kontor- und Nebenräume könne man zeigen. Die lagen links vom Eingang. In ihnen befand sich auch ein Kabinett, in dem hinter Schloss und Riegel die Wertsachen, Bargelder und wichtige Geschäftspapiere aufbewahrt wurden.

Schließlich blieben die Kaufleute mit ihren Gästen an der Treppe stehen. Eine kräftige Säule vorn zwischen den beiden Läufen stützte sie bis ins Dach.

»Gotische Motive auf der Säule, den Treppenwangen und im Geländer, wie kommt Ihr darauf?«, fragte der Baumeister die Hausherren und fuhr erklärend fort: »Das Haus ist äußerlich in den Formen des Klassizismus gebaut, wie ich es Euch skizziert hatte, nun finde ich innen Gotik! Das ist doch das pure Mittelalter!«

»Ihr irrt fast nie, Meister Lohse, doch in diesem Fall wohl. Diese Art Gotik ist etwas Neues.«

»Erklärt mir das!«

»Unser Tischlermeister ist der Sohn des einstigen Hoftischlers des Grafen von Einsiedel. Er hat eine Werkstatt unweit von uns in Thierfeld übernommen. Wir hatten ihm als Anregung Eure Treppe in der Spinnmühle gezeigt, die sehr sachlich und praktisch ist. Dann zeigte er uns ältere Pläne seines Vaters für den Ausbau der gräflichen Bibliothek im Dach des Schlosses zu Wolkenburg. Auf diesen sehr aufwändigen und farbig angelegten Plänen waren diese gotischen Formen zu finden. Sie haben uns und unseren Ehefrauen gefallen, der Sohn des Tischlermeisters hat sie nachgebaut. Meister Lohse! Die Gotik ist wieder in Mode gekommen!«

»Was sagst du dazu, Christian, du bist doch auf dem Schloss zu Wolkenburg geboren?« Meister Lohse duzte seinen Steinmetzmeister öffentlich. Das hatte Carl noch nie gehört. Sein Vater dachte nach. »Ich kann mich erinnern. Der Graf hatte mir die Bibliothek, die er einst in jungen Jahren einrichten ließ, gezeigt. Ich fand sie ungewöhnlich, doch meine Welt war das nicht. Zu viel Orient und Mittelalter. Doch dann begann der Graf auch in seiner Eisengießerei in Lauchhammer, gotische Motive nachzugießen, besonders für gusseiserne Öfen, die er im Schloss aufstellen ließ und dann wohl auch an andere Guts- und Schlossherren verkaufte. Der Graf hat mir kürzlich erklärt, dass der berühmte Stadtbaumeister Dauthe in Leipzig 1804, also erst vor wenigen Jahren, ein ›Gotisches Tor‹ in Anlagen des Schwanenteichs geschaffen hat. Auch im Park zu Wörlitz habe Fürst Leopold den Bau eines ›Gotischen Hauses‹ nach englischem Vorbild begonnen. Mir selbst gefallen diese spitzen Bogen nicht, doch es gibt wohl dafür ein Publikum.«

Johann Traugott Lohse schien sprachlos zu sein und gab nur ein »Hm« von sich, dann räusperte er sich und sprach laut und gut vernehmbar: »Ich bin von der Antike und den Französischen Architekten der Revolutionszeit angetan. Ich muss nicht auf zwei Hochzeiten tanzen, nur weil das offenbar in Mode gekommen ist!«

Inzwischen hatten Liesbeth und eine zweite Magd im Raum hinter der Glaswand die Kerzen angezündet und die Flügeltür in der nun hell strahlenden Glaswand geöffnet. Ein für viele Zwecke des Handelshauses nutzbarer Raum wurde sichtbar: Drei Bogen aus Porphyr wölbten sich zwischen Wandpfeilern und boten flachen Deckengewölben einen Halt; Eichendielen am Boden und eine halbhohe Vertäfelung an den Wänden. Für zwei Fenster an der Stirnwand, die sich nach innen erheblich ausweiteten, waren Stangen für schwere Vorhänge vorgesehen. Die fehlten noch. Der Blick war frei, und als Carl seine Stirn an eine Scheibe legte, sah er unten im Tal wieder die Lichter der kleinen Häuser des Dorfes.

»Hier wollen wir vor den großen Messen einen Musterraum einrichten, in dem uns die Handwerker ihre Waren zur Auswahl vorstellen, die wir danach auf den Messplätzen verkaufen.« Der jüngere Meinert erklärte das mit Stolz.

»Jetzt bitten wir zu Tisch. Vorgestern war Schlachttag, alles ist frisch gebrüht.«

Der Tisch stand lang und sehr breit in der Mitte des Raumes.

Kunstvoll aus Frühlingsblumen und frischen Zweigen gesteckte Dekorationen und dazwischen silberne Leuchter mit je vier brennenden Kerzen bildeten seine Mitte. An jedem Platz stand ein kleines Namensschild, das die Tischordnung regelte, und davor befand sich ein großer mit Blumen bemalter Suppenteller, daneben ein Silberbesteck. Eine Serviette lag griffbereit daneben.

Ein Schild musste schnell noch geschrieben worden sein, denn Zimmermeister Uhlig war doch noch zum Abendessen angekommen. Die Kaufleute und die Meister waren an einem Kopfende des Tischs platziert. Carl fand sich zwischen den beiden Kaufmannsgattinnen am anderen Tischende wieder. Direkt ihm gegenüber nahm Luise und an ihrer Seite die beiden älteren Meinert-Jungs Platz. Wachsoldaten oder Diener? Für Carl war beides denkbar. Die älteren Gäste nahmen das überhaupt nicht wahr. Sie hatten mit den Gastgebern Wichtiges zu beraten. Zunächst ging es noch um die Fabrik in Lugau.

Vier jüngere Kinder besetzten die Stühle in der Mitte. Und so hörte man am anderen Tischende jeweils nur Gemurmel. Die Allerjüngsten waren bereits von den Kindermädchen in ihre Betten nach oben gebracht worden.

Die Hausgehilfen, mit blauweißen Schürzen und Hauben bekleidet, stellten die Köstlichkeiten des Hausgeschlachteten zum Zulangen auf schmale Tische: Wellfleisch, Blutwurst, Leberwurst, Wurstschmalz und dazu frisch gebackenes dunkles Brot. Der Duft von Majoran und anderen Würzkräutern füllte den Raum. Getränke standen in Krügen bereit: Bier von der Oelsnitzer Rittergutsbrauerei, Rotwein aus einem Ballon, der von der Leipziger Messe kam, Most aus Kirschen und Äpfeln, die aus dem Garten neben dem nahe gelegenen Meinertschen »Lindengut« stammten. Das war das Wirtschaftsgut der Kaufleute und wurde so genannt, weil es unter hohen Linden lag.

Vorher jedoch gab es Kartoffelsuppe mit Blutwurst und einem Löffel fein gehackter Kräuter obenauf. Carl ließ sich einen Nachschlag geben, um den Blick auf Luise zu genießen, die ihm zulächelte. Auch die beiden Kaufmannsgattinnen lächelten wohlwollend über den Tisch in seine Richtung. Carl begann zu ahnen, dass hier im Bauerndorf ein Bursche wie er eine interessante Abwechslung war. Er genoss das Gefühl. Seine kleine Marie in Drebach, die er mit einem ersten Kuss glücklich gemacht hatte und die ihn in Gedanken auf der Fahrt ins Unbekannte begleitete, war im Moment vergessen. Hier erlebte er eine für ihn neue Welt.

Fast gleichzeitig standen Luise und er auf, um sich einen Teller mit Wurst, Wellfleisch und Brot an den Tisch zu holen. Die erste Berührung ging von Luise aus. Sie stellte sich dicht neben ihn, schob ihre linke Hand an seine rechte heran und flüsterte: »Wir treffen uns morgen, ich soll dir das Dorf zeigen. Jetzt muss ich nach oben gehen. Das wünscht mein Vater.«

Karl Robert hatte die Szene beobachtet und lästerte quer über den Tisch, als Carl sich ein vom Vater gestattetes Bier geholt hatte.

»Darf man bei euch im Gebirge überhaupt Bier trinken, um nicht vom Berg zu stürzen oder gegen Bäume zu laufen?« Carl konterte: »Spreche ich wie einer, der aus dem Gebirge stammt? Wo ich geboren bin, spricht man anders als hier in eurem Dorf. Man kann von dort nach Leipzig sehen und wohin kannst du hier blicken? Nur hinab ins Tal und sonst auf nichts Besonders. Du bist arm dran.«

Fast hätte sich Carl, der mit scharfer Zunge seine Worte wie einen Fußstritt ausgeteilt hatte, die Gunst von Roberts Mutter verscherzt, doch die hatte bereits einen Plan gefasst und wollte ihn nicht aufgeben. Sie schickte den Rest der Kinderschar nach oben und sagte Carl, was ihm Luise bereits angedeutet hatte: »Meine Schwägerin und ich laden Sie morgen zum Frühstück ein, wenn die Meister zur Fabrik fahren. Die älteren Kinder werden dabei sein, und es gibt dann bitte keine Sticheleien mehr. Robert und Sie haben so einen Kinderkram nicht mehr nötig. Und: Carl, bringen Sie Ihre Geige mit und spielen Sie uns zur Freude. Robert wird damit zu gewinnen sein, denn er hört gern Musik, hat aber keinerlei Ahnung davon, wie sie entsteht.«

Die Schwägerin fügte hinzu: »Luise und die beiden älteren Jungs werden Ihnen den Ort zeigen. Unsere Männer und Ihr Vater sind einverstanden.«

Allgemeiner Aufbruch. Die Meinerts stiegen die Treppe hoch in ihre Wohnungen. Der jüngeren Meinerts wohnten im zweiten, die älteren im ersten Geschoss. Luise hatte bereits verraten, dass ihr Zimmer direkt über dem Kontor am Eingang lag.

Carl ließ sich Zeit beim Weg ins alte Gutshaus. Er blickte zu Luises Fenster, doch ein dunkler Vorhang ließ kein Licht nach außen dringen. Das gesamte Haus lag nun im Dunkeln. Im alten Gutshaus saßen bereits die Meister am Tisch, als Carl eintraf. Er durfte sich zu ihnen setzen.

»Nun, Carl, wie hat dir das neue Haus gefallen oder war nur Meinerts hübsche Luise für dich interessant?«

So begann Meister Lohse das Gespräch und schenkte aus dem mitgebrachten Rotweinkrug die Gläser voll. Carl antwortete selbstbewusst: »Luise ist hübsch und sie gefällt mir. Sehr gern würde ich sie aus dem spießigen Haus entführen.«

»Wie meinst du das mit spießig?«, fragte der Vater.

»Das sieht hier alles zwar reich und vornehm aus, doch vieles passt nicht zusammen.«

»Was zum Beispiel?«

»Nun, die Inneneinrichtung der Räume.«

»Noch etwas?«

Anstelle von Carl antwortete sein Vater: »Johann Traugott, du hättest wohl nie hinter einer prachtvollen Außenfront, die einem

Landschloss angemessen ist, die Räume zusammengequetscht, wie das hier geschehen ist? Das kann doch nur von einem Dorfmaurermeister stammen. Haben dich die Meinerts nicht um einen Entwurf gebeten?«

»Doch, das haben sie. Die Außenfronten sind nach meinen Skizzen entstanden. Die Geschäftsräume haben sie gegen jede architektonische Ordnung selbst festgelegt. Wir wurden uns nicht einig. Ich wurde für die Skizzen entlohnt, und der Dorfmaurer hat's dann gebaut. Schaut morgen die Rückfront zum Tal an. Dort erscheinen Fenster wie von Salons, doch dahinter befinden sich Arbeits- und Nebenräume. Das wird wohl auch in den Wohnungen darüber so sein.« Carls Vater zog eine Schlussfolgerung, die seinen Sohn erstaunte: »Meinerts neues Haus entspricht außen den Vorstellungen von Schönheit. Im Inneren bestimmt nur der pure Zweck. Bei der Spinnmühle in Lugau, Johann Traugott, ist es dir gelungen, Schönheit und Zweck zu vereinen.

»Vater, wo du hast du denn diese Gedanken her?«, fragte bewundernd der Sohn. »Dem Leben abgelauscht«, antwortete trocken der Vater.

»Ist es so schlimm, wenn das Praktische, wie hier der Alltag in einem Kaufmannshaus, im Mittelpunkt steht und weniger die Schönheit der Architektur?«, machte sich Johann Christian Uhlig, der auch ein Gästezimmer erhalten hatte, bemerkbar. Der junge, in seinem Fach sehr talentierte Zimmermeister hatte bislang nur unter Anleitung von Johann Traugott Lohse bei Gebäuden mitgewirkt. Er sah im älteren Landbaumeister sein großes Vorbild, auch weil beide aus demselben Dorf bei Chemnitz stammten. Doch dem jungen Uhlig war zunehmend der architektonische Aufwand, den der Baumeister beim Bau der Spinnmühlen in selber Art wie bei seinen Kirchenbauten betrieb, nicht verständlich. Das waren aus seiner Sicht nur Bauten für die Arbeit mit Maschinen. Sie sollten für ihren Zweck mit wenig Aufwand errichtet werden. Baumeister Lohse schwollen die Adern an. Seine Antwort war wenig freundlich: »Lieber Uhlig, Ihr seid ein vorzüglicher Zimmermeister, doch noch kein Architekt. Als dieser könnt Ihr Euch erst fühlen, wenn Ihr einmal ein Haus vom Fundament bis zur Dachspitze geplant habt und es für seinen Zweck nicht nur gut nutzbar ist, nicht einstürzt, vielmehr auch denen, die darin tätig sind, ebenso gefällt wie allen, die es nur betrachten. Das gilt nicht nur für Kirchen und Paläste, das gilt für jedes Bauwerk, für das wir beauftragt werden. Merkt Euch, wer das Schwierige gut bewältigt, wird auch dem Einfachen eine Anmut geben können.«

Der junge Uhlig zuckte, Carls Vater schmunzelte und Carl selbst ahnte, dass es bei dem Wortwechsel um Prinzipielles ging.

Uhlig erkannte, dass ein Streit mit dem Landbaumeister, der an der Spitze der Meisterinnung stand, für ihn heikel werden konnte. Geschickt zog er sich aus der selbst gestellten Falle wieder heraus: »Ein kluger Rat ist das, Meister Lohse, ich danke Euch dafür, denn er beflügelt meine eigenen Vorstellungen.«

Der Wein war zur Neige gegangen. Die Meister suchten ihre Betten auf. Carl hielt seine Nase noch einmal in die frische Luft, um Ausschau nach einem Licht im ersten Stock des Herrenhauses zu halten. Es war vergebens.

Das Frühstück am nächsten Morgen war für die Gäste im selben Raum wie das Abendbrot vorbereitet. Carl konnte sich Zeit lassen. Liesbeth war angewiesen, ihn erst danach ins erste Geschoss in den darüber liegenden Raum zu geleiten.

Die beiden Kauf- und Bauherren und die vier Meister brachen bald auf, um die Räume der Fabrik in Augenschein zu nehmen. Der jüngere Meinert protokollierte. Der Ältere kontrollierte jedes Detail vom Mauerwerk bis zu den Fenstern und Türen sowie im Dach, sogar die der Wohnungseinbauten, Öfen und Abortkabinette auf den Treppenpodesten. Die Meinerts waren nach dem Rundgang mit dem Ergebnis zufrieden. Steinmetz- und Zimmermeister gingen Evan Evans beim Ausmessen der Räume für die Technik zur Hand.

Baumeister Lohse erhielt das restliche Geld für den Bau und verteilte es dann an die beteiligten Meister der anderen Gewerke, die er neben seinen eigenen Maurern einbezogen hatte. Zum Mittagessen traf man sich im benachbarten Gasthof. Evan Evans erklärte dort, dass er die schweren und massigen Krempelmaschinen in einem vorhandenen Gebäude aufstellen wolle. Dann sei mehr Platz in den Fabriksälen für die verschiedenen Stufen des Garnspinnens vorhanden. Am Nachmittag müsse noch die Lage des Wasserrades und die Verlängerung des Mühlgrabens geklärt werden. Das Rad und das Wehr könnten nach seinen Angaben Handwerker aus dem Ort bauen.

Auf der Rückfahrt hielten die drei Kutschen am Meisterhaus an. Es gab mit den Obermeistern der Strumpfwirker und der Leineweberinnung noch die Einzelheiten des Festes am kommenden Abend zu beraten. Es war Gelegenheit, den ungewöhnlichen Fachwerkgiebel des Hauses zu bewundern: ein Kunstwerk. Er galt als einer der Schönsten aller Fachwerkbauten in der Region. Zwischen Stützen und lagernden Hölzern schwangen sich in gewundenen Linien weitere Hölzer nach oben.

»Hier hat die Schönheit die konstruktive Aufgabe besiegt«, flüsterte Meister Lohse etwas ironisch seinem jungen Zimmermeister ins Ohr. Meister Steiner, bei dem die Schönheit von Ornamenten zum Beruf gehörte, zeigte nach oben auf das Sonnenfenster und den Farbtupfer darüber. Es war das Innungszeichen der Strumpfwirker. Die Meinerts und ihre Gäste gingen den kurzen Weg zum höher gelegen Herrenhaus zu Fuß.

9
Ortsbesichtigungen

Völlig anders war Carls Tag verlaufen. Dem Vater berichtete er vor dem Schlafengehen nur, dass die Zeit mit den am Tag zuvor für ihn wildfremden Leuten sehr vergnüglich gewesen sei.

Liesbeth hatte ihn in die Wohnung im ersten Stock begleitet. Auch hier trennte eine verglaste Kassettentür die Treppenhalle von der Wohnung ab. Dahinter lag ein Raum mit einem blauen Teppich und Tapeten, auf denen kleine chinesische Figuren schwebten. Es war der Raum, in dem gegessen wurde. Da zunächst eine Wanderung von Luise, Robert und Carl geplant war, reduzierte sich das Morgenmahl auf Rührei mit Speck, etwas Quittenkonfitüre und frische Brötchen, die, wie das Brot, im Backofen des alten Gutshauses gebacken wurden. Die beiden Kaufmannsgattinnen tranken aus Bohnen gemahlenen Kaffee. Der Nachwuchs und Carl durften zwischen Malzkaffee und Milch wählen.

»Zum Erzählen haben wir am Nachmittag Zeit, und dabei wird uns Carl, so hoffen wir, die Zeit auch mit Geigenspiel verkürzen«, sprach Luises Mutter und nickte Carl zu.

»Mit Vergnügen werde ich die Geige spielen, Frau Meinert, und besten Dank für die Einladung.«

Luise, Robert und Carl legten ihre Umhänge über die für den warmen Tag gewählte leichte Kleidung und brachen auf.

Carl wollte zunächst den kleinen Schuppen näher betrachten, an dessen Stelle das Gartenhaus entstehen sollte, von dem die Meinerts beim abendlichen Rundgang gesprochen hatten. Alles am Schuppen war baufällig.

»Nichts hiervon ist mehr nutzbar«, stellte er fest und sah nun im Tageslicht, dass das Gelände dahinter doch gehörig anstieg. Da waren wohl eine kräftige steinerne Rückwand und auch seitlich stützende Mauern nötig, wenn davor eine kleine Orangerie mit einem Brunnen entstehen sollte. Gegenüber dem alten Gutshaus entstand ein gleichgroßes Haus. Der nunmehr friedfertig wirkende Robert erklärte Carl, ohne von ihm dazu gefragt worden zu sein: »Das wird die neue Remise mit Ställen für die Reit- und Kutschpferde und Platz für zwei Reisekutschen. Im hinteren Teil mit Blick zur Staatsstraße wird es noch Büroräume geben. Die im Haupthaus reichen jetzt schon nicht. Darüber liegen zwei kleine Kutscherwohnungen.«

Die nachfolgende Besichtigung des Dorfes führte die steil abfallende Staatsstraße hinunter bis zum Bach. Die kleinen Fachwerkhäuser am Ufer wirkten wie neu errichtet. Fragende Augen bei Carl und erklärende Worte von Luise: »Die Häuser waren vor einigen Jahren bei einem Feuer völlig niedergebrannt. Nicht einmal aus dem Bach geschöpftes Wasser konnte sie retten. Ich stand oben neben unserer einstigen Scheune und habe das Feuer aus dem Tal hoch bis zu uns aufsteigen sehen. Es war schrecklich.« Robert ergänzte: »Und gefährlich war das auch für uns, denn Funken sprühten fast bis zu unserem Hof, als Wind aufkam. Mein Vater und die Knechte standen mit Leitern, Feuerhaken und Wasser bereit für den Fall, dass Flammen übergriffen. Fünfundzwanzig Häuser sind damals abgebrannt. Sie standen am Bach aufwärts an der Dorfstraße bis hin zur Kirche und zur Kirchschule. Auch die brannte ab. Der Lehrer soll sich zu Tode gefürchtet haben, wurde aber gerettet und die Schule wiederaufgebaut.

»War ein Blitzschlag schuld am großen Feuer?«, fragte Carl.

»Nein, es war am Tag des jährlichen Festumzugs der Strumpfwirker. Der Festbraten brannte an und loderte auf, weil die Aufsicht wohl anderes im Kopf hatte. Das wurde erst bemerkt, als brennendes Fett spritzte und alles in Brand setzte.«

Auf der Brücke über den Bach interessierte sich Carl für die hölzernen Wannen und Tröge, die im Wasser an Stricke gebunden schaukelten. Sie gingen zum Böttchermeister.

»Gott zum Gruß, Meister Glauch. Unser Besuch«, Robert zeigte auf Carl, »interessiert sich für Eure Arbeit.«

»Das ist aber selten, dass mich jemand nach meinem Handwerk fragt«, antwortete der Böttchermeister. Carl hörte bei den folgenden Erklärungen aufmerksam zu und wusste dann, wie das Holz zugerichtet, mit eisernen Bändern oder Seilen zusammengehalten wird und im fließenden Wasser aufquellen muss, damit die Fugen dicht werden. Carl hatte etwas Geld in der Tasche und wollte als Dank einen kleinen Schöpfkübel mit Handgriff für die Mutter kaufen. Er bekam ihn geschenkt, nachdem er verriet, woher er kam.

»Ach, aus Drebach bei Ehrenfriedersdorf. Dort, wo Leinen und Flachs auf den Feldern und auf einer Wiese im März die Krokusse blühen? Von dort sind Leineweber hierher nach Oelsnitz gezogen.«

Carl bedankte sich für das Geschenk und blickt den Bachlauf hinunter, als er von dort ein gewaltiges Rattern vernahm.

»Was ist denn hier los?«, fragte er den Böttcher.

»Hier quert der Bach eine enge Stelle. Es ist daneben kein Platz für eine Straße. Wer nicht den höher gelegenen weitaus längeren Weg nutzen will, treibt hier die Pferde mit dem Fuhrwerk durch den Bach hinab ins Unterdorf oder herauf ins Mitteldorf.«

Luise und Robert waren bereits am Meisterhaus vorbei in die Mittelgasse gelangt. Wie Perlen an zwei nebeneinander gespannten Schnüren reihten sich die Häuser auf. Es waren sogenannte Umgebindehäuser. Holzbalken umgaben extra den Arbeitsraum, in dem der Webstuhl stand. Das sollte den Lärm und das Wackeln des Fachwerks dämpfen, denn ein Webstuhl ratterte, wenn er in Gang war, in den kleinen Häuschen wie ein Ungeheuer im Käfig. In den Vorgärten kündigte sich schon der frühe Sommer an. Es war eine Idee des damaligen Fürsten, die Handwerker hier auf einer fürs Heu ungeeigneten Wiese anzusiedeln. Zu den Handwerkern wusste Luise viel zu erzählen, denn die Meinerts belieferten sie mit Garn und verkauften deren Tuch und Wirkwaren mit erheblichem Gewinn. Ein Teil davon war allerdings auch an die Innungen abzuführen, die gut mitverdienten. Luise half bereits gelegentlich im Kontor und kannte dadurch alle Handwerker im Dorf, die mit Meinerts Unternehmen verbunden waren. Allein hier im Dorf waren es weit über hundert.

Carl begriff allmählich, welche Rolle das Unternehmen »Gebrüder Meinert« und andere Kaufherren spielten und warum die drei Meister bei der Fahrt hierher davon sprachen, dass den aus dem Bürgertum stammenden Unternehmern und Erfindern die Zukunft im Land gehören wird und die Adelsherren nur mithalten können, wenn sie selbst zu Unternehmern werden.

Der Fürst war hier im großen Dorf der Herr über riesige Feld- und Wiesenflächen und ihm gehörte vor allem fast der gesamte Wald. Die meisten Bauern waren von ihm abhängig, mussten Schulden abtragen und Frondienste leisten. Doch mit Landwirtschaft ließ sich nur begrenzt Geld verdienen. Die einzelnen Handwerker, die Strümpfe wirkten und Stoffe webten, verdienten vermutlich noch weniger Geld. Die großen Einnahmen hatten die Kaufherren wie die Meinerts, die mit guten Gewinnen die Waren auf den Messen und bis nach Übersee unter die Leute brachten und den Handwerkern das Garn lieferten. Ihre Einnahmen würden noch größer, wenn sie bald in Lugau das Garn selbst herstellten.

Nach der Mittelgasse strebten die beiden Meinert-Kinder dem Rittergut zu. Auf dem Hof des Rittergutes sah Luise die Kutsche des Fürsten nicht und fragte eine einstige Mitschülerin, die hier Hausmädchen war, und erfuhr, dass sich »der Herr zu einer großen Besichtigungsfahrt über den gesamten Tag hinweg bis hinauf nach Neuwiese befände«.

»Neuwiese, was ist das?«, fragte Carl. Roberts Antwort: »Das sind Bauernhöfe, die der Vater unseres heutigen Fürsten weit oben hinter dem Steinhübelberg angelegt hat. Dort besaß er große Felder. Da die Mägde und Knechte morgens und abends je zwei Stunden bergauf und bergab für den Weg zur Feldarbeit benötigten, hat er ihnen kleine Parzellen verkauft. Sie konnten eigene kleine Güter aufbauen, doch erst nach Jahren hatten sie den Kaufpreis abgezahlt.

»Eure Fürstenfamilie hat offenbar kluge Leute hervorgebracht, die wissen, wie man aus Mangel einen Vorteil macht.« du bist ganz schön frech, Carl«, sagte Robert, »doch der junge Fürst ist ein Mann, der sich auch um die Leute kümmert und nicht nur einer, der wie sein Vater das Geld in seinem Schloss aufhäuft.«

Carl musterte nun das Rittergut. Das Herrenhaus erschien ihm wie ein Steinkoloss mit hohem Dach, der neuen Putz und neue Dachziegel dringend nötig hatte, und er wunderte sich, dass ein Fürst sich hier wohlfühlte, selbst, wenn er nur gelegentlich vorbeikam. Meinerts neues Haus hingegen war ein Schloss.

Die drei zogen weiter bis zu einer Stelle unterhalb der Dorfkirche, an der beiderseits vom Bach die Ufer steil anstiegen. Auch hier war der Bachgrund zugleich eine Straße. Ein Zweispänner mit einer Holzladung kam mit dem Wasser auf sie zu. Der Kutscher trieb die Pferde mitten im Bach entlang. Das Wasser spritzte hoch bis zu den Bäuchen. Das Fuhrwerk entschwand in Richtung Rittergut und Brauerei.

Carl kommentierte: »Das reine Mittelalter!«

Vor Hochwasser sicher stand die Dorfkirche am Hang. Carl fand sie gewöhnlich im Vergleich zu den prächtigen Kirchen, die Meister Lohse in ländlichen Ortschaften gebaut hatte.

Die drei Ausflügler erreichten nun oberhalb von Kirche und gegenüberliegender Dorfschule, die ein klappriges Fachwerkhaus war und nur einen Lehrer, dessen Wohnung und einen großen Klassenraum hatte, das zweite Gut der Meinerts, das »Lindengut«. Das hatte der jüngere Meinert geerbt und zu einem Fuhrbetrieb ausgebaut. Hier wurden ankommende und abgehende Waren zwischengelagert und registriert. Hier standen sechs schwere Transportpferde im Stall und in der einstigen Scheune waren die Transportwagen, die mit einer weißen Plane überspannt als »weiße Elefanten« übers Land bis zu den Messplätzen und gelegentlich bis zu einem Seehafen fuhren.

Im Herrenhaus stand für den Hunger der drei Ausflügler nur Suppe vom Vorabend und Wellfleisch bereit.

»Esst nur wenig, es gibt Leckeres zum Kaffee und dazu Carls Geigenspiel«, ließ sich Emilie Meinert vernehmen.

Die »Kaffee- und Kuchenstunde« begann mit dem vierten Glockenschlag der Turmuhr. Ohne ihre Männer als Aufpasser ließen es sich die beiden Gattinnen schmecken, und die große Kinderschar profitierte davon. Die Auswahl an Leckereien war groß. Gedeckt war der Tisch im ersten Stock, nun aber im Salon. Carl blickte auf Tapeten mit gelben Streifen und rosafarbenen Blüten. An der Decke, die höher über dem Boden lag als im Parterre, befand sich ein Oval aus flachem Stuck. Carl ließ den Blick über die Möbel schweifen. Frau Meinert bemerkte dazu: »Das ist der neue französische Stil, er wird

Empire genannt, mein Mann und sein Bruder haben die Möbel bei einem Händler in Leipzig bestellt.«

Zum Glück keine Gotik, dachte Carl und nahm auf dem angebotenen Stuhl Platz. Der Salon lag übers Eck an der für Sonnenlicht und Aussicht günstigsten Stelle und nicht in der Mittelachse des Hauses durch drei Fenster erhellt, wie das bei Herrenhäusern in Sachsen typisch war. Der Salon beeindruckte Carl. Auf dem Tisch entdeckte er Torten mit verschiedenem Obst belegt, zwischen ihnen Sträuße mit duftenden Frühlingsblumen. Auf zwei kleineren Tischen standen aufgeschnittener Blechkuchen, Gebäck, Schlagsahne und zwei Sorten Pudding. Dazu eine große Schale mit Apfelkompott. Das duftete nach Vanillestangen, die in kleinen Stücken obenauf schwammen. Die beiden Gattinnen erklärten fast gleichzeitig, dass sie mit den Kindern den Salon zum ersten Mal in dieser Art genießen wollten. Carls Besuch bot den Anlass. Nach zwei Stück Torte mit Schlagsahne begann er, die Geige zu stimmen und ließ dann sein Instrument erklingen. Es waren Volksweisen, die ihm der Kantor beigebracht hatte. Die Musik, die für den kommenden Tag gedacht war, hielt er zurück. Luise schaute Carl beim Spiel verliebt an, die beiden Gattinnen waren ins Zuhören versunken, und sogar der gestern noch freche Robert zeigte sich vom Spiel angetan. Die jüngeren Kinder lauschten andächtig und klatschten nach jedem Stück Beifall. Große Harmonie in großer Kaffeerunde. Carl war glücklich.

Die Frauen, ihre Kinder und Carl hatten bereits zu Abend gegessen, als die Männer eintrafen. Carl durfte mit ihnen zusammensitzen. Unerwartet meldete Liesbeth Besuch: »Eure Durchlaucht Fürst Otto Victor der Erste von Schönburg-Waldenburg.«

Der Fürst winkte ab, als ihn die Anwesenden untertänig begrüßen wollten, und erklärte sein plötzliches Kommen: »Ich habe schon von Weitem Licht gesehen, als ich über die Höhe aus dem Buchenwald ins Dorf zurückfuhr. Ich wollte Euch schon am Nachmittag die gewünschten Pläne aus Leipzig bringen. Leider ist es spät geworden und mein Forstmeister und der Kutscher warten draußen.

Ich muss gleich weiter, will jedoch noch mit Euch gemeinsam einen Blick darauf werfen.« Es waren Kupferstiche von Gartenanlagen, kleinen Gartenhäusern und -möbeln. Der Leipziger Buchhändler hatte sie versehentlich zweifach gesandt. Dazu einige farbige Grafiken von Dauthes englischen Gärten in Leipzig und ein Büchlein des Grafen zu Lindenau aus Machern über die englischen Anlagen, die er dort selbst geplant hat. Das Büchlein allerdings könne er, es sei eine Seltenheit, nicht zur Ansicht überlassen. Sie könnten es gemeinsam betrachten.

Die Kaufherren, Bau- und Zimmermeister und sogar Evan Evans, am interessiertesten jedoch Vater und Sohn Steiner, schauten in die Pläne und staunten. Antike und gotische Motive inmitten idyllischer Landschaften. Ein farbiges Blatt zeigte »Das Gothische Thor in Leipzig« und vermerkt war als Architekt Carl Friedrich Dauthe und das Baujahr 1804. Im Hintergrund sah man das Georgenhaus mit kolossalen Säulen.

»Johann Traugott, das musst du doch gesehen haben, bevor du die Villa der Bernhards in Harthau entworfen hast.«

»Ich gestehe, ich habe Dauthes Säulenreihe gesehen, das aber keinem auf die Nase gebunden.«

»Und warum hast du das gotische Tor nicht bemerkt?«, rief Carls Vater, der sich an das Gespräch am Abend zuvor erinnerte.

»Vermutlich war es noch nicht gebaut«, warf Carl vorlaut ein.

»Ich hätte es auch sonst nicht wahrgenommen und nur für eine der üblichen Festdekorationen angesehen, die in Leipzig sehr beliebt sind«, war die Antwort.

Fürst Otto schmunzelte. Er bat den Baumeister zur Seite.

»Verehrter Lohse, gestattet mir eine persönliche Frage zu Euren neuartigen Säulen an den Ecken Eurer Bauten. Seit der Villa Bernhard und der Kirche in Reichenbrand bewundere ich Euer Können. Ihr seid mehr als ein Baumeister, Ihr seid ein Architekt, der auch elegante Schlösser planen könnte. Wenn ich je etwas Neues in Waldenburg bauen lassen will, würde ich Euch sehr gern damit beauftragen. Doch ich bin irritiert, seit ich bei meiner letzten

Fahrt über Lugau Meinerts neue Fabrik betrachtet habe. Sie gleicht einem Schloss, doch warum sind die Säulen an den Ecken so plump und stehen auf ungewöhnlich hohen Sockeln? Zu einem Schlossbau passt das nicht. In Reichenbrand und nun auch in Grünhain sehen Eure Säulen viel eleganter aus.«

»Verzeiht, Fürst, wenn ich widerspreche. Der Bau in Lugau ist nicht als elegantes Schloss oder erhabene Kirche geplant. Es ist eine Spinnmühle, in der sich sehr viele Maschinen bis hoch ins Dach wie marschierende Soldaten im Takt bewegen müssen. Das erfordert einen sehr stabilen Bau, weit mehr, als das bei einem Schloss oder einer Kirche notwendig ist. Die Ecksäulen, die die Lasten aus den Dächern an den Ecken in den Boden leiten, müssen auch wegen der Kräfte und Schwingungen, die bei der Arbeit mit den Maschinen entstehen, sehr stabil und massiv sein und können deshalb nicht so elegant wirken wie bei den alten Griechen.«

»Das leuchtet ein, doch wenn Ihr für mich bauen solltet, muss die Schönheit an erster Stelle stehen, wie beim fürstlichen Badehaus in unserem Park Grünfeld. Das solltet Ihr Euch einmal bei Gelegenheit ansehen und ... meine Einladung für morgen Abend habt Ihr erhalten? Ja, wie Euer Blick zeigt. Ich freue mich, dass ich mit Eurem Erscheinen rechnen kann, und bitte um äußerste Verschwiegenheit!«

Ein kurzer Händedruck, der Fürst eilte zur Kutsche und diese rollte ins Tal zum Rittergut.

Vater und Sohn Steiner konnten sich an den Gartenplänen nicht sattsehen. In ihren Köpfen rumorte es, und Carl wollte am liebsten beginnen, seine Ideen aufs Papier zu bringen, denn Vater und Sohn hofften, das Gartenhaus mit einem Wandbrunnen für die Meinerts planen und bauen zu können. Endlich eine richtige Aufgabe, dachte der Sohn und entwickelte im Licht der Morgensonne in seiner Gästekammer einen Plan und skizzierte ihn sehr anschaulich. Gut, dass er nun auch aus dem Kopf räumlich mit Perspektive zeichnen konnte. Das kleine Bauwerk sollte ein Geschoss mit einer seitlichen freien Treppe zu einer Terrasse erhalten. Für die Vorderfront hatte er sich beiderseits eines steinernen Mittelpfeilers hohe verglaste Türen ausgedacht, damit die Sonne den Raum dahinter warmhalten konnte. Hier sollten wertvolle südliche Ziergewächse überwintern. Im Raum war in der Mitte der Rückwand ein Kamin vorgesehen. Dem hatte Carl über der Terrasse stützende Wandscheiben zugedacht, die ihn zu einer rauchenden Pyramide werden ließen. Vor dem Mittelpfeiler sollte das steinerne Wasserbecken für einen Wandbrunnen fließen, den Carl mit Luises Porträt schmücken wollte. Carl hoffte, dass die Meinerts einen Eisenguss bezahlen würden, der in der Gießerei des Grafen von Einsiedel möglich sein müsste. Den Brunnen hatte er sich bereits für seine Meisterprüfung ausgewählt. Er war Feuer und Flamme.

Schon beim Frühstück wurde mit den Meinerts dazu debattiert. Dass Carl schon früh am Morgen den Plan gezeichnet hatte, war nicht ohne Grund. Luise hatte ihn für den Vormittag zu einem Spaziergang eingeladen. Sie wollte ihm die schöne Aussicht auf dem Berg zeigen, der westlich vom neuen Herrenhaus begann.

August Meinert war von Carls Entwurf beeindruckt: »Ohne die Hilfe der Meister gezeichnet?«

»Wo denkt Ihr hin, Herr Meinert. Das muss ich als Geselle schon selbst bewerkstelligen, um damit meinen Meister machen zu können.«

Selbst der Landbaumeister hatte nichts auszusetzen: »So kann man das machen, du hast auch für das Architektonische offenbar ein Talent.«

Dann reichte er den Plan an Carls Vater weiter: »Macht was draus, ihr Steiners, und lasst euch heute noch den Auftrag für das Gartenhaus und den Brunnen schriftlich geben.«

August Meinert wollte aufbegehren, doch der Baumeister nannte den Grund für die Worte: »Es sind unsichere Zeiten. Europa ist in Aufruhr. Keiner weiß, was die Zukunft bringt. Das Handelshaus Meinert kann ebenso wie die Baumeister und Maschinenbauer alle Aufträge verlieren oder, wenn die Sterne günstig stehen, weiterhin erfolgreich sein.«

August Meinert wusste selbst, was im Guten wie im Bösen kommen konnte. Er und sein Bruder hatten nicht ohne Sorgen darüber gesprochen. Doch so eindeutig und laut wie soeben der Baumeister Lohse hatte sich ihnen gegenüber noch keiner über die Risiken der absehbaren Entwicklung geäußert.

»Lasst uns heute am späten Abend darüber reden. Der Fürst wird mehr wissen als wir«, rief er Lohse zu. Diesen hatte mit besorgtem Gesichtsausdruck bereits der junge Uhlig in Beschlag genommen.

»Am späten Abend ... und der Fürst, was meint Ihr?«, flüsterte Augusts Ehefrau ihrem Gatten ins Ohr.

»Nicht jetzt! Johann und ich sind vom Fürsten zum späten Abend ins Rittergut eingeladen, ich werde es dir und der Schwägerin noch erklären«, antwortete er leise und sprach dann laut in die Runde: »Für den Vormittag gibt es folgenden Plan: Wir bitten Herrn Evans und den Baumeister noch einmal mit uns zur Baustelle. Es geht um den Mühlgraben und das Wasserrad. Wir haben unsere Handwerker dorthin bestellt. Die Handspinnmaschinen könntet Ihr ab sofort liefern, Meister Evans, der Auftrag liegt unterschieben bereit. Sorgt möglichst dafür, dass sie so gebaut sind, dass sie mit der Hand funktionieren und später die Transmissionsanlage angeschlossen werden kann. Zum Empfang am Nachmittag wird mein Bruder Erläuterungen geben.«

Johann Carl Meinert begann: »Mein Bruder August und ich werden hier in der Halle die Gäste empfangen. Erstmals werden dann die Türen zum Salon nebenan geöffnet. Wer den Wunsch für eine kleine Ansprache hat, kann diese dort gern halten. Für den Abend hat die Strumpfwirkerinnung in ihr Meisterhaus zum Jahresfest eingeladen. Das Handelshaus Gebrüder Meinert beteiligt sich daran und begrüßt dazu alle Handwerker, die am Bau unseres neuen Firmensitzes und Wohnhauses beteiligt waren. Ich danke, dass Sie mir Ihr Ohr geliehen haben, und wünsche einen erlebnisreichen und auch sonnigen Tag.«

10
Ein Spaziergang mit unverhofftem Ausgang

Luise war bereits mit Carl nach draußen entschwunden. Sie bat ihn auch, die Geige mitzunehmen, denn wie der Blick zum Himmel zeigte, würde es nicht regnen.

Carl hing sich den Beutel mit den Zeichenutensilien über die Schulter. Er wollte eine erste Porträtzeichnung von Luise mit zurück nach Drebach nehmen und schnallte den Geigenkasten auf den Rücken. Dann war er startbereit. Luise hatte den Eltern versprochen, sich nicht zu weit vom Meinert-Gut zu entfernen. Welches gemeint war, hatte sie nicht gesagt. Von Buschwerk am Verbindungsweg der beiden Güter gut gedeckt, führte sie Carl vorbei am Hof des Faktors Ebert zum »Lindengut«.

Dahinter begann der Aufstieg zum höchsten Aussichtspunkt im Dorf. Mit der Ankündigung eines schönen Ausblicks vom Berg in die Ferne lockte Luise ihren Begleiter zum Aufstieg. Im unteren Schattenreich der hohen Bäume war er mühsam: überall Wurzeln, Steine und Hölzer, die bergabströmenden Regen zur Seite leiteten.

»Kann ich oben noch einmal mit der Geige für den Auftritt üben?«

»Selbstverständlich! Keiner wird dich über diese Entfernung hören und keiner wird uns sehen!«

Carl war Anstiege auf mit Geröll bedeckten Wegen gewohnt. Luise hingegen hatte nur leichtes Schuhwerk an den Füßen und verhedderte sich in ihren vielen Röcken, wenn sie die Füße über einen größeren Stein setzen musste. Carl stütze sie dabei, ihr gefiel es. Endlich geschafft! Sie hatten das kleine Plateau erreicht, das der Dorfschullehrer für Ausflüge mit den Schulkindern angelegt hatte. Carl hielt die Hand über die Augen und schaute in die Ferne.

»Welch Ausblick!«, rief er laut. »Schau nur, Luise! Das Gebirge bis hoch zum Kamm!«

Wie einst beim Ausflug mit den Eltern sah er die blauen Berge vor sich liegen. Im Osten die Höhenzüge vor Geyer. Die Welt dahinter war von ihnen verdeckt. Weiter rechts ragte der Auersberg über alle Höhen hinaus. Am Ende des Tals vom Oelsnitzbach schlossen die Felder in einer Linie ab. Carl entdeckte mit seinen scharfen Augen kleine Punkte. Sie bewegten sich wie auf einer Linie.

»Was ist das da in der Ferne, eine Straße?«

»Ja, man nennt sie die Freitagstraße. Sie kommt von Zwickau und führt in eure Richtung nach Zwönitz, aber auch nach Hartenstein und über die Pflockenstraße oberhalb vom Rittergut weiter nach Chemnitz. Dort sind viele Fuhrleute unterwegs. Die Höhenstraße ist bei ihnen beliebt, da sie die steilen Abfahrten und Anstiege durch die Flusstäler meidet. Ihr müsst diese Straße morgen für die Rückreise nehmen, denn die Würschnitz hat das Tal hinterm Berg überflutet.«

»Ich danke dem klugen Kind für die Auskunft. Das haben wir aber schon bei der Anreise erlebt! Nun suchen wir einen guten Platz zum Zeichnen.«

Carl fühlte sich in einer doppelten Spannung. Ihn drängte es, die schöne Luise aufs Papier zu bringen, und die schöne Luise lockte mit Augen, Lippen und Gesten, und das setzte seinen Körper in Erregung.

»Einen Augenblick noch, ehe du deinem Stift ansetzt. Schau noch hinüber nach Hohenstein-Ernstthal. Das liegt heute sehr schön im Sonnenlicht vor dem langgestreckten Wald.«

Carl begann plötzlich das Herz in der Brust zu hüpfen: »Hinter diesem Wald liegt Pleißa!«

»Was ist Pleißa?«

»Ein Ort hinter diesem Wald. Dort bin ich geboren und in die Schule gegangen.«

»Erzähle und zeichne mich dabei.«

Luise nahm ihm den Beutel mit seinen Zeichenutensilien ab, als er nun endlich den Geigenkasten abschnallte.

»Ein hübscher Beutel und das ist wohl ...«, sie zeigte auf Maries Handarbeit, »... eine Stickerei von deiner Freundin in Drebach?«

»Ich hab keine Freundin«, sagte er, ohne rot zu werden, »ich bin dafür noch zu jung.«

Kaum hatte er das gesagt, biss er sich auf die Lippen, schämte sich über den Verrat an Marie und erklärte, um die Szene zu überspielen: »Im Gebirge sollen junge Männer erst eine Freundin haben, wenn sie genügend Geld verdienen und heiraten können. Wie alt bist du eigentlich?«

»Ich werde achtzehn Jahre, und wie alt bist du?«

»Genau in deinem Alter, doch genügend Geld, um heiraten zu können, verdiene ich als junger Geselle noch nicht.«

»Ist das ein Hinderungsgrund, eine kleine Freundin zu haben?«

Die Frage blieb ohne Antwort. Luise hatte ihr großes Umhangtuch auf dem Plateau ausgebreitet, ließ sich darauf nieder und zog Carl auf den Platz neben sich. Sie strich ihm die langen blonden Haare aus dem Gesicht, und dann für Carl völlig unerwartet mit dem rechten Zeigefinger über die Lippen.

»Du hast nicht nur schöne Augen, wie ich schon bei eurer Ankunft bemerkt habe, du hast auch sehr schöne Lippen. Ein Kuss von ihnen muss eine Freude sein ...«, sie unterbrach sich und wechselte die Tonart »... wir sollten erst zeichnen!«

Carl setzte sich dazu auf einen Baumstumpf, den er in der Nähe entdeckte, Luise lehnte sich an den Stein, der hinter dem Tuch lag, und dann begann Carl, von Luises Worten beflügelt, den Stift über das Zeichenblatt tanzen zu lassen. Er zeichnete nicht wie sein Vater vom Umriss der Form her nach innen zu den Details. Er zeichnete zunächst das, was ihm wichtig erschien. Erst die Augen in ihren großen Formen und bei etwas schräger Kopfhaltung. Darunter folgten Luises zierliches Näschen, die Schwünge der Lippen, bis sie sich zu Luises Mund formten. Kleine Schatten, so wie er sie entdeckte, und kleine Schatten auch unter der Nase und in den Augen. Dann hielt er Luise das Blatt entgegen: »Schau, das bist du schon«

»Ich kann nur staunen. Hoffentlich verdirbst du das Bild nicht, wenn du Wangen und Locken hinzufügst.«

»Ich werde mich bemühen!« Dann erhielt das Gesicht eine dünne Linie auf der Sonnenseite und eine dicke im Schattenbereich unter dem Kinn. Die Locken setzte er mit schwungvoller Linie dazu rechts an und von oben fielen sie von der Sonne durchflutet in die Stirn.

»Fertig!«

Luise setze sich zu ihm, blickte auf ihr Ebenbild und sagte nur: »Schön!« Ihre rechte Hand sank dabei auf Carls Oberschenkel ab, der sich beim Sitzen in seinem engen Beinkleid spannte. Carl zuckte, wie vom Blitz getroffen, er wollte Luise umfassen und küssen, doch die erhob sich, baute sich vor ihm auf und sagte: »Das hat noch Zeit. Nimm die Geige und spiel bitte zuerst deine Weisen.«

Dann lehnte sie sich wieder sitzend an den Stein.

Carl spielte die beiden Stücke, die er zu den Worten von Evan Evans am frühen Abend beim Empfang vortragen sollte.

Er spielte wie beseelt, seinen Körper durchströmte das Blut vom Kopf bis in die Zehen und wieder zurück. Das war nicht nur wie einst, als er die schöne Tänzerin ohne Bluse und Hemd beim Umziehen auf Schloss Wolkenburg gesehen hatte. Die Tänzerin stand damals weit entfernt. Luise saß ganz nah vor ihm und hatte ihn berührt und das nicht nur irgendwo.

Luise trug ihre Bluse oben leicht geöffnet. Carl sah ihren Busen und dann begann er, als beide Weisen gespielt waren und Luise lange Beifall gespendet hatte, seine Lieblingsverse vorzutragen und dazu voller Eingebung mit den Fingern den Saiten seiner Geige passende Töne zu entlocken. Er sprach:

»Vom Küssen.
Nirgends hin als auf den Mund,
Da sinkt's in des Herzens Grund.
Nicht zu frei, nicht zu gezwungen,
Nicht mit allzu trägen Zungen.
Nicht zu wenig, nicht zu viel:
Beides wird sonst Kinderspiel.
Nicht zu laut und nicht zu leise:

Nur im Maß ist rechte Weise.
Nicht zu hart und nicht zu weich,
Bald zugleich, bald nicht zugleich.
Nicht zu langsam, nicht zu schnelle,
Nicht stets auf die gleiche Stelle.
Küsse nun ein Jedermann,
Wie er weiß, will, soll und kann!
Ich nur und die Liebste wissen,
Wie wir uns recht sollen küssen.«

Carl war von sich selbst begeistert, und Luise erst recht von dem, was Carl ihr voller Inbrunst vorgetragen hatte.

»Hast du das selbst gedichtet?«

»Leider nein, dazu habe ich kein Talent. Es stammt von Paul Flemming. Der ist tief im Erzgebirge, in Hartenstein geboren und hat seine Kunst über Leipzig, wo er studiert hat, hinaus in die Welt getragen.«

»Hartenstein? Das liegt doch direkt hinterm Berg nach Thierfeld im Muldental. Und wo lebt der? Das klingt, als sei es gerade erst geschrieben worden.«

»Irrtum! Er hat vor wenig mehr als zweihundert Jahren dort das Licht der Welt erblickt.«

»Und was ist aus ihm geworden?«

»Er hat das Erzgebirge nie wiedergesehen und ist schon mit einunddreißig Jahren in der Ferne verstorben. Man erzählt sich, dass seine Eltern ihrem verlorenen Sohn lange nachgetrauert haben.«

»Das klingt tatsächlich traurig und passt nicht hierher in die Sonne. Komm zu mir und lass uns die Sonne genießen.«

Carl war es recht, dass Luise die Initiative übernahm. Er war zu schüchtern, um sie neben sich auf den breiten Umhang zu bitten.

Es war Mittag geworden und die Sonne am blauen wolkenlosen Himmel schickte warme Strahlen hinunter auf die Anhöhe. Carl schloss die Augen und ließ die Sonne und die Nähe von Luise auf sich wirken. Luise saß neben ihm und schaute auf ihn herab. Sie hatte Lust, von ihm geküsst zu werden. Die Zeichenkunst des Burschen, sein Geigenspiel und erst recht das mit voller Leidenschaft von ihm vorgetragene Gedicht hatten sie Carls Jugend vergessen lassen. Ein süßer Kerl, dachte sie und war sich sicher, dass er mit seinem spärlichen Haarflaum auf der Oberlippe noch keine achtzehn Jahre alt war, wie er vorgab. Wen kümmert das? Keiner ist in der Nähe, nur die Kirchturmspitze ist von hier oben aus zu sehen.

Carl spürte, dass etwas geschehen würde, schloss die Augen und rührte sich nicht. Nur was wird geschehen? In seinen Träumen war mit ihm schon einiges geschehen. Da hatte er sich von Frauen wie der Tänzerin in Wolkenburg verführen lassen. Am Morgen war er nach solchen Träumen verstört aufgewacht. Er hatte auch seinen Bruder Friedrich beobachtet, bevor der ihn aus der gemeinsamen Schlafkammer geekelt hatte. Auch Friedrich musste, wie er später, schwere Träume gehabt haben, denn er hatte gestöhnt, bevor er einschlief.

Luise fasste allen Mut zusammen und hauchte ihm ins linke Ohr. »Lass die Augen geschlossen und rühre dich nicht!«

Sie ließ Vorsicht walten, um den Burschen neben ihr nicht zu erschrecken. Sie legte die rechte Hand über Carls Augen. Mit dem Zeigefinger fuhr sie über seinen Nasenrücken, umkreiste dann seine Lippen und fuhr durch den flaumigen Bartwuchs. Zunächst ging sie nicht weiter. Sie wiederholte das Spiel mehrfach.

»Hat der Junge schön geschwungene Lippen«, murmelte sie in sich hinein. Carl hatte das gehört, doch weiterhin spielte er einen Tauben. Luise fand weitere Ziele, die für den Weg ihres Fingers kleine Gipfel waren: Das Kinn. Der Kehlkopf.

»Schwitzt du nicht in der Sonne?«, fragte sie, denn von Carls Brust stieg Wärme durch den Hemdkragen auf.

»Ja«, sagte Carl leise und zog sein Hemd aus dem Bund hoch über die Brust. Er wollte, dass das Spiel nun weiterging.

Luise sah Carls Brustwarzen unter dem Hemd hervorlugen und unten am Bund den Nabel. Neue Spielbereiche für ihre Finger und für Carl Orte, deren Berührung ihn vor Wonne vergehen ließ.

Kreisende Finger nun auf der Brust. Erst links, dann rechts und dann noch einmal. Carl genoss das Gefühl, das er vordem noch nie erlebt hatte. Nur nicht wegzucken, ruhig bleiben und hoffen, dass der Finger noch weiterspielt. Nach dem Spiel mit den Brustwarzen begann Luises Finger, den Nabel zu umkreisen.

Plötzlich läuteten die Kirchenglocken.

»Wie schade, wir müssen aufbrechen«, flüsterte Carl.

»Wir haben noch eine Stunde, es ist erst zwölf Uhr am Mittag.«

Luise nahm die Spur, die ihr Finger gefunden hatte, wieder auf. Nun aber ersetzte sie den Finger durch ihre Lippen. Zunächst fand sie Carls Oberlippenflaum, dann genossen beide einen ersten flüchtigen Kuss. Sanft senkte Luise ihre Lippen weiter hinab auf Carls Brust, umspielte mit der Zunge die Brustwarzen und dann wanderte die Zunge auf dem glatten Bauch, den noch kein Haar schmückte, herab, und ließ schließlich die feuchte Zungenspitze auf dem Nabel ihr Ziel erreichen. Wie der Finger vordem zogen nun die Lippen und die Zunge enge und weite Kreise. Luise bemerkte, wie sich Carls Bauchdecke spannte und anhob. Sie lächelte in sich hinein. Fühlte sich als Verführungskünstlerin. Das Spiel endete nun am Bund von Carls Hose. Wieder kamen die Finger ins Spiel. Die Kreise, die sie auf dem Bauch zogen, wurden größer und der störende Bund schob sich dabei immer mehr zurück.

»Was ist denn das, wir bekommen wohl Besuch?«, kicherte Luise, als sich der Bund der Hose wie von selbst anhob.

Carls Gesicht färbte sich vor Scham rot. Er sprang auf. Stopfte sich das Hemd in die Hose. Schüttelte sich und war dann wieder schnell bei sich.

»Entschuldige, ich habe noch nie eine junge Frau so nah gespürt.«

»War was?«, fragte Luise, um die Szene zu überspielen. Sie nahm Carl in den Arm und küsste ihn auf die Wange. Der aber nahm sie nun wie ein junger Mann in die Arme, liebkoste sie und schließlich versanken ihre Zungen wechselseitig ineinander. Sie fanden sich auf dem Umhang wieder und lagen umschlungen zusammen.

Plötzlich!

Lautes Hundegebell, nicht weit entfernt. Carl erschrak, doch Luise wusste, was zu tun war.

»Setz dich mit einem Zeichenblatt wieder auf den Baumstumpf und zeichne mich. Sie lehnte wieder am Stein und Carl hatte doch sehr schnell eine Skizze der in die Landschaft blickenden Luise aufs Papier gebracht, bevor der fürstliche Forstmeister mit Hund und Flinte auf die Lichtung trat.

»Gott zum Gruß, Herr Revierförster Rudolf«, sagte Luise, und Carl: »Ich grüße den Herrn ebenfalls.«

Der Förster trat neugierig an Carls Seite und warf einen Blick auf das Zeichenblatt.

»Hm! Das ist doch das junge Fräulein Meinert! Und wer seid Ihr?«

»Ich bin der Sohn des Steinmetzmeisters, der die neue Fabrik der Meinerts mit gebaut hat, und bin Gast bei den Kaufherren.«

»Alle Achtung, Ihr werdet wohl ein guter Künstler werden, wenn Ihr es nicht schon seid. Sonnigen Tag noch. Wir sehen uns am Abend im neuen Haus.«

Er sprach's und verschwand, wie er gekommen war.

Die Turmuhr schlug erneut. Aufbruch.

Bergab ging's schnell.

Die Meister waren von der Fabrik bereits zurück. Luise und Carl zeigten den Eltern die beiden Zeichnungen. Vater Steiner strahlte stolz. Luises Mutter streichelte der Tochter übers Haar, als sei sie noch ihr liebes kleines Mädchen und nicht ihre fast erwachsene Tochter. Wenn die Eltern wüssten, wie schön für Luise und Carl die Zeit war, die zwischen den beiden Zeichnungen lag.

Zeit zum Umziehen. Carl fand im alten Gutshaus die Waschküche. Auch hier gab es wie zu Hause in Drebach warmes Wasser. Er füllte einen Holzkübel bis fast zum Rand und stieg hinein. Seife fand sich neben dem Waschkessel und ebenso eine Bürste. Alle Sünde wurde abgewaschen und Carl konnte wieder vor Gott treten, an den er, wie auch Bruder und Vater – im Gegensatz zur Mutter – nur bei Gebeten und beim Kirchgang glaubte.

11
Der Empfang

Die Turmuhr der Kirche hatte die vierte Stunde nach Mittag eingeläutet. Die ersten geladenen Gäste fuhren am Portal des neuen Herrenhauses vor, um zu dessen Einweihung zu gratulieren: Kübel mit frisch geschnittenen Blumen beiderseits vom Portal begrüßten die Gäste. Ein Musiker aus dem Dorf war bemüht, mit seiner Geige eine festliche Stimmung zu schaffen.

»Kein Konkurrent für mich«, sagte Carl, als er sich mit Evan Evans ins Kontor zurückzog, um den Auftritt zu probieren.

Die Hausherrinnen empfingen ihre Gäste im neuen Salon. Der war nicht für Festessen, vielmehr für Zusammenkünfte geschäftlicher und künstlerischer Art gedacht. Die Wände waren mannshoch mit edlem Holz vertäfelt. Die Decke schmückte Stuck in schlichter Form. Mit kleinen Konzerten und Dichterlesungen wollten die Kaufherren hier ihrem Namen als Förderer der Kunst einen größeren Glanz verleihen. Es gab eine Reihenfolge für den Auftritt der Gäste. Zunächst die am Hausbau Beteiligten: Dorfmaurermeister Theuerkorn, Zimmermeister Sägewald und Tischlermeister Oehler. Es folgten die täglichen Hauslieferanten und dann die unmittelbaren Geschäftspartner im Ort, wie Anton Ebert, der den Wirkwaren mit einer Presse die Passformen verlieh und mit der Gattin erschien, ebenso wie Hans Richter, in dessen Bleicherei in Lichtenstein die Waren ihre gelbliche Farbe verloren.

Alle brachten kleine Geschenke mit, die auf den bereitgestellten Tischen von den Kaufleuten nach einem Dank und anerkennenden Worten gut sichtbar abgelegt wurden. Die Geschenke, die die Obermeister der Innungen und ihre Stellvertreter brachten, wurden im Vorraum abgelegt. Es waren zwei Teppiche, die sie in Leipzig bei orientalischen Händlern erworben hatten. Der Gemeindevorsteher und der Pfarrer brachten keine Geschenke, aber lobende Worte zum Neubau mit. Dann endlich waren die Gäste aus dem Gebirge an der

Reihe. Zunächst Carls Vater. Er übergab die beiden Figuren und die Blütenkränze mit den Worten: »Echte Handarbeit schafft auch in den kommenden Zeiten der Maschinen Wohlgefallen.«

Dann waren Meister Evans und Carl als Begleiter an der Reihe. Emilie Meinert gab das Zeichen. Carl kam aus dem Kontor und spielte »Trillo del Diavolo« von Pietro Locatelli mit voller Hingabe. Meister Evans folgte ihm mit der geheimnisvollen Kiste, die er aus Geyer mitgebracht und an die er unten zwei Räder angebaut hatte. Luise und Robert huschten mit durch die Tür. Sie wollten Carls Geigenspiel bis zum Ende hören. Alle, die im Salon standen oder auf den wenigen Stühlen Platz genommen hatten, staunten über die geheimnisvoll wirkende Kiste. Sie staunten noch mehr, als der große Mechanikus das Geheimnis lüftete. Hinter den Brettern kam eine völlig aus Messing gefertigte Maschine hervor: viele gezähnte Räder, Wellen, Stangen, Hebel und Gelenke, hinten angebaut mehrere Schwungräder und davor zwei Garnspulen, die eine fast voll, die andere fast leer.

»Oh!« Erstaunte Rufe und Fragen, was er da mitgebracht habe.

»Ein Perpetuum mobile! Eine Maschine, die ohne gesonderten Antrieb immer läuft, wenn sie erst einmal läuft ... na gut, die Wundermaschine, nach der viele suchen, ist es nicht. Sie ist nur ein Spaßmobil für Leute, die mit Spinnmaschinen zu tun haben. Den Antrieb, eine große Uhrfeder, habe ich gut versteckt.«

Er legte den Hebel um, und die Räder begannen sich zu drehen. Von der vollen Spule wurde das Garn auf die leere gewickelt. Doch nicht bis zum Schluss, dann ertönte ein lautes »Klick«, ein Hebel legte sich von selbst um, und die Räder und Spulen drehten sich wieder in die Gegenrichtung. Die Sonnenstrahlen ließen das sich drehende Spielgerät wie einen Irrwisch aufblitzen. Langer Beifall zum Glück für Evan Evans, denn als er zu seiner Rede ansetzen wollte, hatte er sie vergessen. Er gab Carl versteckt einen Wink und der begann, wieder zu spielen. Keiner hatte etwas bemerkt, nur der Engländer, der eine andere Weise erwartet hatte. Carl war mutig geworden und spielte nun doch ein kurzes leichteres Stück von

Wolfgang Amadeus Mozart. Der Kantor hatte es noch mit ihm einstudiert.

Nun war der Baumeister an der Reihe. Der ältere Meinert: »Johann Traugott Lohse! Uns Meinerts freut es besonders, Sie heute hier begrüßen zu können, denn« – August Meinert sprach das laut in die große Runde – »wir können heute nicht nur die Einweihung dieses Hauses, sondern auch das Ende der gelungenen Bauarbeiten für unsere Fabrik in Lugau feiern. Dort waren Meister Lohse und Meister Steiner und ...« August Meinert stockte und fragte dann irritiert: »Wo ist der Uhlig verblieben?«

Er hatte, wie Liesbeth bald feststellte, bei einem Nachmittagsschlaf die Zeit verpasst. Baumeister Lohse war durch die Fragerei der Auftritt verpatzt. Fast wortlos stellte er seine Geschenke auf den Tisch. Einen kleinen Sack auserlesener Kaffeebohnen, kleine Säckchen mit seltenen Gewürzen, alles extra bei einem Händler in Leipzig bestellt, und schließlich das riesengroße Kuchenbrot mit der unvergleichlichen Gewürzmischung aus fernen Ländern.

Dann stand wie angekündigt Fürst Otto Victor I. in der Tür. Auch er hielt eine Kiste in der Hand und holte vorsichtig den in Wolle verpackten Inhalt hervor. Eine große Amphore im Stil des Empire aus weißem Porzellan. Darauf handgemalt ein junges Paar als schwarze Federzeichnung. Die beiden Griffe, der Sockel und die obere Kante vergoldet. Wenige Worte und Gesten. Bald standen die Amphore und die Spielmaschine von Evan Evans jede für sich auf kleinen Tischen. Beide wurden vor den Fensterpfeilern der Längsfront des Salons platziert. Links die Amphore, rechts die sich noch drehende und funkelnde Maschine.

Der Fürst erkannte sofort die Symbolik, die sich zufällig vor aller Augen ergeben hatte und ergriff das Wort: »Die beiden Dinge wollen uns etwas sagen. Stehen hier nicht Kunst und Technik nebeneinander? Oder die Welt unserer Traditionen seit der Antike und die zukünftige Welt, die die Maschinen prägen werden.« Und er fügte hinzu: »Wenn ich doch eine Fabrik bauen sollte, werde ich bei Euch, Mechanikus Evans, die Maschinen bestellen.«

Der Baumeister dachte sich seinen Teil: Wie geschickt sich der junge Adel mit der Zukunft verbündet, um nicht als Überbleibsel der Vergangenheit hinter der Zeit zurückzubleiben.

Die beiden Ehefrauen geleiteten die Gäste nun in den gegenüberliegenden Raum. Hier waren englischer Tee, zurzeit Schmuggelware, und Gebäck bereitgestellt. Die Kaufleute hielten keine Reden mehr, sondern sprachen lieber mit all ihren Gästen. Denen aus dem Gebirge stellten sie einen neuen jungen Unternehmer aus dem Ort vor: »Das ist Hermann Christian Starke, vormals einer unserer Strumpfwirkermeister. Er hat das richtige Gespür für die neue Zeit. Er organisiert das Postwesen im Ort, sammelt in seinem Haus unten am Bach die Post nach fernen Städten ein, und unsere Fuhrwerke nehmen sie mit zur nächsten Poststation oder bringen sie direkt ans Ziel in großen Städten. Er beschafft auch seltene Waren, die nur in Leipzig und Naumburg bei Messen angeboten werden, stellt Liköre her und verkauft das alles in seinem neuen Kramergeschäft. Auch kann man bei ihm Wertsachen verpfänden und Lotterielose kaufen.«

»Verkaufen Sie auch Zeitschriften?«, fragte Carl, der nahe stand.

»Ich möchte meiner Mutter, die gern liest, Zeitschriften von der Reise mitbringen. Hauptsache etwas für sie Neues steht darin, egal, zu welchem Datum das geschah.«

Schon erhielt er eine Antwort: »Ausgelesene Zeitungen wie das ›Leipziger Tageblatt‹ liegen in der Diele des alten Guthauses. Carl, ihr könnt euch dort bedienen!«, schlug Emilie Meinert vor.

»Ich bin sehr zu Dank verpflichtet, Frau Meinert, meine Mutter wird sich freuen!«

Nebenbei drückte August Meinert Carls Vater ein säuberlich geschriebenes Blatt mit dem Auftrag für einen Gartenhausentwurf aus Naturstein in die Hand und sagte dabei: »Es wird wohl mehr als ein Jahr dauern, bis es wieder Zeiten gibt, in denen man Gärten anlegen kann, da uns das Kriegsgeschehen auch hier in Sachsen einholen wird, doch den Plan werden wir bezahlen.«

Dann bat er die Gäste hinunter zum großen Festmahl ins Meisterhaus. Der duft vom Ochsenbraten war bereits bis auf die Anhöhe gelangt und lockte die Gäste, die nun zu Fuß oder mit ihren Kutschen hinab ins Tal eilten.

Unbemerkt von den Feiernden waren nach einiger Zeit die Kaufherren, dazu gehörten neben den Meinerts auch Kaufmann Klappenbach sowie die Baumeister und die Obermeister der Innungen, ins Herrenhaus des Rittergutes zu jener Zusammenkunft aufgebrochen, zu der sie der Fürst eingeladen hatte. Dort wurde zunächst über die Folgen von Napoleons fehlgeschlagenem Russlandfeldzug debattiert. Napoleon war es nicht gelungen, den Handel zwischen England und Russland völlig zu unterbinden. Die Kontinentalsperre war nun wieder aufgehoben. Fürst Otto Victor vermutete nach den Debatten in Dresdner Regierungskreisen, denen er jüngst beiwohnte, dass nun wieder billige Waren von England aus den Kontinent erreichen und Sachsens junge Textilwirtschaft und der Maschinenbau durch stockenden Absatz großen Schaden erleiden werden. Er sah zusätzlich die Gefahr der Verlagerung des Krieges nach Sachsen, dorthin, wo seit Jahrhunderten die großen mitteleuropäischen Kriege ausgetragen wurden, ins flache Land von Leipzig, denn dort kreuzten sich die europäischen Handelswege, die in Kriegszeiten stets zu Kriegspfaden wurden.

Carl hatte das Fehlen seines Vaters und der anderen Meister bemerkt und Luise dazu befragt. Die hatte ihn beiseite genommen und hinter vorgehaltener Hand etwas zugeflüstert: »Ich vermute, sie sind bei einem Treffen der Freimaurerloge.«

»Was ist die Freimaurerloge?«

»Das ist ein geheimer Männerbund, der viel Gutes bewirkt, aber zugleich auch an den Rädern von Politik und Wirtschaft dreht. Das habe ich jedenfalls mitbekommen. Von Meister Lohse munkelt man, dass er sogar ein Obermeister sei und der Fürst und andere junge Adlige gehören auch dazu. Sogar der Dichter Goethe soll Mitglied der geheimen Vereinigung sein. Keiner, der außerhalb stehe, wisse jedoch mehr darüber.« Carl erschrak. Sein Vater Mitglied in einem geheimen Bund? Und dann schmunzelte er und dachte: Wer weiß, wofür das gut ist.

Als Carls Vater mit dem Baumeister vom Rittergut zurückkam – Evan Evans hatte beim Innungsfest dem Bier gut zugesprochen und ruhte bereits in seiner Kammer –, wartete Johann Christian Uhlig vor ihrem Quartier. Er war als junger Meister in einer hier nicht ansässigen Zimmermeisterinnung kein Mitglied der geheimen Vereinigung und konnte nicht am Treffen teilnehmen. Für den Baumeister war er jedoch nunmehr ein wichtiger Partner, der durch keinen anderen in Siebenhöfen ersetzt werden konnte. Meister Lohse musste ihn informieren, welche Probleme durch das Kriegsgeschehen auf die Bauleute zukommen könnten. Er fasste ihm das Gespräch zusammen: »Wir debattierten, ob Napoleons Niederlage in Russland seine einzige bleiben wird. Wenn es nicht dabei bleibt, werden die Verbündeten Napoleon aus Deutschland drängen. Sachsen wird als Verbündeter der Franzosen schweren Schaden erleiden, und es wird wohl lange Zeit kein sächsischer Unternehmer mehr eine Fabrik bauen. Wir können dann unsere Bauleute entlassen. Napoleon darf Sachsen deshalb nicht verlorengehen.«

Der junge Uhlig wagte Widerspruch: »Ist Napoleon nicht ein Eindringling, ein Besatzer? Ist es nicht die Pflicht aller Männer mit deutschem Blut, unsere Länder von den Franzosen zu befreien? Sind nicht die Freiheit aller Deutschen und die Selbstständigkeit ihrer Heimat wichtiger als das Geldverdienen? Muss uns ein Fremder andere Fremde vom Leib halten? Können wir das nicht selbst bewerkstelligen?«

»Patriotische Gesinnung achte ich durchaus, junger Freund, doch macht die allein noch nicht hier im Land die Leute satt. Von der realen Situation kennt Ihr herzlich wenig. Was wird, wenn in Sachsen an die Stelle der Franzosen wieder die Preußen treten?«

Meister Lohse sprach's und stieg missmutig die Treppe zu seinem Gastzimmer empor.

Nach dem Frühstück am nächsten Morgen war noch der Kirchgang. Die Fürstenloge blieb leer, und die Reisenden warteten, bis sie auf der hintersten Reihe Platz nehmen konnten, um dann schnell mit Oskar abreisen zu können. Doch die Kaufherren luden beim

Abschied noch zu einem Essen im »Kranich« ein: Es wurde Rehbraten mit Klößen und Rotkohl serviert. Luise und Carl, die beiden Verliebten, fanden dabei die Gelegenheit, sich wortlos mit den Augen zu verabschieden. Bei diesen letzten Blicken schloss Carl das Schatzkästlein seiner Gefühle. Er wollte es wohlbehütet nach Hause bringen und dort nur öffnen, wenn er an Luise dachte. Doch sie würden sich, so hoffte er, bald wiedersehen, wenn er gemeinsam mit seinem Vater die Entwürfe für das Gartenhaus und den Brunnen überreichen wird.

12
Zurück ins Gebirge

Nach dem Aufbruch vom »Kranich« wählte Oskar den beschriebenen kurzen Weg durch das Rittergut hinauf zur Pflockenstraße und weiter bis zur Höhe, auf der die »Freitagstraße« verlief.

Die drei Meister berieten in der Kutsche, welche Schlussfolgerungen sie für sich aus den Gesprächen im Herrenhaus des Rittergutes ziehen würden. Evan Evans wusste nun deutlicher noch als vordem, dass er sehr bald in einem eigenen Gebäude ohne Mietzahlung als Hausbesitzer produzieren musste. Das würde seine Unkosten erheblich senken. Nur so und mit kurzen Lieferwegen könnte er der Konkurrenz aus seiner einstigen englischen Heimat die Stirn bieten. Ähnlich dachte Meister Lohse. Doch er dachte nicht an neue Bauaufträge, vielmehr an eine eigene Maschinenspinnerei und hatte bereits die Idee, diese im leerstehenden Schloss in Schlettau, das versteigert werden sollte, einzurichten. Das erzählte er während der Fahrt den Mitreisenden und Evan Evans kam dabei eine überraschende Idee: »Was haltet Ihr davon, wenn ich Euch einen Teil der Baukosten für Siebenhöfen mit neuen Maschinen bezahle? Nächstes Jahr könnte ich neben meinem eigenen Bedarf für Euch eine ausreichende Anzahl bauen.«

»Interessant, doch ich muss darüber einige Tage nachdenken. Ihr wisst, dass ich für Euren Bau zunächst viel Geld verauslagen muss, bis Ihr wieder zahlungsfähig seid.«

Meister Steiner hatte hellwach zugehört. Er schaute zu seinem Sohn, der schien mit einem Lächeln im Gesicht trotz der bergauf holpernden Kutsche eingeschlafen zu sein. Gut, dass er nichts vom Gespräch mitbekommen hat.

Steiners Werkstatt würde im Herbst ihre Arbeit in Siebenhöfen abgeschlossen haben, und hoffentlich würde die offene Restsumme noch rechtzeitig ausgezahlt, bevor es zu einem weiteren Krieg käme. Doch wie dann weiter? Sollte in Schlettau noch ein Neubau entstehen, könnte wenigstens Friedrich mit Arbeit versorgt sein. Doch was würde aus Carl, der ahnungslos vor ihm in den Kissen der Kutsche dahin döste? Christian Steiner bedrückten die absehbaren Sorgen, und er nahm sich vor, schon bald mit seiner Frau und den Söhnen den Ernstfall zu beraten, um vorbereitet zu sein.

Die Reisenden waren trotz der schnellen Kutsche und der kräftigen Pferde schon lange unterwegs, als sie auf der Höhe ein Gehöft und einen Halteplatz für Kutschen und Fuhrwerke erreichten. Carl war wieder munter. Oskar lenkte die Pferde nach rechts und hielt an. Hier konnten die Vierbeiner neue Kraft sammeln und die Zweibeiner einen Blick auf die weite Berglandschaft richten, die sich hier auf der Höhe ihren Augen bot. Meister Steiner verschwand hinter einem Gebüsch, und der Baumeister Lohse zeigte Evan Evans und Carl eine Stelle, von der rundum die Berge und Täler vor den Augen lagen. Carl hüpfte das Herz in der Brust, denn da war er wieder, der unvergleichliche Blick auf die blauen Berge, wie er ihn einst beim Familienausflug hinter dem Wald bei Wüstenbrand erlebt hatte.

»Da hinten liegt der Auersberg«, erklärte er Evan Evans, der den Blick auf den Gebirgskamm so noch nie wahrgenommen hatte. Der Baumeister zeigte ins Tal: »Tief unten fließt die Zwickauer Mulde und dahinter steigt das Gebirge wieder an, zunächst bis Wildbach. Dort habe ich mit Steinen einer alten Ritterburg meine erste große Kirche gebaut. Dahinter lag die Bärenschlucht, in der achtzig Jahre zuvor der letzte Bär des Erzgebirges den Tod durch Flintenkugeln fand. Hinter Wildbach liegt die berühmte Silberstadt Schneeberg, und dort beginnt auch die Poststraße über Zwickau nach Leipzig.«

Carl fühlte sich wie in der Schule, wenn der Lehrer auf einer alten Karte den Schülern die »Heimat« beibringen wollte. Die »Heimat« direkt vor den eigenen Augen zu haben, war jedoch weitaus lehrreicher. Vater Steiner schlug Carl vor, bei dem herrlichen Wetter neben Oskar auf dem Kutschbock weiterzureisen. Er tat das nicht ohne Grund, denn die Gespräche der drei Meister in der Kutsche gingen um ernste Dinge, von denen Carl nichts erfahren sollte.

Oskar bog scharf nach links auf die Höhenstraße ein und wieder stoppte die Kutsche. Ein Geleithaus. Das Amt Stollberg erhob hier Geleitgeld als Straßennutzungsgebühr, eine Art Wegezoll, der in die Taschen des sächsischen Königs floss. Carl genoss die Aussicht. Nun entdeckte er den Fichtelberg mit seinem großen und kleinen Gipfel und davor sah er eine Vielzahl Bergrücken, gefaltet wie ein graugrünes Tuch. Nun ging es bergab und wieder bergauf. Eine Schänke am Weg, dann eine Hochebene. Eine Allee mit Obstbäumen. Wind blies den beiden auf dem Kutschbock ins Gesicht.

Nun der Weg nach Affalter und weiter in Richtung Zwönitz. Dazwischen ein Gasthof. Die Pferde brauchten erneut eine Pause und Wasser, Heu und etwas Hafer. Den Reisenden genügte Spiegelei mit Speck und Brot in der Küche des Wirts. Über dem Tisch umkreisten Stubenfliegen eine Öllampe, an der ein Leimstreifen wie ein Pendel hing. Viele Fliegen hatten an ihm schon ihr Ende erlebt. Unzählige schwarze Punkte auf hellem Kleister. In Carl stieg Ekel auf. Er lief vor die Tür, doch die Gedanken an Luise waren nun gestört und er wieder im alltäglichen Leben zurück.

Schnell ging's durch Zwönitz. Keine Menschenseele auf der Straße. Nur der Nachtwächter war schon zu sehen. Für den Geyersberg hatten die Pferde Kraft gesammelt. Trotzdem verging noch eine knappe Stunde, bis die Kutsche vor der Tür von Evans' Haus hielt. Der Baumeister und sein Kutscher fanden hier ein Nachtquartier. Die Steiners stiegen mit ihren Kleiderbündeln, zwei Kisten mit Geschenken und Carls Geigenkasten in ihre eigene Kutsche um. Zum Glück war es noch etwas hell, doch dann, als die Kutsche durch Steiners Hoftor einbog, leuchtete bereits der Mond.

Carls erste große Reise war zu Ende gegangen. Das große Paket mit den »Leipziger Nachrichten« hatte der Vater so gut verpackt, dass es beim Ausladen übersehen wurde. Es begleitete den Vater in der Kutsche eine Woche lang, dann erst lag es im Hausflur und dort blieb es in seiner Hülle, bis es die Mutter entdeckte, zur Seite räumte und erst in den Wintertagen die Zeit zum Lesen fand. Dann erfuhr sie, was schon längst zurücklag.

13
Ungute Ahnungen

Voller Ungeduld hatte Anna Steiner auf die Rückkehr von Ehemann und Sohn gewartet. Als der Hund bellte, eilte sie ans Tor. Eine Fackel warf ihr flackerndes Licht in den Hof. So konnte das Gepäck zügig aus der Kutsche geladen werden. Carl war erschöpft. Er nahm vom gedeckten Tisch nur ein Wurstbrot und einen Becher Milch und verschwand mit dem Satz: »Alle Geschenke dann bitte morgen auspacken!«, in seine Dachstube, um dort ausgestreckt auf seinem Bett das Schatzkästchen seiner Gefühle zu öffnen, an Luise zu denken und dann sanft mit seinem Glück in den Armen einzuschlafen und verdrängte dabei, dass am nächsten Tag Marie auf ihn warten würde. Marie mochte er sehr, doch wahrscheinlich nur wie eine liebe jüngere Schwester, die seinen Sprung von der Kindheit ins Erwachsenwerden begleitete. Was waren die Zärtlichkeiten mit ihr und der sanfte Kuss am Tag vor der Reise gegenüber dem Verlangen, das drei Tage später Luise aus ihm hervorgezaubert hatte? Carl hatte sich bereits bei der Rückfahrt entschieden. Sein Herz, seine Gedanken und auch sein Körper gehörten nun zu Luise. Marie wollte er nicht verletzten, doch eine Lösung dafür hatte er noch nicht.

Nachdem der Sohn entschwunden war, hatte Vater Steiner seine Frau in die Arme genommen und seit langer Zeit erstmals wieder fest an sich gedrückt.

»Hast du Sorgen aus der Ferne mitgebracht, gab's Probleme?«

»Noch nicht, doch sie können auf uns und die Jungs zukommen. Krieg liegt in der Luft. Dazu reden wir morgen, erst zeige ich dir, was dir Freude machen wird.«

Er griff tief in seine Rocktasche und zog einen langen gut verknoteten Lederbeutel hervor, hielt ihn seiner Frau ans linke Ohr und schüttelte. Es klimperte in hellen Tönen.

»Silbertaler? Der Baumeister hat wohl das restliche Geld von den Meinerts erhalten und dich ausgezahlt?«

»Mehr als das. Die Kaufleute waren spendabel, denn ihre Fabrik ist ein Palast geworden, der sogar den Fürsten von Schönburg-Waldenburg beeindruckt hat.«

»War der zur Einweihung da?«

»Nicht in der Fabrik, doch mit einem wertvollen Geschenk zur Einweihungsfeier, und er hat Carl für sein Geigenspiel gelobt.«

Anna Steiner schüttete die Taler auf den Tisch, strahlte dabei, als habe es diese vom Himmel geregnet und legte sie dann in Reih und Glied vor sich hin. Sie zählte die Geldstücke nach ihren Wünschen: »Für die Jungs neue Anzüge und Mäntel für den Winter. Für Beate und die Enkel, das für Hausrat und die Sparbüchse und das für dich, mein lieber Christian! Am Sonnabend könnten wir schon zum Schneider fahren.«

»Ich widerspreche! Den Enkelkindern sollten wir eine Freude machen, doch Beate hat genug im Beutel. Da muss die Mutter nicht verzichten. Du sollst ein neues Kleid erhalten und nicht das feine

Töchterlein. Das meiste sollte aber in die Sparbüchse kommen. Wir müssen für schlechte Zeiten vorsorgen. Das ist die schlechte Nachricht, die ich mitbringe. Doch heute freuen wir uns erst einmal, liebe Anna, Probleme kommen früh genug.«

Christian Steiner drückte seiner Frau einen Kuss auf die Stirn und sah noch einmal nach den Pferden. Anna Steiner schloss die Läden und verriegelte alle Türen nach draußen, dann knarrte die Treppe und leise fiel die Tür des Elternschlafzimmers ins Schloss.

Mit dem Hahnenschrei begann wieder der Alltag der Bauarbeiten. Carl und Altgeselle Johann brachten in der Werkstatt die Steine für die Sohlbänke in die richtige Form. Steinmetzmeister Steiner schlug auf der Baustelle mit seinen beiden Helfern die großen Blöcke für die oberen Abschlüsse der Ecksäulen passend.

Am Abend wartete Carl oben am Waldrand auf Marie. Er hatte sich entschlossen, nicht wie die Katze um den heißen Brei herumzureden. Ein mit Blumenmustern bedrucktes weiches Tuch hatte er für sie bei einer Händlerin am Meisterhaus erstanden. Es würde ihr gefallen. Als Marie ihn entdeckte, eilte sie ihm entgegen. Sie stolperte, er fing sie auf und hielt sie fest in den Armen. Wie süß und jung sie war. Nicht schwach werden und kneifen, mahnte er sich, sonst komme ich nicht aus der Zwickmühle. Sie setzten sich auf einen großen Stein an der Böschung. Er sah ihr in die Augen: »Marie! Ich habe auf der Reise viel an dich gedacht, doch auch sehr viel erlebt und von Dingen gehört, die ich noch nicht kannte. Ich hatte auch Zeit, über mich nachzudenken. Darüber will, nein, muss ich mit dir reden.«

Er legte die Stirn in Falten und holte tief Luft: »Unsere Werkstatt wird Friedrich übernehmen. Meinen eigenen Weg muss ich mir selbst ohne Friedrich und meine Eltern suchen. Dazu muss ich weg aus Drebach! Ich muss erst etwas von der Welt sehen und Erfahrungen sammeln, bevor ich einen Beruf ergreife. Du bist mit deinem fünfzehn Jahren zu jung, um mit mir in die Welt hinauszuziehen. Eigentlich sind wir beide noch Kinder. Das Leben liegt noch vor uns. Lass uns Freund und Freundin sein ...«

Marie schaute ihn ungläubig und sprachlos an, es rannen ihr die Tränen über die Wangen, und dann hörte Carl aus ihrem Mund unerwartete Worte: »Ja, Carl, darüber habe ich auch nachgedacht, obwohl mir es sehr schwergefallen ist. Carl, wenn wir meinen Eltern von unserer Freundschaft erzählen und sie keine Sorge haben müssen, dass sie durch dich Großeltern werden, dann müssen wir uns nicht mehr verstecken und können uns sogar besuchen, wann wir es wollen.«

Carl nahm Marie in die Arme, brachte sie nach Haus und stellte sich ihren Eltern vor. Er bat darum, dass sie sein Modell für Zeichnungen sein dürfe. Mehr wolle er nicht. Die Eltern stimmten zu. Carl war sein schlechtes Gewissen los, konnte von Luise träumen und hatte nun ein sehr anmutiges Modell für seine Studien.

Auf der Baustelle ging es voran. Kurz nach Pfingsten konnten die Maurer das dritte Obergeschoss abschließen und die Zimmerleute bis in diese Höhe die Deckenbalken einbauen.

Zimmermeister Uhlig hatte begonnen, das Modell für die neuartige Dachform genau nach den in Lugau getroffenen Absprachen zu formen. Das Muster für die Sparren mit den geplanten, einem Bootskörper abgeschauten Schwüngen entstand im realen Maßstab.

Carl fand Zeit für Skizzen von den Bauarbeiten. Einmal stand Meister Lohse plötzlich hinter ihm und schaute zu, als er die Pferde eines Holztransportes skizzierte.

»Carl, du zeichnest schon wie ein Künstler. Wie ich sehe, gibst du dir keine Mühe, die Natur zu kopieren, sondern schaust nach dem Wichtigen, was eine Sache ausmacht. Auf deinem Blättern sah vor einem Jahr alles noch etwas verquält und ängstlich aus. Nun zeichnest du locker aus dem Kopf, was du in dich aufgenommen hast. Und nach dem Gefühl, was in dir ist. So ist es auch in der Architektur. Ich habe meine Formen in mir, sehe andere und prüfe, ob sie zu meinen passen. Und dann erfinde ich aus allem etwas Neues.

Ein kleiner Hinweis noch: Es gibt einen einschneidenden Unterschied zwischen den Bauzeichnungen, wie ich sie anfertige und den Darstellungen eines Künstlers. Ich muss alle begrenzenden Linien in gleicher Stärke und sehr genau zeichnen, damit die Handwerker danach arbeiten können. Bei einer Künstlerzeichnung bestimmen die persönlichen Eindrücke und Empfindungen, was wichtig ist. Das betont er. Das Nebensächliche deutet er nur an oder lässt es weg. Meine Zeichnungen sind Hilfsmittel für die Bauleute. Eine Zeichnung, wie du sie hier auf Papier bringst, soll hingegen ein anmutiges Bild und keine Vorlage zum Bauen werden. Das darfst du nie verwechseln.«

Er wandte sich zum Gehen, beugte sich dann doch zu Carl herab und sagte etwas, das Carl noch Tage in den Ohren klang: »Bei deinem Talent solltest du die Kunstakademie besuchen!«

Weg war der Baumeister und Carl hatte nicht einmal die Möglichkeit, sich für die Ratschläge zu bedanken.

Zu Pfingsten fuhren die Eltern mit Carl zur Großmutter nach Wolkenburg. Platz für die Nacht fanden sie im Kutscherhaus neben der neuen Schlosskirche, denn nach dem Tod des Großvaters wohnte ein neuer Stallmeister mit seiner Familie in der Wohnung.

Im Schloss auf der Anhöhe herrschte Hochbetrieb. Vor dem Torhaus standen Wachposten. Nur hohe sächsische und französische Offiziere erhielten Zutritt. Die Steiners sahen, wie sie in ihren Kutschen den Schlossberg hinauffuhren und hinter dem Tor verschwanden. Das muss dort oben ein großes Gedränge sein, dachte Carl, und sein Vater erfuhr von einem Kammerdiener, mit dem er als Knabe die Schulbank geteilt hatte, den Grund für das Ereignis mit der Bitte um größte Verschwiegenheit: Anfang Mai hatte es am Hof in Dresden eine gefährliche Staatskrise gegeben. In deren Verlauf wurde der Schlossherr Graf Detlef von Einsiedel Kabinettsminister der sächsischen Regierung und übernahm zugleich die Ämter der Staatssekretäre für Inneres und Äußeres. Hintergrund soll das Bündnis mit Frankreich gewesen sein. Es war offenbar darüber gestritten worden, denn Graf von Einsiedel galt als treuer Diener seines Königs, der mit Frankreich nicht brechen wollte.

Die drei Steiners hatten ein mulmiges Gefühl, da sie offenbar Zeugen einer politisch entscheidenden geheimen Zusammenkunft des obersten Staatsministers mit Heeresführern aus Frankreich und Sachsen waren. Schon für den nächsten Morgen wurde die Rückfahrt geplant. Die Mutter wollte in der Kirche für ihre Schwiegermutter beten. Diese hatte beim Besuch schon sehr zerbrechlich gewirkt. Mägde vom Rittergut kümmerten sich um sie. Das beruhigte. Vater und Sohn liefen in sicherem Abstand ums Schloss bis zum Park mit den eisernen Figuren und schwelgten in Erinnerungen an ihre Kindheit. Die beiden Männer fanden danach die Mutter voller Andacht in der Kirche. Der Raum wirkte hell und war reich geschmückt. Doch Carl hatte etwas auszusetzen: »Mir gefällt der Kirchenraum, den Meister Lohse in Grünhain geschaffen hat, besser, auch wenn beide ähnlich wirken.«

»Die Ähnlichkeit liegt am schlichten heutigen Baustil«, flüsterte sein Vater. »Den Unterschied macht das Geld, das Hofbaumeister Griesel hier verfügbar hatte und das der Kirchgemeinde in Grünhain fehlte.«

Dann standen die drei Steiners vor der Grabplatte des jungen Grafen Friedrich von Einsiedel. Carl und seine Mutter erfuhren vom Vater, dass dessen Bruder Karl Johann der Adjutant des jungen Grafen gewesen war. An dessen Seite hatte er 1793 den Tod gefunden, als sie mit einem Heer europäischer Staaten gegen die französischen Revolutionstruppen in die Schlacht gezogen waren.

»Da haben also Sachsen gegen Franzosen gekämpft?«

Die Frage kam von der Mutter.

»Das waren andere Zeiten. Ziel der europäischen Königshäuser war es damals, die königliche Macht in Frankreich wiederherzustellen, obwohl der König bereits sein Haupt verloren hatte.«

Carl hörte die Geschichte, die der Vater erzählte, mit Schaudern, denn das hatte alles erst wenige Jahre, bevor er selbst zur Welt gekommen war, stattgefunden. Ihn beeindruckte das in allen Details sehr lebensnahe Relief auf der Grabplatte, das den jungen Grafen als anmutigen Jüngling zeigt.

»Mutter, ich denke darüber nach, ob dieser junge Mann schon eine Frau in die Arme nehmen konnte, bevor er starb.«

»Du machst dir aber Gedanken ...«

Der Vater mischte sich ein: »Ich denke schon, denn mein Bruder hat mir damals gebeichtet, dass sein junger Herr und er bei einem Dorffest während eines Manövers die Herzen zweier Dorfschönheiten erobert und sie verführt hatten.« Carl reagierte: »Und dann sind der junge Graf und mein Onkel mit 21 Jahren nicht mehr am Leben gewesen. Nein danke, ich ziehe nicht in den Krieg, dann lieber über die Grenze in Böhmens Wälder.«

In Siebenhöfen gab es eine Unterbrechung der Bauarbeiten, erst durch Sturmböen und Regengüsse und dann, weil Evan Evans in Geldschwierigkeiten kam und Geld für Löhne und Material fehlte.

Plötzlich dann ein Geldsegen in Evan Evans' Kassette. Die Quelle wurde geheim gehalten, doch Anna Steiner kannte sie, denn sie hatte sich inzwischen mit Lowry Evans angefreundet und erfahren, dass sie dem Gatten ausgeholfen hatte, denn nur, wenn die Arbeiter auf der Baustelle ihren Lohn erhielten, konnten sie auch an Evans' Frau die Kosten für Logis und Verpflegung zahlen. Ende August waren die Maurerarbeiten für die Außenwände bis auf die Säulenköpfe abgeschlossen. Bald konnte mit dem Errichten des Dachstuhls begonnen werden.

Carl hatte bald nach dem Pfingstfest begonnen, die Ideen für das Gartenhaus der Meinerts und den Wandbrunnen auf Papier zu bringen. In Gedanken bei der Angebeteten in Oelsnitz begann er, sein Meisterstück zu entwerfen.

An warmen Abenden gingen Carl und Marie häufig oben am Waldrand spazieren. Sie versuchten dabei, nur wie Bruder und Schwester zu sein. Doch gelegentlich überkam es sie und sie küssten sich. Mehr jedoch geschah nicht.

Die letzten Tage im August 1813. In der großen weiten Welt zwischen Paris und St. Petersburg, der Ostsee und den Alpen standen die Zeichen auf Sturm. Heerschaaren zogen in Richtung Leipzig. Napoleon wie auch seine Gegner suchten die entscheidende Schlacht. Zunächst war die Siegesgöttin dem Kaiser noch einmal hold. Schnell sprach sich, sogar bis in die Städte und Dörfer des

Erzgebirges, herum, dass er am 26. und 27. August bei Dresden die verbündeten Mächte geschlagen und die sächsische Residenzstadt wieder von den Preußen befreit hatte. Damit war der neue stärkere Einfluss Englands auf die sächsischen Märkte gestoppt.

Welch Segen, dachten die Eheleute Evans. »Hoffentlich wendet sich das Blatt nicht wieder«, schrieben die Meinerts an ihren Vertrauten in Leipzig, als sie die geplanten Lieferungen zur Michaelismesse ankündigten. Bei allen, die in Sachsen vom Textilhandel und dem Bau von Maschinen lebten, kam nach den Ängsten, die der gescheiterte Russlandfeldzug Napoleons im vergangenen Winter mit sich gebracht hatte, Hoffnung auf, an der Seite der Franzosen die Wirren der Zeit zu überstehen. Auf der Baustelle in Siebenhöfen waren allerdings die Meinungen geteilt. Besonders denen, die sich wie die meisten der Jüngeren als Patrioten fühlten, wäre es lieber, wenn die Sachsen sich an der Seite Preußens, der Österreicher und der Russen der französischen Herrschaft entledigten. Auf der Baustelle und abends in den Wirtschaften wurde darüber gestritten. Die Folgen des gescheiterten Winterfeldzugs der Franzosen waren auch auf der Baustelle zu spüren. Nach Ostern hatten Werber der Truppen Geyer erreicht. Sebastian Kretschmar, der einmal seinem Vater als Maurermeister nachfolgen sollte, war durch lockende Versprechungen Soldat geworden. Im August fehlten bereits fünf junge Gesellen und Helfer auf dem Bau, der nun immer stockender vorankam. Alle, die hierfür Verantwortung trugen, wurden nervös, als es mehr, als zur Sommerzeit üblich war, regnete und kalte Winde durchs Geyerbachtal bliesen. Bauherr Evans ging nicht nur das Geld aus, er sah auch die Gefahr, dass das Dach auf der Fabrik vor Einbruch des Winters noch nicht eingedeckt sein könnte. Nochmals Schnee und Nässe im Bau, das war ihm bewusst, würde der Haltbarkeit besonders der Holzteile auf Dauer schaden. Er drängte den Baumeister, die Arbeiten auch sonntags am Laufen zu halten und versprach einen Aufschlag zu den Löhnen.

Das miserable Wetter machte auch den Heeren beider Kriegsparteien zu schaffen. Immer weniger gelang es den dafür verantwortlichen Offizieren, die vielen tausend Soldaten zu ernähren und für sie trockene Schlafplätze zu schaffen. Viele von ihnen mussten im Regen im Freien campieren. Hunger und Krankheit begannen inzwischen mehr Leben auszulöschen als die Waffen.

Aus Marienberg kam die Kunde von tausenden Soldaten der gegen Napoleon Verbündeten, die in langen Kolonnen aus dem Böhmischen kamen und weiter in Richtung Leipzig zogen. Jeder, der das hörte, ahnte: Es wird Krieg geben!

Vor wenigen Wochen war Sebastian Kretschmar kurz bei den Eltern gewesen und hatte vom Sieg der Franzosen und Sachsen bei Bautzen, aber auch von der Notlage der Soldaten berichtet. Dann war er wieder in die nächste Schlacht gezogen. Nun fehlte sein Vater auf der Baustelle. Keiner sprach darüber, aber alle, die es bemerkten, hatten keine gute Ahnung. Das trübe Wetter drückte die Stimmung noch mehr, und erneut brachte ein heftiger von Böhmen über den Gebirgskamm hereindrückender Sturm die Arbeiten zum Stehen.

14
Todessturz

Am 1. September waren Carl und der Altgeselle Johann mit den letzten Teilen des Traufgesimses beschäftigt, als hinter der Werkstatt eine Esche von einer Sturmbö aus der Böschung gerissen wurde. Der Baum drohte, auf das Dach der Werkstatt zu stürzen. Das hätte zur Katastrophe geführt. Die beiden hörten, wie der hohe Baum, der unweit der Rückwand der Werkstatt stand, Laute von sich gab, die wie ein schmerzvolles Aufstöhnen klangen. Es folgten Geräusche, die Schrecken auslösten. Krachen und Splittern. Carl und Johann eilten nach draußen. Carls Mutter kam ihnen aus dem Wohnhaus entgegen. Zusammen eilten sie hinter die Werkstatt. Die Esche hing in der danebenstehenden Eiche. Beide Bäume waren wie Schwertkämpfer aneinandergeraten und hatten sich ineinander verfangen. Als Schmiedel-Bernhard mit dem Ochsenkarren eintraf, auf dem er die Sohlbänke zu Baustellen fahren sollte, wurde er zum Retter. Er hatte genügend dicke und lange Seile dabei und zwei kräftige Zugochsen am Karren. Es gelang mit seiner Hilfe, die geborstene Esche zur Seite zu ziehen. Sie krachte auf die Böschung und zerlegte sich dabei selbst. Was blieb, war Feuerholz.

Das Ochsengespann setzte sich mit den Sohlbänken nach Siebenhöfen in Bewegung. Johann fuhr auf dem Kutschbock mit. Carl beruhigte noch seine Mutter, der der Schreck in die Glieder gefahren war und ritt mit dem »Braunen« hinterher. Noch vor Geyer war das Ochsengespann eingeholt. Carl ritt weiter, um dem Vater vom Sturmschaden und der Rettungstat zu berichten, dann hatte er, bis der Karren ankam, noch Zeit, den Stand der Bauarbeiten zu besichtigen. Die Mauern und Ecksäulen ragten bereits über das Gerüst hinaus. Nur an einer Säule fehlte noch der oberste Abschluss aus Porphyr. In drei Teile zerlegt, lag er innen in der Ecke unter dem Haken eines Flaschenzugs, mit dem sie einzeln nach oben gehoben werden sollten. Die Teile waren mit Seilen umschlungen. Kleine Kissen lagen dazwischen.

»Leinewandsäcke mit weicher Füllung, um den Stein zu schützen«, erklärte der Vater und rief nach oben, dass man ein Zeichen geben soll, wenn alle Helfer an ihrem Platz stehen und das Anheben beginnen könne. Friedrich kommandierte die Helfer oben und Carls Vater unten. Als der Ochsenkarren abgeladen war, konnte begonnen werden. Johann musste den fehlenden Meister Kretzschmar ersetzen. Er stieg hoch zu Friedrich. Als Erfahrenster von allen nahm er den Platz ein, von dem aus das Verschieben des Steines auf die Wand und dann weiter auf die Säule gesteuert wurde. Carl blickte nach oben und folgte der eisernen Kette. In jedem Geschoss befand sich zwischen den Laufbohlen eine Öffnung. Ein gigantischer Schacht, in dem sicherlich 10 Personen aufeinander stehend Platz fanden. Im Inneren des Baus herrschte gähnende Leere. Nur von den

Deckenbalken und deren mittleren Stützen wurde sie durchkreuzt. Unter dem wolkenfreien Himmel sah das wie ein schier endloses Gewirr von Holzkreuzen aus, denn die Maueröffnungen verschlossen noch keine Fenster. Licht drang durch die Löcher in den nach unten immer dicker werdenden Mauern. Irrlichter wie einzelne Sonnenstrahlen in einem dichten Wald. Weil noch alle Deckenbretter fehlten, hallten alle Geräusche zwischen den hohen Mauern wie in einem Gespensterhaus. Friedrich erschien ihm in der Höhe wie ein Seiltänzer. Vater Steiner drängte seinen Jüngsten aus der Gefahrenzone unter dem Flaschenzug. Carl sollte sich fernhalten.

»Such dir Deckung, der Aufenthalt unter der Last ist gefährlich!«

Friedrich hatte gerufen und der Vater kommandierte: »Und eins, und zwei ... und eins und zwei ...«

Langsam und gleichmäßig hob sich der Stein: Die Kette war gut geölt und lief ohne Quietschen und Knirschen. Bald war das hohe Erdgeschoss überwunden und etwas später das erste, das zweite, das dritte und schließlich auch das vierte obere Geschoss erreicht.

Es begann der schwierigste Teil der Aktion. Johann und zwei Maurer schoben Kanthölzer, die auf den Mauerecken auflagen, unter den Stein und legten Seile um ihn. Die warfen sie den drei Maurern zu, die außen standen, um den Block zu sichern. Drei Mann zogen von außen, drei Mann schoben von innen. Zunächst ging alles gut. Dann blieb der Stein hängen.

»Verdammter Mist!«, rief Friedrich und entdeckte, dass sich in der Auflagefläche der Säule ein Steinbrocken gelöst hatte.

Friedrich stieg mit Meißel und Hammer auf die Mauer und schlug den Störenfried ab. Offenbar jedoch nicht genug.

»Dann eben mit Kraft«, rief Johann, stemmte seine Schulter gegen den Block und die beiden neben ihm taten es ihm gleich. Sie gaben sich selbst das Kommando: »Und zugleich!«

Der Stein bewegte sich, aber auch die Bohle, worauf Johann stand. Johann rutschte und schob die Bohle von sich weg. Sein Fuß geriet in den entstandenen Spalt. Die Bohle kippte. Johann schrie auf. Friedrich brüllte: »Achtung!«

Die beiden anderen Maurer sprangen auf die noch festliegenden Hölzer, doch Johann verlor nun endgültig die Balance. Er sah den Abgrund unter sich, als er fiel, doch wie ein Wunder fand er Halt an einem der freiliegenden Deckenbalken im tiefer liegenden Geschoss. Die abgekippte Bohle fiel weiter. Von unten rief Vater Steiner: »Alle in Deckung!«, und schob Carl dabei unsanft in die große Wandöffnung, die als Zugang diente. Auch er fand dort im letzten Moment Schutz, denn die abstürzende Bohle kam ihnen entgegengeflogen. Sie flatterte wie ein Raubvogel, den eine Jägerkugel getroffen hatte, schlug an den Deckenbalken, wirbelte herum, gab dabei Geräusche von sich wie ein zusammenstürzender Schuppen unter der Schneelast und krachte schließlich, in einzelne Teile zersplittert, auf den Boden. Ein Höllenlärm. Dort verteilten sich die hölzernen Trümmer. Carl empfand eine Mischung von Faszination und Grauen.

Oben hing Johann an einem Kantholz. Friedrich war zu ihm hinabgestiegen. Er hatte schon den Balken erreicht und kroch darauf zu Johann heran, um ihn mit einem Seil zu sichern.

Er kam zu spät. Johann hatten die Kräfte verlassen. Seine Finger streckten sich, wurden schwächer. Er verdrehte die Augen. Friedrich sah, wie Blut aus seinem Hinterkopf quoll. Offenbar war er beim Sturz an einen Balken geschlagen. Johann war bereits beim Sterben. Dann hatte der Tod sein Werk vollendet. Johanns Hände lösten sich. Steiners Altgeselle fiel durch das Gewirr der Hölzer und schlug vor Carl und seinem Vater hart auf. Carl sah in die weit aufgerissenen bereits gebrochenen Augen. Das traf ihn bis ins Mark. Diese Augen hatten ihn immer heiter angeblickt und aufgemuntert, wenn er selbst verschlafen oder missmutig am Morgen mit der Arbeit begann. Durch Carls Gedanken begannen die Erinnerungen zu rasen. Über ein Jahr hatten sie in Steiners Werkstatt zusammengearbeitet, und Carl hatte Johann dabei mehr von sich und seinen Träumen preisgegeben als je zuvor seinen Eltern. Auch Johann hatte viel erzählt: Von seiner Familie im kleinen Gärtnerhaus, vor allem von der Not der kinderreichen Familie, aber auch von der Freude, die ihm über Jahre Familie und anspruchsvolle Arbeit brachten. Carl und Johann waren trotz des Altersunterschiedes oder gerade deshalb Freunde geworden. Carl erlitt einen Schock.

Steinmetzmeister Steiner ließ die Arbeit abbrechen. Weiterarbeiten konnte keiner mehr und es gab Trauriges zu tun. Carl, der noch wie Espenlaub zitterte und in der Nische am Boden hockte, sollte erst zur Ruhe kommen und dann zum Haus der Evans laufen, den Bauherrn über das Unglück benachrichtigen und zur Baustelle holen. Friedrich, der den »Schwarzen« von Steiners Zweiergespann in Geyer verfügbar hatte, sollte nach Schlettau reiten und den Baumeister informieren. Meister Steiner hatte nicht mehr helfen können. Auch ein Arzt wäre machtlos gewesen, denn Johanns Herz stand still. Zusammen mit zwei Helfern bettete Christian Steiner den Leichnam seines langjährigen Helfers auf eine Decke, drückte Johann die Lider zu und faltete ihm die Hände. Dann schickte er die Maurer und seine Helfer weg vom Bau.

Bauherr, Baumeister und Steinmetzmeister beschlossen, Johann ein würdevolles Begräbnis auszurichten. Meister Steiner unterrichtete Johanns Angehörige vom tragischen Unglücksfall. Der Besuch bei den Hinterbliebenen erwies sich schwieriger, als Christian Steiner das befürchtet hatte. Es fielen böse Worte, besonders vom ältesten Sohn. Nicht gegen Johanns langjährigen Arbeitgeber, vielmehr gegen Evan Evans, den Ausländer, der im Erzgebirge auf Kosten der armen Bevölkerung reich werden wolle. Der Zorn hatte Gründe, doch die erschienen dem Steinmetzmeister zu kurz gedacht. In Johanns Familie wurde Geld mit Handspinnerei verdient und es gab die Furcht, dass Evans' neue Maschinen bald viele Spinnerinnen und Spinner brotlos machen würden.

Christian Steiner hielt dem entgegen, dass in Geyer mit der Spinnmühle viele Leute Arbeit erhalten würden, denn Geyer war eine Bergbaustadt, die nun ohne Bergbau war. Es gab viele arbeitslose Bergleute, die technische Geräte bedienen, aber nicht mit der Hand spinnen konnten. Für sie waren der Bau von Evans' Maschinen und die Überwachung der Anlagen eine neue Chance zum Broterwerb.

Johann erhielt eine Trauerfeier, wie sie sonst nur für ein zahlungskräftiges Kirchenmitglied üblich war, denn die Spenden waren reichlich. Ein bis zum Rand gefüllter Geldbeutel beruhigte Johanns Familie. Der älteste Sohn murmelte in sich hinein: »Mit Geld wird der Seelenfrieden meines Vaters erkauft.«

In der hintersten Reihe hatte Maurermeister Kretschmar mit etwas Verspätung Platz genommen. Er kannte Johann schon von der Baustelle in Erfenschlag und hatte vom Unglück erst erfahren, nachdem seine Familie ein ähnliches getroffen hatte: Seinen Sohn Sebastian hatte er nach dessen Besuch im Elternhaus nicht wieder lebend gesehen. Bereits am 26. August war er Opfer einer preußischen Kugel bei der Schlacht um Dresden geworden. Kameraden hatten ihn noch ins Lazarett bringen können, dort war er an einem Steckschuss in die Lunge verstorben. Die herbeigerufenen Eltern kamen zu spät. Wenigstens konnten sie den Sohn in der Erde des Heimatortes zur letzten Ruhe legen.

Der Pfarrer hatte davon gehört, dass Johanns Ältester gegen den Ausländer Evans Stimmung machte und ihn einen Ausbeuter nannte, der mit seinen Maschinen den fleißigen Leuten im Erzgebirge die Arbeit wegnähme. Der Pfarrer fürchtete, dass es mit diesen Worten gelänge, Leute aufzuwiegeln und in der Gegend rings um Geyer Ausländerhass zu schüren und zu Maschinenstürmerei aufzuwiegeln. Nach der Trauerfeier riet er Evan Evans, mit guten Argumenten bei Johanns Familie einen Meinungswandel herbeizuführen. Der Engländer fand die Lösung: Er bot Johanns Sohn an, gegen eine gute Bezahlung die Baustelle in Siebenhöfen zu bewachen. Er sollte sich dafür einen scharfen Hund zulegen.

Am Montag nach der Beisetzung wurde weitergebaut. Die Zimmerleute hatten eine große Zahl der Dachbinder und Sparren vorbereitet, und als die letzten Traufgesimsplatten verlegt waren, konnten Steiners Leute ihre Werkzeuge einpacken und den Geräteschuppen räumen. Dann verdunkelte sich der Himmel über ihnen: Krähen, aus russischer Kälte geflüchtet, kreisten über dem Tal; unerträgliches Gekrächze. Die schwarzen Vögel ließen sich dann auf den Deckenbalken des ungedeckten Bauwerks nieder; statt Schnee wie im letzten Winter nun erst einmal schwarze Vögel dicht an dicht, wie Perlen auf Schnüren. Als die Zimmerleute am Morgen aufs Gerüst stiegen, um mit dem Bau des Dachstuhls zu beginnen, sah es auf Balken und Gerüstbohlen aus, als habe es über die Nacht geschneit. Krähenkot mit einem unerträglichen Geruch. Zum Glück regnete es noch einmal heftig und spülte den weißen Dreck weg.

Auf der Baustelle wimmelte es nun von Zimmerleuten, die hoch oben zwischen Gerüsten klein wie Ameisen wirkten. Sie schlossen zunächst die oberste Lage der Deckenbalken mit Laufbohlen, um ein weiteres Absturzunglück zu verhindern. Der Einbau der Decken zwischen den Balken erfolgte noch lange nicht, denn erst musste das Dach dicht sein. Schon ein erster längerer Regen hätte die ungeschützten Decken mit Dielung, Unterdecke und Füllung durchnässt und zerstört. Der Einbau der Decken konnte, wie auch der der Treppen, erst zum Schluss erfolgen, und es durfte dabei nichts schiefgehen. Auf den Decken würden einmal schwere Maschinen stehen und über die Treppen viele Menschen laufen.

Die Zimmerleute hatten sich für das Hochziehen der Bauhölzer einen Kranbaum mit einem Flaschenzug gebaut. Sie selbst kletterten außen über die Gerüstleitern nach oben. Für die Maurer der Meister Bamberger, Kretzschmar und Hänel gab es nichts mehr zu tun. Sie hatten bereits ihre Sachen gepackt und nach einer Abschiedsrunde mit Dankesreden des Bauherrn und des Baumeisters sowie einem Abschiedstrunk waren sie in ihre Heimatorte zurückgefahren. Meister Lohse übernahm mit seinen Leuten nun selbst die restlichen Arbeiten. Vater Steiner und Sohn Carl blieben noch auf der Baustelle. Sie mussten prüfen, ob die eisernen Verankerungen der Deckenbalken in den Außenwänden festsaßen und notfalls nachbessern. Zwei Tage liefen sie wie die Maurer über die Gerüste. Carl war nicht wohl dabei. Ihn verfolgten die Bilder vom Absturz weiterhin. Abends halfen ihm das Geigenspiel und im Bett die Gedanken an Luise, die Bilder vom Unglück zu verdrängen.

Die Steiners hatten den Schuppen an Johanns Ältesten, der ihn winterfest machte und mit Strohsack und Hund einzog, übergeben. Die beiden bewachten nun den Bau und das Holzlager, denn die Gefahr eines Brandes war groß. Etliche Spinnmühlen waren schon abgebrannt.

15
Große Veränderungen

In Drebach begann das große Aufräumen in der Werkstatt und das Nachdenken darüber, wie es nun weitergehen soll, denn Meister Lohse kümmerte sich nicht mehr um neue Bauaufträge. Er war mit seiner eigenen Spinnerei beschäftigt. Die Steiners mussten sich etwas einfallen lassen, um mit ihrem Können weiterhin Geld zu verdienen. Und es war etwas Neues dafür nötig geworden. Bereits seit einiger Zeit spürte Meister Steiner, dass ihm die Arbeit mit Meißel und Schlegel schwerer fiel. Immer häufiger begann er zu husten, um sich Luft zu verschaffen. Carl und seine Mutter hörten das mit Sorge.

»Der Vater muss sich schonen. Er darf nicht mehr von früh bis spät den Stein bearbeiten. Ich mache mir Sorgen um unseren Vater.«

Carl sagte das zur Mutter und diese nahm ihren Jüngsten zur Seite und begann eine Rede, die zur längsten Ansprache wurde, die er von ihr bisher gehört hatte: »Sorgen mache ich mir schon lange, denn ich kenne Steinmetze aus Hilbersdorf, denen der Steinstaub die Lunge zugesetzt hat. Sie waren jünger als dein Vater, als Gott sie zu sich holte. Doch wir wollen nicht das Schlimmste denken. Carl, die Last, die Werkstatt zu erhalten, ruht nun auf dir. Ich habe dazu mit deinem Vater bereits gesprochen, und er hatte eine sehr gute

Idee. Der Vater hat beobachtet, wie es dir gelingt, Reliefs zu modellieren. Mit deinem Talent kann man die Werkstatt auf neue Füße stellen. Du formst die Modelle aus Ton und Vater stellt die Gussformen her und macht die Abgüsse aus Stuckgips. Damit können Decken und Wände geschmückt werden. Vor allem Leute, die ihre Häuser und Räume verschönern wollen, interessieren sich dafür. Auch aus Zinn könnte man kleine Medaillons gießen, die auf dem Markt sicherlich Geld einbringen. Dein Vater sagte mir, dass ihm diese Idee gekommen sei, als er das Haus der Kaufleute Meinert bewundern konnte. Er hat auch mit dem Baumeister gesprochen. Der würde Stuckornamente in unserer Werkstatt bestellen, wenn ihn unsere Muster überzeugen.«

Friedrich war noch bis zum Einzug von Familie Evans in die Fabrikwohnung in Siebenhöfen für das Organisieren der Bauarbeiten zuständig. Das konnte dauern, denn als die Steiners bei einer Fahrt zum Markt in Geyer auch zur Baustelle kamen, hatten dort die Zimmerleute gerade erst mit dem Dachstuhl begonnen.

In der Werkstatt bereitete Vater Steiner aus dem Lehm, den er in der Struth bei der Reise nach Ostern abgestochen hatte, mit feinem Quarzsand eine Modelliermasse für erste Modellversuche. Die überzeugten den Baumeister. Er wollte nun Modelliermasse in Frohnsdorf bestellen. In dem Dorf gab es eine Tongrube, die Töpfermeister zwischen Chemnitz und Altenburg belieferte. Bald erschien er mit Vorschlägen für Stuckreliefs. Er hatte bereits unaufwendige Aufträge von Gutsbesitzern und Kaufleuten in der Tasche, die ihre Salons dem neuen klassizistischen Kunststil anpassen wollten. Durch einen Zufall erweiterte sich das Angebot der Werkstatt.

Bei einer Einkaufsfahrt lief Carl in Ehrenfriedersdorf der junge Geselle Johannes von Bambachers Maurern über den Weg. Er hatte die rechte Hand mit einem Tuch verbunden.

»Nur eine Brandverletzung am Ballen und zwei Fingerspitzen, schon fast wieder geheilt«, meinte dieser mit Blick auf seine Hand.

»Wie hast du das angestellt? Bist du beim Mauern vom Gerüst in ein Feuer gefallen?«, fragte Carl spöttisch.

»Ich bin kein Maurer mehr. Ich arbeite jetzt als Gießer bei meinem Onkel in Altchemnitz. Er hat dort eine Gießwerkstatt gegründet. Doch jetzt werden dort keine Maschinenteile, sondern nur noch Kugeln für Kanonen gegossen. Das macht mir keine Freude, wenn ich daran denke, wie viele Menschenleben und Häuser damit zerstört werden können. Wohl deshalb war ich unvorsichtig und bin an glühendes Eisen geraten. Nun droht mir, dass ich zum Soldaten gemacht werde. Doch ich habe dagegen vorgesorgt.« Er hob den verbundenen Arm.

»Gib es zu, dein Verband ist viel größer als die Wunde darunter.«

»Würdest du es anders machen?«

»Wohl kaum.«

Johannes wusste mehr über die Vorbereitungen zur Schlacht. Carl wollte wissen, was Johannes zu Ohren gekommen war: Was wusste man in Chemnitz von der Lage in Leipzig und Dresden? Gab es Plünderungen durch Soldaten, die durch Städte und Dörfer zogen? Wurden junge Männer gezwungen, mit in die Gefechte zu ziehen und Frauen gezwungen, sich fremden Soldaten hinzugeben?

Carl lud Johannes zu einem Bier in den Gasthof ein. Sie fanden Platz unter einer Linde im Hof. Zum ersten Bier kam ein zweites und zum zweiten noch ein Stück Rostbraten und Spiegelei.

Johannes begann zu berichten, dass sich wohl etwas zusammenbraue. Zwar sei das Wetter sehr ungünstig, nass und stürmisch, völlig widersinnig sei es, jetzt ins Feld über verschlammte Felder und nasse Wiesen zu ziehen, doch er hatte hunderte Soldaten der Verbündeten gesehen, die in Richtung Leipzig an Chemnitz vorbeimarschierten.

»Das läuft auf Schlimmes hinaus«, meinte er und erzählte von Raubzügen der Soldaten, die die Häuser besetzten, um eine trockene Unterkunft zu finden, und dafür die Dorfbewohner in Ställe drängten. Wenn die Soldaten weitergezogen waren, fehlte in den Höfen so gut wie alles. Eine Feuersbrunst hätte nicht schlimmer wirken können. Auch habe man Frauen belästigt, geschlagen und zum Beischlaf genötigt.

»Schlimm!«, kommentierte Carl und ergänzte: »Es wird wohl dabei keinen Unterschied zwischen Franzosen, Russen, Preußen und Österreichern geben, nur die sächsischen Soldaten halten sich hoffentlich bei ihren Landsleuten zurück.« Beide schwiegen dazu.

Johannes hatte seinen Hut zur Seite gelegt und man sah, welch hübscher schwarzgelockter Bursche er war. Carl zückte sein Skizzenbuch und fast im Befehlston kamen seine Worte: »Halt einfach still!« Johannes kannte Carls Skizzen von der Baustelle und da er eitel war, folgte er wie ein braves Lamm. Noch zwei Bier bestellte Carl beim Wirt und der blieb stehen und staunte: »Da stimmt doch alles, was Sie zeichnen, mit dem Leben überein. Dass Ihr so etwas könnt, junger Herr Steiner, wusste ich nicht. Nur beim Geigenspiel hatte ich Euch schon bewundert. Doch auch hiermit könnt Ihr gutes Geld verdienen.«

Carl wollte Johannes noch nicht gehen lassen. Ihm war beim Zeichnen ein Gedanke gekommen, der ihn nicht mehr losließ. Mit Maries Profilansicht hatte er schon ein Medaillon vorbereitet. Wie wäre es, diesem eines von Johannes gegenüberzustellen? Ein erfundenes Liebespaar. Nicht zu ähnlich, vielleicht noch etwas harmonischer die Schwünge zwischen Scheitel und Kinnspitze geformt. Und dann dachte er weiter. Könnte Johannes seinem Vater und ihm beibringen, wie man die Reliefs so gut abformen kann, dass sie für einen Zinnguss taugen?

»Johannes, hast du heute und morgen etwas vor? du bist doch beim Onkel krankgemeldet und weit weg von dessen Werkstatt.«

»Ich habe nichts vor, denn der Freund, den ich besuchen wollte, ist nicht aufzufinden.«

»Dann steigst du mit in die Kutsche und wir fahren nach Drebach zu unserer Werkstatt. Alles andere erfährst du dort, wenn etwas Heißes zum Trinken und Apfelkuchen mit Butterstreusel, in unserem Ofen selbst gebacken, auf dem Tisch stehen.«

Carls Eltern freuten sich über den Besuch, sie kannten Johannes als Bambergers Geselle und vom Gottesdienst. Schon bei der Begrüßung sprudelten Carl die Worte über die Lippen. Er erzählte dem Vater seine Idee und daraus wurden drei sehr produktive Tage, an deren Ende Vater und Sohn den Zinnguss gelernt hatten und nicht nur Maries Gesicht ihnen von einem Medaillon entgegenblickte, sondern auch das von Johannes. Carl hatte das Modell nach seiner Zeichnung über die Nacht fertigbekommen.

Mutter Steiner war neugierig und fragte Johannes aus. Eine Freundin habe er nicht, ließ er wissen. Mutter Steiner sagte nur dazu: »Sie sind noch jung, höchstens ein Jahr älter als Carl, das kommt alles noch.«

Am dritten Tage intensiver Arbeit lagen vier Sätze der beiden Medaillons auf dem Tisch. Einen Satz davon erhielt Johannes, einen Carl und die anderen beiden legte Mutter Steiner, in ein Tuch eingeschlagen, sorgsam in eine Lade. Wer sie erhalten würde, blieb offen. Als weiteren Dank durfte sich Johannes eine Zeichnung von Carl aussuchen. Er wählte den Kopf vom »Braunen«, den Carl gern verschenkte, weil er gelungen und der Hilfe angemessen war.

Bei Steiners war wieder gute Stimmung eingezogen, denn die Umstellung der Werkstatt hatte erfolgversprechend begonnen.

Carl brachte Johannes nach Ehrenfriedersdorf zur Poststation. Vater Steiner hatte seinen Platz in der Kutsche bezahlt und einen Taler in die Hand gedrückt. Zum Abschied, der Postillion setzte bereits das Horn an den Mund, nahm Johannes Carl unerwartet in die Arme und sagte zu ihm mit offenem Blick: »Dich möchte ich zum Freund haben!« Dann fuhr die Kutsche ab und ließ einen verdutzten Carl zurück. Der schaffte es dann gerade noch vor einem Wolkenbruch nach Haus. Eisige Graupelkörner mischten sich in den Regen, der auf die Steine im Hof und die Dächer trommelte. Als die Nacht kam, war der Hof weiß, und als der Morgen graute, hatte ein warmer Luftschwall bereits alles wieder weggetaut.

16
Umbruchzeit

Am Geyerbach war der Wetterumsturz nicht so friedlich ausgegangen. Die Handwerker hatten rechtzeitig, als die schwarze bedrohlich wirkende Wolke aufzog, die unteren kleinen Fenster des Baus und die Türöffnungen mit Sandsäcken gesichert. Doch in Richtung Tannenberg waren Bäume unter der Eislast in den Bach gestürzt. Wasser hatte sich aufgestaut und bei den Kleinbauern bergauf waren Ziegen und Schweine im Stall ertrunken. Frau Evans hörte davon und half mit einer Spende. Dann gab es vor dem Wintereinbruch noch einen warmen sonnigen Sonntag. Die Neugier trieb Carl zur Baustelle. Er holte den »Braunen« aus dem Stall, hatte sein Skizzenbuch in seine lederne Tasche gesteckt und wählte einen Weg neben der Poststraße, auf dem er über Felder und durch den Wald auf kürzerem Weg bis Siebenhöfen gelangte. Carl musterte die Baustelle schon aus der Ferne. Der Dachstuhl stand komplett auf dem Längsbau, und auf dem Seitenflügel wuchs die Dachschalung nach oben. Ihre geschwungene Form, die Bau- und Zimmermeister geplant hatten, war gut zu erkennen. Das umgekehrte Boot begann Wirklichkeit zu werden.

Carl ritt auf dem Rückweg am Gasthof von Geyer vorbei. Lärm drang durch die offene Tür ins Freie. Lärm, der die Gaststube fast zum Bersten brachte. Ein Postreiter hatte die Nachricht vom Sieg der Verbündeten in einer großen Schlacht ringsum und mitten in Leipzig gebracht. Napoleon sei geflohen, verkündete der Postreiter, und sein General Poniatowski sei in den Fluten des nach einer Brückensprengung aufgestauten Elsterflusses ertrunken. Tausende Tote und Verletzte, riesige Zerstörungen.

»Das ist alles unvorstellbar«, rief der Postreiter. Dann verließen ihn die Kräfte, er brach mitten beim Erzählen zusammen. Carl hatte zwar nicht mitbekommen, wie sich das alles zusammengebraut hatte, doch das Ende bekam er nun direkt mit. Die Leute schrien durcheinander. Die einen jubelten über Napoleons Flucht und Vertreibung, das waren die Jüngeren und die Armen. Die Handwerker, Kramer und vor allem alle, die ihren persönlichen Erfolg Napoleon verdankten, konnten nicht fassen, was geschehen war. Carl hörte zu und sah Bilder des Schreckens in seinem Kopf. Dann hielt er es nicht mehr aus und ritt wie getrieben auf der vom Mond erhellten Straße durch die Nacht nach Hause. Dort saß er mit den Eltern noch lange Zeit.

Sie wussten nicht, dass sächsische Generäle im letzten Moment zu den verbündeten Armeen übergelaufen waren und damit die Folgen der Niederlage für Sachsen gemildert hatten. Der Mutter rollten Tränen aus den Augen und sie betete. Vater und Sohn hofften, dass die Fabrik fertiggebaut werden könnte und genügend Aufträge ihre Werkstatt überleben ließen.

Carl sah aus dem Fenster. Wolkengebirge türmten sich vor der Mondsichel auf, rissen auseinander, prallten wieder zusammen. Chaos am Himmel und auf Erden. Erschöpft schlief er ein.

Wieder hatte Anne Evans Geburtstag. Inzwischen war sie mit dem Verehrer vom Vorjahr verlobt. Es gab keine Feier, doch eine Einladung der Mutter zum großen Auftritt des Stülpner-Karl im Gasthof. Nach dem Generalpardon musste der Stülpner nicht mehr mit einer Verhaftung wegen Fahnenflucht rechnen. Er war ein freier Mann. Lowry Evans nahm Anna, deren Verlobten sowie die Söhne Carl Ludwig und Eli mit zum erwarteten Spektakel. Der Gatte war allerdings ebenso abwesend wie der Baumeister und Carls Vater. Sie hatten Sorgen und keine Lust auf fremde Geschichten. Sogar Carls Mutter war erschienen, Friedrich hatte sie abgeholt.

Stülpner verlangte einen Groschen Eintritt und erzählte so interessant seine Abenteuer als Soldat, Wilddieb und freier Mann im Böhmischen, dass es sehr glaubhaft klang, obwohl vieles davon frei erfunden war. Das sagte wenigstens der Wirt, der Stülpner schon dreimal gehört hatte und das mit immer neuen Varianten seiner Erlebnisse. Dem Wirt war's egal, denn Stülpner füllte ihm und sich selbst mit jedem Vortrag den Geldbeutel.

Weihnachten 1813 wurde ein stilles Fest. Friedrich kam am ersten Feiertag und brachte eine Freundin mit. Sie hieß Charlotte. Am zweiten Feiertag hatte Familie Evans die Steiners eingeladen. Deren Geschenke waren schon vorher entstanden. Die Reliefgüsse von der schönen Prinzessin und vom schönen Prinzen. Die Beschenkten waren sehr angetan und erteilten sofort einen Auftrag für Medaillons mit den Porträts ihrer beiden älteren und des jüngsten Knaben. Die Steiners erfuhren über Evan Evans, der zum Einbau von Maschinen bei den Meinerts gewesen war, dass vorläufig nicht an das Gartenhaus zu denken sei. Zu einer Bezahlung von Carls bisherigen Mühen fiel kein Wort. Für Carl war das deprimierend, keine Entlohnung der Mühen und kein konkreter Anlass mehr, Luise wiederzusehen.

Carl litt daran. Den Neujahrstag verbrachte er schlafend im Bett. Am Abend davor hatte er sich in sein Dachzimmer zurückgezogen und durch die Fenster in die Nacht gestarrt, bis Eisblumen, die sein warmer feuchter Atem auf dem Glas wachsen ließ, den Blick verschleierten. Dabei war eine Flasche des von seiner Mutter aus Kirschsaft und Kornbrand gemischten Likörs zur Neige gegangen.

Er modellierte über den Winter nun aus Tonmasse nach gedruckten Vorlagen, die Meister Lohse über seine Kontakte zur Leipziger Akademie erhielt: Girlanden, Zopfmuster, Akanthusblattwerk, Frucht- und Blütenkörbe. Er nutzte ebenso eigene Skizzen nach der Natur und von Ornamenten aus dem Schloss und der Kirche von Wolkenburg. Der Vater goss die Modelle in Gips um, fertigte davon Hohlformen für Abgüsse. Nach all diesen Vorbereitungen begannen Vater und Sohn, die bestellten Stuckteile zu gießen und in Regale zum Trocknen zu legen. Nun sah die Werkstatt wie eine kleine Manufaktur aus. Bis zum vereinbarten Termin im Frühjahr war des Baumeisters Bestellliste abgearbeitet, und Mutter Steiner konnte mit einer guten Summe rechnen, die aus Lohses Geldbeutel in ihre Schatulle wandern würde, denn sie war es nun, die das Geld zusammenhielt.

»So muss es mit der Werkstatt weitergehen!« Das dachten die drei Steiners, als sie sich nach getaner Arbeit einen Sonntagsbraten mitten in der Woche leisteten: Hasenkeulen mit Rotkraut und Klößen.

Nun hatte Anna Steiner abends beim Kerzenschein endlich Muße, die Zeitungen aus Leipzig zu lesen. Evan Evans, der noch mit dem Einbau von Maschinen in Lugau beschäftigt war, hatte vor Weihnachten von Meinerts Frauen erneut einen Stapel abgelegter »Leipziger Anzeiger« mitgebracht. Die ältesten Blätter waren fünf und die neueste Ausgabe ein halbes Jahr alt. Nun erfuhr Carls Mutter, dass ihre Lieblingskönigin Luise von Preußen schon vor mehr als drei Jahren nach einer Flucht vor Napoleon und langer Krankheit verstorben war. Spätere Zeitungen berichteten neben der Vielzahl von Kriegen, Erdbeben und Schiffsunglücken vom Selbstmord des Dichters Heinrich von Kleist, vom ersten Ballonflug einer Frau, es war Wilhelmine Reichard, von der ersten Zahnradbahn mit Dampfantrieb, die in England Kohle transportierte, und der Gründung der Eisengießerei eines Herrn Krupp. Was Anna Steiner besonders interessierte, war die Märchensammlung der Gebrüder Grimm, die erstmals erschienen war. Sie liebte Märchen, wenn sie ihre Großmutter erzählt hatte. Nun war eines davon in der Zeitung abgedruckt. Es handelte von dem kleinen Mädchen Rotkäppchen und einem bösen Wolf, der erst die im Wald wohnende Großmutter und dann das Mädchen gefressen hatte. Doch die Gebrüder Grimm hatten in ihrem Buch alles zum Guten gebracht.

Aus Steiners Werkstatt war schließlich mehr als eine Kunstgießerei geworden. Massenware für Wandschmuck und Geschenkartikel entstanden. Carl war bei der Mengenproduktion für die Märkte nicht wohl, wenn er an sein Ziel dachte, in Leipzig Kunst zu studieren. Was er modellierte, der Vater abgoss und die Mutter mit gutem Gewinn auf dem Markt verkaufte, war erfolgreich, doch Kunst war das in seinen Augen nicht.

17
Neue Krisen

Anfang März. Es lag noch genügend Schnee, um mit dem Schlitten voranzukommen. Die Steiners fuhren, als die Sonne über die Berge aufgestiegen war, nach Geyer zu Familie Evans. Der Bauherr hatte durch einen Boten zum Besuch eingeladen. Carl hatte er gebeten, die Geige mitzubringen. Zunächst ging die Fahrt jedoch zur Baustelle. Schon vom Markt in Geyer aus war das Dach hoch über den niedrigen Häusern des Stadtrands zu sehen. Ein verblüffender Eindruck. Er ließ an eine große Kirche denken. Der Hauptbau war völlig mit der Brettschalung versehen. Es musste nur noch mit Schieferplatten gedeckt werden. Über dem Seitenflügel stand der Dachstuhl ebenfalls komplett. Es fehlten noch die Bretter darauf und der geplante Glockenturm.

Carl hatte den Schlitten gelenkt, nun stieg er aus, band die beiden Pferde fest und half den Eltern beim Aussteigen. Eine Spur führte durch den Schnee bis zum Eingang des Bauwerks. Der Wächter hatte offenbar die Baustelle auch über den Winter hinweg sehr gut im Blick. Die Steiners gingen durch das hohe Portal ins Innere. Der Wächter machte sich unter den Kaminzügen zu schaffen. Erstes Feuer loderte. Die Öffnungen der beiden Kamine wirkten wie Schlunde, die zur Hölle führen: groß und gefräßig. Die Treppe hoch ins Dach war zum Aufbau vorbereitet. Man konnte hier an der Giebelwand über fünf volle Geschosse bis zur Dachschräge sehen. Das war der Schacht für die Treppe. Der gewaltige Eindruck fand noch eine Steigerung im Hauptflügel. Hier drang das Sonnenlicht durch unzählige Fensterlöcher ein. Decken gab es noch immer nicht. Die Balken, die sie einmal tragen sollten, wirkten von unten wie ein schwarzes Gespinst, das aus dunklen Ecken kommt und dort wieder verschwindet. Zu den bisher fünf gemauerten Stockwerken waren mit dem Dach noch einmal drei Balkenlagen dazugekommen. Hoch oben zogen sich die Lichtpunkte der Gaubenfenster bis zur Spitze zusammen und in der Mitte des Lichtergipfels drang ein breiter Lichtstahl durch ein großes quadratisches Loch: die Aussparung für den Glockenturm. Die drei Steiners starrten stumm in das Höhlengebilde. Es hatte ihnen die Sprache verschlagen.

Um den Fortgang der Bauarbeiten ging es vor allem beim Besuch im Haus Evans. Während Carl Frau Lowry und ihre Söhne sowie deren ältere Schwester mit seinem Geigenspiel unterhielt, zogen sich Evan Evans und Christian Steiner ins Kontor zurück.

»Ich will offen sein, lieber Christian, meine finanzielle Situation ist wieder miserabel. Ich habe schon siebzehntausend Taler in den Bau gesteckt, und vermutlich kann ich erst im nächsten Jahr mit Werkstätten und Familie dort einziehen. Jetzt, da der Bau ruht und ich auch Handwerker meiner Werkstätten entlassen musste, weil der Absatz von Garnen und Maschinen durch das Kriegsgetümmel zum Erliegen gekommen ist, gibt es bei Lowry auch kaum noch Einnahmen aus Kost und Logis. Wir steuern auf eine Pleite zu, wenn kein Wunder geschieht. Das Wunder soll ein erneutes Schreiben an unseren König bringen. Ich will um einen weiteren Kredit und Zahlungsaufschub für die alten Zinsen bitten. Das Schreiben habe ich zusammen mit Lowry aufgesetzt und will es dir vortragen, um zu hören, ob du es für angemessen hältst.«

Christian Steiner hatte mit Geldmangel bei Evan Evans gerechnet, doch nicht damit, dass ihm das Wasser bis zum Hals stand.

»Lies mir den Text vor, ich will für dich den König spielen und hören, ob du mich überzeugen kannst.«

»Ich beginne zunächst mit dem Brimborium, das von mir als Untertan eines Königs erwartet wird und das mir beim Niederschreiben sehr schwerfällt, da ich dem König«, er holte Luft, »... in den Hintern kriechen muss. Es sind dieselben Sätze, die ich schon einmal geschrieben habe und die erfolgreich waren, als mir der Kauf des Grundstücks vom Pochwerk bewilligt wurde. Nun habe ich nach der Schilderung meiner Notlage Folgendes geschrieben: ›In dieser großen Not wagte ich es deshalb abermals meine Zuflucht zu der landesherrlichen Gnade zu nehmen und darum untertänigst anzusuchen, dass mir zu der Vollendung und Einrichtung meines Maschinenspinnereigebäudes gegen Leistung hypothekischer Sicherheit ein mit 2,5 % zu verzinsendes, nach Ablauf von sechs Jahren alljährlich mit eintausend Reichstalern zurückzuzahlendes Vorschusskapital, von sechs- bis achttausend Talern ... gnädigst bewilligt werden möchte.‹ Soweit die wichtigsten Sätze und noch eine Frage. Hältst du es für richtig, dass ich noch meine Verdienste um das Königreich aufführe und mit folgendem Hinweis ende? Ich lese vor: ›... dass die erste von mir anzulegende Spinnerei-Anstalt gewiss beitragen wird, vielen bedauernswerten Einwohnern einer verarmten und nahrlosen Gegend Unterhalt und Erleichterung zu verschaffen.‹ Es folgen dann wieder die geschriebenen Bücklinge! Hältst du meine Worte für angemessen? Soll ich etwas verändern?«

Sein Gast und nun auch Freund antwortete: »Den letzten Satz halte ich für den entscheidenden, denn nach den Nöten, die uns die Leipziger Schlacht gebracht hat, nennst du einen Weg, wie die Not im Land durch neue Arbeitsplätze gelindert werden kann. Deine Verdienste solltest du ebenfalls aufzählen.«

Am 2. März ging der Brief mit einem Postreiter nach Dresden.

Carl ritt, als das Wetter günstig war und es auf dem Bau wieder voranging, mit dem Skizzenblock mehrfach nach Siebenhöfen und freute sich, wie das Treppenhaus entstand. Es war schon Mai, als er einen Herrn mit ihm offensichtlich unterstellten Personen, alle in bester höfischer Kleidung, durch den Bau bis hoch zur Spitze über die Gerüste aufsteigen sah. Evan Evans und Zimmermeister Uhlig begleiteten die Gruppe. Carl hielt sich im Hintergrund und beobachtete. Vom Vorarbeiter der Zimmerleute erfuhr er, wer die Fremden seien, die den unfertigen Fabrikbau begutachten. Es ist ein Hofrat und Amtmann aus Chemnitz.

Es werde erzählt, dass Bauherr Evans ein Gesuch an den König für einen weiteren Kredit gerichtet habe und der Amtmann nun einschätzen solle, ob eine Unterstützung bewilligt werden kann.

Carl wusste vom Kreditgesuch durch seinen Vater und auch von weiteren Besichtigungen aller von Evan Evans gemieteten Werkstätten und sonstigen Räume sowie des Eigentums des Bauherrn. Evan Evans besaß mit der Mahl- und Schneidemühle in Geyer, dem Eisenhammer sowie einer Oelmühle in Tannenberg mit allem Drum und Dran etliche Häuser und Grundstücke. Carl wusste durch seine Eltern allerdings um die Zusammenhänge, doch darüber sprach er nicht. Ihm stand es nicht zu, Fremden zu erläutern, dass der Bauherr seinen Haus- und Grundbesitz nicht veräußern konnte, um den Fabrikbau weiter zu finanzieren, weil in den Mühlen und dem Eisenhammer das Geld für die laufenden Ausgaben verdient werden musste.

Später erfuhr Carl bei einem der häufigen Treffen der Familien Evans und Steiner, dass der König seinen zuständigen Beamten, den Hofrat und Amtmann Dürisch am 5. Mai 1814 in Chemnitz angewiesen hatte, einen Bericht über den Stand des Baus, die Höhe der noch erforderlichen Geldmittel sowie der vorhandenen Sicherheiten durch verpfändbaren Eigenbesitz abzufassen.

Als die Amtsleute nach der Inspektion in Richtung Chemnitz abgefahren waren, begannen die Zimmerleute und Schieferdecker wieder ihre Arbeit. Eine erste Fuhre mit Fensterrahmen und -flügeln erreichte den Hof und wurde abgeladen. Für sie war ein weiterer Lagerschuppen entstanden.

Das Gesuch an den König war erfolgreich. Evan Evans erhielt sogar eine Abschrift des Berichtes, den ein Traugott Friedrich Weigel am 24. Mai 1814 im Auftrag des Amtsmanns erstellt hatte. Evan Evans nahm die Schilderung des Arbeitsstandes wie einen Baubericht entgegen und verwahrte das Schreiben sicher. Nur Baumeister Lohse und Meister Steiner bekamen es später zu Gesicht. Sie konnten darin lesen: »... das Dach ist bereits halb mit Schiefer gedeckt, das ganze aber mit Brettern gespundet. Im ganzen Gebäude fehlt es noch an Ausbau, an Dielen, Fenstern und Türen.« Festgestellt wurde ferner, dass Evans den Wasserlauf auf zwölf Ellen »auf das Werk herausgebracht hat«. Der Baumeister kommentierte: »Die Fallhöhe des Wassers ist vermutlich zu wenig für ein Wasserrad, mit dem alle deine Maschinen in Gang gesetzt werden können. Mit dem Wasserantrieb wirst du Probleme bekommen. Das Rad muss nach meinen Erfahrungen größer sein.«

»Kommt Zeit, kommt Rat«, knurrte Evan Evans.

Er ließ sogar einen Blick auf die weitere Schilderung des Amtmanns zu seiner Vermögenslage zu, um seinen Baumeister zu beruhigen. Der überflog das Schreiben. Darin stand: »Evans bewohnt ein Haus zur Miete« und weiter, dass er »seine Maschinen-Spinnerei, welche mit der Hand betrieben wird«, an drei gemieteten Standorten betreibt. An einem würden sich die Krempelmaschinen, in einem anderen die Vor- und Feinspinnmaschinen mit circa neunhundert Spindeln befinden. An einem dritten Ort »befinden sich die Holz- und Eisenarbeiten«. Auch wurde der Eigenbesitz in Tannenberg und Geyer, geschätzt auf einen Gesamtwert von mehr als fünfeinhalbtausend Talern, aufgeführt. Alles sei ohne Kreditbelastung und somit ein Kredit von sechstausend Talern gerechtfertigt. Am 17. Juli 1814 traf der Vorschuss von sechstausend Talern bei Evans mit zwei Komma fünf Prozent jährlichen Zinsen und Verpfändung des Besitzes ein.

Mit der durch den Vorschuss wieder gefüllten Geldlade entspannte sich die Lage. Neue Arbeiter standen den Zimmerleuten und Dachdeckern zur Seite.

Über die Toten der Schlacht bei Leipzig und erst recht über Napoleon fiel auf der Baustelle kein Wort. Nun sollte es wieder vorangehen und es ging voran. Noch vor den ersten Herbststürmen waren der Glockenturm errichtet, alle Dachflächen mit Schiefer gedeckt und die Treppe, sie lag in einer Ecke des Seitenflügels neben dem Hauptzugang, bis ins Dachgeschoss gelangt. Inzwischen gab es einen fest eingebauten Flaschenzug, mit dem die Teile der Maschinen und später Spindeln transportiert werden sollten.

Der Bauherr wurde nun wieder zum Mechanikermeister, als er begann, seine eigene große Maschinenbauwerkstatt im Erdgeschoss zu planen. Für diese sollte zunächst die verfügbare Wasserkraft genutzt werden und möglichst auch für die schweren Krempel- und Vorspinnmaschinen, die darüber in den beiden unteren Maschinensälen stehen sollten. Wenn die Wasserkraft zunächst nicht reichte, könnten die leichteren Maschinen für die Endstufen der Garnherstellung mit der Hand in Gang gesetzt werden.

Ein Brief aus dem Schnorrhaus am Markt in Schneeberg war bei Steiners in Drebach eingetroffen. Er legte, was nicht voraussehbar war, den Grundstein für Carls zukünftigen Lebensweg. Im Brief wurde Meister Steiner um Hilfe gebeten. Das Portal des Schnorrhauses, das er bereits einmal erneuert hatte, war von einem ungeschickten Kutscher mit dem Wagen gerammt worden. Der Schaden war groß. Carl fuhr als Helfer mit nach Schneeberg. Während der Fahrt erklärte Vater Steiner seinem Jüngsten, dass er nun die einmalige Chance habe, auf die Schnorrs, das sei eine vermögende kunstsinnige Familie, einen guten Eindruck zu machen. Er habe vernommen, dass der Sohn Hans Veit Schnorr von Carlosfeld, der Direktor der Leipziger Kunstakademie war, in der Ferienzeit im Elternhaus einen Zeichen-, Radier- und Druckkurs abhalten würde. Der war für begabte Söhne, auch Töchter, sogar talentierte Ehefrauen wohlhabender Kaufleute, Fabrikanten und Handwerker gedacht. Die Kursgebühren waren nicht niedrig.

»Vielleicht reicht schon unser Lohn für die Reparatur, um für dich die Kosten des ersten Kurses, der zwei Wochen dauern soll, aufzubringen. Du musst die Chance beim Schopf packen.«

»Stellst du mich denn so lange dafür frei?«

»Ich werde in Drehbach schon über die Runden kommen. Es gibt einen möglichen Helfer aus der Nachbarschaft.«

Inzwischen waren die Stadt Aue und bald darauf Schlema erreicht. Hier lag übler Gestank in der Luft.

»Der Geruch kommt von der Gifthütte, dem Blaufarbenwerk, in dem Kobaltblau mit Flammen aus Erzgestein herausgetrieben wird. Das macht krank. Die Leute sterben meistens schon in jungen Jahren«, erklärte der Vater.

»Und warum machen sie das dann? Sind sie lebensmüde?«

»Nein, sie werden gut bezahlt und wer die Hütte besitzt, wird unermesslich reich. Die Arbeiter hoffen, dass ihnen der Tod nicht begegnet und täuschen sich fast immer!«

18
Schneeberg

Bald darauf lag Schneeberg vor ihnen. Reich sei die Stadt durch den Silberbergbau geworden, erklärte der Vater, während sie durch enge Straßenserpentinen bergan bis zum Markt gelangten. Der Schaden am Hausportal war schon aus der Entfernung zu erkennen. Zweifel kam auf, ob dieser in zwei bis drei Tagen zu beheben sein würde.

Sie wurden erwartet. Die Torflügel öffneten sich und die Kutsche rollte auf den Hof. Den umschloss eine hölzerne Galerie. Weinranken hingen herab. Einige kleine Trauben schauten heraus. Vater Steiner wurde von Frau von Carolsfeld begrüßt. Dann mustere sie Carl von oben bis unten: »Der Sohn?« Noch vor der Antwort kam die nächste Frage: »Ist er auch ein Künstler wie unsere Söhne und Enkel?«

Die Hausherrin fragte das wohl etwas gedankenlos und war dann am Abend überrascht, als sie Zeichnungen sah, die Carl auf Wunsch des Vaters mitgebracht hatte und wohl auch, weil nicht der Dialekt des Gebirges über seine Lippen kam. Sie fuhr fort: »Bis Sie die sicherlich komplizierte Arbeit erledigt haben, können Sie im Seitenflügel übernachten. Fühlen Sie sich als meine Gäste und wir sehen uns dann zum Abendessen!«

Ein Hausmädchen half beim Abladen des Gepäcks und zeigte den Weg zum Pferdestall und zu den Gästezimmern. Carl begann bereits Ausschau zu halten, ob auch hier, wie schon bei der Ankunft auf dem Meinerthof eine hübsche junge Maid zu entdecken sei.

Diese hübsche Maid gab es, doch sie wurde den Steiners erst am Morgen vor der Rückreise vorgestellt, als alle Reparaturen erledigt waren. Carl schaute ihr, nun inzwischen geübt darin, wie er Frauen gefallen kann, in die Augen und entlockte dem schönen Gesicht ein verschämtes, aber freundliches Lächeln. Er strich seine langen blonden Haare nach hinten und sprach mit freundlicher Stimme: »Ich bin Carl.« Und sie antwortete: »Und ich bin Susanne.«

Das war wie bei Marie. Als ihm das bewusst wurde, verabschiedete er sich schnell mit der Ankündigung: »Wir werden uns bei meinem nächsten Besuch wiedersehen.«

Damit besiegelte er seine Entscheidung, am nächsten Kurs des Akademiedirektors hier im Schnorrhaus teilzunehmen. Das konnte aber erst sein, wenn Evans' Fabrikpalast fertiggestellt und die neue Wohnung durch den Bauherrn und seine Familie bezogen war.

Schon bei der Abfahrt durchs Hoftor hoffte Carl, dass er bald durch dasselbe Tor wieder zurückkommen würde.

Vater Steiner lenkte die Kutsche zurück nach Drebach. Carl saß hinter ihm auf dem Rücksitz und hatte Muße zum Träumen. Die schöne Susanne zog ihre Wege durch seine Gedanken.

Mutter Steiner hörte dann mit Freude, dass ihr Jüngster sich bereits für einen Kurs im Schnorrhaus angemeldet und die Eindrücke der Reise seine Lebenssäfte wieder in Gang gebracht hatte. Carl berichtete von den Häusern rings um den Markt von Schneeberg. Die habe er mit ihren überschwänglichen Ornamenten wie handgestickte Kunstwerke empfunden. Diese Fülle von Dekor würde jungen Leuten wie ihm nicht mehr gefallen. Er schließe sich der Auffassung von Baumeister Lohse an, dass ein Haus seine Wirkung durch gebaute Form und nicht durch die Dekoration auf ihr erhalten muss. Die Mutter hatte aufmerksam zugehört. Sie holte eine Ausgabe des »Leipziger Anzeigers« hervor: »Lies einmal diesen Artikel und betrachte die Zeichnung. Das, was du meinst, ist hier beschrieben. Der Autor nennt das den »Empire-Style«. Carl sah auf der Zeichnung einen zweitürigen Schrank. Medaillons, wie er sie geformt hatte, nur etwas kleiner. Sie waren Blickfang in der Mitte der Türflügel. An den Schrankecken standen Säulen, genau in der Art, wie sie Meister Lohse an seinen Bauwerken nutzte, nur wesentlich schlanker.

»Das ist der neue französische Möbelstil«, merkte der Vater an und Carl kommentierte: »Und die Baumeister machen daraus wohl bald einen Architekturstil.« Anna Steiner dachte an neue Aufträge und sagte zu Vater und Sohn: »Darauf müsst ihr euch einstellen!«

19
Das Ende langer Mühen

Zunächst mussten allerdings die Steiners in Siebenhöfen beim Ausbau der Kamine Hand anlegen. Selbst Friedrich half mit, da er die Maße vorgeben musste und die Kraft besaß, die harten Granitbrocken, die wegen der Feuerhitze für den Kaminschlund gewählt wurden, in die notwendige Form zu bringen.

Die Steiners erlebten bei ihrer letzten Steinmetzarbeit den Ausbau der Maschinenwerkstatt und den Einbau des Wasserrads, der Antriebswellen und Zahnräder, die von diesem in Gang gesetzt werden sollten. Meister Evans war in seinem Element, nun konnte er selbst wieder als großer Technikus wirken. Er hatte noch den Winter über Zeit, die Maschinenbauwerkstatt zum Laufen zu bringen, denn für diesen Zeitraum waren noch die alten Räume gemietet. Dann sollten der Umzug und der Probelauf der Dreh- und Schleifmaschinen und eines kleinen Hammerwerks erfolgen.

Friedrich, der sonst kaum etwas kommentierte, meinte: »Es ist schon komisch, alles, was wir Steiners bauen, ist starr und fest. Da darf sich nichts bewegen und dann kommen die Mechaniker und bauen Räder, Achsen und Gestänge ein und alles dreht sich und rattert wie eine Uhr im Kirchturm, wenn man sie aus der Nähe hört.«

Nach den Kriegsjahren war mit dem Einmarsch der Verbündeten in Paris, der Absetzung Napoleons und seiner Verbannung nach Elba endlich Frieden eingekehrt. Über das Schicksal Sachsens und seiner Königsfamilie debattierten die Siegermächte unter Fürst Metternich in Wien.

Der zweite Feiertag der Friedensweihnacht sollte ursprünglich in Drebach gefeiert werden. Doch vorher mussten die Evans absagen. Lowry war noch einmal in den Zustand der guten Hoffnung gekommen. Sie selbst hatte das am wenigsten erwartet. Nun beschloss sie, sich Ruhe zu gönnen, damit das Kind unter ihrem Herzen gesund und nicht schon krank, wie ihre letzten vier Kinder, zur Welt kommen konnte. Friedrich kam zum Fest mit neuer, nun fester Freundin Clara Luise; zwei kurze Vornamen und eine sehr vorzeigbare junge Frau. Es wird angenehm sein, sie zur Schwägerin zu haben, dachte sich Carl, als sein Bruder eine baldige Hochzeit ankündigte. Die Mutter sah mit sicherem Blick, warum der Termin drängte. Am zweiten Feiertag fuhren Vater, Mutter und Carl dann doch ins Geyerbachtal. Die Sonne lockte und ebenso die Neugier, wie nun die Fabrik mit Turm, allen Fenstern und Türen auf sie wirken wird. Bei der Bauherrenfamilie war nur ein kurzer Höflichkeitsbesuch geplant, denn hier saßen alle bereits auf gepackten Sachen. Der Umzug würde schrittweise erfolgen. Im April sollte dann die Einweihung gefeiert werden.

Vater Steiner lenkte den Schlitten zuerst nach Siebenhöfen. Mit der bekrönenden Turmhaube und dem Blitzableiter sah Evans' neuer Palast von der Ferne wie eine große Stadtkirche aus. Das Portal war verschlossen. Lautes Klopfen und Johanns Sohn, der immer noch als Wachmeister mit einem Hund hier sein Geld verdiente, öffnete den Steiners das Tor für einen Blick ins Innere. Er selbst wohnte bereits mit Freundin und Hund im ersten Stock des Seitenflügels und wachte mit wohl noch schärferem Blick über die inzwischen erheblichen Werte an Maschinen, die bereits aufgestellt waren. In den Maschinensälen wurde an der Transmissionsanlage gebaut. Die Maschinenfabrik war schon komplett eingerichtet. An einer Drehbank lagen Holzspäne. Hier drehten sich schon die ersten Räder.

Dann fuhren sie mit dem Schlitten zum Gasthof am Markt, speisten ausgiebig und läuteten dann die Glocke an Evans' Haus.

Bei den Evans' gab es neben der Begrüßung durch eine doch recht muntere Gattin einen griesgrämig blickenden Gatten. Dieser schickte nach dem Nachmittagskaffee und einem großen Lob für den im Steinerschen Gutsofen gebackenen Stollen die beiden Jungs in ihr Spielzimmer. Dann tat er den Grund für seine üble Laune kund: »Da hat doch einer der Spekulanten, die mit Garn schnell Geld verdienen wollen, dreißig Maschinen bestellt und ohne meinen Rat in eine alte Mühle einbauen wollen. Das hat nicht geklappt. Nun sitzt er auf den Maschinen und zahlt nicht. Wenn das nicht gut ausgeht, hole ich die Maschinen zurück und nutze sie selbst. Doch das Geld ist verloren. In der Kasse fehlt nun wieder das Lohngeld für die Handwerker. Einige musste ich schon entlassen.

Nun werde ich erst einmal nutzen, was schon eingebaut ist, und in die oberen Stockwerke werden im April zunächst die leichten Handspinnmaschinen umgesetzt, mit denen wir in Geyer arbeiten.

Ich will noch einmal ein Gesuch für ein Überbrückungsgeld an den König richten. Sonst müsste Lowry wieder in die Geldschatulle greifen.« Lowry legte die Hand auf die ihres Mannes und sagte: »Erst einmal bringe ich ein gesundes Kind zur Welt und dann werden wir weitersehen.«

Die beiden Jungs kamen zurück und da war bei Carl das Staunen groß. Eli, der erst zehn Jahre alt war, legte eine Reihe selbst gefertigter Zeichnungen vom Bau in Siebenhöfen auf den Tisch. Man sah ihnen an, wie sehr ihn das Bauwerk faszinierte und dass es keine »Kinderkritzeleien« waren.

»Du hast aber Talent zum Zeichnen. Das gefällt mir. Du kannst wie Carl auch ein Künstler werden«, sprach Meister Steiner.

»Das will ich aber nicht«, antwortete Eli.

»Und was willst du denn werden?«, fragte der Vater.

»Ich will einmal deine Fabrik übernehmen, wenn du alt geworden bist und Hilfe brauchst.«

Die Erwachsenen schauten sprachlos auf den Burschen, der vor ihnen stand, als sei er schon der Fabrikbesitzer.

Gut gelaunt erreichten die Steiners noch im Abendlicht Drebach.

Am 15. Februar kam aus Geyer die gute Nachricht, dass eine gesunde Tochter das Licht der Welt erblickt hat und auf den Namen Laura getauft werden soll, und die schlechte, dass der Gläubiger die 30 Spinnmaschinen nicht bezahlen wird. Evan Evans schrieb daraufhin das Gesuch an König Friedrich August I. Amtmann Dürisch hatte die Vollendung des Baus zum 18. April 1815 gemeldet. Das war ungünstig, denn die Beamten, die in Dresden den neuen Kredit bewilligen mussten, schickten eine Ablehnung.

Wenigstens die neue Wohnung konnte im April bezogen werden. Es gab, dem Kassenstand entsprechend, nur eine kleine Einweihungsfeier, doch alle Meister, die am Bau beteiligt waren, kamen. Von den Gesellen allerdings nur wenige. Die fehlenden waren in den Schlachten gefallen oder hatten einen neuen Beruf gefunden, der mehr einbrachte als das Mauern.

Mitten in die Feier platzte die Kunde aus Paris, dass Napoleon von Elba aus mit alten Getreuen nach Paris marschiert sei und dort wieder auf seinem Kaiserthron saß. Große Irritation. Keiner der Anwesenden ahnte, was das bedeuten konnte und half lieber, die aufgetischten Speisen zu verzehren und die Flaschen zu leeren.

Die Steiners schliefen, zurück in Drebach, ungewohnt lange aus. Carl dachte immer weniger an Luise und dafür mehr an Susanne. Am Abend stand er bei Marie vor der Tür, stieg mit ihr hoch auf den Hang am Waldrand und beide erfreuten sich eng umschlungen am Sonnenuntergang.

20
Im neuen Haus

Das Pfingstfest stand vor der Tür. Ein Bote hatte bei Steiners einen Brief abgegeben. Auf dem großen Kuvert stand mit kindlicher Schrift: »An die lieben Steiners in Drebach« und auf der Rückseite waren das Siegel von Evan Evans, ein kleiner gezeichneter Vogel und unter diesem ein Monogramm »E. E.«, zu entdecken. Anna Steiner öffnete den Umschlag. Carl schaute zu. Zum Vorschein kam ein handgeschöpftes Blatt mit einer nicht ungeschickt gezeichneten Ansicht von Evans' neuer Fabrik. Aus einem der Fenster im vierten Geschoss schaute ein Kindergesicht in die Sonne, die neben dem Dachreiter strahlte. Unter der Zeichnung, ebenfalls in einer Kinderschrift, stand: »Liebe Steiners, meine Eltern, Geschwister und ich laden Euch zum Pfingstmontag in unser neues Haus ein. Wir erwarten Euch zur dritten Stunde am Nachmittag. Es grüßt von Herzen Euer Eli Evans.«

»Ist das nicht süß?«, fragte Mutter Steiner.

Vater Steiner knurrte: »Da gib dir mal Mühe, Anna, und lass dir was Besonderes einfallen. Die Evans' freuen sich wohl weniger auf unseren Besuch als auf deinem selbstgebackenen Kuchen. In der Fabrikwohnung gibt es nämlich keinen Backofen.«

Anna Steiner entdeckte noch ein kleines Blatt, das mit im Brief lag. Ein Blütenkranz war abgebildet. In der Mitte stand mit schöner Schrift geschrieben: »Mailied / Wie herrlich leuchtet / Mir die Natur! / Wie glänzt die Sonne! / Wie lacht die Flur!« Und darunter stand klein: Johann Wolfgang von Goethe.

»Der alte Goethe weiß immer noch, wie man sich selbst zu guter Laune verhilft«, sagte die Mutter und Carl fragte: »Wer hat diese Worte dem Eli beigebracht, kennst du den alten Goethe?«

»Natürlich nicht, doch im »Leipziger Anzeiger« ist immer mal etwas über ihn zu lesen.«

Pfingsten war Ausflugswetter. Die Steiners genossen den Blick aus Evans' Wohnung hinab ins Tal und hinauf in die Stadt und Familie Evans den Kuchen, der in vier Sorten zur Auswahl auf dem Tisch stand. Vater und Sohn Steiner fanden im großen Wohnraum ihre Stuckornamente wieder, die der Baumeister noch kurz vor dem Einzug angebracht hatte. Im Mittelpunkt der Gespräche und Betrachtungen stand jedoch die kleine Laura. Sie schien sich prächtig zu entwickeln und ließ sich nicht von der Ansammlung, die sich rings um ihr Bettchen eingefunden hatte, beeindrucken.

Dann wurden die Gespräche ernst, denn der Abschluss des Kongresses in Wien, bei dem die Siegermächte der Völkerschlacht über das Schicksal der Verlierer berieten, ging dem Ende entgegen. Wie Christian Steiner aus seinem Heimatort erfahren hatte, weilte Graf von Einsiedel, Sachsens oberster Minister und Schlossherr zu Wolkenburg, an der Seite seines Königs in Wien, um das Ergebnis der Verhandlungen entgegenzunehmen.

»Wir Sachsen, ich rechne mich dazu«, sagte Evan Evans, »haben wohl nichts Gutes zu erwarten! Das bereitet mir große Sorgen, obwohl ich bisher, im Gegensatz zu manchen anderen Maschinenbauern und Spinnereibesitzern, von der neuen Schwemme englischer Billigwaren kaum betroffen bin.«

»Das, mein lieber Gatte, liegt doch eher an der Qualität, die du mit deinem neu entwickelten Maschinen erreichst. Die können mit denen der Engländer mithalten.«

»Ich habe eben das englische Talent im Blut.«

Alle am Tisch lachten.

Steiners konnten auf dem Weg nach unten, als sie durch die Fabriksäle geführt wurden, die neuen Maschinen betrachten. Im dritten und vierten Obergeschoss waren bereits die dreißig Spinnmaschinen aufgestellt, die sich Evan Evans von seinem Schuldner zurückgeholt hatte. Sie wurden noch mit der Hand in Gang gesetzt. Darunter standen die schwereren Maschinen für die grobe Zwischenstufe der Spinnerei und im Geschoss über der Maschinenfabrik die Krempelmaschinen, die das Wirrwarr der rohen Baumwolle zu Wollfließen kämmten und in eine erste Ordnung brachten. Hier war bereits die vom Wasserrad angetriebene Technik eingebaut.

In Drebach ging bald darauf eine Mitteilung zum Kursbeginn im Schnorrhaus ein. Der war auf den Sommer verlegt worden. Carl fand deshalb Zeit, daran teilzunehmen. Würde für ihn nun ein neuer Lebensabschnitt beginnen? Er beschloss, dazu ein Tagebuch zu führen, wohl wissend, dass er wenig Zeit dafür hatte und es eher ein Jahrbuch werden würde.

21 Schneeberger Tagebuchblätter

Schneeberg, Ende August 1815
Als der Sommerkurs im Schnorrhaus begann, konnte ich es kaum erwarten, nach Schneeberg zu kommen. Der Vater fuhr mich mit der Kutsche hin und sogar die Mutter stieg mit ein. Mein Vater wollte die Gelegenheit nutzen und bei der Hinfahrt endlich seiner Frau das Meisterwerk Johann Traugott Lohses in Grünhain zeigen, an dem er die Steinmetzarbeiten übernommen hatte.

Im Schnorrhaus fand sich für mich zu einer erträglichen Miete im rückwärtigen Teil des großen Hauses eine Kammer.

Am Tag darauf kam der Academiedirektor mit der Postkutsche. Ich zeigte ihm noch am Abend meine mitgebrachten Arbeiten und er zeigte sich überrascht: »Talent, mehr als Talent, auch schon erhebliches Können bei der Darstellung von Natur und Figuren. Doch da lässt sich noch einiges verbessern. Ich denke dabei an die anatomische Genauigkeit, besonders beim Knochenbau, denn dieser bestimmt, auch unter der Kleidung, wo die Gelenke sitzen, die Form einer Figur. Dort, wo Ihr unsicher seid, habt Ihr geschickt Falten darübergelegt. Ein unbedarfter Betrachter merkt das nicht, ich schon. Da müsst Ihr noch Anatomie studieren, damit Ihr einmal frei damit umgehen könnt.«

Ich blieb stumm und fühlte mich durchschaut.

Wir unterhielten uns, bis vor den Fenstern das letzte Licht verblasste. Der Direktor zeigte sich angetan, als ich von meiner Hoffnung sprach, einmal als Künstler die Enge der heimischen Gebirgswelt verlassen zu können und auf mir jetzt noch ferne Berge zu steigen, um einen Blick auf die Welt dahinter werfen zu können.

In der ersten Kurswoche begriff ich schnell die Technik des Radierens und konnte mit der Presse einwandfreie Drucke erzielen. In der zweiten Woche ernannte mich deshalb der Academiedirektor zum Assistenten für die Anleitung der Kursteilnehmer beim Drucken und zum Schluss gab es die verbindliche Verabredung zu einem Studium in Leipzig.

In den zwei Wochen des Kurses hatte ich Susanne mehrfach getroffen. Keiner der Schnorrs hatte etwas dagegen einzuwenden. Sie zeigte mir die Stadt und bei Spaziergängen die Umgebung. Die oberhalb vom Schnorrhaus gelegene Kirche St. Wolfgang erschien mir wie ein riesiges Bollwerk aus Stein, das böse Geister von den Bürgern abhalten soll. Susanne berichtete mir, dass unter der Stadt die Bergleute einst, getrieben von Gier nach Reichtum, alles unter der Erde durchlöcherten. Warum die riesige Kirche mit dem offenbar mehrfach aufgestockten Turm nicht im Berg versunken ist, konnte sie jedoch nicht erklären. Das Innere der von außen dämonisch wirkenden Kirche war erstaunlich hell. Die Bilder von Cranach erschienen mir wie gut gemalte Botschaften aus einer früheren Welt. Bei einem unserer Spaziergänge erfuhr ich eine unglaubliche Geschichte aus ihrer Familie. Ich notiere hier Susannes Worte, wie ich sie erinnere: »Der Name Schnorr soll aus Norwegen stammen. Einer meiner Vorfahren hat das Talent besessen, aus den Bodenschätzen neue Schätze zu machen, mit denen er sehr reich wurde, den Ort Carlsfeld mit einem Hüttenwerk gründete und ihm schließlich Kaiser Leopold I. den Adelstitel verlieh. Es gab dann den ebenfalls erfolgreichen Bergwerks- und Hüttenbesitzer Hans Veit Schnorr, den wir wegen der Namensgleichheit mit dem Academieprofessor ›den Älteren‹ nennen. Auf der Reise zur Leipziger Ostermesse am Ende des Dreißigjährigen Krieges wurde er überfallen, nach Preußen entführt, dann nach Polen verschleppt und schließlich an den russischen Zaren Alexej ausgeliefert. Der ließ ihn wie einen Gefangenen die desolaten Erzgruben im Ural wieder in Gang bringen. Nach 15 Jahren gelang ihm die Flucht. Er erreichte Wien, doch nicht mehr das heimatliche Schneeberg. Auf der letzten Wegstrecke starb er.«

»Eine traurige Geschichte. Ein solches Schicksal wünsche ich nicht einmal einem Feind.«

Wieder sah ich den Tod aus dem Schattenreich heraustreten. Das passte nicht in die Nähe der schönen Susanne.

Am Sonntag zwischen den beiden Kurswochen wanderte ich mit Susanne zum Filzteich. Ungestörte Ruhe. Wir ließen uns am Uferhang nieder und schauten uns in die Augen. Dann lag Susanne mit ihrem Haupt auf meiner Brust ... es geschah weiter nichts. Doch ich war für sie entflammt und beschloss, mir in Schneeberg eine Arbeit zu suchen, die mich künstlerisch weiterbrachte.

Der Vater hatte in Drebach einen Helfer gefunden, mit dem er meine Modelle abgießen konnte. Da kam weiter Geld ins Haus.

Vor der Rückreise nach Drebach fand ich einen Dekorationsmeister, dem ich mit meinem Wissen helfen konnte, Salons, Vorhallen und Treppenhäuser dem aktuellen klassizistischen Geschmack anzupassen. Bei ihm würde ich Arbeit finden.

Mein Vater holte mich mit der Kutsche ab. Er traf dabei auf Direktor Schnorr von Carolsfeld und beide erkannten sich wieder: »Habt Ihr nicht zusammen mit Adam Friedrich Oeser die Altarbilder in der Neuen Kirche in Wolkenburg gemalt?«, fragte mein Vater.

»Und Ihr seid der Sohn des Stallmeisters Steiner vom Schloss Wolkenburg und habt Oeser und mir damals mit wachen Augen beim Malen Gesellschaft geleistet! Ein Grund mehr, dass ich mich um das Fortkommen Eures Sohnes kümmere«, gab der andere als Antwort.

Ich war überrascht. Diese Verbindung hatte ich nicht vermutet.

Sommer 1819

Es dauerte jedoch noch längere Zeit, bis ich Drebach verlassen konnte. Inzwischen hatte mir Direktor Schnorr die Leitung des Kurses im Schnorrhaus übertragen, und ich wandelte ihn in eine Art Sonntagschule um. An den Wochentagen entwarf und modellierte ich die Vorlagen für den Stuck, mit dem mein Arbeitgeber die Bürgerhäuser schmückte. Schließlich traute ich mich, an die Rückwand der Eingangshalle des Stadtapothekers eine »Jagdszenerie« zu malen. Die Maltechnik dafür hatte mir mein zukünftiger Leipziger Lehrer erklärt. Ich wurde reichlich entlohnt und konnte nun die Eltern auch mit Geld unterstützen. Doch in Drebach war eher praktische Hilfe nötig. Ich ritt oder kutschierte wie ein Uhrpendel zwischen Drebach und Schneeberg hin und her.

Spätsommer 1820

Susanne hatte vermutlich gehofft, dass sie und ich mehr als nur Spielgefährten beim Schmusen sind und bald intimer wurden. Doch ich dachte nicht an eine spätere Heirat, da meine nächste Station Leipzig sein sollte. Schnorr von Carlosfeld hatte mich bereits gebeten, in die Messestadt zu kommen. Ich sollte ihm helfen, einen dringenden Druckauftrag zu erledigen. Er bezahlte die Postkutsche. Es war meine erste Fahrt im »Gelben Wagen«. Bei der zweitägigen Fahrt sah ich fast nichts von der Gegend. Ich war von den eigenen Pendelfahrten zwischen Schnorrhaus und Elternhaus erschöpft und schlief, während die Kutsche rollte, wie ein Murmeltier. Von früh bis in den Abend hinein stand ich dann in der Druckwerkstatt der Academie. Wenigstens versorgte mich Eleonora Wilhelmine, die neue Gattin des Direktors, sehr gut mit Speis und Trank und dann drängte sie den Gatten, dass ich vor der Abreise an die frische Luft kam.

»Euer fleißiger Helfer ist schon ganz bleich im Gesicht. Die Luft in der Burg macht ihn krank. Geht mit ihm in den Auen spazieren.«

Das sagte sie so energisch zu ihrem Mann, dass er sich zu einem Spaziergang mit mir entschloss. Der hagere Mann lief schnell, ich spürte, dass er bald wieder zurück sein wollte. Entsprechend waren die Erläuterungen. Er zeigte auf etwas und nannte nur kurz, was es war: »Die Nonnenmühle«, »Schimmels Teiche« und die »Heilige Brücke«. Hier erklärte er, dass der Volksmund dem schmalen Steg über die Elster den ungewöhnlichen Namen gegeben habe, weil hier einst zwei junge Frauen auf unglückliche Weise ihr Leben gelassen hatten. Sie wurden später heiliggesprochen. Mit flotten Schritten eilte der Direktor zurück zur Stadt und nannte nebenbei weiterhin die Sehenswürdigkeiten am Weg: »Das Poniatowskidenkmal«, »Das Japanische Haus« und die nach der Flucht von Napoleon aus Leipzig gesprengte und bereits wieder aufgebaute Brücke. Dann eilte er, ich immer hinterher, durchs ärmliche Naundörfchen über die Pleißebrücke zurück zur Stadt. Direktor Schnorr entschuldigte sich für sein Drängen. Er habe noch einen wichtigen Termin und schaute auf die Taschenuhr: »Ich habe noch etwas Zeit, die mehrfach gestellte Frage nach meinem Sohn Julius zu beantworten.«

Vor der Thomasschule fanden wir auf einer niedrigen Mauer einen Platz zum Sitzen. Zur Rechten lag der tiefe Wallgraben. Schnorr zeigte nach unten in den Wallgraben: »Mein jüngster Sohn Julius hat von dort unten einen Blick hoch zur Thomasschule, Thomaskirche und zur Freyschule in einer Zeichnung festgehalten, bevor er nach Rom ging.«

»Er ist in Rom? Gern möchte ich mehr wissen. Was ist mit Julius?«

»Er ist nur zwei Jahre älter als Ihr und der jüngste Sohn, den mir meine erste Frau Christiane geboren hat. In dem Zimmer, wo Ihr Quartier gefunden habt, wohnt er, wenn er mich besucht. Bei seiner Mutter lebte er nur die ersten Jahre, dann hat sie mir den Knaben in Obhut gegeben. Sie kam mit ihm nicht zurecht. Ich habe Julius die ersten Schritte zur Kunst beigebracht. Mit siebzehn Jahren ging er nach Wien. Er hat dort an der Academie studiert. Ich habe dann meine zweite Frau geheiratet und unsere Tochter Anna Charlotte wurde geboren. Vor zwei Jahren war Julius wieder in Leipzig, dann brach er zu seiner ersten Reise nach Rom auf. Die Pleißenburg war ihm zu finster und der Kaufmannsgeist in Leipzig zu eng.«

Als ich am nächsten Tag zurück nach Schneeberg fuhr, hatte ich ein Schreiben des Direktors in der Tasche, das mir einen Studienplatz an der Academie zusicherte. Auf der Fahrt sah ich in Gedanken Julius, wie er aus der Leipziger Burg nach Wien und weiter nach Rom zog. Ich frage mich, war es Flucht aus der Enge oder gar vor dem strengen Vater? Julius beschäftigt mich.

22
Abschied von den Bergen

Carl war nur eine Woche weg gewesen und doch hatte sich in dieser Zeit für sein Leben Entscheidendes verändert. Als er Susanne freudestrahlend ein Geschenk von der Reise überreichen wollte, zeigte sie sich abwesend. Ihre Gedanken waren nicht bei ihm.

»Ich habe keine Zeit, muss im Haus helfen, später dann einmal.«

Als es dunkel wurde, hörte er die Hufe eines Reitpferdes auf der Rückseite des Schnorrhauses. Carls Fenster ging ebenso wie das von Susanne hinaus auf einen kleinen Platz. Carl blickte zu diesem hinab, doch so, dass er nicht entdeckt werden konnte. Er sah einen Reiter, der nach seiner eleganten Haltung täglich im Sattel saß. Ein junger Offizier? Einer von Adel? Carl ahnte, was während seiner Abwesenheit geschehen war. Trauer überkam ihn nicht, denn schnell begriff er, dass ihm damit viel erspart wurde. Susanne würde ihn nicht mehr bedrängen, seine Frau zu werden, und der Abschied voneinander würde leichtfallen.

Bevor er nach Leipzig gehen konnte, benötigten die Eltern ständige Hilfe. Bei den Fahrten nach Drebach hielt er gelegentlich in Siebenhöfen und schaute, wie es in der Fabrik weiterging. Dort war inzwischen der Obergraben erhöht und ein mächtiges Wasserrad eingebaut worden. Alle Maschinen liefen nun über den Antrieb mit Wasserrad, Königswelle und die Transmissionsanlagen. Sogar im ersten Dachgeschoss standen Spinnmaschinen. Familie Evans ging es rundum gut, denn Frau Lowry hatte in England eine große Erbschaft gemacht und über das Leipziger Bankhaus Frege das Geld nach Leipzig bringen lassen. Mehr wurde nicht verraten. Carl erfuhr dennoch von Lowry Evans etwas, was vordem wahrscheinlich nur der Adel zuwege brachte.

»Ich habe mit meinem Erbe meinem Mann die Fabrik in Siebenhöfen und alle weiteren Grundstücke und Bauwerke abgekauft. Er ist nun mein Mieter und kann sich aufs Erfinden konzentrieren. Mit neuen Erfindungen laufen seine Werkstatt und die Spinnerei sehr gut.«

Carl brachte den Mund nicht mehr zu bei diesen Neuigkeiten. Eine Frau als Fabrikbesitzerin und der Ehemann bei ihr als Mieter. Welch geschickter Schachzug gegenüber den Steuereintreibern, denn offenbar hatte Lowry Evans auch alle Zinsen und restlichen Außenstände des Fabrikbaus bezahlen können.

Carl bewunderte diese Frau, die nicht mehr die Jüngste, aber voller Energie war. In Eli hatte sie bereits einen Nachfolger gefunden. Er war noch ein Kind, aber er wusste sehr genau, was er wollte.

»Ich werde die Fabrik und die Werkstätten einmal übernehmen und wieder zusammenführen.«

Das flüsterte er Carl bei einem Besuch leise ins Ohr, als hätte er etwas von einem Geheimplan verraten.

Carl war kurz nach der Rückkehr aus Leipzig bei den Schnorrs ausgezogen. Er hatte am Topfmarkt ein Zimmer bei einer attraktiven jungen Kriegerwitwe gefunden. Sie war noch keine fünfundzwanzig Jahre alt und hatte, wie er bald feststellen konnte, einen Körper, der ihn außer Atem bringen konnte. Der Umzug hatte sich bald in jeder Beziehung als glückliche Fügung erwiesen. Witwe Johanna Bergmann kochte für ihn, wusch die Wäsche, hielt das Zimmer rein und Carl bezahlte gut und dankte mit seinen kraftvollen Gliedern in den Stunden nächtlicher Nähe. Kein Außenstehender bekam davon etwas mit.

Landbaumeister Lohse kümmerte sich nur noch darum, mit seinem Schwiegersohn das Unternehmen Naumann & Lohse in Schlettau auszubauen. Auch die Meinerts waren geschickter als die in Konkurs gegangenen Bernhards gewesen. Sie hatten weitere neue Märkte in Thüringen erschlossen.

Johann Traugott Lohse trug bald darauf Carls Bruder Friedrich die Pacht seines Bauhofs an. Er wolle nur noch die Pläne für die Fabrikbauten in Schlettau zeichnen. Friedrich solle den Bau übernehmen und dafür gut bezahlt werden. Sie wurden schnell einig.

Friedrich hatte sich das Gartenhaus neben dem Schloss ausgebaut. Die schon lange geplante Hochzeit wurde gefeiert. Vater, Mutter und Bruder, sogar Beate mit Ehemann und zwei Kindern war zur Trauung erschienen. Wenig später kam ein kleiner Junge zur Welt. Vater und Mutter Steiner waren zufrieden, dass nun auch Friedrich fürs Leben abgesichert war.

Während der Hochzeit verbreitete sich die Nachricht, dass Napoleon endgültig geschlagen und streng bewacht nach Korsika gebracht worden sei.

Wie ein Uhrpendel reiste Carl weiterhin zwischen Schneeberg und Drebach hin und her. So war das Frühjahr 1822 gekommen. Ein Brief der Mutter rief Carl nach Drebach. Der Vater lag im Sterben. Carl traf die Gewissheit des bevorstehenden Todes am meisten. Er schlich durchs Haus und wälzte die Erinnerungen an sein Leben neben dem Vater von Pleißa bis Drebach und an alle Hilfen, die er durch ihn erfahren hatte, durch Kopf und Gemüt. Am dankbarsten war er dem Vater für die Unterstützung bei der Formung seiner Talente und die Freiheiten, die er ihm dabei gewährte.

Mutter und Kinder berieten, da eine Entscheidung unaufschiebbar war, welche Zukunft der Steinerhof haben wird, wenn Gott den Vater aus dem irdischen Leben gerufen hatte. Es gab keine lange Debatte, denn die Mutter konnte nicht allein in Drebach bleiben.

Eine Entscheidung stand bald fest: Beate nimmt die Mutter zu sich. Sie kann in Geringswalde noch eine Hilfe sein und hat ihre Enkelkinder um sich. Haus, Werkstatt und Vieh werden verkauft. Einen Interessenten aus der Kirchgemeinde gab es schon. Der suchte für einen Sohn, Meister im Tischler- und Glaserhandwerk, etwas wie den Steinerhof. Als Christian Carl Steiner die Augen für immer schloss, war der Pfarrer aus Ehrenfriedersdorf bei Anna Steiner und den Kindern. Sie dankten dem Pfarrer für seinen Beistand und verabredeten mit ihm die Trauerfeier. Nachdem sich der Pfarrer verabschiedet hatte, lagen sich die vier in den Armen. Die Kinder trösteten die Mutter und danach zog sich jeder zu seiner persönlichen Trauer zurück. Carl ging mit seinem Skizzenbuch bis hoch an den Waldrand. Es entstand mit einem Kreidestift ein sehr persönliches Abschiedsbild von Drebach: der Blick hinab zum Elternhaus unter dunklen Wolken und mit einem Baum, den der Sturm gefällt hatte. Dann nahm er noch einmal ein Blatt und den Stift zur Hand und zeichnete seinen Vater, so wie er ihn zuletzt gesehen hatte und in Erinnerung behalten wollte: friedlich lächelnd eingeschlafen.

Die Beerdigung war ein großes Ereignis in Ehrenfriedersdorf mit vielen Trauergästen und einem großen Trauermahl im dortigen Gasthof. Neben den Angehörigen standen Familie Evans und die des Landbaumeisters im Mittelpunkt. Johann Traugott Lohse sah man an, dass er von der Situation sehr berührt war. Er und der Verstorbene hatten viele Gemeinsamkeiten und sich auch gegenseitig viel zu verdanken.

Von den Meinerts traf mit einem Postboten nur ein Trauerbrief ein. Dem lag ein gesondertes Schreiben bei. Darin baten sie um Verständnis, dass sie den Auftrag für die Gartenplanung zurückziehen mussten. Von Bezahlung kein Wort.

Der Verkauf des Anwesens ging sehr schnell. Ein Notar schloss den Vertrag. Der vermögende Vater des jungen Käufers hatte den Kaufpreis in Talern bei sich.

Carl packte alles, was ihm gehörte und was er vom Hausrat übernehmen wollte, zusammen. Ein langer Abschied von der Mutter, sie stieg reisefertig in die Kutsche, die sie und Beate abholte, und ebenso von Bruder Friedrich, mit dem Carl nun Herzlichkeit und nicht mehr die alte Zwietracht verband. Vorher war das Geld vom Verkauf in vier Teile geteilt worden. Carl freute sich über ein gutes finanzielles Polster für sein Studium.

Beim eigenen Abschied von Drebach war es Carl schwer ums Herz. Er besuchte noch einmal Marie. Sie berichtete von einem festen Freund und wünschte Carl ein langes und gesundes Leben.

Noch einmal fuhr er in Siebenhöfen an Evans' Fabrik vorbei. Ein stolzer Bau. Er hatte mitgeholfen, dass er so entstanden war, wie ihn der Landbaumeister geplant hatte.

In Schneeberg erhielt er für den Verkauf der Kutsche und seines Lieblingspferdes einige Taler. Carl hatte sein Kommen in Leipzig angekündigt und bereits die Fahrt mit der Postkutsche bezahlt. Er traf sich noch einmal mit Susanne. Sie stellte ihm ihren neuen Freund vor; es war der junge Offizier, dem Carl bislang aus dem Weg gegangen war.

Carl verabschiedete sich in den folgenden Nächten, im Wechsel zärtlich und heftig, von Johanna, seiner Wirtsfrau, denn er wusste nicht, ob er in Leipzig wieder eine derartig einfühlsame und wie einst in Oelsnitz verführerische junge Frau finden würde.

Carl war nun 25 Jahre alt und sein nächster Geburtstag stand bevor. Den wollte er in aller Stille in Leipzig feiern. Nicht einmal dem Akademiedirektor hatte er verraten, an welchem Tag er geboren war.

23
Neu in Leipzig

Ein angenehmer Tag am Beginn des Augusts im Jahr 1822. Die Postkutsche rollte auf Leipzig zu. Zuvor hatte Carl von Schneeberg bis zur Grenze zwischen Sachsen und Sachsen-Altenburg, wo im Gasthof Schwanefeld übernachtet wurde, und dann weiter über Altenburg und Borna gelitten: Geplapper von ältlichen Frauenzimmern, quengelnden Kindern und Tabakdunst von Kaufherren dann vor Leipzig.

Die Poststraße folgte einem Flusslauf. Einer der Kaufleute bemerkte Carls fragende Augen. »Das ist die Pleiße, sie begleitet uns bis Leipzig.«

Doch zunächst folgten Borna und Rötha. Carl entdeckte zwei imposante Kirchen. Vom Kaufmann erfuhr Carl, dass in jede der Kirchen eine der bewundernswerten Orgeln von Gottfried Silbermann eingebaut sei. Carl merkte auf und notierte sich das im Kopf. Um die Orgeln zu hören, würde er eine Wanderung von Leipzig aus auf sich nehmen.

Sie verließen die Straße neben der Pleiße. Nach einem Wolkenbruch war der Fluss über die Ufer getreten. Bergauf ging es durch Magdeborn. Carl bereute den Umweg nicht, denn die Kutsche rollte nun über die entscheidenden Schauplätze der Völkerschlacht. Einer der Kaufleute wies auf nicht wieder aufgebaute Bauernhöfe hin, aus deren Mauern immer noch verkohlte Balken nach oben ragten. Das letzte Dorf vor Leipzig hieß Stötteritz.

Der Postillion stoppte kurz die Pferde und gewährte seinen Fahrgästen einen Blick auf Leipzig am Abend. Die Stadt im Gegenlicht. Carl staunte und war vom Eindruck ergriffen, wie einst, als er die blauen Berge des Erzgebirges zum ersten Mal erblickte. Die Dächer standen wie Sägezähne neben- und übereinander, allerdings ohne erkennbare Ordnung. Etliche Türme ragten über sie hinaus. Der dickste von ihnen war, wie er bereits wusste, der der Burg. Er erklärte dem Kaufmann: »Der Turm, der wie ein aufrecht gestelltes Kanonenrohr aus Stein wirkt, zeigt mein Ziel.«

»Habt acht, dass Euch in den Gemäuern nicht das Fürchten beigebracht wird. Unser König in Dresden hat wenig Interesse an Königlichen Gebäuden, die außerhalb seiner prachtvollen Residenz liegen. In den Gemäuern ist es feucht und dunkel. Einen Anstrich haben die Wände seit Jahrzehnten nicht gesehen.«

»Ich verstehe nicht.«

»Die Burg ist Territorium des sächsischen Staates. Wir liefern dorthin gelegentlich Verpflegung in die Kaserne, die sich ebenso wie die Kunstakademie darin befindet. Diese ist auch eine königlich-sächsische Einrichtung. Früher war die Burg eine Festung mit Kasematten, die zur Abwehr von Kanonenkugeln dick und fest gemauert wurden. Junger Mann, Sie wollen dort beim Militär dienen?«

»Nein, die Künste in der Akademie studieren.«

»Da bin ich beruhigt. Direktor Schnorr von Carolsfeld hat bei uns Kaufleuten einen guten Namen.«

Carl begriff nun, warum sich zwischen der Burg und der Stadt ein Graben befand, wie er das schon beim ersten Besuch festgestellt hatte. Das ist folglich ein Grenzgraben zwischen einem kleinen Gebiet des Königs und dem Gebiet der großen Stadt Leipzig.

Das Grimmaische Tor war erreicht. Links und rechts der Zufahrt waren kreisförmige Rasenflächen angelegt. Carl dachte an den

Spruch der Bauleute: »Wenn der Architekt nicht weiterweiß, malt er einen Kreis.«

»Welchen Zweck hat dieser hohe Berg zu meiner Rechten mit den aufgepflanzten Bäumen und dem runden Weg, der nach oben führt?«, fragte er den Kaufmann.

»Den Berg hat sich unser Stadtbaumeister Dauthe einfallen lassen, als die Schanze weiter im Norden vor den Gerberwiesen abgebrochen und im Wallgraben der ›Schwanenteich‹ mit einem Park im englischen Stil neu angelegt wurde. Das solltet Ihr Euch einmal näher ansehen. Vom Berg aus könnt Ihr über die Dächer der Stadt und weit hinaus ins Land blicken.«

Am Grimmaischen Tor stand die Stadtwache in Uniformen, die blau und rot leuchteten und die oben ein hoher schwarzer Filzhut abschloss. Beim Blick in die Hauptstraße, die zum Markt führte, nahm Carl vor allem Hüte wahr: hohe schwarze Zylinder der Männer und bunte Schutenhauben, welche die Frauen trugen. Dann endlich hielt die Kutsche auf dem Markt. Hier kannte sich Carl bereits aus. Er fand einen Dienstboten, der seine große Kiste, einen kleinen Reisekorb und das Bündel mit seiner Wegezehr auflud. Den Ranzen schnallte er auf den Rücken und ergriff seinen Wanderstab.

Bald darauf hatte er mit dem Dienstboten, der sicher nicht älter als 15 Jahre war, den Seitenflügel der Burg erreicht und stand vor dem Portal, hinter dem sich die Akademie mit Ateliers, Werkstatt- und Wohnräumen befand. Carl betrachtete das Portal, durch das er vor zwei Jahren achtlos gegangen war, und entdeckte eine sehr breite hölzerne Tür mit drei Flügeln und oberem Bogen als Abschluss sowie einer völlig ungewöhnlichen Umfassung: innen ein Rahmen, der untereinander verbundene Holzstämme darstellte, und blockhaft kantiges Gebälk außen davor. Zwei Symbole für Natur und Kunst. Beide waren aus einem Stein herausgehauen.

Nach den Kommentaren der Kaufleute über die Burg schaute er sich die einstige Festung näher an. Der Putz war mürbe, über dem grob gepflasterten Vorhof kroch Moos die Wände hoch. Links sah er in einigem Abstand einen Abortanbau aus der Wand hervortreten. Es schlossen sich Seitengebäude an. Der Zustand war erbärmlich. Hinter einem Tor begann vermutlich eine Rampe in den Keller. Darüber im spitzen Hausgiebel ragte ein Kranbaum hervor. Wurden hier Verpflegung, Uniformen oder gar Waffen der Kasernenbesatzung gelagert? Carl beschlich ein ungutes Gefühl.

Gegenüber begannen die Leipziger Stadthäuser und strahlten mit ihren neuen Anstrichen aus den Frühlingstagen. War er auf die falsche Seite der Stadt geraten?

Er zögerte, bis er den Türklopfer in die Hand nahm, denn ihm war bewusst, dass er mit dem Schritt über die Schwelle, kurz vor seinem 26. Geburtstag, auch einen Schritt in einen neuen Lebensabschnitt wagte. Wie würde das ausgehen?

Der Hausdiener der Akademie hatte das Klopfen gehört, öffnete, erkannte Carl wieder und begrüßte ihn wie einen alten Bekannten. Er trug das Gepäck hoch bis zur Wohnung des Direktors. Carl stieg ihm auf den ausgetretenen Steinstufen hinterher. Öllampen auf den Podesten warfen nur ein schwaches Licht ins Treppenhaus. Carl hatte das Gefühl, in einer Höhle nach oben zu steigen.

Direktor Schnorr stand in der Wohnungstür. Hinter ihm sorgten viele Kerzen für einen Empfang in hellem Licht.

»Da seid Ihr endlich. Hat sich die Postkutsche verspätet? Ich warte schon ungeduldig, und meine Gattin Wilhelmine hat sich mit unseren Töchtern bereits zurückgezogen. Ich musste mir, wie Ihr seht, allein die Zeit mit einem Glas Rotwein vertreiben und da dieser köstlich ist, fiel mir das nicht schwer. Ihr werdet ihn gleich probieren können.«

Direktor Schnorr von Carolsfeld hob sein Glas. Er hielt es in der linken Hand und begrüßte Carl mit dem festen Druck seiner rechten.

»Ja, da bin ich nun endlich. Kurz vor Leipzig war die Pleiße über die Ufer getreten. Die Kutsche musste zur höher liegenden Landstraße fahren. Nun freue ich mich auf Ihren Unterricht, die Akademie und die Anregungen, die mir die große Stadt bereithält. Leider hat es noch zwei Jahre gedauert, bis ich alle Lasten, die ich tragen musste, in den Bergen zurücklassen konnte.«

»Stärkt Euch erst einmal und dann erzählt!«

Im Salon stand nicht nur ein Glas bereit, auch eine Platte, die für seinen hungrigen Magen angerichtet war.

»Lasst es Euch schmecken und macht dabei Pausen, in denen Ihr mir aus der Zeit, in der wir uns nicht gesehen haben, berichtet.«

Carl erzählte und erzählte. Es musste einiges aus ihm heraus.

»Der Tod Eures Vaters macht mich sehr betroffen. Ich bin ihm nur einmal in Schneeberg begegnet. Er muss ein fleißiger und ehrsamer Mann gewesen sein. Nehmt bitte mein aufrichtiges Beileid entgegen. Und nun will ich Euch in meine Pläne einweihen, für die Zeit bis zum Beginn des Unterrichts: Es sind in den vergangenen Monaten etliche Radierungen entstanden, die ich verkaufen will. Den Druck möchte ich Euch übertragen, um Zeit für einen dringenden Auftrag, den mir Göschen in Grimma erteilt hat, zu finden.«

»Das Drucken war verabredet. Doch nun möchte ich nach der Arbeit auch Zeit finden, die Stadt zu entdecken, denn in den wenigen Tagen, die ich vor zwei Jahren hier weilte, habe ich nur wenig von Leipzig gesehen und kaum Leute kennengelernt.«

»Habt keine Sorge, Ihr werdet Zeit finden, und ich werde Euch auch mit in die Häuser einiger Kaufleute, die Kunst sammeln und junge Künstler unterstützen, mitnehmen. Wenn Ihr allein durch die Stadt streicht, wird Euch der Zutritt in diese Häuser nicht möglich sein.« Direktor Schnorr schien Carls Nebenbemerkung verstanden zu haben.

»Ist was mit mir, weil Ihr mich musternd anschaut?«

»Nein, ich hab nur festgestellt, dass Ihr Euch in den vergangenen zwei Jahren verändert habt, wohl durch die Ereignisse, die Euch bedrängt haben und die Ihr bewältigen musstet. Die kleinen Falten, die sich in die Stirn eingebrannt haben, sind ein Zeichen dafür. Sie lassen auf ernsthaftes Nachdenken schließen. Das hatte ich auch bei meinem Sohn Julius bemerkt, als dieser nach Wien zum Studium ging. Damals hatte er noch etwas von einem großen Kind an sich. Als er uns einige Jahre später in Leipzig besuchte, waren seine Gesichtszüge deutlich reifer geworden. Aber in seinem Wesen war noch viel Jungenhaftes vorhanden. Ihr erinnert mich an ihn.«

Sie vereinbarten, dass die Arbeit in der Druckwerkstatt erst am übernächsten Tag beginnen sollten, damit Carl das ihm zur Verfügung gestellte Zimmer in der Hilfslehrerwohnung einrichten konnte. Im Zimmer von Julius, das er vormals nutzte, wohnte nun Anna Charlotte, die erste Tochter aus der zweiten Ehe des Direktors mit Frau Wilhelmine. Das Bett der nachgeborenen Tochter Auguste Luise stand in einer kleinen Kammer am Ende des Ganges zu den privaten Zimmern. Die Dienstboten wohnten nicht im Akademieflügel. Die Köchin und das Dienstmädchen kamen frühzeitig aus einer Vorstadt und gingen, wenn der Tisch für den Abend gedeckt war. Herr Bornschein, der Hausmeister, nutzte mit seiner Frau eine kleine Wohnung neben dem Hauseingang. Weitere ständige Bewohner gab es im Akademieflügel der Burg nicht. Die Lehrer der Architekturabteilung, die ebenfalls Räume im Westflügel der Burg belegte, und alle Studenten kamen aus der Stadt zur Akademie. Die Kaserne für die in Leipzig stationierten Soldaten befand sich außer Hörweite im Ostflügel der Burg.

Carl hatte das bereits am folgenden Morgen erfahren, als für die Eltern, die beiden Töchter und ihn der Tisch gedeckt war. Für seine Arbeit in der Druckerei waren Kost und Unterkunft frei. Das hatten der Direktor und sein zukünftiger Schüler vorab verabredet.

Am ersten Tag hatte Carl Zeit bis zum Abend, um einzukaufen, was ihm in seinem Zimmer noch fehlte, und er hoffte, dabei ebenso kostengünstig Kleidung zu finden, die ihn zum Städter machte, ohne modisch auffällig zu wirken. Am Abend begrüßte ihn Frau Schnorr: »Sie haben aber einen guten Geschmack und auch die Figur dazu, zurückhaltend zu wirken und gleichzeitig die Blicke auf sich zu ziehen. Es liegt wohl an Ihrem stolzen Gang und den langen zum Zopf gebundenen Haaren. Unser Julius trägt sein Haar ebenso.«

Carl fühlte sich geschmeichelt, als auch die beiden Töchter der Mutter zustimmten und der Hausherr wenigstens über die Lippen brachte: »So kann man sich mit Ihnen sehen lassen.«

»Und wohin soll es dazu gehen? Ins Gewandhaus?«

Carl hatte die Stunden nicht nur zum Einkauf genutzt, er war auch bis zum Theater und auf dem Rückweg bis zum Gewandhaus vorgedrungen und hatte unterwegs zwei Kaffeehäuser aufgesucht. Dabei war er bereits mit Studenten ins Gespräch gekommen, die ihm berichteten, was im Theater zu sehen und im Konzertsaal der Tuchhallen zu hören war. Sie nannten ihm ebenso die Gaststätten, die er wegen ihrer Spießigkeit meiden sollte, und ebenso einige, wie »Auerbachs Keller«, wo sich Studenten trafen und vergnügten.

»Da sind wir aber neugierig, welche Gaststätten Studenten als spießig ansehen«, sagten die Eltern, als die Töchter auf ihre Zimmer gegangen waren. Carl berichtete. Was nicht über seine Lippen kam, waren die Häuser und Spelunken, in denen Studenten und andere Junggesellen sowie Männer ahnungsloser Ehefrauen Entspannung finden konnten. Carl hatte sich die Böttchergasse und den Weg vom Brühl in die Gerbervorstadt gemerkt und als eine der verrufenen Schänken mit Sommergarten die ominöse »Blaue Mütze«, die hinter der sogenannten »Alten Burg« im Rosental inmitten von Bäumen und Gebüschen lag.

Am nächsten Tag stand Carl früh mit Hans Schnorr von Carolsfeld in der Druckwerkstatt. Hier waren sie Künstler und Drucker und nicht Lehrer und Schüler. Die Aufgaben wurden besprochen, und der Meister zog sich wieder zurück, um mit dem Auftrag von Göschen voranzukommen. Carl war mit sich, den Druckpapieren und der Druckpresse allein. Über ihm gemauerte Gewölbe, unter ihm ein ausgetretener Fußboden aus Steinplatten und an den Seiten dicke weiß gekalkte Mauern mit kleinen tief in dicke Wände eingeschnittenen Fenstern. In den Gewölben war es kühl und am Boden lag abgelöste Farbe. Vor den Fenstern hingegen lag das Sonnenlicht über den Auenwiesen und den Teichen und versprach Wärme. Carl öffnete nach dem Mittagsmahl die Fenster. Das war das Dümmste, was er tun konnte. Warme feuchte Sommerluft strömte herein und schlug sich an den kalten Mauern nieder. Mücken folgten. Die Fenster waren bald wieder geschlossen. Carl hüllte sich in einen Malerkittel und versuchte mit einer Pappe, Mücken zu töten. Als der Meister am Abend die Arbeit besichtigte, konnte er viele gedruckte Blätter zählen, doch begannen sich diese in der feuchten Luft bereits zu wellen.

»Das ist ärgerlich«, sagte der Künstler.

»Das habe das nicht geahnt und bitte um Nachsicht«, bedauerte Carl, dem sein Fehler mehr als peinlich war.

»Wir drucken oben im Raum neben meinem Atelier weiter. Da steht eine kleine gute Presse, die wird genügen.«

Die restliche Woche druckte Carl in angenehmer Luft im Geschoss mit den Unterrichtsräumen und dem Atelier des Direktors.

Am Sonntag strebte die Künstlerfamilie gemeinsam mit Carl zum Gottesdienst in die Thomaskirche. Der Kirchgang galt nicht nur dem Gottesdient, er diente auch Gesprächen mit Freunden, Bekannten und Geschäftspersonen. Die Schnorrs waren streng gläubig und hielten sich an eine eiserne Regel: Zunächst Predigt, Beten und Gesang und erst danach der Austausch privater und geschäftlicher Gedanken. Diese hatten bei den Mitgliedern der Thomasgemeinde ein sehr breites Spektrum. Bei den Bankiers und Kaufleuten ging es ums Geld und den Handel, nebenbei auch um die Erörterung von geeigneten Schwiegersöhnen und Schwiegertöchtern. Bei Schnorr von Carolsfeld und den Buchverlegern spielten Kontakte zu Sammlern und Auftraggebern die wichtigste Rolle. Bei Kaufleuten, die zugleich Kunstsammler waren, mischte sich das Waren- und Geldgeschäft mit dem Kaufen und Verkaufen von Kunstwerken im Dienste der eigenen Kunstsammlung. Einer dieser Sammler war der vermögende Wollhändler Speck. Er stand mit Frau und Kindern nach dem Gottesdienst in der Nähe der Schnorrs und grüßte. Dann trat er näher, um den Akademiedirektor zur Präsentation seiner neu erworbenen Gemälde in sein Haus »Specks Hof« einzuladen: »Kommenden Donnerstag, sieben Uhr am Abend! Es werden viele Gäste erwartet. Ich würde mich freuen, wenn Sie dazu Zeit fänden.«

»Das trifft sich gut«, erklärte Wilhelmine Schnorr, »ich treffe mich mit meinen Freundinnen an diesem Abend zu einem Konzert im Gewandhaus.«

»Ich weiß, meine Frau wird ebenfalls dort sein. Da wird es bei mir wieder ein Abend der Männer und Bilder und im Gewandhaus einer der schönen Musik und der schönen Frauen sein. Und wer seid Ihr, junger Mann?« Speck hatte bemerkt, dass Carl zu den Schnorrs gehörte. Er vernahm die Verbindung zueinander und lud Carl ebenfalls ein.

»Es soll mich freuen, die junge Kunst zu fördern.«

Speck verabschiedete sich und Direktor Schnorr flüsterte Carl zu: »Habe ich zu viel versprochen? Ihr werdet nun Leute kennenlernen, die für die Kunst wichtiger sind als so mancher Maler am Ort.«

24
Ein Sonntagsspaziergang

Direktor Schnorr hatte nach dem Gottesdienst vorgeschlagen, eine Familienwanderung zu unternehmen und im Gasthof des Pfaffendorfs das Mittagsmahl im weitläufigen Biergarten einzunehmen. Carl war eingeladen. Der Ausflug begann. Neben dem Haus der Thomasschule, das wie so mancher Handelshof in Leipzig noch höher wirkte als die neuen Spinnmühlen im Erzgebirge, führte das Thomaspförtchen über einen Holzsteg zur neu angelegten Promenade. Angenehm war der Blick vom Steg in die Tiefe nicht. Im alten Wallgraben standen nur Wasserlachen, die man wegen ihrer Algendecke für eine satte grüne Wiese halten konnte. Aus dem Grün stiegen Gestank und Mücken auf.

Wie die Kirche der Universität wirkte auch die der Stadt abgewandte Seite der Thomaskirche nüchtern. Es war die schmucklose Front einer Kirche, die einst in der Stadtmauer zur Abwehr von Feinden errichtet wurde. Der Spaziergang führte am Stadtgraben entlang. Aus diesem wuchsen Handwerkerhäuser in die Höhe. Wie überall in Leipzig waren sie dicht aneinandergedrängt. Die Matthäikirche ragte mit Dach und Turm über sie hinaus. Carl bemerkte das nur im Vorbeigehen, denn sein Blick heftete sich auf die Spaziergänger, die unter den Bäumen der Promenade flanierten. Ihm fielen, wie vordem in der Kirche, zuerst die vielen hübschen Jungfrauen auf, die am Arm ihrer Mütter oder begleitet von Gesellschafterinnen und Freundinnen, durchaus erfreut waren, wenn ein junger Mann wie er den Blick auf sie richtete. Der Direktor flüsterte ihm zu: »Das sind Leipzigs junge Frauen im heiratsfähigen Alter und fast alle sind gute Partien. Sie hoffen, jungen vermögenden Männern zu begegnen, die hier lustwandeln und auf Brautschau sind.«

Carl meinte sarkastisch: »Das ist also Leipzigs Heiratsmarkt!«

Er blickte nach links und rechts und sah unter den bunt geschmückten Schuten, die gelocktes Haar bedeckten, schöne Gesichter, die seinen Pulsschlag erhöhten, und weniger hübsche, die ihn sofort wieder senkten. Plötzlich rief er: »Was geschieht denn hier?«

Er hatte den letzten Rest entdeckt, der vom Ranstädter Tor übriggeblieben war. Der hohe Turm mit seiner zwiebelförmigen Kuppel stand noch. Daneben lagerten nur noch Mauerreste zum Abtransport aufgeschüttet. Nun gab Wilhelmine Schnorr dazu die Auskunft, die sie aus dem Kreis der Freunde gehört hatte. Sachsens König Johann I. habe den Abbruch des Tores angeordnet. Er wolle, dass die auf der Straße aus Frankfurt am Main ankommenden Messegäste mit einer neuen Stadteinfahrt begrüßt werden. Ein neues Tor aus blühenden Sträuchern und Bäumen vom Theaterplatz bis zur Promenade sollte entstehen. Das war vom Stadtrat bereits beschlossen.

Carl kam ein trockener Kommentar über die Lippen: »Da soll er doch auch gleich die Pleißenburg abreißen und dort ein helles Akademiegebäude mit großen Fenstern bauen lassen.«

Carl ärgerte sich immer noch über die verdorbenen Drucke in den dunklen kalten Gewölben und er hoffte, dass er während des Studiums nicht viele Stunden darin zubringen müsste.

»So weit reicht die Kunstliebe des Königs dann wohl auch nicht. Er hat Mühe, mit seinem Minister Graf von Einsiedel Sachsen vor weiterer Rückständigkeit zu bewahren.«

Sie überquerten die Pleiße. Die stank in der Sommerwärme.

»Schnell weiter«, sagte Wilhelmine Schnorr. »Die Fleischer schütten dort hinten immer noch ihre Abfälle ins Wasser.«

Sie wies in die Häuserschlucht, durch die das Wasser floss.

»Da sollte der König auch ein Machtwort sprechen, wenn der Rat es schon nicht kann.«

Der nächste Wasserlauf brachte frisches Wasser zur Stadt. Mitten in der Straßenflucht lag ein breiter Kanal, der Elstermühlgraben: Fischerboote, Fischernetze, schmale Brücken und am Ende ein Palais.

Das Haus des Stadthauptmanns. Carl konnte sich erinnern, dass er es beim ersten Besuch in Leipzig schon gesehen hatte, allerdings blickte er damals von der anderen Seite zum Stadttor hin. Nun stand er mit Familie Schnorr vor der größten Leipziger Mühle. Sie wurde Angermühle genannt und von mehreren großen Wasserrädern angetrieben. Nach der Mühle machte der Wasserlauf einen spitzen Bogen und floss nach Westen weg.

Carl schaute erstaunt auf die Häuser, die hier am Wasser standen. Keinerlei gebauter Prunk mehr, wie wenige Schritte davor am Theaterplatz. Handwerkerhäuser und Werkstätten. Auch am Sonntag herrschte Betriebsamkeit, besonders vor und in einem Haus, an dem kaum lesbar die Worte »Goldene Sonne« erkennbar waren. Das Haus hatte nur zwei Geschosse, doch ein gewaltiges Dach, es gab einen Hof mit Seitengebäuden und ein Hinterhaus. Das Wasser reichte an drei Seiten bis an die Kellermauern. Die Schnorrs erklärten, das sei ein Gasthof für Fuhrleute, mit Ausspanne und

Pferdeschwemme. Die war daneben zu entdecken. Über das flach abfallende Ufer hatten Kutscher und Knechte die Pferde ins Wasser getrieben, um sie vom Straßenstaub zu befreien. Frisch gewaschen und gestriegelt sollten sie danach wieder herrschaftliche Kutschen oder die großen »weißen Elefanten«, wie die mit weißen Planen abgespannten Fuhrwerke genannt wurden, ziehen. Diese standen in großer Zahl auf einem Platz vor der Promenade. Am Sonntag rollten ihre Räder nicht. Von der Pferdeschwemme, in die das überschüssige Pleißewasser über ein Wehr herabstürzte und sich mit dem aus der Weißen Elster mischte, schallte es hinauf zur Straße: Pferdegewieher und Worte in verschiedenen Dialekten und sogar fremden Sprachen.

Die fünf Ausflügler wählten den weiteren Weg nicht durch die enge Rosentalgasse, sondern den bequemeren durch das Angermühlgut. Die Handwerkerhäuser der Rosentalgasse schienen auch hier wie am Stadtgraben vor der Matthäikirche aus dem Wasser zu wachsen.

Ein Fachwerkhaus ragte bis in den Fluss hinein. Ein Boot lag am Anlegesteg. Hier erzählte Schnorr eine für Carl erstaunliche Geschichte. Dort im Haus des Färbermeisters Jäger habe der heute bereits berühmte Arzt, Naturwissenschaftler und Maler Carl Gustav Carus als Jugendlicher einige Zeit gewohnt, als das Haus der Eltern »Zum Blauen Lamm« zum Familiensitz ausgebaut wurde. Einige Zeit habe Carus an der Akademie Unterricht genommen, als dort Oeser tätig und er Hilfslehrer war. Carus sei als Student hoch begabt gewesen, doch habe er zugleich Medizin studiert. Das habe ihm später den beruflichen Erfolg gebracht. Erst war er Arzt am Jacobshospital, das sie nach wenigen Schritten erreichen würden, dann habe ihn König Johann I. nach Dresden als Leibarzt an den Hof gerufen.

Er habe auch weiterhin Bilder in der neuen romantischen Sichtweise gemalt, und diese seien herausragend. Caspar David Friedrich und Alexander von Humboldt zählten zu seinen Freunden, und mit Goethe tausche er Gedanken aus, denn er meinte wie dieser, dass Gott in allen natürlichen Wesen lebe.

Etwas resignierend setzte der Direktor hinzu: »In Dresden können auch Bürgersöhne, die sich durch ihre Leistungen hervorheben, unter dem Schirm des Königshauses zu großen Erfolgen kommen. In Leipzig hingegen müssen sich die Diener des Königs mit alten Gemäuern begnügen, wenn sie der Kunst dienen.«

Carl dachte an die Druckwerkstatt und das Leben auf der Burg und verstand seinen Gastgeber. Dem städtischen Jacobshospital, vor dem sie nun am Weg ins Rosental standen, schien es nicht besser zu gehen. Es hinterließ von außen einen abgewirtschafteten Eindruck.

Frau Wilhelmine meldete sich zu Wort: »Hinter den Toren soll sich eines der am besten ausgestatteten Hospitäler der deutschen Länder befinden. Das erzählte mir die Ehefrau des Direktors, die eine meiner besten Freundinnen ist. Man kann das kaum glauben. Was sagst du dazu, Hans?«

Der Gatte, der die Anatomiesammlung der Akademie mit Präparaten aus dem Hospital vervollständigt hatte und das Innere des Hospitals kannte, brummte: »Alles, was in Leipzig außerhalb der Handelsgeschäfte liegt, findet in der reichen Stadt kein Augenmerk. Diesem Hospital geht es bei der baulichen Beschaffenheit nicht besser als der Akademie. Doch die medizinischen Einrichtungen sind tatsächlich vom Besten.«

Das Ziel des Ausflugs für das Sonntagsmahl war im Blick.

Links floss Elsterwasser und dort gab es keine Wege mehr. Eine hölzerne Brücke führte über das Pleißewasser. Das war der richtige Weg. Allerdings nicht an diesem Tag, denn Bekannte der Schnorrs kamen ihnen entgegen: »Alles überfüllt, wir gehen nun nach Gohlis. Der Dorfgasthof soll bestens auf die Städter eingestellt sein.«

Wilhelmine Schnorr war der Weg zu weit.

»Wir gehen zum ›Coffe Baum‹.« Die Töchter murrten nicht, der Vater folgte wortlos und ebenso Carl, dem nichts anderes übrigblieb und der doch lieber das vielgerühmte Rosental und Oesers Gemälde im berühmten Gohliser Schlösschen gesehen hätte.

Das hatte der Herr Direktor versprochen und nun Frau Direktor verhindert, weil sie, wie sie später gestand, nicht in der Menge der

Sonntagsspaziergänger nach Gohlis hin- und wieder zurücklaufen wollte. Ihr Kommentar: »Das ist keine Sonntagsentspannung!«

Auf dem Dammweg führte der Weg zurück in die Stadt nun durch die Rosentalgasse. Hier standen nahe dem Rosental zunächst Gartenhäuser von Städtern. Dann kam das kleine Häuschen der Torwache, die kontrollierte, wer die äußere Stadtgrenze von und ins Rosental überschritt. Der Schlagbaum war geöffnet, der Torschreiber saß in seiner blauen Uniform mit roter Weste auf einem Schemel, hatte den schwarzen Hut neben sich gelegt und schlief. Daneben tanzten die Kinder des Rosentalförsters Ringelreihen. Es folgte das Haus des Schönfärbers Jäger, das sie mit dem im Wasser stehenden Anbau bereits von der Rückseite gesehen hatten. Bis zur Rosentalbrücke gab es dann nur noch kleinere massive Werkstatthäuser. Die Schnorrs und Carl betraten die Stadt am Ranstädter Torturm mit einem letzten Blick auf ihn. Bald würde er verschwunden sein.

Carl war voll neuer Eindrücke und dachte sich später, auf seinem Bett ausgestreckt: Wenn mir jeder Sonntag so viel Neues bietet, kann ich die Tage eintöniger Druckarbeit überstehen, denn bis zum Beginn des Studiums ist es nicht mehr lange hin.

Der Besuch bei Wollhändler Speck am folgenden Donnerstag würde den Werkstatttrott ebenfalls unterbrechen. Am Tag davor würde er 26 Jahre alt werden. Keiner der Schnorrs wusste etwas davon. Das dachte er und wurde überrascht, als es anders kam.

25
Unter vornehmen Leuten

Am Morgen beim Frühstück bat Frau Wilhelmine Carl, sie und die beiden Töchter in die Stadt zu begleiten. Sie wollten Einkäufe erledigen und Carl könne gern mitkommen, der Gatte, der im Atelier bereits über seine Radierplatte gebeugt war, habe es gestattet.

Am frühen Nachmittag begann der Einkaufsbummel entlang der Petersstraße. Es folgten Kramer- und Modeläden am Markt. Zum Kauf von Gewürzen gingen sie zu den Gewölben in Barthels Hof und schließlich in die Katharinenstraße. Bei den Läden, in denen Schuhe, Hüte und Oberbekleidung gekauft wurden, sollte Carl den Begutachter geben. Bei zwei Läden für Unterbekleidung musste er vor der Tür warten. In einem Laden, der Herren- und Damenhüte führte, durfte er einige Hüte ausprobieren. Einer gefiel ihm. Der wanderte in einen Karton und blieb, als sie gingen, auf dem Ladentisch zurück. Die kleineren Kartons der Einkäufe bekam Carl in die Hände gedrückt, größere wurden zur Pforte eines »Romanushauses« bestellt. Das Haus erwies sich als der prunkvollste Palast der Stadt. Ein Eckgebäude mit Innenhof und einem aufgesetzten kleinen Häuschen für den Ausblick in die Ferne. In der Eingangshalle wachte ein livrierter Dienstbote über alle, die das Haus betraten oder verließen. Wie im Theater konnten Gepäck, Mäntel und Umhänge zur Aufbewahrung abgegeben werden. Charlotte eilte auf den breiten Treppen nach oben voran. Im zweiten Stockwerk hatte sie sich in der Halle auf einer Sitzbank niedergelassen und wartete, bis ihre Schwester, die Mutter in ihrem langen schweren Kleid und Carl, der Frau Schnorr den Rücken deckend hinterherlief, angelangt waren. Farbige verschlungene Ornamente schmückten das Treppenhaus und die Halle vor den Salontüren. Zwei Türen standen weit offen. Kaffeeduft und lautes Gemurmel erfüllte die Luft. Carl erfuhr, dass er sich im vornehmsten Kaffeehaus der Stadt befand. Wilhelmine Schnorr hatte einen Tisch am Eckerker vorbestellt. Carl staunte über den reichlich vorhandenen prunkvollen Stuck, der wie die Dekorationen einer Geburtstagstorte verschlungen war. Dann stand plötzlich eine solche Torte mit einer verschnörkelten »26« vor ihm auf dem mit einem Damasttuch verschönerten Tisch. Daneben entdeckte er vier Gedecke von Meißner Porzellan, Silberbesteck, Servietten in silberner Ringfassung. Ein punkvoller silberner Kerzenständer bildete die Krone der Geburtstagstafel. Frau Wilhelmine hatte sich links und Tochter Charlotte rechts von ihrem Begleiter platziert. Auguste Luise, die Jüngste, fand Platz in der schmalen Erkernische. Ein Kellner zündete die Kerzen an. Carl errötete und konnte erst keine Worte finden. Dann kam die Frage: »Frau Schnorr, woher ...?«

Sie legte ihre rechte Hand auf seine linke. »Carl, haben die Schnorrs nicht ihre Verwandtschaft in Schneeberg? Habt Ihr nicht einige Zeit in deren Haus gearbeitet und gewohnt? Euer Geburtstag war zwar in Leipzig nicht bekannt, aber in Schneeberg stand er in den Büchern, die im Haus geführt wurden. Also herzlichen Glückwunsch, von meinem Gatten, mir und ...«

»Auch von mir«, kam es aus dem Mund von Charlotte, und sie schaute ihm zum ersten Mal tief in die Augen. »Und auch von mir«, rief ihre Schwester mit heller Stimme.

Das Kaffeehaus füllte sich mit den Damen der vornehmen Gesellschaft, einigen Kindern und jungen männlichen Begleitern. Carl spürte, dass über ihn und sein Verhältnis zu den Schnorrs getuschelt wurde. Ihm war das unangenehm, doch bald waren das neugierige Beobachten und Getuschel vorbei und es begann eine gemütliche Stunde. Nebenbei wurde Carl über das Schicksal des einstigen Hausbesitzers und Bürgermeister Romanus aufgeklärt. Der hatte mit Steuergeldern das luxuriöse Bauwerk errichten lassen. Man war ihm auf die Schliche gekommen, und er musste den Rest seines noch langen Lebens auf der Festung Königstein verbringen.

Carl begann sich in Leipzig wohlzufühlen.

Doch das gemütliche bürgerliche Leipzig war nicht die Pleißenburg, und das Leipzig des einfachen Volkes kannte er auch noch nicht. Für den Rückweg wurde ein Lastenträger gemietet, denn Carl sah sich nicht in der Rolle eines Dienstboten für die drei Frauen. Zurück in der Burg, durfte Direktor Schnorr die Einkäufe bewundern.

Die Gattin hatte sich ein königsblaues Kleid und einen eleganten schwarzen Schutenhut für den Gewandhausbesuch gekauft. Charlotte führte zwei edel geformte Schuhe vor und die Jüngste hatte sich in eine Puppenküche vernarrt. Die Mutter musste zahlen. Dann wurde der letzte Karton geöffnet, unter Seidenpapier verbarg sich der hohe schwarze Zylinder, den Carl ausprobieren durfte. Er war das Geburtstagsgeschenk, das ihm die Schnorrs zugedacht hatten. Er freute sich sehr und dankte mit bewegter Stimme.

Am nächsten Tag wurde bis zum frühen Nachmittag gedruckt. Dann durfte sich Carl für das Treffen der geladenen Gäste bei Wollhändler Speck fein machen. Auf dem Weg dorthin bereitete Schnorr von Carolsfeld seinen zukünftigen Studenten mit einigen Informationen zum Personenkreis der Gäste vor. Im Mittelpunkt stand dabei der Gastgeber: »Kaufmann Maximilian Speck ist der Sohn eines Gastwirtes und Jägers vom Rittergut Gröba bei Riesa an der Elbe. Bis zum vierzehnten Lebensjahr hatte er keinen Schulunterricht genossen. Den erhielt er erst in Beucha beim Pfarrer. Doch wissenshungrig wie er war, brachte er sich selbst fremde Sprachen bei. In Leipzig diente sich der junge Speck vom Ladengehilfen bis zum Auslandskorrespondenten im Wollhandel hoch und schließlich zum Prokuristen und Mitinhaber der Firma. Das ermöglichte ihm, nach Ost- und Westeuropa und bis nach England zu reisen. Während der Napoleonzeit wurde in Leipzig und auf anderen Handelsplätzen mit den extremen Schwankungen der Wollpreise spekuliert. Maximilian Speck ging daraus als einer der großen Gewinner hervor. Er stieg dann nach dem Erwerb der Leipziger Bürgerrechte sehr schnell in Leipzigs Oberschicht auf und heiratete die Tochter des Leipziger Senators und Seidenwarenhändlers Hänel von Cronenthal. In jungen Jahren hatte Speck bereits ein solches Vermögen angehäuft, dass er sich vor einigen Jahren ein Haus in der Reichsstraße kaufen und in mehreren Räumen seiner Leidenschaft, dem Sammeln von Bildern und grafischen Kunstwerken nachgehen konnte. Dieses Haus, das er bald nach dem Erwerb ›Specks Hof‹ nannte, wird jetzt unser Ziel sein. Darin wird der Wollhändler seine Neuerwerbungen vorstellen. Die kann er sich nicht nur durch den Wollhandel leisten. Er weiß auch Gemälde, die ihm für seine Sammlung nicht wichtig erscheinen, wieder mit Gewinn zu veräußern, um damit neue Bilder kaufen zu können. Das war viel Vorspann für den heutigen Abend, aber Ihr solltet das wissen, wenn Ihr mit Maximilian Speck ins Gespräch kommt.«

Der Ältere holte Luft und der Jüngere erklärte: »Der bisherige Lebensweg ist erstaunlich und mir nicht unsympathisch, da ich ohne den Drang, mich ständig weiterzubilden, auch nicht bis Leipzig gekommen wäre. Das Geschäftliche allerdings, wie es Herr Speck betreibt, ist mir wahrscheinlich nicht gegeben. Dass einer den Gewinn für seine künstlerischen Neigungen nutzt, ist vermutlich selten.«

Carls Mentor musste noch ergänzen: »Das Neueste, was ich zu Speck gehört habe, ist, dass er sehr bald in das Rittergut Lützschena, das er mit Schloss, Ställen, Feldern, Wiesen, Wäldern und sogar einer Brauerei erworben hat, umziehen will. Ich bin gespannt, was er dazu sagt. Vielleicht wird es ein Abschiedsabend.«

Sie hatten »Specks Hof« erreicht.

Carl sah ein langgestrecktes Gebäude an der Ecke der Hauptstraße und eine schmale Gasse vor sich. Ein nach drei Seiten verglaster Erker schien über der Ecke zu schweben, so leicht und luftig war er gebaut. Im Erdgeschoss befand sich ein Kramerladen am anderen, wie in Barthels Hof, aus tiefen Gewölben bestehend. Darüber lagen zwei volle Geschosse außen mit glattem Putz versehen, die Fenster von Porphyrgewänden – wie überall bei großen Bürgerhäusern in Leipzig – eingerahmt. Nur in der Mittelachse der Längsfront war schmückendes Beiwerk zu entdecken. Carl störten Schriftplakate, die, wie in allen Handelsstraßen der Messestadt, über den Läden auf die Wand geheftet waren. Das Geschäft bestimmte das Innere des Hauses und nicht die Repräsentation: Kontorräume befanden sich rings um die großen Treppenhallen mit ihrer seitlich geführten Treppe. Innen gab es nur Eichenholz und hellen Putz. Alles war auf lange Nutzung angelegt.

Zwei livrierte Dienstboten baten die Gäste ins oberste Geschoss.

Direktor Schnorr von Carolsfeld kommentierte sich selbst: »Hab ich es doch geahnt. Die Specks wohnen bereits in Lützschena. Hier gibt es keine lärmenden Kinder und keinen Küchengeruch mehr. Aus der großen Wohnung ist eine Gemäldeausstellung mit einer kleinen zugeordneten Stadtwohnung geworden.«

In drei Salons wurden die Bilder gezeigt. Es gab nur einige Stühle, die bei Bedarf für spätere Gespräche genutzt werden konnten. Die Tische standen in der Treppenhalle. Auf ihnen war auf Porzellanplatten kalt angerichtet. Getränke servierte das Personal. Herr Speck hatte die Wände auf die Bilder abgestimmt und sie dunkel und matt streichen lassen, damit die Gemälde im Licht vieler Kerzen ungestört ihre Farbenpracht verbreiten konnten. Die neu gekauften Bilder hingen im Mittelraum gegenüber dem Eingang, die schon zurückliegenden Erwerbungen in den beiden Salons nebenan. Hausherr Speck stand mit einigen Ratsherren, wie Carl vom Akademiedirektor im Flüsterton erfuhr, vor den Neuerwerbungen, die mit maßvollem Abstand voneinander in einer Höhe gehängt waren. Herr Speck schaute in die Runde und begrüßte dann die Gäste.

»Sehr verehrte Herren, liebe Gäste, da zu meiner Freude offenbar alle, die ich eingeladen habe, bereits anwesend sind, will ich ohne große Vorrede beginnen. Zunächst darf ich verraten, dass ich vor kurzer Zeit ins Schloss des Rittergutes Lützschena umgezogen bin. Deshalb wurde Platz für meine schönsten Bilder, die ich nun hier im Haus ständig zeigen werde. Das wird einige Jahre so bleiben, denn auf dem Land muss erst ein Haus für die Sammlung gebaut werden.«

Er stellte sich vor die kürzlich erworbenen Bilder.

Den Mittelpunkt bildeten das Gemälde einer Kreuzabnahme und ein Herrenbildnis. Auf die linke Seite der Wand hatte Speck ein großes dunkles Bild gehängt, auf dem zwei Mönche dargestellt waren. Auf der rechten Wandfläche hing außen ein Madonnenbild. Dem Sammler Speck war die Freude an seinen Neuerwerbungen anzusehen und diese klang auch aus seinen Worten. Die Gäste folgten diesen aufmerksam.

»Das Herrenbildnis des niederländischen Malers Ferdinand Bol konnte ich kürzlich bei einem Händler in Brüssel erwerben. Die ausdrucksstarke Kreuzabnahme ist italienischer Herkunft. Ein Sammler in Wien hat sie mir verkauft. Ein unbekannter Meister hat das große Bild ›Das Regenwunder des hl. Bernhard von Clairvaux‹ gemalt. Ich habe es ebenfalls kürzlich in Wien erwerben können. Die Madonna mit dem Jesusknaben, die rechts davon hängt, ist leider nur eine Kopie nach Alonso Cano und ebenfalls von einem Wiener Sammler an mich verkauft worden.

Sie bemerken, dass meine letzte Reise nach Wien nicht nur meinem Geschäft gegolten hat. Auch für die Bereicherung meiner Sammlung war sie erfolgreich. Wer mehr dazu wissen möchte, kann im Anschluss an den Rundgang Fragen stellen. Sehr gern werde ich Auskunft geben.

In diesem Raum hängen Neuerwerbungen aus den Jahren 1819 und 1820. Auf der Seite zum linken Salon sind ein niederländisches Stillleben mit Tieren und Früchten sowie Le Valentins ›Musizierende Gesellschaft‹ zu sehen. Dieses ist, wie man bemerken kann, deutlich dem Werk des legendären Caravaggio nachempfunden. Erstmals zeige ich an der Wand gegenüber den vor knapp zwei Jahren erworbenen Rubens ›Das Schiffswunder der hl. Walburga‹. Das Bild stammt aus einer Versteigerung beim Kunstmaler Fischer hier in Leipzig. Die Bilder in den beiden anderen Salons geben einen Einblick in meine Sammlung aus der Zeit ab 1815, als ich nach dem Kauf von ›Specks Hof‹ größere Werke nicht nur sammeln, vielmehr hier auch präsentieren konnte.«

Carl stand zum ersten Mal in seinem Leben in einer richtigen Kunstausstellung. Hier waren Gemälde nicht nur Beiwerk wie in einer Kirche oder einem Schloss. Hier ging es nur um die Präsentation von ausgewählten Werken der Kunst; um nichts mehr und auch nichts weniger.

Vor den Bildern im mittleren Salon verbrachte er lange Zeit. Direktor Schnorr war inzwischen mit Gesprächen beschäftigt. Es ging dabei, wie er später erzählte, um Arbeiten für das Theater. In den anderen Salons beeindruckten ihn besonders Bilder von niederländischen Malern wie »Schiffe auf ruhiger See« und ein Sittengemälde mit drei Spielern, die von einer weiß gekleideten jungen Frau mit der Laute begleitet werden.

Im Salon mit dem Gemälde »Segler auf ruhiger See im Abendlicht« sah er zwei Burschen vor diesem Bild in eine heftige Debatte verstrickt. Ohne Zweifel waren das junge Maler. Carl fühlte sich zu ihnen hingezogen. Er trat näher heran und sie winkten ihn an ihre Seite. Sie stritten nicht. Sie waren davon angetan, wie gut es dem Künstler vor mehr als einhundert Jahren gelungen war, im Bild eine Lichtstimmung zu schaffen, deren Quelle im Geheimen blieb.

»Das ist nicht so trocken, wie wir es mit der an der Akademie gelehrten Malweise zustande bringen«, gab der Größere von beiden von sich, und an Carl gerichtet fragte er: »Versteht Ihr etwas davon oder habt Ihr nur Lust, mit uns ins Gespräch zu kommen?«

Das klang hochnäsig, doch Carl war nicht auf den Mund gefallen.

»Beides, denn ich verdiene mein Geld bereits mit Kunst, doch will ich mich bei Schnorr von Carolsfeld noch weiterbilden und reden will ich ebenfalls mit Euch, da ich etwas über die Akademie wissen will. Euer Auftreten lässt auf einen Kunstberuf schließen und nicht auf einen aus der Bürokratie.«

»Dann kommen wir ins Gespräch«, gab der etwas kleinere, aber kräftiger wirkende junge Maler von sich und ergänzte: »Doch nicht hier und nicht am heutigen Abend. Wir treffen uns ... sagen wir am Sonnabend zur Abendstunde in Auerbachs Keller. Der ist groß und man kann auch Ecken zum Reden finden.«

»Kann ich Eure Namen wissen? Mein Name ist Carl Christian Steiner, ich bin Steinmetzmeister, Modelleur und Zeichner und komme wie Euer Lehrer und Akademiedirektor aus dem Erzgebirge.«

Der Große lachte: »Ein Gebirgssachse also. Wir sind Flachlandsachsen. Der Bursche hier«, er zeigte auf den Freund, »hat wie ich die Akademie abgeschlossen und wurde mit dem Namen Georg

Johann Schweinebraten ins Leben entlassen. Nun nennt er sich schlicht Georg Bauer und ist dadurch nicht mehr ein Opfer dummer Fragen.«

»Und der Große hier«, führte Georg Bauer fort, »ist der uneheliche Spross eines Leipziger Adelsgeschlechts, das ursprünglich nur Hohmann hieß, bevor es vor etwa einhundert Jahren sich das ›von‹ an die Brust heften durfte. Das ist eine reiche Sippe mit vielen Kindern und eben auch einem unehelichen, wie diesem Burschen hier vor mir. Seine Mutter war Kinderfrau beim Grafen und hieß Johanna Bäsler. Das klang meinem Freund zu blöd und er hat sich den Grafentitel als Nachnamen zugelegt. Nicht wahr, mein lieber Ludwig Graf?«

»Carl Steiner, Ihr habt es da besser, Euer Name passt zum Beruf. Wir nutzen dann eben Künstlernamen.«

Nun lachten alle drei und zogen missbilligende Blicke auf sich.

Zum Glück bat der Gastgeber in die Treppenhalle: »Langen Sie zu, liebe Freunde, besonders empfehle ich den noch zur rechten Zeit eingetroffenen Burgunderwein.«

Dann begrüßte er den Akademiedirektor und Carl, den er, wie er sich erinnerte, persönlich eingeladen hatte.

Er rückte drei Stühle zusammen, bat die beiden Gäste Platz zu nehmen und setzte sich in die Mitte. Dann fragte er Carl direkt nach seiner Herkunft und seinen beruflichen Wünschen.

Bereitwillig gab Carl Auskunft, und als der Wollhändler erfuhr, dass Carl an einer Fabrik des auch ihm bekannten englischen Mechanikus Evan Evans mitgebaut hatte, wurde er neugierig, wollte mehr wissen und hatte dafür eine Idee: »Mein lieber von Carolsfeld, besuchen Sie mich doch am nächsten Sonntag im Schloss zu Lützschena und bringen Sie diesen jungen Mann mit, gern auch ihre liebenswerte Gattin. Doch für die Kinder ist es noch zu früh. Wir sind darauf auf dem Land noch nicht eingerichtet. Wir benötigen beim Besuch auch etwas Zeit, da ich gern Ihre Meinung über meine Pläne zu einem Park im englischen Stil gehört hätte. Sagen Sie zu?«

»Ich sage zu.«

Die beiden Angesprochenen hatten sich kurz mit Blicken verständigt. Nach einigen Gesprächen, bei denen Carl mehreren Stadträten und Gelehrten vorgestellt wurde, drängte er zum Aufbruch. Es war ihm peinlich geworden, von Größen der Stadt mit den Augen durchlöchert zu werden.

Auf dem Weg zur Burg erkundigte sich Carl über die beiden jungen Maler, ohne zu erwähnen, dass er mit ihnen bereits für den Sonnabend verabredet war.

»Die beiden Burschen haben Talent, der Georg als Maler. Er hat die Farbe im Blut, der Ludwig ist zu intellektuell geprägt, er kann Geschichten erfinden und diese sehr gut illustrieren. Ihm fehlt allerdings noch das Gespür dafür, welche Farben sich am besten nebeneinander zur Wirkung bringen. Und noch etwas. Mich stört es nicht, wenn Ihr Euch mit ihnen anfreundet. Jedermanns Sache sind die beiden allerdings nicht. Warum, werdet Ihr jetzt fragen. Ich werde es durch die Blume gesprochen erklären: Sie scheinen sich näher zu sein, als es der liebe Gott will! Das ist eine Vermutung. Ich weiß das nicht genau und will es auch nicht wissen: Auch als streng gläubiger Lehrer will ich Gott nicht für sie um Abbitte anrufen. Wie sie ihr Leben vor Gott rechtfertigen, muss ihre eigene Sache sein.«

Carl hatte verstanden, dachte an Johannes, der ihm einst die Freundschaft angetragen hatte, und schmunzelte in sich hinein.

Der Abend in der Galerie hatte Carl das stundenlange, auf die Dauer eintönige Drucken leichter gemacht, denn die Bilder der Ausstellung zogen durch seinen Kopf. In einer Woche würde er die Aufgabe erfüllt haben, und dann konnte er in den Tagen bis zum Unterrichtsbeginn tun und lassen, worauf er Lust hatte.

Dass alles anders kam, als er es sich für die kommende Zeit vorgestellt hatte, ergab sich bereits am Wochenende.

Der erste Anstoß kam durch die jungen Maler Ludwig und Georg in Auerbachs Keller, der zweite später bei Speck auf dem Land.

Ludwig und Georg erzählten von ihren Plänen, Ende August nach Italien aufzubrechen. Beide spürten, dass ihnen vor allem ein Aufenthalt in Rom helfen würde, die Enge, die sie zunehmend in Leipzig spürten, und die auch von vielen jungen Künstlern, die sie kannten, in anderen deutschen Ländern empfunden wurde, zu überwinden. Sie hofften dabei, die starren Kunstregeln der Akademie ablegen und zu einem eigenen Weg finden zu können.

Die Flucht in den Süden musste nicht für Jahre sein, vielleicht nur über den Winter. Doch sie wollten und mussten über die Alpen ziehen und Deutschland hinter sich lassen. Sie erklärten Carl, dass sie mit Julius, dem jüngsten Sohn ihres Lehrers, bei seinem letzten Besuch in der »Burg« – die beiden sprachen nur von der »Burg«, wenn sie die Akademie meinten – darüber gesprochen hatten. Julius habe sie bestärkt und erzählt, wie ihm die Wiener Akademie durch die erstarrte Lehre zu einer Art Leichenschauhaus geworden war und er nach Rom wie aus einem Gefängnis ausgebrochen sei. Carl schaute die beiden nicht nur mit großen Augen an, er hörte auch aufmerksam zu, denn ähnliche Gedanken begannen auch in ihm zu wachsen.

Er trank nicht zu viel, um am nächsten Tag bei Speck einen guten Eindruck zu hinterlassen. Er schlief schlecht. In seinem Kopf ratterten Fragen wie die Zahnräder im Antrieb einer Spinnmühle.

Wilhelmine Schnorr fragte ihn am Morgen vor dem Kirchgang, ob er Probleme habe, sein Gesicht habe Farbe verloren.

»Das ist nur das fehlende Sonnenlicht in der Burg, sonst weiter nichts, machen Sie sich bitte keine Sorgen.«

Nach dem Mittagessen rollte eine Mietkutsche vor, die Maximilian Speck, Gutsherr und Besitzer wertvoller Reit- und Kutschpferde geschickt hatte, um den Direktor und Carl aufs Land zu bringen.

Wilhelmine Speck hatte wenig Lust, dabei zu sein, wenn die Männer redeten. Frau Speck und Frau Schnorr fühlten sich dann überflüssig, und es gab im Schloss auch noch nichts vorzuführen, was für die Frauen von größerem Interesse sein konnte.

26
Auf Specks Landsitz

Die Kutsche rollte durchs Hallische Tor bis zur Weggabelung der Straßen nach Halle und Wittenberg. Bald wurde Möckern erreicht, dann Wahren. Die an der Elsterniederung liegenden Gutshäuser blieben links liegen, wie auch die Mühle in Stahmeln. Die Straße nahm dann einen höher gelegenen Weg. Hochwasser war an der Weißen Elster auch hier häufig. Dann war das kleine Dorf Lützschena mit dem Schloss, einem besseren Herrnhaus in barocker Art, nach einer kurzen Fahrt bergab am Flussufer erreicht.

Der Schlosshof lag auf der Westseite nahe der Schlossmühle und einem imposanten hohen Taubenhaus.

»In der Wahl des Ortes hat sich Herr Speck wohl an seine Kindheit auf einem Rittergut am Wasser erinnert«, war der erste Kommentar des Akademiedirektors, und Carl ergänzte: »Bei Hochwasser muss man hier die Kellerfenster zumauern!« Er hatte Erfahrung mit Hochwasser.

Wohlweislich war das Erdgeschoss nur über eine vorgelagerte Steintreppe zu erreichen. Die Schau- und Breitseite des Schlosses zeigte nach Osten. Dort lag, etwa eine sächsische Meile entfernt, die Messestadt. Vor dem Eingang stand eine Kutsche, deren Fahrgäste bereits im Haus verschwunden waren. Der Kutscher versorgte die Pferde. War das nicht ...? Ja, er war es, der Kutscher der Kaufleute Meinert aus dem erzgebirgischen Oelsnitz. Carl erkannte ihn auch nach Jahren an seinem Schnauzbart wieder. Carl begrüßte ihn und erfuhr, dass er den Jüngeren der beiden Brüder Meinert, Johann Carl Meinert, den Ziehvater von seiner einst heiß geliebten und verehrten Luise, hierhergebracht habe. Und der Kutscher berichtete auch, dass er oben auf der Fernstraße zu weit gefahren war und nach wenigen Minuten bereits an der Grenze nach Preußen gestoppt wurde und umkehren musste. Sachsen war seit sieben Jahren in Lützschena bereits zu Ende.

»Das liegt an der Niederlage unseres Königs in der Völkerschlacht«, erklärte ihm Carl und bekam bei dem Gedanken, gleich den jüngeren Meinert zu treffen, ein flaues Gefühl im Magen.

Doch die Begegnung mit Kunstsammler Speck war ihm wichtiger als das Wiedersehen mit dem Ziehvater von Luise und die Erinnerung an den verpatzten Auftrag für einen Brunnen und ein Gartenhaus.

Dass sich Speck und Meinert kannten, war ihm verständlich. Speck handelte mit Baumwolle und die Meinerts verarbeiteten diese zu Garn.

Der wichtigste Handelsplatz dabei war Leipzig. Carl nahm seinen Mentor zur Seite und erklärte kurz, was ihn mit dem anderen Gast verbinde. Der lächelte.

»Wer hat das nicht schon durchgemacht? Eine Liebe, die sich nur in den Träumen erfüllt und ein Auftrag, der nicht zur Ausführung kommt und auch nicht bezahlt wird.«

Als Carl dann im Salon vorgestellt wurde, bekam Johann Carl Meinert große Augen: »Ihr hier bei dem berühmten Kunstsammler? Ich wähnte Euch als Nachfolger Eures Vaters in Drebach.«

»Mein Vater lebt nicht mehr. Die Werkstatt ist aufgelöst und ich möchte mein Können in den Künsten an der Leipziger Akademie vervollkommnen.«

»Das ist lobenswert. Ihr werdet da nach so langer Zeit auch nicht traurig sein, dass meine Ziehtochter Luise inzwischen mit einem der Söhne des Textilhändlers Fiedler aus Oelsnitz verheiratet ist. Sie hat bereits drei muntere Kinder zur Welt gebracht.«

»Ich kann das verkraften!«

Mit diesen Worten verscheuchte Carl, was ihn tatsächlich bewegte.

Nachdem Schnorr von Carolsfeld ebenfalls den jüngeren Meinert begrüßt hatte, wurde das Anliegen des Garnfabrikanten besprochen. Der war ohne lange Ankündigung erschienen und wollte auch bald wieder nach Leipzig zu anderen Gesprächen aufbrechen. Johann Carl Meinert erklärte zunächst den Hintergrund seines unerwarteten Besuchs.

»Unser Unternehmen hat die Handelskrise, die nach dem Aufheben der Kontinentalsperre wieder einsetzte, im Gegensatz zu den Gebrüdern Bernhard in Harthau und vielen anderen Firmen, glimpflich überstanden. Wir hatten gehört, dass Sie, verehrter Herr Speck, durch den Kauf eines Rittergutes eine Absicherung durch Ackerbau und Viehzucht anstreben und dieses Gut gekauft haben. Ist das richtig?«

»Sie haben das richtig vernommen. Meine Überlegung war: Politische Krisen gefährden die Produktion der Fabriken und deren Warenabsatz. Der Ertrag beim Ackerbau ist hingegen vom Wetter abhängig, und nicht von der Politik. Viehzucht schafft Probleme bei kluger Futterwirtschaft nur, wenn das Wetter mehrere Jahre ungünstig ist. Wollhandel, bei Ihnen die Garnherstellung, und der Warenverkauf können Krisenzeiten überstehen, wenn die Landwirtschaft die nötigen Polster schafft. Das ist eigentlich schon alles, was ich zur Begründung meiner Gedanken beitragen kann. Mit diesem Rittergut hoffe ich, meine Familie dauerhaft sicherstellen zu könne. Ob mir das mit dem Wollhandel allein gelingen würde, stand in den Sternen. Ähnlich hat das Johann Carl Friedrich Heine gemacht, der aus Braunschweig mit viel Geld nach Leipzig kam. Er hat in die Leipziger Oberschicht eingeheiratet und das Rittergut Gundorf auf der anderen Seite der Elsteraue erworben. Seine Hoffnung liegt auf seinem Sohn Carl Erdmann, der ist noch ein kleiner Bub, doch der Vater plant bereits mit ihm. Vielleicht hat er Glück dabei.«

»Wegen derartiger Überlegungen und Pläne bin ich zu Euch gekommen«, sagte Johann Carl Meinert an Maximilian Speck gewandt. »Ich suche Euren Rat und gegebenenfalls sogar eine Vermittlung zu einem Rittergutsherrn, der verkaufen will.«

Speck überlegte lange. Dann fielen die Worte »Crostewitz« und »Edler von Hohenthal«. Carl blickte zum Akademiedirektor und der zurück. Da wurde der leibliche Vater vom jungen Maler Ludwig ins Spiel gebracht. Kaufmann Meinert musste das nicht wissen. Sie schwiegen einvernehmlich dazu.

Maximilian Speck sah die Sache nicht aussichtslos, denn der Besitz derer von Hohenthal umfasste viele Güter.

»Bei einer angemessenen Summe, die einen guten Überschuss versprach …? Man muss das Brett behutsam bohren und abwarten!«

Der jüngere Meinert war zufrieden mit dem Ergebnis seiner Mission, die er mit seinem älteren Bruder abgesprochen hatte, und machte sich zurück auf den Weg nach Leipzig. Carl vermied es, ihm Grüße an Luise mit auf den Weg zu geben.

Schlossherr Speck bat die beiden anderen Gäste, die er eigentlich allein bei sich haben wollte, zurück in den mittleren Salon und von dort hinaus ins Freie.

Der Blick der Gäste ging, eingerahmt von zwei niedrigen Stallgebäuden, hinaus in eine weite Wiesenlandschaft. In der Mitte stand ein Schäfer wie angewurzelt, während die Schafe um ihn herum in Bewegung waren. Ein schwarzer Schäferhund trieb sie zu einem neuen Weideplatz. Hinter der Wiese begann der Auewald.

»Der Wald sieht aber recht wüst aus und das Unterholz wuchert wild«, kam es Carl über die Lippen.

»Genau das ist mein Problem. Ich will Ordnung schaffen, einen Park anlegen und zugleich die Natur nicht züchtigen, wie das in den barocken Schlossgärten geschehen ist. Vor uns liegt ein Gebiet mit vielen wilden Flussarmen und Wassernestern. Im Sommer wachsen die Brennnesseln und es schwärmen die Mücken bis zum Schloss aus. Hierher kann man noch keine Gäste einladen. Direktor von Carolsfeld, Ihr habt doch noch den alten Dauthe an der Akademie erlebt. Leider ist er vor einigen Jahren verstorben. Ihn hätte ich gern zu den Gedanken befragt, die er bei der Anlage des Schwanenteichgeländes und des Gartens hinter Löhrs Palais verfolgte. Beides waren sumpfige Gebiete. Ich will meinen Park selbst gestalten und alles Hineinreden durch einen Gärtner vermeiden, denn bei mir sollen Kunstwerke und kleine Pavillons, auch Baumhäuser im Mittelpunkt stehen. Für die besten Exemplare meiner begonnenen Tierzucht soll es Freianlagen und überdachte Ruheplätze geben. Und dann muss ich das wilde Seitengewässer der Elster in den Griff bekommen. Ich will Euch heute nur die Wildnis zeigen und dann Skizzen anfertigen. In einiger Zeit würde ich Euch dazu gern konsultieren, der junge Carl kann dabei sein, da er von Baukunst wohl einige Ahnung hat.«

Im Salon fand sich dann auch Ehefrau Charlotte Elisabeth ein und Carl konnte sich nun anhören, welche Länder der Wollhändler bereits vor der Hochzeit quer durch Ost- und Mitteleuropa, schließlich Westeuropa bis hin nach England bereist hatte. An den Akademiedirektor gewandt fragte er: »Ihr müsst doch auch schon weit herumgekommen sein?«

Schnorr von Carolsfeld ging darauf ein und führte die Aufzählung von Reisen, die er selbst unternommen hatte, fort: »Zuerst wollte ich mit Seume bis Syrakus über Wien, Triest, Venedig, Florenz, Rom und Neapel unterwegs sein. Ich habe in Wien aufgegeben. Seume hatte mir dazu geraten. Ich müsse an meine Familie denken. Zu viele Gefahren lauerten am Weg, und er wollte mit Ranzen und Stock unterwegs sein und ich eher mit Reisekutschen.

Die haben mich dann wenigstens von Wien aus nach Paris und über Straßburg zurück nach Leipzig gebracht. Seume ist gewandert; ab Neapel mit einem Segelschiff nach Sizilien hin und wieder zurück, und er hat Leipzig wiedergesehen und den Spaziergang nach Syrakus bei Göschen in einem Buch verewigt.«

Carl wurde immer stiller. Er geriet in einen Zwiespalt, der in seinen Gedanken und Gefühlen zu einer immer größeren Kluft wurde. Die beiden ihm gegenüber hatten in seinem Alter die Welt gesehen. Was er bislang gesehen hatte, lag zwischen dem Erzgebirgskamm und der Leipziger Tieflandbucht. Er war nun sechsundzwanzig Jahre alt. Für weite Reisen konnte es bald zu spät sein. Er wollte darüber nachdenken, wenn die Arbeit an der Radierpresse in der kommenden Woche zu Ende war und er Zeit für klare Gedanken hatte. Die Kutsche des Rittergutes brachte die beiden zurück zur Pleißenburg. Es wurde kaum gesprochen. Jeder hing seinen Gedanken nach. Schnorr war bei Speck bewusst geworden, wie dieser von einem armen unwissenden Landjungen zum Schlossbesitzer und bedeutenden Kunstsammler aufgestiegen war, und dass er, der Sohn aus einem der reichsten Elternhäuser im Erzgebirge, diesen Weg nicht gewählt hatte, um seinem Drang, ein Künstler zu werden, nachzugehen.

26
Ausbruch nach Süden

Am Mittwoch konnte Carl seine Drucke übergeben. Danach meldete er sich zu einem Stadtspaziergang ab. Er suchte nun auf kürzestem Weg einen Ort, an dem er mit einem Glas Rotwein in der Hand nachdenken konnte. In der Grimmaischen Straße fand er eine Weinstube nahe dem inneren Stadttor. Die Universität befand sich in unmittelbarer Nachbarschaft. Ihn trieb um, dass er plötzlich die Luft in der »Burg« als eisig empfand. Das lag nicht nur an den gekalkten dicken Mauern und den kleinen Fenstern. Nach dem Gespräch mit den beiden jungen Malern sah er auch mit unverklärtem Blick auf die neuen Werke seines Meisters. Ihnen fehlte zunehmend die Wärme. Woher kam diese Kühle? War es die Folge der politischen Wirren der Zeit und die Zwänge des Akademiebetriebs? Auch hatten die Schnorrs in den letzten Jahren einige Schicksalsschläge hinnehmen müssen. Das hatte ihm sogar Charlotte erzählt, da sie der frühe Tod von nachgeborenen Geschwistern sehr belastete. Carl war unsicher geworden, ob es richtig war, im Herbst mit dem Studium in dieser »Burg« zu beginnen.

Zwei Glas Rotwein dämpften seinen Kummer bereits erheblich.

Er beobachtete die Straße: Studenten, Fußgänger, die zum Stadttor eilten, weil sie in der Johannisvorstadt oder in Dörfern weiter draußen im Osten wohnten. Vornehme Reiter nur gelegentlich, aber Herren, die bis zum Tor gingen und davor wieder umkehrten, die

Blicke auf die Sonnenseite der Straße gerichtet. Carl folgte diesen und entdeckte elegante Frauen mit leichten Schirmen, die ihren blassen Teint vor der Sonne schützten oder nur bemerkt werden wollten.

»Leipzig hat schöne Kurtisanen, wohl die schönsten nicht nur in Sachsen«, sagte einer der Weintrinker, der seinem Blick gefolgt war und am Nachbartisch saß.

»Sind denn alle diese Frauen aus Sachsen? Die mit den schwarzen Haaren sieht eher südländisch aus.«

»Das ist sicher der Fall, denn zurzeit der großen Schlacht in und um Leipzig kamen die Soldatenliebchen aus vielen Ländern. Manche von ihnen sind hiergeblieben.«

Die Sonne verschwand allmählich hinter den hohen Dächern. Vor dem Tor lag der Platz noch in vollem Sonnenschein. Carl zahlte, grüßte in die Runde und etwas angeheitert auch die Wachsoldaten, die hier mit scharfen Augen die Fremden, die am Abend noch in die Stadt wollten, kontrollierten. Lange werden das Tor und die Wachsoldaten hier wohl nicht mehr stehen, dachte sich Carl und bestieg den Schneckenberg, den hoch aufgeschütteten Erdhügel zwischen Vorstadt und Altstadt. Der war nur über einen Schneckenweg zu erklimmen, ermöglichte jedoch jenen weiten Blick, den ihm die Mitreisenden in der Postkutsche bei der Ankunft versprochen hatten. Vor der untergehenden Sonne sah er im Dunst das Dorf Lindenau. Von dem hatte er bereits vor zwei Jahren gehört. In der Gegenrichtung schuf der tiefe Sonnenstand eine erstaunliche Fernsicht bis hin zu weit abgelegenen Dörfern und deren kleinen Kirchen. Carl war beeindruckt, doch mehr nicht, denn in seinem Kopf geisterten ganz andere Überlegungen. Er musste nachdenken, wie er den Schnorrs nahebringen könnte, dass er vor dem Winter der südlichen Sonne entgegenwandern und dann erst im Frühjahr mit der Wärme zurückkommen wolle. Die Entscheidung war beim Rotwein gefallen. Carl stieg vom Berg herab und fand einen Wasserfall und eine bequeme Bank vor. Sie kam gerade recht, denn der Rotwein zeigte Wirkung. Carl hatte die Augen geschlossen und träumte nun entspannt. Geräusche. Er blinzelte zwischen den Augenliedern hindurch. Eigenartiges geschah: Ein Soldat verschwand mit zwei Maiden gleichzeitig im Gebüsch. Sie herzten sich dabei zu dritt. Einige Zeit später zwei Schatten. Beim Näherkommen wurden sie zu einem Studenten und einem Wachsoldaten. Die liefen ganz brav an Carl vorbei und verschwanden dann plötzlich zusammen hinter dem aufgeschichteten Felsen der Kaskade. In Leipzig kann man im Dunkel Dinge entdecken, die im Gebirge keiner für möglich hält, notierte Carl in seinem Gedankenarchiv. Dann schlich er sich lautlos davon. Er gelangte auf der anderen Seite des Teiches zu jenem Gotischen Tor, über das einst beim Wein gestritten worden war. Die gotischen Formen gab es tatsächlich. Das Tor hatte keinen praktischen Zweck, ein schöner Gegenstand im Grünen. Er ging einen ansteigenden Weg zum Stadttor zurück und spürte hoch über sich eine gewaltige Steinmasse. Unten ein gewaltiger Sockel, darüber hohe Mauern und in der Mitte kolossale Säulen in der Art, wie sie Baumeister Lohse vor die Villa der Bernhards in Harthau gestellt hatte. Dort waren sie sogar noch ein Geschoss höher. Das stellte er fest, als er die Fensterreihen zählte. Woher kam diese Verwandtschaft? Er wollte dazu den Akademiedirektor fragen. Wenige Schritte weiter war der Weg vor den Häusern angelangt. Ein neues Torhäuschen versperrte den Weg. Noch war es nicht geschlossen und unerwartet stand er dahinter auf einer auch am Abend noch belebten Straße, dem Brühl. An dessen besserer Seite, im Haus des Bürgermeisters Romanus, hatte ihn Frau Schnorr mit der Geburtstagstorte überrascht. Hier war die Straße enger und verschachtelt. Er stand auf der Stadtseite des riesigen Hauses, das die kolossalen Säulen auf der Parkseite schmückten. Von hier aus war zusätzlich ein hoher dicker Turm zu erkennen. Er fragte einen Händler, der billigen Schmuck unter die Leute brachte, und erfuhr, dass der mächtige Bau das Georgenhaus genannt wurde und das Zucht-, Waisen- und Irrenhaus der Stadt war. Die Säulen auf der Schauseite am Park seien später angesetzt worden, um Besuchern der neuen Parkanlagen die makabre Nutzung zu verbergen.

Carl stand hier im Pelzhändlerviertel. Eine unübersehbare Menge Leute auch am Abend. Viele von ihnen stammten unverkennbar aus Osteuropa, auch einige jüdische Pelzhändler konnte Carl entdecken. Durch eine Häuserlücke sah er ein Tor, das nach Norden führte. Lagerhäuser für Rauchwaren offenbar. Jenseits des Tores mussten die Gerber wohnen. Der Wind trug den Gestank bis zu ihm herüber.

Die Zeit war fortgeschritten. Die Schnorrs würden sich schon Sorgen machen. Er suchte einen kurzen Weg quer durch die Gassen in Richtung Markt. Nun konnte er sich an den Hinweis der Studenten zur Böttchergasse erinnern. Neugier verbunden mit Erlebnisdrang trieb ihn an. Er wollte die Gasse noch sehen. Er stand bereits in dieser Böttchergasse und fiel sofort auf. In Sächsisch und in gebrochenem Deutsch wurde durcheinandergerufen: »Hallo, schöner Mann!«, »Komm näher, Schmucker!« und »Süßer, ich will dich haben!« In den Haustüren standen die leichten Mädchen, aber auch mittelalte und noch ältere Frauen, oft nur auf dem rechten Bein, den Rücken und das linke hatten sie an die Türrahmen und weiter im Inneren an die Wand gestützt. Plötzlich umringten ihn drei noch recht junge Frauen, eine blonde und zwei dunkelhaarige. Die eine versuchte, ihn zu küssen, die zweite fasste zwischen seine Beine und die dritte versuchte, seinen Geldbeutel zu greifen. Carl begriff sofort. Er war größer als die drei und hatte genügend Kraft, sich aus der Umklammerung zu befreien. Er flüchtete. Hohngelächter hallte ihm aus allen Fenstern hinterher. Am Markt konnte er endlich verschnaufen. Er ärgerte sich gewaltig, dass er seinem Drang gefolgt und überhaupt in diese Gasse gegangen war. Ein Zeichen, dass er erst einmal von Leipzig weg in ein ruhigeres Fahrwasser gelangen musste. Die Schnorrs hatten sich tatsächlich Sorgen gemacht. Carl erzählte viel, aber nicht, was ihn bewegte und was er zum Schluss erlebt hatte.

Am folgenden Sonnabend traf er sich hinter der »Alten Burg« im Gartenlokal »Zur Blauen Mütze« mit Ludwig und Georg. Dort ging es drunter und drüber. Professoren und Studenten, viele Philister und Spielsüchtige, Trunkenbolde und auf den Wegen vor den Hecken und unter den Bäumen einer Allee bessere Herren und leichtere Damen. Hier fand vor allen Augen statt, was am Schwanenteich heimlich geschah.

Ludwig, Georg und Carl hatten dafür keine Blicke. Sie tranken Bier und besprachen, wie und wann sie von Leipzig nach Italien aufbrechen könnten. Rom wurde da noch nicht in den Mund genommen. Doch Rom war bereits in den Köpfen der drei das eigentliche Ziel. Der Zufall spielte ihnen ein Glückslos zu. Das kam in Person von Ludwigs altem Freund und Trinkkumpan Friedrich von Römer über die Wiese. Ludwig und Georg hatten ihn am Tag zuvor auf dem Markt getroffen und sich mit ihm für den heutigen Abend in der »Blauen Mütze« verabredet.

Friedrich von Römer hatte seine Tante von Schloss Neumark mit der Reisekutsche der Familie nach Leipzig gebracht und hatte bei der Rückfahrt Platz für die drei. Bei einem letzten Umtrunk wurde der Plan besiegelt. Carl musste den Schnorrs mit Feingefühl seinen plötzlichen Aufbruch beibringen. Bis zur Abreise wollte er bei Ludwig und Georg nächtigen, um weiteren Fragen, die ihm in der Burg gestellt würden, auszuweichen.

Am folgenden Tag setzte sich Carl ins Druckgewölbe und fasste seine Gedanken und Entscheidungen in einem Brief an seinen Bruder Friedrich zusammen. Der Brief sollte ihn durch die Schriftform zwingen, seine Gedanken gut zu begründen und in klare Worte zu fassen. Dann hoffte er, Hans Schnorr von Carolsfeld, Frau Wilhelmine und den Töchtern mit guten Argumenten unter die Augen treten zu können und zu erreichen, dass er sie nicht verletzte und durch die Absicht einer Rückkehr im Frühjahr glaubhaft beruhigen konnte. Carl notierte im Datum auf seine Ankunft in Leipzig zurückgesetzt:

Mein großer Bruder!

Ich hatte dir von meiner Ankunft in Leipzig berichtet. Ich schreibe diese Zeilen, da ich drei Wochen später in diesem Zentrum der Welt bemerke, welche Schönheiten und Mängel es bereithält. In meinem Kopf hat es einen Um-

sturz gegeben. Ausgelöst wurde er zunächst durch den Umstand, dass eine von mir einst innig geliebte junge Frau, eine Ziehtochter der Kaufleute Meinert in Oelsnitz im Erzgebirge, von der ich dir nie etwas erzählt habe, schon längst verheiratet und mehrfache Mutter ist.

Ich hatte das Bild von ihrem schönen Gesicht, ihr anmutiges Wesen und ihre Verführungskünste in mir gespeichert und als Anregung benutzt, um meinen kleinen Kunstwerken Poesie zu verleihen. Ich habe an sie Briefe geschrieben und nie abgeschickt, da ich sie mir eigentlich selbst geschrieben habe, um meine Seele zu bereichern und meine Willenskraft zu stärken. Heute ist das Trugbild bei einer zufälligen Begegnung mit ihrem Ziehvater zerplatzt. Und das war gut so. So bin ich wieder auf festen Boden zurückgekommen.

Nachdem ich in Leipzig bisher von der Academie nur dicke Mauern unter gewaltigen Gewölben wahrgenommen habe, entdeckte ich vor den Fenstern und dem Tor der Pleißenburg, in der die Academie ihre Räume hat und in der auch mein Bett steht, blühendes Leben. In mir beginnt der Zweifel zu wachsen, ob es richtig ist, meine nächsten Jahre hier zwischen den Mauern der Academie zu verbringen. Es ist weniger das triste Umfeld, das mir die alte Burg schafft, denn ich brauche nur wenige Schritte, um ihr in die Landschaft oder in das bunte Treiben der großen Stadt für einige Stunden zu entfliehen. Mich bewegt viel mehr das Gefühl, das der von mir hochgeachtete Direktor Schnorr von Carolsfeld sich hier selbst nicht mehr wohlfühlt, da ihn die Verantwortung, die er für die Academie, den Unterricht, die Lehrerschaft und die Schüler trägt, aufzufressen scheint. Ich habe ihn laut schimpfen hören, dass die Druckgeräte veraltet sind, die Farbe von den Wänden blättert, Stockflecke auftauchen und die Dielung bald durchbrechen wird, aber der zuständige Amtmann die Mittel für die Erneuerung verweigert. »Diese Academie frisst mich auf«, hörte ich ihn kürzlich laut zu seiner Frau sagen. Er hatte übersehen, dass ich im Nebenraum tätig war. Das alles schlägt sich auf seine eigene Kunst nieder. Sein Atelier hat ihn seit Tagen nicht mehr gesehen, Staffelei, Pinsel und Farben bleiben über Tage unberührt, und wenn er ein Bild endlich abschließt, erscheint es mir blutleer. Ist das noch der richtige Ort, an dem ich meine Fähigkeiten erweitern kann? Kann mir ein mit fremden Dingen derart belasteter und von mir zugleich hochgeachteter Lehrer die künstlerischen Impulse geben, die ich erhoffe? Um das für mich zu klären, habe ich eine Entscheidung getroffen. Ich werde mit zwei Freunden nach Italien aufbrechen und dann im Frühjahr zurückkehren. Dann wird sich zeigen, ob ich noch studieren will oder mich direkt als Künstler niederlasse. Ich bin voller hoffnungsvoller Gedanken und fürchte nicht, dass auf mich Ereignisse zukommen, die meinen Weg ernsthaft behindern werden.

Lieber Friedrich,

Mich zieht es in die weite Welt hinaus!

Dir stehe Gott bei, wenn Du demnächst in die Fußstapfen unseres großen Landbaumeisters Johann Traugott Lohse trittst, wie Du es hoffst und ich es dir wünsche. Grüße die Deinen und Meister Lohse herzlich von mir.

Dein Bruder Carl

Carl las den Brief noch einmal, dann legte er ihn auf den Steinboden der Werkstatt und hielt eine brennende Kerze daran, bis das Papier zu feinem grauem Staub geworden war.

Zu seiner Erleichterung verstanden ihn die Schnorrs. Er versprach, bis nach Rom zu reisen und dort einige Zeit in der Nähe von Julius zu weilen. Dann konnten sie bei seiner Rückkehr erfahren, wie es dem jüngsten Sohn der Schnorrs in der Ferne ergeht. Frau Schnorr sagte beim Abschied: »Lieber Carl, passen Sie gut auf sich auf, Ihre Familie und auch wir wollen keinen verlorenen Sohn. In den wenigen Tagen, die Sie unser Gast waren, sind Sie uns ans Herz gewachsen.«

Ihr Mann sprach nicht. Er nahm Carl nur in die Arme und drückte ihn an sich. Das war für Carl mehr als ein frommer Wunsch für eine gute Reise. Er packte alle Sachen, die er nicht mit auf die Reise nehmen konnte, in seinen großen Reisekorb. Der landete in einer trockenen Abstellkammer. Dem Akademiedirektor übergab er eine flache Kiste aus edlem Holz, die er noch erworben hatte, zur besonderen Aufbewahrung. In sie hatte er sein Privatestes gelegt: die Zeichnungen und Aquarelle mit den Widmungen an Luise und die an sie nicht abgeschickten Briefe. Auf ein Pergamentblatt, das er faltete und obenauf legte, hatte er mit seiner schönen Schrift geschrieben: *»Meiner Angebeteten in der Ferne einst zugeeignet. Ich hatte dabei gedacht: Lieber viele Tage träumen, als durch eine ablehnende Antwort alle*

Träume zerstören – das war eine Illusion, die mich nicht weitergebracht hat. Nun bleiben diese Briefe hier, und ich reise in die Ferne. Das ist der bessere Weg.

Carl Christian Steiner im August des Jahres 1822.«

27
Briefe von der Wanderung nach Rom

Bozen im Spätsommer 1822
Hochverehrter Meister,
erlaubt, dass ich Euch als Meister anspreche. Es ist mein erster Brief, den ich an einen Hochgeborenen schreibe, und ich habe lange überlegt, in welcher Form ich ihn abfassen soll.

Habt bitte Verständnis dafür, dass ich dies nun in meiner Art tue, da ich Briefe bislang nur an meinesgleichen geschrieben und von diesen empfangen habe.

Im Schnorrhaus in Schneeberg konnte ich aus Büchern viel über vergangene Zeiten und ferne Länder erfahren. Fast alle Texte und Bilder in diesen Büchern wurden mir zum Erlebnis, doch es gab auch Berichte, die auf mich ohne Anteilnahme niedergeschrieben wirkten. Sie waren wie eine wässrige Mehlsuppe ohne den Geschmack belebender Zutaten. Ich sehe und denke in Bildern. Worte müssen in mir Bilder schaffen und meine Sinne beleben. Mir wurde dabei bewusst, dass ich das Ferne selbst aus der Nähe erleben will. Auch deshalb kam ich nach Leipzig und mich drängt es nun nach Rom. Hier ist mein erster Reisebericht.

Durch einen glücklichen Umstand hatten meine Reisebegleiter, Ihre ehemaligen Schüler Ludwig Graf und Georg Bauer, ihren einstigen Kumpan Friedrich von Römer aus Neumark getroffen. Er hatte eine Verwandte nach Leipzig kutschiert und für die Rückfahrt alle Plätze in der Kutsche frei. Er lud uns zur Mitfahrt bis ins Vogtland ein. Unterwegs hatte ich Ludwig Graf das Geheimnis seiner Herkunft entlocken können, besser, sein Freund Georg verplapper-

te sich bei der Antwort auf meine betreffende Frage. Ludwig trug nicht den Namen Graf. Den nutzte er nur, um nicht belästigt zu werden. Ich erfuhr, dass er das uneheliche Kind eines Grafen zu Hohenthal war. Er hat viel Geld als Vermächtnis seines Vaters erhalten, da dieser keine direkten männlichen Nachkommen hatte. Schon zu Beginn unserer Reise hatte ich ein Erlebnis, das ich berichten will, da es mir einen Einblick in einen Bereich des Lebens gab, der gemeinhin verschwiegen, wenn nicht sogar verteufelt wird.

Sie hatten mir einmal vom jungen preußischen Leutnant Hans Hermann von Katte erzählt. Der war unter Verdacht geraten, den preußischen Thronfolger Prinz Friedrich bei einem Fluchtversuch unterstützt und darüber hinaus eine mehr als nur geistige Freundschaft mit ihm gepflegt zu haben. Katte, damals erst sechsundzwanzig Jahre alt, also in meinem Alter, wurde zum Tode verurteilt, und der Prinz musste die Hinrichtung mit ansehen. Bei der Fahrt in der Kutsche erinnerte mich eine Situation an jenen Katte und den Prinzen Friedrich. Die beiden Freunde saßen mir gegenüber. Als wir alle bei der langen Reise müde wurden, legte Georg seinen Kopf in Ludwigs Schoß. Dieser hatte sich in die Polster zurückgelehnt und die Lider geschlossen. Georg war seitlich nach vorn gesunken. Ludwigs Hand spielte in den Locken seines Freundes und berührte zwischendurch dessen Nasenspitze und Lippen. Ein in dieser Leibhaftigkeit für mich völlig ungewohntes Bild. Der Adelsspross und der Bauernsohn. Erst war ich fassungslos und dann durchfuhr mich so etwas wie Neid. Wie gern wäre ich Ludwig gewesen, wenn vor mir im Schoß der Kopf meiner Luise gelegen hätte. Dann, als Friedrich mit einem Galopp die Pferde zum Schwung an den nächsten Anstieg heranführte, kam Ludwig aus seinen Träumen zurück, blickte mir tief in die Augen und sagte: »Nun weißt du es! Hauptsache, du schweigst darüber! Du musst es nun bis Rom mit uns aushalten oder uns beiden die Freundschaft kündigen. Was meinst du dazu?« Ich erwiderte: »Mit Liebe zwischen Männern kann ich nichts anfangen, aber wenn ich die Nähe zwischen Euch beiden sehe, könnte ich neidisch werden, weil ich gerade das meine Träume belebende Bild meiner Angebeteten verloren habe. Ein anderer hat es in mir gelöscht.« Ludwig streckte mir daraufhin die Hand entgegen und sagte: »Auf unsere Freundschaft!«

In Neumark setzte sich das Glück für uns Reisende fort. Friedrich sollte sich wieder auf den Weg machen, um in Bayreuth und Nürnberg wichtige Ge-

schäftspost zu übergeben. Er konnte die Kutsche nutzen und nahm uns nach Süden mit. So kamen wir bequem über Bayreuth bis Nürnberg. Aus unserer geplanten Wanderung bis München wurde jedoch nichts. Es regnete in Strömen und die Voraussagen nannten keine Besserung. Nun zeigte sich der Wert dessen, dass mich Ludwig als guten Freund in seinen Kreis einbezogen hatte und dabei von mir nicht mehr wollte als Freundlichkeit und kluge Worte. Für Ludwig war das offenbar sehr wichtig, denn Georg war zwar lieb und anhänglich, doch im Denken manchmal langsam. Er war der geborene Maler, der mit sehr gutem Gefühl Farben, aber nicht Worte aneinandersetzen konnte. Ludwig hatte genügend Geld in der Tasche und drei Plätze in der Postkutsche erworben. Ich notiere nur unsere nächsten Stationen: Das Altmühltal, Eichstädt. Hier bestimmten Priester und Priesterschüler das Straßenbild. Ludwig meinte, Rom sei das Adlernest der Katholiken und Eichstädt ein Ableger davon. Er hat eine lose und freche Zunge.

Ab München wurde gewandert. Das Wetter verlockte dazu. Wir hatten uns zum Weg trefflich beraten lassen. Eine Straße führte zwischen den Bergen hindurch. Auch hierzu habe ich die Orte notiert: Holzkirchen, Schliersee, Bayrischzell und dann zum Inn. Das schwere Gepäck hatte, in drei Säcken verstaut, ein Postfahrer mitgenommen. Ab dem Schliersee wuchsen die Bergfronten immer steiler aus dem schmalen Flusstal. Die Landschaft wurde herber. Ab Kufstein spendierte Ludwig wieder Plätze in der Postkutsche bis hoch zum Brenner. Mich beeindruckten neben den Bergen vor allem die Festungen und Burgen am Weg, besonders Sterzing, eine Häuserballung auf einem hohen Felsen. Die Farben der Alpen zeigten sich in großer Vielfalt, das lag auch an der Sonne, die zeitweise prall auf das Gestein fiel und es hell aufleuchten ließ. Wenn Wolken die Sonnenstrahlen verdeckten, stürzten die Farben ins dunkle ab. Zwischen den wandernden Wolkengebirgen leuchteten von Schnee bedeckte Bergriesen auf. Glauben Sie es mir, verehrter Meister, das Gebirge daheim ist im Vergleich zu den Gebirgsmassen der Alpen nur ein sanftes, welliges Land.

Beim Einbruch der Dunkelheit hatten wir Bozen erreicht. Hinter den Silhouetten der Berge leuchtete das letzte Himmelslicht auf. Wie tot fielen meine beiden Freunde und ich in den Schlaf. Am Morgen stand ich dann fassungslos mitten im Felsental und starrte auf die roten Felszacken, die sich zu den Dolomiten formen. Auf Gemälden hatte ich sie schon gesehen, doch was sich mir in der Natur bot, verschlug mir die Sprache. Ich bitte Sie zu verstehen, dass ich meinen Bericht hier beende. Mein Kopf und meine Gefühle müssen diese Eindrücke erst einmal verdauen. Dies war nun der erste Bericht der Reise von Leipzig nach Rom.

Mit allerbesten Grüßen

Ihr Carl Christian Steiner

Herbst 1822

Ein Nachtrag zum Brief aus Bozen.

Verehrter Meister Schnorr von Carolsfeld!

Unerwartet hat sich ein Unglück unserer Wanderung in den Weg gestellt. Am vergangenen Sonntag beschlossen Ludwig, Georg und ich, noch eine Wanderung auf eine Anhöhe zu unternehmen, von der aus wir die Bergspitzen der Dolomiten näher bewundern und im Rot der Abendsonnen malen wollten.

Am frühen Mittag waren wir aufgebrochen, der Weg führte an einem tief in den Stein geschnittenen Gebirgsbach entlang nach oben. Ausflügler hatten den Weg ausgetreten und Stufen in den Stein geschlagen. Der Blick von oben auf die Dächer der Stadt war für mich ohne Vergleich. Im Erzgebirge gibt es derartige Höhenunterschiede nicht. Der Aufstieg hatte sich gelohnt. Wir erlebten, wie das Licht der herbstlichen Nachmittagssonne nur kurze Zeit zwischen den Wolken hervortrat. Die Zeit für Skizzen war somit knapp. Außerdem war eine Wetterfront hinter unseren Augen herangezogen. Georg rief: »Schnell, schnell, Freunde, beeilt Euch, wir müssen zurück!«

Wir hatten bergab noch einen kleinen Wasserfall an der Stelle erreicht, wo der Gebirgsbach unseren Weg kreuzte. Weiter oben musste es bereits in Strömen regnen, denn Wasser schoss uns in vielfacher Menge gegenüber dem Bächlein beim Aufstieg entgegen. Über uns tobte bald eine schwarze Wolkenwelt. Blitz, Donner und Hagelschlag!

Ein Felsvorsprung bot Schutz. Dann war der Spuk vorbei, doch nicht die Wucht des Wassers. Wir mussten es durchqueren, um unseren Weg hinab ins Tal erreichen zu können.

Georg und ich hatten das andere Ufer bereits erklommen, doch Ludwig rutschte auf einem nassen Felsbrocken knapp vor dem Ziel aus und stürzte. Er hing im Wasser. Ein dicker blattloser Ast hatte sich zwischen dem Felsbrocken und der Uferkante verkeilt. Das war sein Glück. Georg blickte mit vor Angst weit aufgerissenen Augen auf den Freund. Nicht ohne Grund, er hatte, wenn Ludwig nicht gerettet werden konnte, viel, wenn nicht gar alles zu verlieren. Endlich konnten Georg und ich Ludwigs rechte Hand fassen.

»Vorsicht!«, rief er, »ich habe höllische Schmerzen am Fuß.«

Es dauerte eine Ewigkeit, bis wir unseren Freund aus dem Wasser und hoch zum Weg bringen konnten. Wir zogen ihm den Stiefel und den Strumpf vom rechten Fuß aus und dann sahen wir, was geschehen war. Keine offene Wunde, doch der Fuß schwoll bereits an und färbte sich blau. Es dauerte wohl eine Stunde, bis wir Ludwig – in die Mitte genommen – hinab ins Tal gebracht hatten. Dort war das letzte Tageslicht bereits von der Nacht vertrieben worden. Lichter brannten in vielen Häusern. Ein Anblick, der mich nun an die Täler meiner Heimat erinnerte.

Unser Herbergsvater holte einen Arzt. Der wusste nicht nur Rat, wie der Fuß mit verschiedensten Kräutern und Essenzen geheilt werden konnte, er verkündete Ludwig auch für die nächsten Tage strengste Ruhe. Ludwig hatte dann für den nächsten Abschnitt der Reise eine Kutsche spendiert und wir holten einen Teil der verlorenen Zeit wieder ein. Die Fahrt ging zunächst über Trient und Rovereto zum Gardasee, um Malcesine zu sehen, wo unser großer Dichter Goethe bei seiner Italienreise als verdächtige Person kurz hinter Gittern gelandet war, wie Ludwig mit seinem Hang zu kleinen Skandalen wusste. Schließlich erreichten wir Verona. Nichts war's mit dem Besuch der römischen Arena und einem Blick auf den berühmten Balkon aus Shakespeares »Romeo und Julia«. Es gab auch keine Zeit mehr für die Besichtigung von Mantua und Bologna, die an unserem Weg nach Florenz lagen, das wir noch an warmen Tagen erreichen wollten. Aus Florenz will ich dann weiter berichten.

Mit allerbesten Grüßen an Sie und die Ihren in der Leipziger Academiewohnung.

Ihr Carl Christian Steiner

Florenz im Frühjahr 1823
Verehrter Meister,
nun melde ich mich verspätet aus Florenz. Wir sind den Winter über hiergeblieben. Die Eindrücke, die ich hier von der Stadt, den Leuten und der Kunst

gewinnen konnte, waren so umfangreich, dass mir fast der Kopf zu platzen drohte. Haben Sie bitte Verständnis dafür, dass ich in meinen Zeilen nur auf das Wichtigste, und das sind für mich drei Kunstwerke, eingehe.

Ludwig wollte vor allem Michelangelos David sehen, den er von Abbildungen und kleinen Nachbildungen bereits kannte. Wir fanden ihn am Palazzo Vecchio. Vor dem steinernen Koloss erschien selbst die riesige weiße Marmorfigur wie ein Winzling. Der David stand vor einem vielgeschossigen Palast mit hohem Turm. Meine beiden Gefährten und ich hatten unsere Skizzenbücher zur Hand genommen und zeichneten, was jedem von uns wichtig war. Ludwig interessierten, wie konnte es anders sein, die kraftvollen Gliedmaßen, Georg die großen Hände und mich das kühn aufragende Haupt.

Das für mich noch größere Erlebnis war die Begegnung mit der Pietà, die Michelangelo in seinen letzten Lebensjahren aus einem Marmorblock herausgemeißelt hatte. Als gelerntem Steinmetz war es für mich wie bei einem Organisten, der ein ihm bis dahin unbekanntes Notenblatt vom alten Bach in den Händen hält und die Noten so lesen kann, dass in ihm die Töne erklingen. Voller Demut stand ich vor dem Werk eines Genies, das – wie ich – mit Schlegel und Meißel gearbeitet hatte. Ich schämte mich dafür, dass ich mir anfangs einbildete, dass meine letzten eigenen Arbeiten bereits großartig gelungen seien.

In Florenz begriff ich, dass Michelangelo schon beim David auf vollendete Weise Formen aus sich ganz allein herausgefunden hatte, nun aber in dieser Pietà alles noch steigerte, da er in den Stein die Spuren der Vergänglichkeit des Lebens geschlagen hat. Ich erahne nun, dass alles, was ein Künstler in seinem Leben an Wissen und Können in sich gespeichert und an Erfahrungen über die Welt gesammelt hat, erlischt, wenn er die Augen für immer schließt. Nur wenn es ihm gelingt, in seinen Kunstwerken diese Erfahrungen dauerhaft festzuhalten, wird von ihm etwas bleiben. Michelangelo hat bei dieser Pietà – ich erfuhr, dass er ihr den Namen ›Erbarmen‹ gegeben hatte – eine Christusfigur geformt, die nicht mehr zu leben schien und zugleich mit leicht geöffneten Lippen noch nicht gestorben war. Das auf der rechten Schulter liegende Haupt ist kraftvoll. Brust- und Bauchmuskulatur und ein Strick um die Lenden sind behutsam herausgearbeitet. Die Beine hingegen brechen, bereits kraftlos geworden, in sich zusammen. Alles Fleisch hängt hier schlapp herab. Die Gesichter der sie stützenden beiden Frauen sind nur grob gehauen und kaum zu erahnen, doch jeder Ansatz des Meißels war so gewählt, dass nur wenige Schläge genügten, um das auszudrücken, was wesentlich war. Ich bin dankbar, dass ich diese Figurengruppe sah.

Es gab viele weitere Erlebnisse und Ereignisse, die uns an Florenz fesselten und den Aufbruch nach Rom hinauszögerten. Für mich war es besonders die Kreuzabnahme von Rosso Fiorentino, die ich bei einem Spaziergang in einer kleinen Kirche entdeckte. Hoch wie ein Palasttor war die Tafel, die der Künstler genutzt hatte, um in intensiven bunten Farben seine Figurenwelt zu malen. Die Buntheit war nicht störend, denn die Figuren waren nicht der Natur nachgeformt, vielmehr gebrochen wie Kristalle, und ihre Arme, Beine und Köpfe zeigten nach vielen Richtungen rings um ein Holzkreuz, das, wie die Leiber und Köpfe davor, von einem imaginären Licht angestrahlt wurde. Das Bild erinnerte mich an den Todessturz unseres Gesellen Johann durch das Holzgebälk beim Bau der Fabrik in Siebenhöfen, und ich sah in einer Gestalt in rötlichem Licht meinen Bruder Friedrich mit entsetztem Gesicht, wie er mit ausgestrecktem Arm vergeblich versuchte, den Abstürzenden aufzuhalten. Ich machte für mich eine kleine Skizze und schrieb darunter ›Ekstase‹.

Ihnen und der Familie die besten Wünsche
Ihr Carl Christian Steiner

Carls Brief war erst in Rom abgeschickt worden. Im Frühjahr 1823 traf er im Akademieflügel der Pleißenburg in Leipzig ein. Er war an »Academiedirektor Hans Veit Schnorr von Carolsfeld – Leipzig in Sachsen – Academie in der Pleißenburg« gerichtet. Mit schöner Schrift war als Absender notiert: Signor Carlo Steiner / ROMA / nul Caffè Greco.

Direktor Schnorr sah diese Anschrift mit großer Erleichterung. Auch sein Sohn Julius hatte anfangs in Rom diese Anschrift genutzt, bis er eine eigene Unterkunft gefunden hatte.

28
Endlich Rom

Die von häufigeren Kutschfahrten verwöhnten Freunde hatten schon acht Tage, nachdem sie in Florenz ihre Wanderung mit Ranzen und Stock begonnen hatten, müde Beine. Vier Tage später standen sie vor Rom.

»Im Garten meines einstigen Elternhauses in Drebach werden jetzt die ersten Krokusblüten leuchten, hier blühen bereits die Wiesenblumen und viele Sträucher.« Carl dachte laut: »Wie unterschiedlich sind die Bilder, die uns die Landschaften nördlich und südlich der Alpen bieten. Muss das nicht bei den Menschen, die hier leben, auch andere Temperamente als bei uns in Sachsen hervorbringen?«

Ludwig kommentierte: »Mir wurde erzählt, dass hier im Süden bei sommerlicher Hitze die Menschen faul im Schatten liegen und erst abends wieder geschäftig werden und spät essen. In Florenz war für mich der Winter nicht viel anders als in Leipzig. In Rom, das hat man mir warnend gesagt, werden wir unter der Sommerhitze leiden.«

Georg hatte seine Gedanken offenbar schon darauf eingestellt. Vor der Brücke über den Tiber bei Labaro hatte er sich an der Böschung niedergelassen und erklärte: »Wir haben alle Zeit der Welt, warum müssen wir uns noch am Abend bis Rom quälen? Hat nicht Julius Schnorr geschrieben, dass er jeden Mittag im Caffè Greco weilt, bevor er zum Malen geht? Wenn wir heute am Abend eintreffen, werden wir ihn wohl nicht finden. Wir bleiben hier und nach einem Bad im Fluss werden wir gut schlafen, gehen zeitig los, sehen die Ewige Stadt im Morgenlicht und kommen bestens gelaunt zum Ziel.«

»Wo du recht hast, hast du recht«, knurrte Ludwig, und Carl hatte bereits entdeckt, dass vor der Brücke im Schatten großer Pinien eine Herberge die Tore offenhielt.

Am Morgen ein Bad im Tiber. Hier vor der großen Stadt war das Wasser weitaus sauberer als das des Arno, von dem sie in Florenz nur trübes Wasser gesehen hatten. Die Straße führte weiter durch eine parkartige Landschaft. Unter den Baumwipfeln hinter dem Fluss leuchtete eine Villa hervor.

»Rom, endlich Rom«, jubelte Carl.

Ludwig, trocken wie ein Lehrer: »Das runde rote Bauwerk vor uns ist die Engelsburg, und rechts davon habt Ihr den Petersdom vor Augen. Wie mein Nabel auf einem Bauch liegt er auf der Anhöhe; der Nabel der katholischen Welt. Ich kenne ihn von einem Stich in der Leipziger Akademie.«

»Ludwig, du sprichst unangemessen«, Carl passte die Tonart nicht, »schließlich wollen wir uns hier im Land der Katholiken wohlfühlen und Freunde finden. Hast du wenigstens auch den Weg zum ›Caffè Greco‹ auf dem Stich erkundet? Denn wenn ich von hier aus über den Fluss blicke, sehe ich nur Dächer, Dächer und nichts als Dächer. Straßen sind nicht zu erkennen.«

»Keine Sorge, alles bis zum Ziel ist aufgezeichnet.«

Ludwig hatte sich gut vorbereitet und fand auf Anhieb die Brücke San Angelo über den Tiber. Die monströs wirkende Engelsburg blieb hinter ihnen zurück. Enge Gassen, eine folgte der anderen, dann plötzlich ein Platz mit drei großen Brunnen, zwei Kirchen an den Längsseiten und etliche prachtvolle Wohnhäuser mit Kramerläden. Die drei Freunde staunten. So einen Platz kannten sie bisher nicht. Die Häuser waren hoch wie am Leipziger Markt, doch völlig anders gebaut. Weiße Figuren auf dem Platz glitzerten im Licht, da viele Fontänen um sie herum spritzten und ihre Marmorhaut mit Nässe überzogen. Sie waren sich einig: »Hierher werden wir bald zurückkehren!«

Ludwig verfehlte eine der von ihm im Skizzenbuch notierten Gassen, und sie standen unerwartet vor dem Pantheon. Das monströs wirkende Bauwerk war ihnen ein Begriff, denn ein Stich von Piranesi mit der Vedute des Pantheons hing ebenfalls in der Leipziger Akademie.

»Weiter, weiter! Das hat noch Zeit!«, mahnte er. »Julius wird schon ungeduldig auf uns warten.«

Zunächst trafen sie auf einen beeindruckenden Palast. Ludwig erklärte wieder wie ein Hauslehrer: »Der Palazzo Borghese! Er ist der Sitz der Familie, aus der Papst Paul der V. stammte. Die Gemäldesammlung sollten wir sehen.«

Dann standen sie in der Via dei Condotti. Sie führte geradeaus zur Spanischen Treppe. Trattorias, Osterias und auch Spelunken wie die »Goldene Kugel« in Leipzig. Schon am frühen Mittag sah man durch die Tür zwielichtige, noch von der Nacht gezeichnete Gestalten. Aus der offen stehenden Tür kam ein Geruch, der sie an das heimische Böttchergässchen erinnerte. Auf der Straße noch wenige Leute, Auswärtige vor allem. Endlich erreichten sie das Haus, in dem sich die in Rom lebenden deutschen Maler und ihre Gönner trafen. Georg verschwand durch ein Tor, hinter dem er einen Hof mit Aborten vermutete. Er hatte richtig geraten und auch einen Brunnen entdeckt, dessen Wasserstrahl den drei Wanderburschen zu einer Erfrischung, einem sauberen Gesicht und reinen Händen verhalf. Sie ordneten ihre langen Haare beiderseits des Mittelscheitels, banden sich einen Zopf im Nacken zusammen und dachten nun auszusehen, als seien sie schon Wochen hier. Weit gefehlt. Es saßen bereits einige der deutschen Künstler am Tisch, deren untere Gesichtshälfte lange zottige Bärte verdeckte. Die Haut, die zu sehen war, zeigte keinerlei Bräune. Bleichgesichtig wie Nonnen saßen sie da und debattierten, ohne sich von den Neuankömmlingen stören zu lassen. Julius Schnorr hatte die drei, als sie durch den Hofeingang eintraten, entdeckt und kam ihnen entgegen. Er war als Einziger glattrasiert und wirkte noch sehr jugendlich mit einem schwarzen Rock über einer grauen Weste bekleidet. Ein helles Halstuch hatte er bis unters Kinn gebunden. Er lächelte erleichtert: »Da seid ihr endlich, ich hatte mir schon Sorgen gemacht. Du bist doch Ludwig, der Spross des Grafen Hohenthal. Wenn ich mich erinnere, sind wir uns bei meinem letzten Besuch in der Leipziger Akademie schon begegnet.«

»Ja, das ist so, und das ist mein Freund Georg«, entgegnete Ludwig, um weitere Fragen nach Namen und Herkunft des Freundes zu vermeiden.

»Und dann bist du Carl, von dem mein Vater mit Begeisterung scheibt und dessen Talent er lobt?«

»Ganz recht. Ich bin Carl Steiner und stamme, wie eure Familie, aus dem Erzgebirge. Ich hoffe, dass euch das nicht unangenehm ist, denn an eurer Sprache ist keine Spur vom sächsischen Dialekt mehr vorhanden, den wir, Ludwig, Georg und ich, nicht leugnen können.«

»Keine Sorge, die meisten Deutschen, die hier in Rom leben, können durch ihren Dialekt nicht die Herkunft aus Bayern, Preußen, besonders Schwaben und Sachsen sowie Ländern, in denen auch Deutsch gesprochen wird, leugnen. Die Römer bemerken den Unterschied nicht. Deutsch, gleich in welcher Art, ist für sie eine Sprache, die erst in Südtirol ihre Berechtigung besitzt. Sie hören nur zu, wenn sie ein Geschäft wittern.«

Die Worte waren im Stehen gewechselt worden. Das störte den Gastbetrieb. Am Stammtisch wurde zusammengerückt und es wurden drei Stühle herangeschoben. Julius stellte seine Malerkollegen vor und diesen danach die Neuankömmlinge. Er gab nur den Hinweis, dass Ludwig und Georg bei seinem Vater ein Studium der Malerei und der grafischen Künste absolviert hatten und Carl bereits ein junger Steinbildhauer sei, der sich nach der Rückkehr in Leipzig unter die Fittiche seines Vaters begeben wolle. Die drei wurden gemustert und so sonnengebräunt, wie sie waren, nicht als ihresgleichen angenommen. Das war zu spüren. Um die Distanz deutlich zu machen, setzten sie ihren Disput lautstark dort fort, wo er durch die Ankömmlinge unterbrochen worden war. Carl hörte zunächst zu und trotz aller Aufmerksamkeit begriff er nicht, worum es ging, denn um den als Bauernsöhne bewerteten Neuen am Tisch ihr Wissen zu zeigen, wurden die Sätze mit philosophischen Begriffen gespickt und waren von gestelzten kunstwissenschaftlichen Erörterungen durchdrungen. Nur Julius sah in den drei Neuen seine Gäste und bestellte auf seine Rechnung Wein und etwas zwischen die Zähne. Ein Essen zum Abend versprach er noch, wenn das Quartier aufgesucht wäre. Er hatte den Stuhl für Carl auf den Platz an seiner linken Seite gestellt, um nach dem Wohlbefinden seiner Familie in Leipzig ungestörter fragen zu können.

Zwischen Carl und Georg saß ein weiterer Gast, er war erst am Vortag aus Dresden eingetroffen und sah weitaus jünger aus, als es Julius und die drei aus Leipzig waren.

Der schüchterne junge Mann neben Carl saß da wie bestellt und nicht abgeholt und schwieg. Als er um ein Glas Wein bat, fuhren die drei Freunde aus Leipzig herum: »Oh, Ihr sprecht Sächsisch und ich vermute das, was in Dresden gesprochen wird.«

Der junge Bursche lief vor Scham rot an. Julius war die Szene peinlich. Er hatte vergessen, Carls Nachbar vorzustellen.

»Darf ich vorstellen, Ludwig Richter, Sohn eines Dresdner Zeichners und Kupferstechers. Unsere Väter kennen sich. Ihn interessiert die Darstellung der Natur mehr als die der deutschen Geschichte und des Christentums, die uns hier bewegt. Das habe ich unserem ersten Gespräch gestern am Abend entnommen. Wir werden sehen, ob es dabei bleibt!«

Das Christentum zog sich wie ein roter Faden, mal mehr, mal weniger durch die Debatte auf der anderen Seite des großen runden Tischs, um den die Künstler dicht gedrängt saßen.

Carls Gehör, Mund und Augen hingen wie an Seilen, die auseinandergezogen wurden. Rechts fragte ihm Julius Löcher in den Bauch, er schien etwas Heimweh nach Deutschland bekommen zu haben. Carl antwortete darauf, um zugleich seine Augen auf einen jungen Mann zu richten, der nicht wie ein Künstler, eher wie ein Adelsspross im diplomatischen Dienst aussah. Grazile Figur, die langen blonden Haare mit Mittelscheitel nach hinten gelegt und im Nacken, wie bei fast allen am Tisch, zusammengebunden. Carl bemerkte schöne dunkle Augen, die aus einem fast weißen Teint wie dunkle Edelsteine hervorstachen. Ein Hauch von Schminke war zu entdecken. Er lag auf den Wangen und auf den Lippen, die sich zu keinem Wort öffneten, aber in ständiger Bewegung waren. Und seine Augen, wohin hatte er seine Augen gerichtet? Carl überlegte kurz und dann war es ihm klar. Er blickte vermutlich zu Georg und der wohl zurück, anders ließ sich das Spiel der Lippen seines Gegenübers nicht deuten. Ludwig muss das bemerkt haben, denn er reagierte. Nicht gegen Georg, nicht direkt gegen den aristokratischen Freund der Künstler, vielmehr auf alle, die ihm als deutschen Maler in Rom gegenübersaßen. Dafür fand er einen Anlass. Aufmerksam hatte er der Debatte gelauscht und ihm bedenklich erscheinende Gedanken gehört. Es brach aus ihm heraus: »Hört mal, ich habe aufmerksam zugehört, als einer von euch behauptete, nur gute Katholiken könnten auch gute Maler sein. Wie ich weiß, sind einige von euch zum katholischen Glauben übergetreten, obwohl ihr aus protestantischen Ländern stammt. Ich habe auch vernommen, dass ihr den heutigen römischen Malern absprecht, zur wahren reinen Kunst vorzudringen zu können. Sind die nicht von Geburt an Katholiken? Wo ist hier die Logik? Ihr quatscht nur Blödsinn!«

Carl und der junge Richter und erst recht Georg, der begriffen hatte, warum sein Freund wie ein Pulverfass explodiert war, fuhren entsetzt zurück, und Julius hatte ein freies Blickfeld zum Schlichten. Er tat dies auf seine selbstbewusste Art: »Sind wir wieder an dem Punkt, der schon ewig zwischen uns steht? Als Künstler haben wir keine Probleme miteinander, aber beim Glauben ist nur Streit. So ist schon vor meinem Hiersein vor einigen Jahren die klösterliche Gemeinschaft in San Isidor zerbrochen und ich befürchte, dass dies so weitergeht. Friedrich, du bist der Unversöhnlichste in dieser Sache. Erkläre den Neuen in unserer Runde deine Position und das bitte verständlich und nicht wie eben von oben herab. Vielleicht ist dann für meine Freunde aus Sachsen erkennbar, was du meinst. Du weißt, dass ich dir bei dem Gedanken folge, dass durch ein konsequentes Bekenntnis zum christlichen Glauben unsere Art Bilder zu schaffen, von innen heraus erfolgt. Ohne die Ablenkungen des Alltäglichen können wir beim Malen zu einer Klarheit und Reinheit finden, die den Betrachtern unserer Kunst Kraft und Stärke geben kann. Du weißt aber auch, dass ich der Ansicht bin, dass es keinen Unterschied macht, ob das ein Künstler als Katholik oder als Protestant tut. Du hast mit deinen Freunden in Wien den Lukasbund gegründet, dem ich nun auch angehöre, um mit dieser Vereinigung eine Abkehr von den erstarrten Lehren der Wiener Akademie zu ermöglichen, aber nach meinem Verständnis nicht, um aus Malern, die aus protestantischen Regionen stammen, gute Katholiken zu machen. Ich jedenfalls sah in den Lukasbrüdern einen Künstlerbund, der mich voranbringt und keine Glaubensbruderschaft.«

Alle am Tisch waren erstaunt über die klaren Worte, die Julius gesprochen hatte, und erwarteten Antwort von Friedrich Overbeck. Der erhob sich, schaute Julius direkt ins Gesicht und sprach: »Zunächst ist es einfach zu erkennen, dass die römischen Künstler, die hier geboren sind, nicht die Qualität zustande bringen, wie wir sie anstreben. Das liegt nicht am fehlenden Talent, es liegt vielmehr an ihrer Blindheit gegenüber den wahrhaft großen Leistungen ihrer Vorgänger. Über Jahrzehnte haben die Nachkommen des von uns verehrten Raffael in einer Manie gemalt, die von der inneren Schönheit ablenkt. Ich denke an Bronzino, der sich Äußerlichkeiten hingegeben hat und seine Figuren nicht von innen heraus agieren lässt, und ich denke an Caravaggio, dessen Figuren zunächst den Betrachtern kokett ins Gesicht sehen und dann ohne jeden Bezug zur Außenwelt wie von einem Blitz, der in eine dunkle Höhle trifft, ein Theaterstück über Mord und Totschlag aufführen. Ich denke besonders an Rosso Fiorentino, dessen Kreuzabnahme ich in Florenz gesehen habe. Da fehlt alle Harmonie in den Farben und Formen. Alles ist nur lautes Geschrei um einen toten Körper, der mich nicht an unseren Christus denken lässt.«

Carl fühlte sich bei der Erwähnung von Rossos Kreuzabnahme direkt getroffen und wollte sich den Namen Caravaggio merken. Wenn diese Overbeck missfielen, könnten sie sehr wohl für ihn wichtig sein. Overbeck fuhr fort: »Warum haben wir uns zurückgezogen und in der Kunst großer Vorfahren unseren Halt gesucht? Schaut, was in der Welt geschieht. Ich meine dabei nicht nur die

Kriege, die uns Napoleon bis hierher nach Rom eingebrockt hat und die Stadt durcheinanderwirbelten wie vom Bösen getroffen. Ich meine vor allem die Schlachten, die nunmehr mit Maschinen geschlagen werden und Handwerker, die solide Handarbeit schaffen, in den Ruin treiben. Hierbei ist England der Unruhestifter. Es stiehlt mit billiger Maschinenware den fleißigen Handwerkern hier und in unserer deutschen Heimat das Brot. Daran können wir nichts ändern, doch wir können mit unserem Glauben an Gott den einfachen Menschen eine Welt zeigen, in der in Harmonie statt im Streit und von der Hände Fleiß gelebt werden kann. Dabei gebe ich dem katholischen Glauben als innere Linie der Kunst den Vorzug gegenüber dem Glauben, wie ihn Luther in die Welt gesetzt hat! Wir konzentrieren uns auf diesen Glauben und leben ihn in reiner Form, ohne, wie das Volk sagt: ›Wein, Weib und Gesang‹. Keine Ablenkung durch Völlerei und Lust. Ein karges strebsames Leben im Glauben an Gott. Das war unsere Maxime, als wir, die Ersten, die von Wien nach Rom kamen, in den alten Klosterzellen von San Isidor in aller Abgeschiedenheit unserer Kunst nachgingen. Dabei haben wir unseren Weg gefunden und waren nicht darauf angewiesen, uns unter die Römer zu begeben und politische Nachrichten zu verfolgen. Wir haben deutsche Kunst in einem aus deutscher Sicht fernen Land hinter den Bergen gemacht und ich will und werde nicht davon abweichen.«

Overbeck setzte sich abrupt und schaute wie einer, der eine gute Predigt gehalten hat, in die Runde mit einem Blick, der Beifall erheischte. Die drei Freunde aus Leipzig dachten sich ihren Teil. Ein Anreiz, durch den Katholizismus einen besseren Weg zum künstlerischen Erfolg zu finden, war diese Rede nicht. Für sie war die Welt, die ihnen Overbeck eröffnen wollte, keine Quelle für ihre Kunst. Auf Ludwig Richter schien der Gedanke, dass der Weg zu Gott auch einer zur besseren Kunst ist, Eindruck gemacht zu haben. Carl fasste Mut und ergriff das Wort: »Verehrter Overbeck, ich muss mich zu erkennen geben. Ich habe an einer Fabrik mitgebaut, die groß wie eine Kirche ist und in der fast einhundert jener Maschinen stehen, die Ihr soeben verteufelt habt. Viele Menschen, die zuvor nach dem Niedergang des Bergbaus in meiner Heimat ohne Arbeit waren, können durch die Arbeit an den Maschinen ihre vielköpfigen Familien wieder ernähren. Das soll sich auch in meiner Kunst zeigen. Jedoch will ich keine Bilder mit Maschinen und den sie bedienenden Menschen malen. Mir ist die Lebenswelt dieser Menschen wichtig. Um dafür mein Können zu vervollkommnen, bin ich nach Rom gekommen. Und noch ein Gedanke: Die Menschen, die nördlich der Alpen mit Warenhandel ihr Geld verdienen, gehören zu denen, die Euch den Aufenthalt in Rom finanzieren, Bilder in Auftrag geben und Euch – gut bezahlt – abkaufen.«

Overbeck warf ein: »Flüchten sich diese Kaufherren mit unseren Bildern dann nicht gleichfalls in eine heile Welt, um die wundgeschlagene, die sie umgibt, für Momente zu vergessen?«

»Das kann durchaus so sein, und ich habe noch etwas zu sagen«, ergriff Carl wieder das Wort. »Zwar bin ich noch sehr jung, doch habe ich schon viel Leid gesehen und mich zunächst in Träume über anmutige weibliche Wesen begeben, doch langsam frage ich mich, ob das der alleinige Weg ist, meinen inneren Frieden zu finden? Kann ich nicht auch inneren Frieden und ein gutes Gewissen finden, wenn ich etwas gegen das Leid, was mich umgibt, zuwege bringe?«

Carl wollte die Antworten aus der Runde nicht hören und verschwand hinaus auf den Hof. Hinter sich hörte er zaghaften Beifall. Vom wem, sah er nicht.

Carl wusste nun, dass er sich hier in Rom höchstens mit Julius Schnorr anfreunden würde. Er wollte die alten Meister der Kunst Italiens zum Lernen nutzen, sie aber nicht nachahmen. Dann sollte es für ihn in Rom genug sein und zum Herbst wollte er Leipzig wieder begrüßen können. Dann hätte er ein Stück Welt in sich aufgenommen und könnte mit Julius' Vater, Maximilian Speck und anderen, die er noch kennenlernen würde, über Kunst reden, ohne sich als ahnungsloser Bursche fühlen zu müssen.

Julius drängte zum Aufbruch in die von ihm ausgesuchte Herberge. Die drei hatten nur das Nötigste mit auf die Reise genommen, doch der großzügige Ludwig hatte auch hierbei vorgesorgt und von Florenz aus einen kleinen Reisekorb an Julius' Anschrift in Rom geschickt. Darin waren kostengünstig erworbene Skizzenbücher, Aquarellpapiere, Farben, Pinsel sowie Utensilien der Körperpflege und Tabak nach seiner Geschmacksart verpackt. Georg und Ludwig genossen das Tabakkraut. Carl hatte es noch nie zwischen den Zähnen gehabt. Ludwig hatte auch drei Essbestecke und ein scharfes Brotmesser gekauft und alles in Leinentücher gewickelt. Er war als Ältester der drei vorsorglich wie ein Vater gewesen.

Julius stand bereits in der Tür. Kurzes Nicken. Abschied aus der Runde. Die debattierte bereits über das Gehörte.

Die fünf Sachsen, Ludwig Richter hatte sich angeschlossen, stiegen hinter einem eigenwilligen Brunnen, der ihnen als Boot voller Wasser erschien, die Spanische Treppe hinauf, genossen den duft der Azalien, die neben der Treppe blühten, und den Blick zurück bis zum Petersdom. Sie drängten sich durch eine schmale Gasse an der französischen Kirche Trinità dei Monti vorbei und standen unerwartet am Rand des alten Rom. Die Reste einer Stadtmauer waren zu sehen. Dahinter lagen der Park der Familie Borghese und deren Villa. Durch ein Tor waren sie im Hintergrund zu erkennen.

»Die Porta Pinciana ...«, erklärte Julius, »und daneben befinden sich im Palazzo Guarneri Künstlerquartiere, die Hausbesitzer Pulini oder wie bei Ludwig Richter eine Witwe untervermietet.«

Ein großes Tor, eine Durchfahrt, ein breiter Treppenaufgang ins Erdgeschoss. Hier wohnte die Wirtsfamilie. Wer höher wohnte, musste eine schmalere Wendeltreppe nutzen, die vor der Wohnung der Wirtsleute begann und auf der Ludwig Richter weiter nach oben stieg. Julius schlug die Glocke an. Kurz danach füllte eine resolut wirkende Frau mit hoch frisiertem Haar die geöffnete Hälfte der Tür. Die Wirtin. Ein Mann mit Resten von Haupthaar steckte den Kopf über ihre Schulter. Offenbar der Hauswirt, Hausmeister, Hausdiener und vermutlich auch der Vater vieler Kinder.

»Boun giorno«, sagte Julius und »Ciao« kam es zurück. »Buon giorno«, gaben nun auch die drei Neuankömmlinge von sich und die vier wurden in eine Halle gebeten, die offenbar das Zentrum der Wohnung war. Carl ließ die Augen wandern. Rotbraune Keramikplatten am Boden, eine schwere Holzbalkendecke darüber. Zur Straße hin ein Alkoven, gegenüber ein riesiger Herd mit einer Haube über einem offenen Feuer, über dem gerade auf einem Grillrost Fisch gebraten wurde. Daneben ein Kochkessel und eine kleinere Herdplatte. Auf der Hofseite war ein Ausguss über einem Einlaufrost an der Wand befestigt. Das Abwasser schien direkt in den Hof und weiter bergab zu laufen. Daneben stand ein Holzzuber, groß genug, um darin ein Bad zu nehmen, und in der Ecke entdeckte Carl ihren Reisekorb, den Julius mit einem Boten hierhergeschickt hatte. Die Fenster waren auf den Hof, aber ebenso hinaus auf die Straße gerichtet. Dicke Wände zeichneten sich in den Fensternischen ab. Keine Feuchtigkeit im Putz. Das Haus lag weit höher als die Altstadt, die sie am Vormittag durchquert hatten. Julius hatte für sie zwei Zimmer für einen Monat reserviert. Diese lagen im Geschoss über der Wohnhalle. Sie konnten jetzt besichtigt werden. Die Räume ähnelten in ihrer der Art der Wohnhalle darunter. Karg, aber sauber.

Ludwig und Georg mussten sich im größeren Raum ein Doppelbett teilen. Das nahmen sie mit einem inneren Lächeln wahr. Carl hatte ein Bett und den kleineren Raum für sich allein. Vorhänge gab es nicht und deshalb war auch der unerfreuliche Blick in den Hof und auf ein Hintergebäude nicht wegzuleugnen. Ein Mangel, der bei der geringen Miete verschmerzt werden konnte. Der Ärger jedoch kam bereits in der Nacht und dann am nächsten Tag, als sie die Fenster zum Lüften öffneten. Kinder lärmten, Wäsche tropfte von der Leine und duftete nach billiger Seife und das Abwasser, das aus allen Geschossen durch einen Rost in eine Grube lief, verbreitete einen unangenehmen Geruch. Bereits jetzt waren die Tage in der Wohnung für die drei gezählt.

Doch zunächst stiegen sie mit Julius hoch in das Zimmer, das Ludwig Richter gemietet hatte. Eine freundliche, schon etwas betagte Witwe öffnete und ein helles Zimmer bot sich dar. Der Blick aus dem Fenster ging über die Dächer weit hinüber zur Villa Malta, die sich in ockerfarbenen Putztönen aus Gartenterrassen heraus nach oben schob, aus einem Park erhob und von einem mächtigen viereckigen Turm bekrönt wurde. Julius deutete an, dass der bayerische Kronprinz die Villa als sein Domizil in Rom erworben habe, Genaueres wusste er jedoch nicht. Auf der Anhöhe weit dahinter lockte der Petersdom zu einem Besuch. Ludwig Richter brauchte keine Vorhänge.

29
Verruchte Stadt

Die Spanische Treppe hinab, am Caffè Greco vorbei, fanden sie eine Osteria. Julius kannte den Wirt: »Grüß Gott!« und »Grüß dich, Julius!«

Die Neuankömmlinge staunten.

»Ein deutscher Wirt?«

»Nein, einer aus Böhmen, Vincenz Rösler, er hat das Lokal von seinem Bruder Franz übernommen. Er kann vorzüglich kochen.«

»Ihr seid wie angekündigt eingeladen. Ich empfehle Böhmisches Gulasch mit Knödeln und Hauswein. Einverstanden?«

»Einverstanden!«

Carl jubilierte im Inneren. Er bekam beim Gedanken an Böhmische Knödel Heimatgefühle.

Ein Gewirr von Sprachen und Dialekten zwischen Straßburg, Sachsen und Wien und auch an Angeboten für die Sinne.

»Der Vincenz weiß, wie er seine Gäste nicht nur mit Speis und Trank anlockt. Er lässt Platz für hübsche Dirnen und sogar schlanke Burschen. Das erfreut auswärtige Künstler und manchen Diplomaten am Vatikan.«

Ludwig, Georg und Carl ließen ihre Augen durch das durch viele Stützen und Bogen sehr groß erscheinende Lokal schweifen. Doch die gewissen Gäste trafen erst später ein. Als der Hauswein schon Wirkungen zeigte, entdeckten sie junge Frauen, die bei Carl das Blut wallen ließen. Bei Ludwig wurden Gefühle entfacht, als er einen angenehm aussehenden Burschen entdeckte. Und Georg? Der war nervös geworden, denn der junge Diplomat vom Mittagstisch im Caffè Greco hatte an einem wohl extra für ihn reservierten kleinen Tisch Platz genommen. Der Stuhl ihm gegenüber blieb leer. Julius sah Georgs Blick und sprach nun, mit frecher Zunge: »Du möchtest sicher wissen, wie er heißt. Ich verrate es dir, es ist Heinrich von Waldmüller, und er kommt aus dem Herzogtum Sachsen-Coburg. Er hat sich schon bei mir nach dir erkundigt.«

»Stopp, Julius, wir sind geschiedene Leute, wenn du Georg und mir nicht derartige Leute vom Leib hältst. Und da wir einmal beim Thema sind: Dem Waldmüller sieht man an, dass er schönen Burschen eher zugetan ist als schönen jungen Frauen, doch wie halten das die deutschen Künstler hier in Rom, wenn sie sich als strenge Katholiken der Nähe des weiblichen Körpers verweigern und wie Eremiten leben, wenigstens im Kloster Isidor, wie ich das der Ansprache Overbecks heute am Mittag entnehmen konnte?«

Julius wurde verlegen und seine sonst lockeren Worte erstarben ihm auf der Zunge. Dann erzählte er: »Die meisten der Auswärtigen, die ohne Frau hier leben, gehen, wenn ihnen danach ist, in eine Osteria wie diese hier, wo sie dann ein Zimmer finden. Mit wem, kann ich nicht sagen. Unsere Künstlergruppe zeichnet regelmäßig nach lebenden Modellen. Ich zeichne dabei gern ohne Verhüllungen. Daran habe ich mehr als nur eine künstlerische Freude. Mehr will ich Euch nicht verraten.«

Über seine Zeit als Thomasschüler in Leipzig und junger Kunststudent in Wien schwieg er sich aus und das sollte für ihn auch so bleiben. Er fuhr fort: »Den strengen Katholiken unter uns missfällt das. Ihnen ist Reinheit und Keuschheit im Leben und das Formen schöner idealer Figuren und Gesichter wichtig. Sinnliches habe dabei nichts zu suchen.«

Aus Julius war nur noch ein abschließender Satz zum Thema herauszulocken: »Aus dem Vatikan dringt manches Gerücht nach draußen, doch ob da auch katholische Maler aus unserem Kreis gelegentlich zu Gast sind, kann ich nicht sagen und will's nicht wissen.«

Die Realität kam mit Vincenz und vier Gläsern Wein an ihren Tisch. Der war vom Besten, was hier im Keller lagerte.

»Mit besten Grüßen und Wünschen von Heinrich als edlem Spender!«

Der hob am fernen Tisch sein Glas, und Ludwig war wieder bei schlechter Laune.

»Behalte die Nerven und genieß den edlen Tropfen!«, meinten Julius und Carl gleichzeitig. Georg hingegen zeigte Wirkung. Noch nie hatte ihm ein junger Mann von hohem Rang den Hof gemacht. Er fühlte sich geadelt und außerdem war dieser Verehrer nicht unsympathisch. Gegensätze ziehen sich an, dachte er bei sich, die grazile Figur des Adligen und sich selbst als Naturburschen vor Augen. Doch behielt er seine aufwallenden Gefühle im Griff.

Erheblich angetrunken brachen die vier Sachsen auf. Julius begleitete sie und erst an der Porta Pinciana wurde den drei Neuen klar, dass Julius Schnorr von Carolsfeld dieselbe Adresse in Rom hatte wie sie. Auch Friedrich Olivier, die Brüder Johann und Philipp Veit sowie Luise Seidler, die hochbegabte junge Malerin, die auf der anderen Seite der Durchfahrt ein Zimmer hatte, waren, wie nun gleichfalls der junge Richter, Mieter im Haus der Pulinis.

Die erste Nacht litt Carl Höllenqualen, denn Ludwig und Georg stritten sich laut bis weit nach Mitternacht. Am nächsten Tag war alles wieder in die Gleise gebracht. Nun störte der üble Geruch aus der Abwassergrube. Deshalb wurde die Stadtbesichtigung zur Wohnungssuche ausgedehnt. Ihr Ziel war die Altstadt. In der Nähe des Tibers müsse es nahe dem Palazzo Farnese günstige Wohnungen geben, verriet ihnen ein Kellner im Caffè Greco gegen ein erhebliches

Trinkgeld von fünf Scudi. Er behielt recht. Ludwig fand mit seinen Begleitern zur Piazza Navona, die sie bereits vom Vortag kannten, und drückte aufs Tempo.

»Keine Pause, meine Lieben, erst die neue Unterkunft.«

Vor dem Palazzo Farnese befand sich ein Vorplatz. Ringsherum typische Altstadtbauten. Der Palast selbst war prachtvoll anzusehen. Noch anregender für ihre Augen waren dahinter ein Garten und seine Seitengebäude. Von einem führte ein gedeckter Gang über die Straße zu einer Häuserzeile am Tiber. An dieser ruhigen abgelegenen Straße fanden sie nach einigen Mühen ein dreigeschossiges Haus mit einem Atelieraufbau. Der hatte zu dieser Zeit keinen Nutzer und auch die kleine Wohnung darunter war zu mieten. Zusammen kosteten die Räume sechs Scudi. Carl wollte davon zwei bezahlen und Ludwig die vier übernehmen. Das Atelier sollte zu dritt genutzt werden. Carl hatte nun ein Zimmer mit einem Fenster zum Tiber und hinüber zum Stadtteil Trastevere. Direkt seinem Fenster gegenüber lag am Wasser das Landgut der Villa Farnese mit einem großen Park.

Es gab eine Wirtin im Erdschoss, Juliane Brunetti. Mit ihr wurden sie sich schnell einig. Sie kündigten zum Nachmittag ihren Einzug an und eilten dann zum Caffè Greco, um dort Julius die Neuigkeit zu berichten und ihm für seine Hilfe zu danken. Dieses Mal luden sie ihn zum Abendessen am kommenden Tag ein. Julius war der Umzug sogar recht, denn Overbeck hatte bereits Stimmung gegen die »drei Bauern« aus Sachsen gemacht. Nur Ludwig Richter war ihm angenehm.

Unterwegs fand sich ein Dienstbote mit einem Schiebebock. Der fuhr ihnen den Reisekorb und ihr Wandergepäck um die Spanische Treppe herum hinab in die Altstadt. Auch ohne Gepäck konnten sie ihm kaum folgen. Am Nachmittag wurden Hab und Gut in die bereits von der Hauswirtin gesäuberte Wohnung geräumt und am Weg erworbene Leinentücher auf den drei vorhandenen Betten ausgebreitet. Ein Doppelbett gab es nun nicht mehr, aber eine Tür, die für Carl eine weniger gestörte Nachtruhe bedeutete.

Es folgte ein glücklicher Sommer mit vielen Galeriebesuchen, Wanderungen bis zur Villa d'Este und zum Castel Gandolfo, dem Sommersitz der Päpste, und von Weinbergen umgebenen kleinen Schlössern der Albaner Berge. Es entstanden viele Studienblätter und fertige Zeichnungen, auch erste farbige Bilder. Selbst Carl hatte dazu Mut gefunden, nachdem ihn zunächst die Bilderflut in Florenz und dann auch im Vatikan und der Galerie der Borgheses überrumpelt und mutlos gemacht hatte. So etwas bekomme ich nie hin, hatte er vor manchem Bild gedacht, und dann platzte der Knoten, als er, zurück in Rom, die Häuserballungen auf der Felseninsel im Tiber entdeckte. Das wurde sein Motiv und es lag günstig etwas flussabwärts von ihrem Atelier. Wasser auf beiden Seiten, eine Brücke hinüber und eine wieder herunter, überraschende Spiegelungen im Wasser. Je nach Sonnenstand wechselten hier Licht und Schatten ihre Plätze und die Farben schwankten dabei von weißgelb bis blauviolett.

»Du stellst dich nun sehr geschickt an«, stellte Julius fest, als er eines Tages im Atelier am Tiber auftauchte. Er betrachte die Bilder der drei neuen Freunde: »Georg, du setzt die Farben, wie du sie mit deiner jungen deutschen Seele empfindest; der Ludwig Richter bewegt sich auch in diese Richtung. Das könnte einmal erfolgreich sein. Und du, Ludwig, malst, wie mein Vater es dir beigebracht hat. Mir ist das zu trocken, du solltest – wie er – Werke unserer Dichter illustrieren und dein Glück nicht als Maler versuchen.«

Ludwig fand das Urteil ungerecht und litt augenscheinlich.

»Was ist mit dir?«

»Nichts, mir geht es gut!«

Mehr erfuhr Julius, als ihn Carl an die Tür hinunter zur Via Giulia, an der das Haus lag, begleitete.

»Georg wird von Heinrich von Waldmüller umworben und offenbar auch freigehalten. Er ist plötzlich nicht mehr auf Ludwig angewiesen. Georg ist mir dabei egal, wer sich auf so etwas einlässt, muss selbst sehen, ob er in eine Schlinge gerät, doch für Ludwig tut mir das unendlich leid. Er ist ein anständiger und hilfsbereiter Kerl und ich hoffe, dass das alles gut ausgeht.«

»Ich kannte Ludwig kaum und hatte von Georg nur gehört, als ihr nach Rom gekommen seid. Ich denke aber schon, dass meine Urteile richtig waren. Es muss doch nicht jeder Maler werden. Ein Illustrator, der ohne Farbe auskommt, kann über die Bücher viel mehr Menschen erreichen als ein noch so guter Maler, wenn seine Bilder in einer privaten Sammlung verschwinden. Und nun zu dir! Hast du Zeit und Lust, mich zu begleiten? Ich will dir etwas zeigen, was du noch nicht gesehen hast. Es ist meine Arbeit in einem Raum der Casa, die ich vor langer Zeit begonnen und dann wegen meiner Krankheit unterbrochen habe. Sicherlich hatte die Krankheit auch mit der Angst zu tun, den Auftrag, den mir der Marchese Carlo Massimo gab, nicht erfüllen zu können.«

»Was ist das für ein Auftrag?

»Er wünschte sich von mir die komplette Ausmalung eines großen Raumes im Casino Massimo. Er wollte eine gemalte Welt dabei um sich haben, in die er sich in stillen Stunden versenken kann. Wir haben das Epos von Ariost ›Der rasende Roland‹ dafür als Thema ausgewählt.«

»Worum geht es dabei?«

»Um den Glaubenskrieg zwischen den Völkern, denen der Koran den Glauben bestimmt, und den vereinigten Heeren der christlichen Europäer. Ich hatte schon vor Jahren damit begonnen, aber mich wohl zunächst mit der Größe der Bildflächen und der Freskotechnik übernommen. Nun komme ich wieder gut voran und habe den Willen, die Arbeit zu beenden, bevor es wieder nach Deutschland zurückgeht.«

»Willst du denn zurück?«

»Ja, denn ich habe in Gedanken eine heimliche Liebe aus Wien mit hierhergenommen. Sie heißt Marie, sie war damals fast noch ein Kind, und nun möchte ich sie bald wiedersehen und wenn sie noch frei ist, auch zur Frau nehmen.«

Carl begann, verquält zu lachen.

»Willst du mich dafür auslachen?«

»Bewahre, ich lache mich selbst aus, denn meine erste zarte Liebe hieß auch Marie. Sie war zu jung. Bei der nächsten war ich zu unreif, und sie wurde mir weggeheiratet. Nun erst einmal nehme ich Frauen, die mir als eroberungswert erscheinen, zur Gesellschaft. Eine feste Bindung will ich erst eingehen, wenn ich auf meinem Weg zur Kunst nicht mehr auf der Suche bin.«

»Das hast du mit den meisten Künstlern hier gemeinsam, sofern sie sich nicht hier bereits an eine Frau binden, um nicht fern der Heimat nur auf Männerfreundschaften angewiesen zu sein.«

»Und womit willst du das Geld verdienen, das du für die Gründung einer Familie benötigst? Von Schneeberg aus wird dir dein inzwischen sehr verzweigter Stammbaum wohl nichts mehr beisteuern können.«

»Um meine finanzielle Zukunft habe ich keine Sorge, denn es gibt einen großen Gönner, den die anderen Freunde zwar kennen, aber nicht wissen, dass er mich nach München berufen will, wenn …«

Julius stockte.

»Sprich's aus! Ich habe davon gehört, dass es der Wittelbacher Kronprinz Ludwig Karl August ist, der mit Euch deutschen Malern manche Stunde im Caffè Greco verbracht hat. Man erzählt, dass er nur noch auf seine Ernennung zum bayerischen König wartet, um deutsche Künstler aus Rom nach München holen zu können. Ich nehme an, du wirst einer derjenigen sein, die er mit Aufträgen bedenken wird.«

»Wenn du dem Gerücht glauben willst, muss ich die Gönnerschaft des Kronprinzen nicht weiter verstecken, und es ist richtig, dass ich hoffe, von ihm nach München berufen zu werden, wenn ich die Fresken hier in Rom abgeschlossen habe.«

Inzwischen hatten sie die Casa Massimo erreicht und standen bald darauf im großen Saal, in dem Julius an den Wänden und der vielgliedrigen Decke seine Freskomalerei erst zu einem Teil abgeschlossen hatte. Vieles war vorgezeichnet und etliche weiße Flächen bislang nur im Karton-Entwurf dargestellt. Carl verschlug es vor den Bildern, die in einer ihm bisher unbekannten Technik gemalt waren, die Sprache. Auf den ersten Blick nahm er Kampfgetümmel und Heerführer beim Einmarsch in historische Städte wahr.

Wie bescheiden, und nicht nur in der Größe, war da sein Bild, das er in Schneeberg dem Apotheker in einer einfachen Technik auf die Wand gemalt hatte.

»Julius, kannst du mir deine Maltechnik erklären? Ich weiß nicht, wie ein Fresko entsteht.«

Julius erklärte: »Die Farbe wird auf feuchten Putz aufgetragen und verbindet sich mit diesem. Das soll dann bis in ewige Zeiten halten.

Es ist die Art zu malen, mit der Michelangelo die Decke der Sixtinischen Kapelle und an der Stirnwand das ›Jüngste Gericht‹ gemalt hat.«

»In derselben Art hat Rafael in den päpstlichen Privatgemächern die von meinen Freunden und mir bewunderten Szenen aus der Christengeschichte geschaffen.«

Unvermittelt und für Carl völlig überraschend, fragte Julius: »Hast du Lust, mir hier zur Seite zu stehen? du kannst doch mauern, putzen und mit Stuck und Farben umgehen! Für die Bildwelt bin ich zuständig, für die Technik benötige ich jedoch einen Helfer. Mein alter treuer Guido Pucceti verliert seine Kräfte, wenn ich ihn hier viele Stunden am Tag beanspruche. Guido ist der Vater meines jungen Modells, das du wahrscheinlich schon von Zeichnungen her kennst. In zwei Tagen kommt sie hierher, um mir für eine aufsteigende Figur Modell zu stehen. Willst du dabei sein?«

Carl wollte. Das hatte Folgen. Carl fühlte sich sofort von der jungen Giulietta angezogen. Ludwig und Georg sahen ihn im Atelier am Tiber nur noch selten, denn das Modell wurde die folgenden Wochen häufig benötigt, von Julius, um die richtigen Formen seiner Figuren zu finden und von Carl eher als Augenschmaus. Deshalb bekam er nichts von dem Drama mit, das sich in der Wohnung hoch über der Via Giulia zusammenbraute. Georg besuchte nun häufiger seinen Verehrer in dessen Wohnung. Ein Diener bereitete dann dort für beide ein Mahl zum Abend mit Köstlichkeiten, von denen Georg vordem noch nie etwas gehört hatte. Immer später kam er ins Haus an der Via Giulia zurück. Ludwig wartete voller Eifersucht. Eines Tages saß er noch nach Mitternacht wartend in ihrem gemeinsamen Zimmer und verlor vor Eifersucht fast den Verstand.

Carl war nebenan nicht anwesend, denn Julius war ein geschickter Kuppler und hatte erreicht, dass Carl mit Giulietta in der Casa Massimo übernachtete. Er überließ, was nun geschah, dem Selbstlauf und verschwand ohne Abschied in den Palazzo.

Giulietta begann das Spiel, denn Carl musste erst etwas getrunken haben und benötigte Mut, um von sich aus seinen Wünschen näherzukommen.

»Ich habe sehr wohl bemerkt, dass ich dir nicht nur als Modell gefalle. Deine Augen lassen das Verlangen erkennen, mich in die Arme zu nehmen.«

Carls Antwort gaben seine Hände und bald darauf seine Lippen. Sie sanken auf das Lager, was wohl auch Julius nutzte, wenn er nach der Arbeit zu müde war, um sich noch auf den Weg zum Palazzo Guarneri zu begeben. Und er nutzte das Lager wohl noch zu mehr, denn Carl spürte, dass Giulietta sich nicht zum ersten Mal auf das große Bett legte. Es war weich und fest zugleich. Carls Verlangen nach Giulietta fand bald keine Grenze mehr, denn sein Modell liebkoste ihn immer an anderen Stellen und jagte dabei die Lust durch seinen Körper. Giulietta wusste, wo ein Leinentuch lag, das groß genug war, um beide verschwitzten Körper zuzudecken, als sie zur Ruhe gekommen waren.

30
Ein Liebesdrama

Inzwischen begann das Drama um Ludwig und Georg, im Atelier den Siedepunkt zu erreichen. Nicht mehr ganz nüchtern und von Eifersucht getrieben, machte sich Ludwig schließlich auf den Weg. Er wusste, wo Heinrich von Waldmüller wohnte. In dem vornehmen Palast nahe der Brücke über den Tiber zur Engelsburg gab es schwere Vorhänge. Sie waren zugezogen. Dann drang Licht aus dem Oberlicht des Palasttors, und ein Flügel öffnete sich. Ludwig sprang ins schützende Dunkel und sah von dort aus, wie Georg seinem Liebhaber in den Armen lag. Er war so schockiert, dass er nicht genau mitbekam, dass es kein freudiger Abschied war. Heinrich löste sich abrupt von Georg, denn der war erheblich betrunken und schwankte bedenklich. Heinrich verschwand im Haus. Georg torkelte in eine dunkle Gasse. Mehrmals blickte er zurück, doch das Licht in der Durchfahrt war erloschen.

Es hatte zu regnen angefangen. Georg hatte sich wieder beruhigt und lief immer zügiger hinab in Richtung der Wohnung am Tiberufer. Ludwig konnte nur mit Mühe folgen. Kein Mensch war sonst auf der Straße. Georg hatte bereits die Chiesa di San Giovanni Battista dei Fiorentini passiert, als Ludwig ihn wieder im Blick hatte und sah, wie urplötzlich aus dem Schatten der hohen Kirche drei Gestalten kamen und auf Georg zueilten. Der floh in die enge Gasse mit der Treppe zum Fluss hinab, die Gestalten hinter ihm her. Ludwig verlor den Verfolgten und die Verfolger aus den Augen. Er suchte den Freund im fahlen Mondlicht, das zwischen den Häusern zu ihm drang, doch ohne Erfolg. Was sollte er nur tun?

Im nahen Palazzo Ricci-Sacchetti waren die hohen vergitterten Erdgeschossfester noch mit Kerzenlicht gefüllt. Musik erklang. Ludwig kannte den Palast, denn Georg und er hatten hier einen guten Bekannten, der im Dienst des aus Florenz stammenden Marchese Sacchetti stand. Er schlug die Glocke an. Es wurde geöffnet.

Ein Fest, das sich bis hinaus in den hell mit Fackeln erleuchteten Garten zog. Es ging dem Ende entgegen, denn erste Kutschen rollten vor, und einige Gäste machten sich zu Fuß auf den Heimweg. Sie wohnten in der Nähe, denn die Via Giulia galt als eine der prächtigsten Wohnstraßen der Stadt, wie geschaffen für den Freundeskreis des Marchese.

Ludwig stürmte durch das sich weit öffnende Tor: »Hilfe! Ein Überfall!«

Man wurde auf ihn aufmerksam. Ludwigs Bekannter, der einigen Gästen gerade ihre Regenumhänge übergab, fragte entsetzt: »Um Himmels Willen, Ludwig, was ist geschehen?«

»Georg wurde hier in der Nähe überfallen. Bitte helft!«

Es musste nicht der erste Überfall in letzter Zeit gewesen sein, denn der Hausherr wurde hellhörig. Er überlegte kurz, und dann begab er sich selbst sofort auf die Suche. Diener leuchteten den Weg mit Fackeln aus. Hinter der Kirche führte eine gebogene Treppe zum Ufer und eine weitere gerade in den Fluss. An deren unterster Stufe fanden sie Georg. Die Schultern und den Hinterkopf umspülte das Wasser. Es färbte sich rot. Georgs Kopf blutete, ein Arm schien gebrochen zu sein, denn er lag abgeknickt über der ersten Stufe, doch Georg lebte. Ludwig wollte ihn aufrichten und aus dem Wasser ziehen.

»Halt, halt!«, rief Marchese Sacchetti, »das ist Sache eines Arztes. Ich lasse einen Arzt holen. Wenn das Opfer bei Bewusstsein ist, kann der noch helfen. Junger Mann, heben Sie nur leicht den Kopf an, damit der Verletzte atmen kann und der Mund nicht ins Wasser gerät!« Ludwig legte seinen Regenumhang unter Georgs Kopf. Georg jammerte, doch er spuckte kein Blut. Das drang allerdings aus dem Rock am linken Arm. Von den Räubern war nichts mehr zu sehen. Doch einer der Fackelträger sah auf einer oberen Stufe etwas aufblitzen. Er griff danach. Ein Ring. Gold mit einem kleinen Edelstein verziert.

»Gehört der Ring Ihrem überfallen Freund?«, fragte der Fackelträger.«

Ludwig wollte verneinen, doch dann stockte er und hielt es für besser, eine kleine Lüge zu erfinden.

»Es kann sein, er hatte ein Bild gut verkauft und wollte sich vom Erlös einen Ring kaufen.«

Mehrere Fackelträger leuchten die Stelle aus, an der der Ring gelegen hatte, und dann rief einer von ihnen: »Blut! Hier ist Blut auf den Steinstufen.« Ein anderer ergänzte: »Das kann nicht vom Opfer sein, denn der junge Mann hat sich erst unten am Wasser den Kopf angeschlagen.«

Marchese Sacchetti eilte herbei. Er sah sofort, was das bedeutete: »Die Blutspur geht die Treppe hinauf, immer größere Tropfen. Das Opfer muss sich mit kräftigen Schlägen gewehrt haben.«

Der Marchese beorderte zwei seiner Helfer, die Verfolgung aufzunehmen und wandte sich an Ludwig: »Gehören Sie zu den deutschen Malern, die nahe dem Palazzo Farnese wohnen?«

»Ja, so ist es. Wir teilen uns dort zu dritt ein Atelier.«

»Gut zu wissen. Ich interessiere mich für die Malerei der Deutschen und werde Sie sicherlich demnächst aufsuchen. Doch erst muss der junge Mann wieder gesund werden.«

Neben Georg kniete inzwischen der Arzt und ließ ihn vorsichtig anheben und auf dem Treppenabsatz auf eine Decke legen.

»Der Arm ist gebrochen. Das lässt sich heilen und der Kopf hat nur eine große Platzwunde«, war sein kurzer Kommentar.

Der Arzt schiente den Arm, verband den Kopf und brachte Georg ins Hospital. Ludwig durfte mitfahren und bereits bei der Fahrt hatte er eine Entscheidung getroffen: Georg war nun wieder auf seine Hilfe angewiesen. Er würde sich Geld von seinem Erbe aus Leipzig senden lassen und damit eine Rückreise mit der Kutsche finanzieren können. Bis nach München zuerst und bald weiter nach Leipzig. Nach Sachsen würde der in Georg vernarrte Heinrich nicht folgen. Das ließ schon sein Dienst in der Gesandtschaft nicht zu.

Ludwig hatte sich getäuscht, als er Georg vor der Wohnung seines Nebenbuhlers abpasste. Den Nebenbuhler gab es da bereits nicht mehr, denn Heinrichs Dienstherr hatte von der heimlichen

Liebschaft etwas mitbekommen und drohte, Heinrich von Waldmüller zurück nach Deutschland zu beordern. Der musste gegen seine Gefühle handeln, um einen Skandal zu vermeiden, und dieser hätte im heimischen Coburg wohl mehr Aufsehen erregt als hier in Rom. Der Abschied am Tor war einer für immer und der Ring ein Abschiedsgeschenk gewesen. Bei der Trennung war noch ein Trostgeschenk in Georgs Rocktasche gelangt. Das stellte sich erst heraus, als einer der Räuber bei der Flucht unter der Sant'Angelo-Brücke gestellt wurde. Unter einem Brückenbogen war er stark blutend zusammengebrochen. Georg, der sächsische Bauernsohn, hatte bewiesen, dass er genauso gut mit der rechten Hand zuschlagen konnte, wie er mit dieser den Malpinsel führte.

Ein einziger Schlag nur, doch so genau getroffen, dass er dem Räuber das Nasenbein brach. Der hielt den beiden Verfolgern einen Beutel mit vielen Scudi entgegen. Er hatte ihn in Georgs Rock entdeckt, als er diesen trotz seiner Verletzung vor der Flucht durchsucht hatte. Winselnd bat er nun, dass man ihn laufen lassen solle. Er verriet auch dafür die Namen seiner beiden Kumpane. Doch die Diener des Marchese kannten kein Erbarmen. Sie vermuteten zu Recht, dass die drei Räuber jene waren, die seit einiger Zeit in den Nebengassen der Via Giulia den Gästen der Paläste aufgelauert und sie schon mehrfach um Schmuck und Geld gebracht hatten.

Carl hatte endlich wieder einmal die Nähe einer jungen Frau genießen können und musste sich eingestehen, dass Giulietta etwas ausstrahlte, das er nicht einmal von der erfahrenen Witwe aus Schneeberg kannte. Sie war nicht nur leidenschaftlich und ausdauernd, sie hatte auch sehr viel Fantasie. Carl war dabei, ihr zu verfallen und die Pläne, bald wieder in Leipzig zu sein, in seinen Gedanken zurückzustellen.

Als Giuliettas Vater unerwartet starb und Ludwig und Georg zur selben Zeit abgereist waren, zog er zu ihr und übernahm das Atelier des Vaters. Nun wohnte er auf der Tiberinsel, deren Häusergeflecht zu seinen Lieblingsmotiven in Rom gehörte. Ein weiteres entdeckte er, als er an einem verlockenden Morgen von der Insel hinüber nach Trastevere ging und dort am Wasser neugierig auf die ihm bislang unbekannte Gegend flussaufwärts wanderte, um auf diesem Weg den Vatikan zu erreichen. Es war noch zeitig am Tag, die Sonne stand im Osten und die Chiesa di San Giovanni Battista dei Fiorentini lag in deren Schatten. Ein Anblick, der zu einem kleinen Bild anregte. Viel Schatten, Lichtflecken und darüber ein heller Himmel. Ein älterer Mann trat zu ihm, klopfte ihm auf die Schulter und zeigte auf große Felsbrocken, die aus dem Wasser ragten und den Fluss in seinem Lauf störten. Der schäumte vor den Brocken auf, als sei er geärgert worden. Angler hatten darauf kleine Holzhütten errichtet. Die machten einen zerzausten Eindruck. Der alte Mann neben ihm murmelte etwas, was sich wie Pons Neronianus anhörte. Eine zerstörte Brücke aus Kaiser Neros Zeit, überlegte Carl. Vermutlich, denn beim näheren Hinsehen entdeckte er, dass die Felsbrocken die Reste von gemauerten Bogen waren. Carl zeichnete das ungewöhnliche Motiv, bis die Schatten weitergewandert waren und das gegenüberliegende Ufer mit den aus dem Fluss emporsteigenden Treppen freigab. Hier war es also, wo Georg ausgeraubt wurde und zugleich zu einem Helden geworden war. Carls Gedanken sprangen zu Ludwig, und er hoffte, dass die beiden gut zurück nach Leipzig gekommen waren und er sie dort auch irgendwann wiedersehen würde.

Nun stieg er hinauf zur Höhe, wo der Petersplatz und der Petersdom lagen. Es war eine raffinierte Inszenierung des Architekten mit einer imposanten Anordnung von Säulenkolonnaden in zwei Bogen um einen in der Mitte des Platzes aufragenden Obelisken. Carl spürte, dass dieser vor allem die Aufgabe hatte, die Blicke der Gläubigen auf dem Platz zusammenzuhalten und nicht in das weniger imposante Umfeld im Hinterland abgleiten zu lassen. Der Petersdom, den er bisher nur von unterschiedlichsten fernab liegenden Blickpunkten kannte, war selbstverständlich auch von der Nähe aus gesehen imposant. Doch Carl entdeckte sich als Nörgler. Der Dom in Florenz hatte ihm mehr imponiert. Das lag wohl auch daran, dass er sich scheute, die Domkuppel nicht nur als Werk Michelangelos zu bewundern. Der Gedanke, dass er hier vor dem Zentrum des katholischen Glaubens stand, spielte mit, und er war kein Katholik. In Florenz hatte er sich darüber keine Gedanken gemacht. Da war in seiner Erinnerung eine Domkuppel verblieben, die er mit eigener Kraft auf ungewöhnlichste Weise bis hoch erstiegen und von deren Spitze aus ins Land geblickt hatte. Hier wollte er eigentlich nur die von allen Künstlern hochgelobte Pietà betrachten, die Michelangelo in noch jungen Jahren geschaffen hatte. Dann stand er davor und ihn bedrängten viele Gedanken: Hier sind die Figuren bis in alle Falten und Wölbungen ausgearbeitet. Ein Werk voller Anmut und Schönheit. Sie erheben den Anspruch, bis in alle Ewigkeit vollendet zu sein. Doch warum hat Michelangelo später weitere Pietà-Gruppen geschaffen, die nicht bis in alle Einzelheiten ausgeformt und poliert sind? Warum berührt mich das Spätwerk Michelangelos weitaus mehr als dieses perfekte Jugendwerk, das hier vor mir steht? In Florenz hat Michelangelo nur ausgearbeitet und poliert, was noch einen Hauch von Leben zeigen soll, alles andere ist schon von der Vergänglichkeit gezeichnet. In Florenz steht die Lebensweisheit eines gealterten Künstlers aus dem Marmor herausgehauen.

Carl nahm sich vor, mit Julius darüber zu reden.

Doch ehe er dazu kam, drehte sich sein Leben in eine Richtung, an die er immer mit Sorge, vielleicht sogar mit Angst gedacht hatte, wenn bei ihm, wenn er in den Armen einer Frau lag, der kleine Teufel, der in ihm wohnte, ans Licht trat. Er mochte diesen kleinen Teufel mehr, als dass ihn die Gefahr, die er verbreiten konnte, zurückhielt, mit ihm zu spielen. Die meisten der Künstler im Caffè Greco verbannten diesen Teufel aus ihren Gedanken und legten ihn in Ketten. Man sah es ihrer Kunst an, selbst wenn sie meisterhaft komponiert, durchdacht und in vollendeter Technik auf dem Malgrund aufgetragen war.

31
Unerwartete Ereignisse

Zurück im Haus auf der Tiberinsel und nach einem freundlichen Plausch mit Wirtin Julietta Minetti stand Carl vor einer Giulietta, die ihn anstrahlte, als sei ihr ein Engel begegnet. Sie fiel ihm um den Hals und rief: »Carl, du wirst Vater! Ich erwarte ein Kind!«

Carl stand reglos wie angewurzelt und dann wie vom Blitz getroffen. Er schnappte nach Luft und fand keine Antwort.

Dann warf er sich aufs Bett und starrte ins Leere. Giulietta blickte ihn verstört an. Sie begriff nichts. Konnte sie auch nicht. Sie kannte aus der Welt der Künstler zwar ihren Vater, doch der hatte nie erzählt, was er beim Malen dachte. Die deutschen Künstler, bis auf Julius, dem sie Modell stand, kannte sie nur durch Reden, denen sie meistens nicht folgen konnte, und sie kannte Unterschiede in ihren Blicken, wenn diese ihren Körperformen folgten. Einige betrachteten sie wie ein Arzt, der Feststellungen traf, andere hefteten ihre Blicke auf sie, als wollten sie sie abtasten und aussaugen. Carl streckte seinen Arm zu ihr aus, zog sie zu sich heran und nahm sie in die Arme. Dann die ersten Worte aus seinem Mund: »Wie schön!«

Er konnte der Frau in seinen Armen nichts sagen von seinen Gedanken, die von seiner Kindheit bis nach Rom und von dort wieder zurück nach Deutschland jagten, wo sie einmal Fuß fassen sollten.

Noch war das Kind nicht zur Welt gekommen. Giulietta, die eine Hebamme konsultiert hatte, rechnete mit etwa vier Monaten bis zur Geburt und noch war auch der »Rasende Roland« im Ariost-Saal der Casa Massimo nicht ans Ziel gelangt. Carl beschloss, die werdende Mutter nicht durch seine Gedanken und Zweifel zu verstören, und hielt sich an ein Sprichwort, das er schon als Schuljunge gehört hatte: Kommt Zeit, kommt Rat!

Den Rat suchte er zunächst für sich selbst zu finden. Abends saß er lange auf einem der »Steinernen Sofas«, die bei etlichen Häusern der Via Giulia an die Wand gebaut waren. Am liebsten suchte er dabei jenen steinernen Sitz auf, von dem aus in luftiger Höhe eine Brücke den Palazzo Farnese mit dem Garten und der Villa der Familie Farnese verband. Carl malte die in seinen Augen interessanteste Stelle der Straße zu verschiedenen Tageszeiten. Im Morgenlicht, am Vormittag in der Mittagssonne, in der sich die Farben fast zu Weiß verwandelten, ebenso nachmittags und am Abend, wenn die violetten Töne bestimmend wurden. Eines Tages setzte sich ein Herr an seine Seite und lobte die Art, wie er die Farben zur Wirkung brachte.

»Keine Untermalung und keine Lasuren, wie das an Akademien gelehrt wird?«

»Nein«, antwortete Carl. »Meine deutschen Malerfreunde malen in dieser Art. Ich hab noch nicht studiert, will das jedoch nachholen!«

»Bloß nicht! Wie Sie Farben setzen, wirkt frisch und lebendig. Es kommt nicht darauf an, was man technisch beherrscht, vielmehr wie die eigene Empfindung den Pinsel steuert.«

Der Herr, fast doppelt so alt wie Carl, war Franzose, beherrschte aber sehr gut die deutsche Sprache. Bald stellte sich heraus, dass er Diplomat im französischen Dienst war. Carl erzählte seine Geschichte und weckte damit sein Interesse.

»Sie haben also schon an Fabrikpalästen mitgebaut und wissen, wie Maschinen funktionieren, und Sie sind aus Sachsen? Ach, arme Sachsen! Metternich hat euch dafür bestraft, dass ihr an der Seite meines Frankreichs gekämpft habt. Ihre Herkunft macht Sie mir sympathisch.«

»Warum fragen Sie nach Fabriken und Maschinen. Interessiert das hier am Vatikan und in Rom?«

»Frankreich liegt im Wettstreit mit den Engländern, junger Mann. In der technischen Entwicklung sind wir in Rückstand geraten. Die Sachsen sind da vermutlich weiter.«

»Als ich nach Rom aufgebrochen bin, hatten die sächsischen Spinnereien und Maschinenbauer wieder unter der englischen Vorherrschaft zu leiden und die Stimmung im Land war nicht die beste. Doch das wird sich hoffentlich wieder ändern.«

Der vornehme Franzose bot Carl für das farbige Blatt, das er gerade vollendet hatte, einen sehr guten Preis und lud ihn ein, seine Sammlung neuer französischer Kunst und Werke des Spaniers Goya zu besichtigen. Er wohnte nicht weit entfernt an der Straße flussaufwärts.

Eine punkvolle Wohnung im ersten Stock. Ein Salon mit breitem Balkon vor drei hohen Fenstern zur Straße, zwei kleinere Salons beiderseits des Mittelraums. Die Schlaf- und Nebenräume befanden sich im hinteren Bereich, der durch einen Lichthof noch eine enorme Tiefe besaß. Hier lässt sich wohnen, dachte Carl, sagte jedoch kein Wort und genoss die Bilderwelt, die sich durch alle drei Räume zog.

Der rechts gelegene Salon diente als Arbeitsraum. An seinen Wänden befand sich die Sammlung des Diplomaten.

Ein Bediensteter brachte Tee und Gebäck.

»Lassen Sie sich nicht nötigen. Greifen Sie bitte zu!«

Der Gastgeber begann, Bilder seiner Sammlung vorzustellen.

»Zunächst ein älteres Porträt, von Ingres gemalt. Meisterhaft! Klassischer Technik und dem klassischen Schönheitsideal folgend. Doch nun, da ich Bilder der jungen französischen Maler kenne, finde ich im Vergleich zu diesen Ingres' Malerei zu starr und nicht lebendig genug, um mir Freude zu bereiten. Schaut Euch nun dieses Pferd an, eine Studie vom genialen Pferdenarren Gericault. Das ist Lebendigkeit, nicht nur, dass er den Pinsel intuitiv bewegt und dabei den Formen folgt, die er im Kopf hat. Das Motiv ist voller Lebenskraft, als würden die Seelen des Malers und des Pferdes verschmolzen sein. Alles ist von innen heraus empfunden und kein Kalkül. Und nun zum wichtigsten Bild von ihm. Gericault hat eine wahre Geschichte gemalt, die ich selbst als tatsächliches Ereignis kenne. Die Geschichte eines Schiffsuntergangs, geprägt von Menschenverachtung, Todesängsten und Hunger, der bis zu Totschlag und Kannibalismus geführt haben soll. Gericault nannte sein Bild

›Floß der Medusa‹. Mich hat es so fasziniert, als ich es auf einer Ausstellung sah, dass ich mir eine kleine Kopie anfertigen ließ. Sie ist gut gelungen.«

Er holte die Kopie aus seinem Sammlungsschrank.

»Blickt auf die Szene und die Figuren. Man leidet mit.«

Carl sah im Vordergrund einen Toten über die Kante des Floßes halb im Wasser hängend. In der Mitte Menschengedränge und vorn hoch aufgerichtet die Hauptfigur, die einem kleinen Boot in der Ferne, das Rettung bedeuten kann, Signale gibt.

»Von der Maltechnik des Malers ist auf der kleinen Kopie allerdings nichts nachzuvollziehen. Doch mir geht es darum, dass ein Künstler aus meinem Frankreich mit leidenschaftlicher Anteilnahme ein Bild mit historischem Hintergrund geschaffen hat, das mich mitreißt und kein Bild ist, in dem ein historisches Theaterstück mit Pinsel und Farbe aufgeführt wird. Junger Mann, ich weiß, wer Eure Freunde sind und dass sie mit großer Begeisterung deutsche und europäische Geschichte auf römische Wände malen. Ich will ihnen nicht zu nahe treten und deshalb nenne ich keine Namen.«

Carl schwieg betroffen. So also dachte ein französischer Kunstkenner darüber, was besonders Julius so wichtig war, dass er seine jungen Jahre opferte, um von früh bis abends Geschichte in Bildern zu bewahren.

»Ihr wolltet mir noch den Spanier Goya zeigen. Ich habe von ihm gehört, doch noch nichts von ihm gesehen.«

Der Diplomat, Carl wagte nicht nach seinem Namen zu fragen, doch den würde er bald erfahren, holte ein weiteres kleines Bild aus dem Sammlungsschrank. Grauer Hintergrund ohne Anzeichen einer Landschaft. Davor Figuren in dunklen Tönen mit groben und mal feinen Pinselstrichen geformt. Lichter mit dem Pinsel aufgesetzt. Mit offenem Mund saugte Carl auf, was er entdecken konnte. Der Gastgeber erklärte: »Der Goya malt ohne klare Konturen und ohne Kalkül. Er setzt die Formen aus Pinselhieben zusammen. Ebenso zeichnet er und radiert die schaurigsten Szenen von Krieg und Verderben bis hin zu einer Welt voller Ungeheuer. Auch so kann man Vergangenes darstellen, da es nicht nur aus siegreichen Heerführern und edlen Jungfrauen besteht.«

Carl war überwältigt und verabschiedete sich schnell. Das Gesehene und Gehörte brauchte Zeit, um den richtigen Platz in seinem inneren Museum zu finden. Er sah plötzlich die Bilder vor sich, die auf ihn beim Bauen in Siebenhöfen eingestürmt waren. Die schwarzen Rabenvögel auf dem Balkenwerk, der arme Johann, der durch dieses in den Tod gestürzt war. Die Irrlichter, die entstanden, als die Sonne durch die Fenster in den Bau ohne Böden strahlte. Der Goya hatte es geschafft, solche Bilder zu malen und mit der Nadel ins Metall zu graben, denn er hatte dann noch einige der dämonisch wirkenden Radierungen mit Nachtgetier gesehen. Die haben ihn regelrecht aufgewühlt.

Nun erst recht musste er mit Julius reden. Das geschah bei einem Spaziergang durchs antike Rom. Julius holte Carl ab, auch um Giulietta wiedersehen zu können. Sie kam ihm strahlend entgegen und zeigte, dass sie in »guter Hoffnung« war.

»Ich bin der Vater«, machte Carl sofort deutlich, um Julius von einer möglichen Sorge zu befreien.

»Ich gratuliere euch beiden. Ich hoffe, dass es ein prächtiger Knabe wird.«

»Und warum kein Mädchen?«

»Ach, Giulietta, einer wie Carl wünscht sich, dass sein Name weitergegeben und ein Künstler geboren wird.«

Carl schwieg. Die beiden Maler begannen ihren Spaziergang über die Tiberbrücke in Richtung Circo Massimo. Schon auf dem Weg dorthin erzählte Carl von der Begegnung mit dem französischen Kunstsammler. Sie fanden einen schattigen Platz zwischen den Ruinen. Hier unterbrach Julius Carls Redeschwall mit der nüchternen Frage, Giuliettas Zustand im Hinterkopf: »War's das nun mit deinem Studium in Leipzig, was soll ich meinem Vater berichten? So wie ich dich kenne, wirst du Giulietta nicht sitzen lassen.«

»Das will ich auch nicht. Doch wie es mit mir weitergehen wird, weiß ich noch nicht. Der Besuch bei dem französischen Diplomaten hat mich völlig verwirrt, denn das, was ich da von Gericault und erst recht von Goya gesehen habe, ist mir weitaus näher als die deutsche akademische Art und die der deutschen Nachahmer von Rafael. Julius, bei dir bewundere ich deine unvergleichliche Zeichenkunst, doch musst du Bilder zur Vergangenheit malen? Ist das Leben heute so wenig interessant, dass es nicht Stoffe für Bilder hergibt? Mir steht es als deinem Helfer nicht zu, dir Ratschläge für Bildthemen zu geben. Doch ich selbst muss etwas finden, was mir entspricht.«

»Danke, Carl, für deine offenen Worte, doch wenn ich ihnen folge, stelle ich alles in Frage, was ich bisher gedacht und geschaffen habe. Auch ich muss meinen Weg gehen. Spätere Zeiten werden über uns richten.«

Ihre unterschiedlichen Gedanken zur Kunst hatten die beiden nicht auseinandergebracht, vielmehr ihre Freundschaft besiegelt. Sie stiegen anschließend noch in der Ruine des Colosseums herum und dachten im Forum Romanum daran, dass hier vor zweitausend Jahren der Mittelpunkt der Welt gewesen war. Zurück zur Tiberinsel war es dann nicht mehr weit.

In die Atelierwohnung auf der Tiberinsel kam erst die Hebamme und dann das Kind. Es war, wie von Carl erhofft, ein Junge. Der war munter und gesund. Spontan entschloss sich Carl, den Knaben nach seinem Bruder Friedrich zu nennen. Die Mutter musste sich fügen. Carl spürte, wie ihn der Vaterstolz übermannte und damit wurde auch eine Entscheidung gefällt: Er wollte den Jungen erst aufwachsen sehen, bevor er an einen Umzug mit Mutter und Sohn zurück nach Sachsen dachte. An eine Heirat dachte er nicht. Giulietta war froh, dass es keinen Streit um den Namen gab.

Der würde vermutlich kommen, wenn das Kind getauft werden sollte. Konnte ein Kind von einem protestantischen Vater und einer katholischen Mutter in Rom überhaupt getauft werden?

Weder die Hebamme noch die Hauswirtin konnten hierzu eine Auskunft geben.

Carl half Julius weiterhin bei seinen Fresken. Gemeinsam besuchten sie nur noch selten das Caffè Greco. Ludwig Richter war zurückgereist, neue Gesichter waren hinzugekommen, doch das einstige Feuer der Debatten war erloschen.

32
Flucht aus Rom

Das Kind wuchs und blieb gesund. Carl musste nun für drei sorgen, aber die Arbeit für Julius deckte die Kosten nicht. Carl fand aber immer mal Käufer für kleine Veduten. Vor allem die Insel im Tiber und die Szenerie an der eingestürzten Brücke des Kaiser Nero im Tiberbogen waren beliebt. Dann war Carl das Glück hold. Eines Tages sprach ihn bei einem der seltenen Besuche im Caffè Greco ein noch junger Mann an. Ihm sah man seine adlige Herkunft im Gesicht und der stolzen Art an, mit der er durch den Raum schritt. Julius war zum Stammtisch gegangen.

»Darf ich mich zu Ihnen setzen und einen Blick in Ihr Skizzenbuch werfen?«, fragte er.

Carl hatte das Buch mit Sepia-Tuschzeichnung bei sich.

Der Fremde fragte Carl aus, erfuhr seinen Namen und schien zufrieden. Dann senkte er die Stimme und machte seinem Gegenüber einen mehr als erstaunlichen Vorschlag, von dem die anderen deutschen Maler, auch Julius, nichts erfahren sollten und durften.

»Junger Herr Steiner, ich will Sie einladen auf meinen Landsitz, der südlich von Rom in Richtung Neapel liegt, mein Gastatelier für etwa vier Wochen zu nutzen. Ich wünsche mir, dass dabei für mich zwei Bilder entstehen, eines von meiner Villa vor der Kulisse der Berge mit dem Vesuv im Hintergrund und ein Bild von mir inmitten meiner Marionettensammlung.«

»Sie sammeln Marionetten?«

»Ja, und es sind sizilianische Marionetten, denn mein größerer Landbesitz liegt bei Taormina auf Sizilien. Ihn habe ich von meinem Vater geerbt. Die Güter bei Neapel habe ich erst kürzlich von einem römischen Kaufmann erworben, dem die Villa zu weit entfernt von Rom liegt.«

»Und warum haben Sie mich als Maler ausgewählt?«

»Auf den ersten Blick habe ich in Ihrem Skizzenbuch gesehen, dass Sie die Welt lebendiger darstellen als Ihre deutschen Kollegen hinten am Stammtisch. Wollen Sie mein Angebot annehmen? Ich werde Sie fürstlich entlohnen und es wird an nichts fehlen.«

»Ich möchte schon, muss nur vorher noch etwas regeln und eine Arbeit abschließen.«

»Gut, dann hole ich Sie ab, wenn der Herbst beginnt und die Tage wieder kühler sind. Wo? Hier? An welchem Tag und zu welcher Zeit?«

»Ich notiere Ihnen meine Anschrift. Ich wohne auf der Tiberinsel in einem hohen Haus mit einem Ateliergeschoss.«

»Ich melde mich rechtzeitig bei Ihnen. Meine Adresse will ich hier in Rom nicht hinterlassen und ich wünsche auch, dass Sie keinen Besuch auf meinem Landsitz empfangen. Das sind meine einzigen Bedingungen und natürlich die Bilder, die ich Ihnen sehr gut bezahlen werde, wenn sie mir gefallen. Doch daran zweifle ich nicht.«

Sie gaben sich die Hände und damit war der Vertrag geschlossen. Julius kam zurück an den Tisch.

»Wer war das? Der wirkte vornehmer als ein Fürst und zugleich wie einer vom Land.«

»Kann sein. Er wollte meine Zeichnungen sehen, hat dann nicht einmal etwas gekauft und auch nicht seinen Namen genannt.«

Als der Herbstbeginn nahte, hatte Carl mit Giulietta besprochen, dass er den gut bezahlten Bildauftrag auf dem Land annehmen werde. Er würde einen Monat weg von Rom sein und dann hätten sie erst einmal finanziell ausgesorgt.

Julius hatte die Fresken so weit abgeschlossen, dass er auch ohne Carls Hilfe zurechtkam, und Carl wartete auf den angekündigten Brief. Er hatte unter seinen Namen auch den der Hauswirtin geschrieben. Die kam ihm dann mit einem dicken Brief und großen fragenden Augen entgegen.

»An Sie über mich, doch ohne Absender!« Sie platzte vor Neugier, erfuhr aber nichts davon, was der Brief bedeutete.

Im Brief war bereits ein erstaunlicher Vorschuss. Er gab davon etwas am Abend der Wirtin, erzählte ihr von einem Bildauftrag bei einem reichen Villenbesitzer und bat sie, der Mutter und dem Jungen beizustehen, wenn Hilfe nötig wäre.

Giulietta hatte nun bereits ausreichend Geld verfügbar, um einige Wochen davon mit dem kleinen Friedrich leben zu können.

Eine Anschrift, wo er aufzufinden sei, hinterließ Carl nicht.

Er hatte selbst keine Ahnung, wohin ihn der geheimnisvolle Auftrag führen würde. Zum ausgemachten Zeitpunkt fuhr eine Kutsche vor, die wie eine schlichte Mietkutsche aussah. Der Kutscher hatte ein Legitimationsschreiben, an Carl adressiert, dabei. Carl verstaute alles, was er zum Malen benötigte und seine Reiseutensilien in der Kutsche. Von Giulietta und Friedrich hatte er sich bereits in der Wohnung mit zärtlichen Küssen verabschiedet. Die nun weitgehend eingeweihte Wirtin winkte am Haustor, und dann fuhr die Kutsche los.

Giulietta erhielt nach vier Wochen einen Brief, in dem genügend Geld war, um weitere vier Wochen durchzustehen. Die Arbeit würde sich erweitert haben, teilte Carl mit und unter seinen Zeilen stand: »Dir und unserem Friedrich alles Liebe. Ich denke an dich und du wirst dich über das, was ich mitbringen werde, sehr freuen.«

Giulietta freute sich gar nicht. Sie fühlte sich allein und verlassen. Eine Verlängerung der Trennung, selbst wenn sie Carl das Doppelte an Geld einbringen sollte, war nicht verabredet. Zwei Wochen saß sie mit hängendem Kopf in der Wohnung, dann ging sie hinaus bis zur Ponte Sisto, hinter der die Via Giulia mit ihren vornehmen Wohnpalästen begann. Und sie fand, was sie in ihrer Einsamkeit suchte, einen, der sie in die Arme nahm. Wenigstens für eine Nacht. Die Wirtin bemerkte es nicht. Das Haus auf der Insel hatte auch einen Rückeingang, der nicht im Blickfeld der Wirtin lag. Aus der einen Nacht wurden zwei und dann sollte sich noch eine dritte anschließen. Friedrich, noch kein Jahr alt, schrie immer lauter und länger. Giuliettas Bettgefährten störte das gewaltig und er schob das aus Weide geflochtene Bettchen des Buben in den Nebenraum hinter der Wohnungstür.

»Friedrich bleibt hier!«, sagte Giulietta mit bestimmendem Ton und schob den Korb an den alten Platz zurück.

»Der Knabe stört und treibt mir alle Gefühle aus dem Körper, und sein Geschrei verstopft mir den Kopf.«

Zwei Hände packten den kleinen Friedrich und zwei Füße schoben den Korb wieder in den Raum neben dem Eingang und ein derber Männermund sagte: »Willst du, dass ich sofort das Haus verlasse?«

Giulietta nahm Friedrich an sich und legte ihn sanft in sein Bettchen, das nun im Nebenraum stehen blieb. Giulietta zog ihren Liebhaber ins Schlafzimmer und schloss dessen Tür.

Sie hatte übersehen, dass die angekündigte Zeit, die Carl auf dem Lande länger bleiben wollte, an diesem Tag vorbei war.

Nach Einbruch der Dunkelheit fuhr die Mietkutsche mit Carl am Eingang von Frau Minettis Haus vor. Carl stieg gut gelaunt aus der Kutsche, lud sein Gepäck ab und bezahlte den Kutscher. Frau Minetti stand bereits neugierig in der Tür.

»Buon giorno, liebe Frau Minetti, geht es Ihnen gut?«

»Mir geht es sogar sehr gut.«

Erfreut nahm sie das ihr zugedachte Geschenk entgegen.

»Wie geht es meiner Giulietta und meinem kleinen Friedrich?«

»Offenbar gut, ich habe sie zuletzt nicht gesehen, doch Friedrich gehört, wenn er wie immer schrie, wenn ihm etwas nicht passte.

Hören Sie, ihm passt offenbar wieder etwas nicht.«

Carl hörte Friedrichs Jammern auch im Treppenhaus. Er vertraute der Wirtin sein Gepäck an und eilte die Stufen hoch.

Vorn im kleinen Zimmer jammerte Friedrich. Die Tür zum großen Raum, in dem das breite Bett stand, war geschlossen.

Carl riss die Tür auf und sah auf einen nackten Mann über der ebenfalls nackten Giulietta. Vor allem sah er dessen Hinterteil. Die Hände der beiden wirkten wie ineinander gekrallt und die Füße miteinander verhakt. Von Gesichtern war nichts zu sehen. Wie ein dichter Schleier lag das lange schwarze Haar des Mannes über ihnen. Carl verlor die Beherrschung, denn was er sah, ließ keine Zweifel zu. Giulietta, für die er sich wochenlang den Trinklaunen und ständig wechselnden Wünschen eines introvertierten reichen Landadligen ausgesetzt hatte, betrog ihn.

Carl griff mit beiden Händen in die Haare seines Nebenbuhlers, riss dessen Kopf hoch und schleuderte den Burschen, nackt und schweißtriefend wie er war, mit einem Schwung in die Ecke des Raums. Dort blieb er liegen. Blut lief bald unter seinem Kopf hervor. Den hatten die scharfen Kanten des Fragments einer Marmorbüste, antik, hart und mit Bruchstellen, im Schwung gestoppt. Das rote Rinnsal wurde zur Blutlache. Giulietta hatte aufgeschrien, als sie Carl sah und das Krachen hörte, das beim Zusammenprall von Schädel und Marmor entstanden war. Sie sprang vom Bett und lief, wie irregeworden, am schreienden Friedrich vorbei nach oben ins Atelier. Aus der Ecke, wo der nackte Bursche lag, war kein Ton mehr zu hören.

Carls Nebenbuhler hatte die Augen verdreht. Nun lief auch noch ein dünner Blutstrom aus der Nase.

»Der ist tot!«, schrie Carl und wurde bleich. Die Angst, einen Mord begangen zu haben, brachte seinen Körper zum Zittern und stürzte seine Gedanken in einen Höllenschlund. Ohne genauer hinzusehen, ob seine Angst berechtigt war, schnappte er sich seinen Sohn und lief hinab zur Hauswirtin.

»Da oben war ein Fremder in der Wohnung! Er hat mich angegriffen. Ich habe mich zur Wehr gesetzt. Ich weiß nicht, ob er das überlebt hat. Wird mir das jemand glauben? Ich muss fliehen«, stammelte Carl und, etwas ruhiger geworden, setzte er hinzu: »Giulietta ist wahrscheinlich ebenfalls geflohen, ich weiß nicht, wohin. Der Fremde liegt in seinem Blut. Ich hole eine Kutsche herbei und verschwinde, so wie ich gerade gekommen bin. Friedrich nehme ich mit.«

Frau Minetti schlug eine Decke um Friedrich, dann schlich sie sich auf Carls Bitte nach oben, um für seinen Jungen noch Kleidungstücke zu holen. Die lagen zum Glück in einer Truhe im Vorraum. So musste sie keinen Blick auf den Toten werfen.

Carl besänftige die Wirtin mit einem Beutel Geldstücke. Er zahlte die Miete für mehrere Monate im Voraus.

»Melden Sie bitte erst morgen, dass Sie einen Mann in seinem Blut liegend in der vermieteten Wohnung entdeckt haben. Erzählen Sie bitte keinem, dass ich hier war. Gesehen hat mich in der Dunkelheit im Schutz der hohen Kirchenmauern vermutlich niemand. Ich wünsche Ihnen das Beste, doch wohin ich fahre, erzähle ich Ihnen nicht. Sie wissen dann von nichts und müssen kein Geheimnis bewahren.«

Carl hatte durch Zufall sehr schnell eine Lohnkutsche gefunden. Er nahm Frau Minetti in die Arme, drückte sie fest an sich und flüsterte ihr ins Ohr: »Liebe Frau Minetti, retten Sie meine Zeichnungen aus dem Atelier und verwahren Sie diese gut. Nur Julius von Carolsfeld dürfen Sie diese aushändigen. Ich vermute, dass er in den nächsten Tagen nach mir fragen wird.«

Dann stieg er schnell und lautlos mit seinem kleinen Sohn im Arm in die Kutsche. Der Kutscher hatte das Gepäck bereits geladen. Die Kutsche verschwand im Dunkel der hereinbrechenden Nacht über die Brücke, die nach Trastevere und hinaus ins weite Land führte.

Frau Minetti hatte Carls Zeichnungen und farbige Blätter noch in der Nacht aus dem Atelier geborgen und sicher in ihrem Wäscheschrank verwahrt.

Um das Schlafzimmer, in dem der Tote liegen sollte, hatte sie in der Nacht einen großen Bogen gemacht. Am nächsten Tag berichtete sie einem Wachhabenden an der Tiberbrücke von lautem Streit und Geschrei in der Atelierwohnung unterm Dach ihres Hauses. Sie bat, dort nachzusehen, da sie sich nicht nach oben traue. Gefunden wurde nur eine Blutlache, doch weder Verletzte noch Tote. Allerdings seien Schrank, Truhen und das große Bett durchwühlt. Die Mieter müssen überstürzt das Haus verlassen haben. Die Hauswirtin begann zu jammern und zu klagen. Keinen interessierte, ob das echt war.

Giulietta war noch einmal zurückgekommen. Sie suchte nach Vater und Kind. Die Wirtin spielte die Ahnungslose. Giulietta suchte Julius auf. Von ihm bekam sie nur Vorwürfe, denn er gab ihr die Schuld an dem, was geschehen war. Da packte sie ihre Habseligkeiten in ein Tragetuch und hinterließ bei der Wirtin, dass sie zur Familie ihres Vaters aufs Land gehen werde.

Als Julius Schnorr von Carolsfeld Rom verließ, um in München eine Professur an der Akademie anzutreten, verlor sich längst die Spur von Carl Christian Steiner und des jungen Friedrich auf einem der vielen Wege aus Rom. Auch Giulietta hat die beiden nie wiedergesehen.

33
Friedrichs Weg

Friedrich hatte mit der Einweihung von Evans' Fabrikpalast Siebenhöfen verlassen und auch seine Liebschaften in Geyer und Ehrenfriedersdorf, denn er war seiner Clara treu und Vater geworden. Nun hatte er sich einen Nachfolger gewünscht, und dieser Wunsch wurde erfüllt. Seine junge Frau Clara wollte hingegen einem Mädchen das Leben schenken. Doch als sie zum ersten Mal den Knaben in den Armen halten konnte und er sehr gesund aussah, stand ihr das Glück ins Gesicht geschrieben. Das Kind wurde nach Friedrichs

Onkel, dem Adjutanten des jungen Grafen von Einsiedel, genannt: Karl Johann. Dieser war im schon lange Zeit zurückliegenden Krieg der verbündeten Länder gegen die Revolutionsarmee der Franzosen gefallen. Friedrich hatte die Wahl des Namens spontan getroffen. Stets hatte er sich bei einem Besuch in Wolkenburg geärgert, dass auf einer Grabplatte in der Kirche nur an den ebenfalls getöteten jungen Grafen erinnert wurde. Den Onkel hatte man als Namenlosen auf dem Schlachtfeld verscharrt. Durch dessen neugeborenen Großneffen Karl Johann Steiner sollte er wieder ins Leben treten. Die Namenswahl hatte damals sogar Carl Respekt eingeflößt. So viel an Bekenntnis zur Familie Steiner hatte er Friedrich nicht zugetraut und musste anerkennen, dass wenigstens dieser an den Fortbestand des Namens Steiner gedacht hatte.

Das Kind war bereits im Gartenhaus des Schlosses von Schlettau, der neuen Wohnung der Eltern, zur Welt gekommen.

»Wenn du meinen Bauhof übernimmst und mir beim Bau der neuen Spinnerei zur Seite stehst, kannst du mit deiner Familie das Gartenhaus mietfrei nutzen«, lautete damals das Angebot von Johann Traugott Lohse an Friedrich.

»Damit bindet Ihr mich zwar an Euch, doch wenn ich Frau und Kind dadurch auf längere Zeit ernähren kann, soll es mir recht sein. Wie habt Ihr das mit der neuen Fabrik gemeint, wo soll sie entstehen?«

»Folge mir, ich will's dir erklären.«

Zunächst führte der Baumeister Friedrich durch die im Rittersaal des Schlettauer Schlosses eingerichtete Spinnerei und erklärte beim Gang entlang der Maschinen: »Diese Maschinen haben mein Leben nun im Alter noch einmal völlig verändert. Als Evan Evans die sehr hohe offene Rechnung der Kosten für den Bau in Siebenhöfen mit ihnen begleichen wollte, war ich zunächst skeptisch. Dann zeigte er mir sein Geschäftsbuch vom vergangenen Jahr. Er verkaufte sein Garn gut und günstig, wie zu der Zeit, als Napoleon dem englischen Garn den Weg auf den Kontinent versperrt hatte. Tuchfabrikanten bis hin nach Glauchau und Crimmitschau bestätigten ihm, dass seine Ware sehr fein gesponnen und der englischen ebenbürtig sei. Die kurzen Transportwege machten es möglich, die Preise unter denen der Engländer zu halten. Ich fragte ihn damals nach dem Grund für diesen Erfolg. Er erklärte mir die von ihm neu entwickelte Spinnmaschine. Ein Patent dafür hatte ihm die sächsische Regierung verweigert. Sicherlich, um ihm als geborenen Engländer gegenüber den sächsischen Maschinenbauern keinen Vorteil zu verschaffen. Evan Evans erläuterte mir dann noch, dass er sich mit dem Verkauf der neuen Maschinen zurückhalte, um nicht die Konkurrenten selbst zu nähren. Zunehmend stellte er deshalb Maschinen für den Werkzeugbau her. Schließlich erwähnte er noch, dass die Einnahmen dafür so gut sind, dass es ihm möglich ist, über Leipzig die beste Baumwolle aus Übersee zu kaufen. Nur aus dieser könne das feinste Garn gesponnen werden. Das hat mich überzeugt, und wie du hier siehst, haben mich die Spinnmaschinen, die mir Evans statt eines Geldbeutels übergeben hat, vom Baumeister zum Spinnereibesitzer gemacht.«

Friedrich staunte. Im Gegensatz zu Siebenhöfen bewegten sich hier bereits Räder, Riemen und Gestänge im Gleichklang, weil sie von einem Wasserrad angetrieben wurden, das vor dem Haus in einem alten Mühlgraben montiert war.

Sein Brotherr hatte das alles aufgebaut, als er selbst an dessen Stelle die Maurerarbeiten für Evans' Fabrik in Siebenhöfen überwachte. Friedrich begriff dabei auch, dass er selbst, wie ebenso seine Familie, seine Eltern und auch Carl einige der Räder waren, auf denen das Lebens des Baumeisters wie ein Wagen von Auftrag zu Auftrag gerollt war, bis er sein eigener Auftraggeber werden konnte. Vermutlich spielte nunmehr Lohses erst 26-jähriger Schwiegersohn Friedrich August Naumann eine ähnliche Rolle als Firmenteilhaber, wie er sie beim Bau in Siebenhöfen innehatte. Der war als angeheiratetes Familienmitglied für den nun fast sechzigjährigen Landbaumeister ein Glückstreffer, denn er besaß bereits eine kleine Posamentenfabrik und eine Bleicherei. Auch verstand er etwas vom Organisieren und Verkaufen.

Beim Ausblick von einem Fenster des einstigen Rittersaals auf das Fragment eines Gebäudes, erfuhr Friedrich: »Hier unter siehst du auf die halbfertig gebaute Spinnmühle, an der sich Hof-Commissar Christian Ernst Wunderlich finanziell übernommen hatte. Ich habe mit dem Schlossgrundstück auch diese Ruine vor vier Jahren ersteigert und will daraus eine zweite Fabrik entstehen lassen. Du sollst nun als Pächter meines Bauhofes den Ausbau übernehmen.«

»Das ehrt mich und ich muss da nicht überlegen. Ich sage zu.«

»Du siehst ...«, Johann Traugott Lohse duzte, wie seit dessen Kinderzeit, Friedrich weiterhin und es gefiel ihm, dass der Sohn seines Freundes Christan Steiner ihn weiterhin ehrfurchtsvoll ohne ein vertrauliches Du ansprach. Und das sollte auch so bleiben, obwohl Friedrich inzwischen durch seine Unterstützung und eigenen großen Fleiß auch den Meisterbrief der Maurerinnung in den Händen hielt.

»Wie soll aus der Ruine eine Fabrik entstehen, das müsst Ihr mir noch erklären.«

»Das Mittelstück ist mit Mauerwerk für die Treppe sowie die Kontor- und Beamtenräume fertig aufzubauen. Die Maschinensäle sollen außen liegen und auch im Dach sollen Maschinen stehen. Dafür werden darüber gebogene Dächer wie bei Evans' Bau errichtet. Stützen im Inneren sind, das wird neu sein, nicht mehr nötig.«

»Wer wird die Dächer errichten? Meister Uhlig?«

»Ja, Christian Friedrich Uhlig. Du runzelst die Stirn?«

»Ich kann nicht vergessen, dass er, obwohl er nur wenige Jahre älter ist als ich, sich in Siebenhöfen aufspielte, als habe er nur allein zu bestimmen, obwohl ich die Aufgabe hatte, den Bau bis zur Turmspitze zu überwachen.«

»Damit musst du fertig werden und am besten dagegenhalten, denn ich kenne keinen Besseren, und schließlich bin ich derjenige, der euch beide beauftragt und bezahlt.«

Als die neue Fabrik die ersten Garnspulen auslieferte, war Friedrichs Bruder Carl bereits in Schneeberg. Von dort kam er einmal übers Wochenende nach Schlettau zu Besuch. Er hatte ein schnelles und ausdauerndes Pferd. Einen Gegenbesuch von Friedrich mit der Familie in Schneeberg war nicht möglich, denn Clara erwartete weiteren Nachwuchs. Dem Knaben Karl Johann folgte eine Schwester: Marie Johanna, die Vornamen der Wolkenburger Großmutter. »Marie« gefiel Carl sehr. Sein Bruder ahnte nicht, warum. Und Carl verriet es ihm auch nicht; eine Jugenderinnerung, die er für sich behalten wollte.

Nach dem Bau für die Spinnerei in Schlettau blieben Friedrich zunächst nur Reparaturarbeiten. Hier eine kaputte Wand, dort eine im Winter umgestürzte Mauer, der Wiederaufbau eines abgebrannten Backofens, ein kleiner Stall. Friedrich begann, sich Sorgen um die Zukunft des Bauhofes zu machen, nachdem der Landbaumeister keine Aufträge großer Neubauten mehr annahm.

»Ich sorge mich sehr um den Bauhof hier in Schlettau. Was soll aus ihm werden, wenn Leute wie Uhlig, die gar keine Baumeister sind, uns die Arbeit wegnehmen? Wie soll ich euch dann die Pacht bezahlen und wie meine Familie ernähren?«

»Davon kann ich dich für einige Zeit befreien, denn mein Schwiegersohn und ich haben einen neuen Plan, von dem ich dir berichten kann. Doch erst biete ich dir nun das ›Du‹ an. Ab sofort will ich aus deinem Mund meinen Vornamen hören, Traugott genügt.«

Dem Vertrauensbeweis folgten sehr konkrete Gedanken.

Friedrich erfuhr vom Plan, am gegenüberliegenden Ufer der Zschopau eine weitere Spinnmühle zu errichten. »Ich werde sie planen und du sollst sie bauen. Das wird dich für längere Zeit von allem Sorgen befreien. Und nun auf ins Gartenhaus. Deine Frau und die Kinder werden schon warten.«

Dort nahm Friedrich seine Clara in die Arme und lotste sie ins Schlafzimmer.

»Was ist denn in dich gefahren?«

»Ich hatte einen guten Tag und habe eine gute Nachricht erhalten.«

Bald lagen beide, so wie sie die Natur geschaffen hatte, in ihrem breiten Bett.

»Du willst wohl noch einmal Nachwuchs haben?«

»Vielleicht …«

Worte wurden an diesem Abend nicht mehr gesprochen.

Ein Postreiter brachte Tage später einen an Friedrich adressierten versiegelten Brief. Carl war der Absender. Endlich ein Lebenszeichen. Friedrich brach das Siegel und überflog die Zeilen, die sein Bruder mit kleinen Skizzen versehen hatte, um das, was er schrieb, noch bildhafter zu machen.

»Leipzig, am zweiten Tag des Monats Juni 1822
Mein großer Bruder!
Erholt von einer anstrengenden Reise schreibe ich Dir nun, da ich zum ersten Mal dafür Zeit finde. Es ist Sonntagabend. Vor dem Studium soll bereits morgen meine neue Aufgabe in der Werkstatt der Academie beginnen. Ich werde Arbeiten von Direktor Schnorr von Carolsfeld mit der Druckpresse vervielfältigen. Da er die Darstellung von Figuren sehr gut beherrscht, hoffe ich, dass ich mir viel absehen kann.

Nun, da ich beginne, meine Gedanken mit der Feder aufs Papier zu bringen, wird mir bewusst, wie schwer mir der endgültige Abschied von Drebach gefallen ist, denn wann und ob ich überhaupt ins Gebirge zurückkehre, steht wohl in den Sternen. Zunächst zieht es mich in die Welt hinaus. Hier in Leipzig, wenn ich daran denke, was ich in den wenigen Stunden nach der Ankunft mit der Postkutsche bereits an Volk unterschiedlichster Stände und Länder, den prunkvollen Bauwerken, die rings um den Markt die ärmlichen Häuser der einfachen Leute verdecken, gesehen habe, erscheint es mir, als sei ich bereits im Mittelpunkt der Welt angekommen. Ich danke Dir, dass Du mit Beate die Beisetzung unseres lieben Vaters vorbereitet und dann so würdevoll gelenkt hast.

Ich bin sehr erleichtert, dass unsere Mutter nach langem Zureden einwilligte, das Haus aufzugeben, und nun bei Beate in Geringswalde hoffentlich noch viele schöne Jahre verbringen kann. Welch großes Glück war es, dass Bauer Mittmann aus Herold so vermögend ist, dass er seinem Zweitältesten unser Gut mit allem, was darin noch vorhanden war, kaufen und uns einen ansehnlichen Betrag dafür auf den Tisch legen konnte. Herr von Carolsfeld hat mir beigestanden, meinen Anteil am Erbe bei dem bekannten Bankhaus Frege zu hinterlegen, und er will ein Auge darauf werfen, damit ich sehr sparsam mit meinem Erbe umgehe. Für die erste Zeit hatte ich nur einige Taler an mich genommen. Für Kost und Logis benötige ich nichts, denn mit Direktor Schnorr von Carolsfeld bin ich übereingekommen, dass ich ihm vor Beginn des Studiums und dann auch später helfe, von seinen in Kupferplatten gestochenen Blättern eine große Stückzahl mit der Radierpresse zu drucken. Das will ich gerne tun, denn dafür habe ich hier in der geräumigen Direktorenwohnung ein eigenes kleines Stübchen und einen Platz am Tisch der Familie. Die Wohnung liegt in einem Seitenflügel der Burg, wo die Academie untergebracht ist.

Zunächst hoffe ich, dass ich an Sonntagen Zeit finde, die Stadt und ihre für mich völlig neuartige Umgebung näher entdecken zu können. Soweit mein erster Bericht aus der mich über alle Maßen beeindruckenden Stadt.

Mein großer Bruder, ich werde mich mühen, Dir regelmäßig von meiner Zeit in Leipzig zu berichten. Ich denke an Dich und lächle jetzt über unsere Neckereien und Streitereien. Ich hoffe, dass Du nun auch als Meister der Maurerinnung erfolgreich bist. Gott stehe Dir dabei bei. Grüße Clara, Euren Nachwuchs und auch Meister Lohse von mir.

Dein Bruder Carl«

34
Ein letzter Fabrikpalast

Carls Brief hatte Friedrich inspiriert aufzuschreiben, was um ihn herum geschah. Er begann ein Tagebuch, von dem er ahnte, dass es wohl eher ein Jahrbuch werden würde, und hoffte zugleich, dass Carl seine Notizen lesen könnte:

Schlettau, Gartenhaus im Schlosspark im November 1822

Wenige Tage nachdem der Brief aus Leipzig eingetroffen war, weihte mich Johann Traugott Lohse in die Pläne zur Erweiterung der Fabrikanlage ein. Als ich die Zeichnung der Außenansicht sah, keimte in mir die Hoffnung auf, dass der Uhlig aus dem Spiel sein könnte, denn die gebogenen Satteldächer, die über den Fabriksälen entstehen sollen, konnte ich selbst bauen. Wie das zu lösen ist, hatte ich mir in Siebenhöfen abgeschaut. Ich erklärte das dem Baumeister, und er reagierte in meinem Sinn: »Das gefällt mir. Der Uhlig ist bei mir durchs Loch gefallen, seitdem er sich hinter meinem Rücken Aufträge an Land zieht.«

Er erklärte auf meine Frage, warum die Säulen an den Gebäudeecken schlanker als bisher seien, dass es bei seinem Plan keine große Last aus dem Dach geben wird und dicke Außenwände genügen. Die Säulen würden nur noch der Schönheit dienen und wie Wächter neben der Eingangsfront stehen.

Ich fragte ihn weiter: »Ihr habt die beiden Dachfirste gleichhoch gehalten und in der Mitte zusammengeführt wie die Vierung bei einer mittelalterlichen Kirche und darauf einen Glockenturm gesetzt. Gebt es zu, Ihr wollt eine Mischung aus einer Kirche und einem Schloss bauen. Die Maschinen sind darin wohl nur Beiwerk?«

Seine Antwort: »Ich will ein schönes Haus bauen, das meine Gedanken zur Architektur zusammenfasst. Mir genügt es, wenn die Maschinen dahinter die Spindeln drehen und damit der Bau und das Leben meiner Nachkommen finanziert wird.«

Ich nochmals: »Nur der Schönheit dient dann auch das große Fenster im Giebel in der Art, wie es die alten Römer bauten?« Und er: »Nein, es ist ein Gruß an mein Vorbild Andrea Palladio, der beeindruckend gebaut und Bücher zur Architektur verfasst hat.« »Das klingt schon fast wie ein Testament. Du sollst nicht jetzt schon an den Tod denken, es reicht, wenn meinen Vater vorzeitig die Kräfte verlassen haben. Dir sieht man dein Alter nicht an.«

Ich berichtete noch, dass Carl in Leipzig bei Schnorr ein Kunststudium beginnen wird. Der Meister nahm das erfreut zur Kenntnis, denn für Carls Talent hätten hier der gedankliche Raum und genügend Anregung zur Entfaltung gefehlt.

12. Mai 1823

Die Mauern für die neue Fabrik von Naumann & Lohse hatten fast ihre volle Höhe erreicht, als sich plötzlich ins Blickfeld der oben auf dem Gerüst stehen-

den Handwerker eine hohe schwarze Rauchsäule in den nördlichen Himmel schob.

»Das ist weit weg«, sagten die Maurer zu mir. Ich vermutete, dass der Rauch aus dem unteren Dorf von Drebach aufstieg.

Die Gerüchte verbreiteten sich schneller als der Wind, der an diesem Tag so schwach war, dass sich die Rauchsäule kaum bewegte. Im unteren Teil des Dorfes brannten die Kirche, das Rittergut und die Dorfschule. Am folgenden Sonntag, als die Arbeit ruhte, brachen viele Leute aus den Nachbardörfern auf, um die Unglücksstätte zu betrachten. Ein deprimierender Anblick. Das Dach der Kirche war in sich zusammengebrochen, schwarzes Gebälk ragte durch zersplitterte Fenster. Von der Turmhaube war nur noch das Gerippe aus schwarzen Balken zu erkennen. Alles andere hatten die Flammen zu Asche gemacht, wie auch die große Scheune des Rittergutes. Das Herrenhaus hinterließ den Eindruck, als sei ein Krieg mitten hindurchgezogen.

Ich war ebenfalls nach Drebach aufgebrochen und nutzte die Gelegenheit, meinen alten Jugendfreund Georg zu besuchen. Mit ihm gemeinsam besichtigte ich die Hinterlassenschaften der Feuersbrunst. Im Kreis der Neugierigen entdeckte ich Zimmermeister Uhlig und zog mich hinter die Schaulustigen zurück, um nicht von ihm erkannt zu werden.

Georg saß im Gemeinderat und Kirchenvorstand. Von ihm erfuhr ich, das bereits beschlossen war, Kirche und Schulhaus wiederaufzubauen und Handwerksmeister dafür zur Abgabe von Angeboten aufzufordern. Georg schickte mir das offizielle Schreiben dazu mit der Post. Der Wiederaufbau in Drebach konnte für mich eine große Chance sein, den Bauhof in Schlettau weiterzuführen. Ich schickte das Angebot ab, trug es sogar dem Gemeinderat und den Kirchenvertretern mündlich vor und habe dann nie wieder etwas von dort vernommen.

An einem Sonntag war ich dann aufgebrochen, um bei Georg den näheren Grund des Schweigens zu erfahren. Er erklärte, dass ich zwar die zweitmeisten Stimmen erhalten hätte, doch als Sieger der Anhörungen sei Zimmermeister Uhlig hervorgegangen. Er hätte mit einem ersten eigenen Fabrikbau beeindrucken können. Ich hingegen hätte bisher immer nur Gebäude nach Plänen von Landbaumeister Lohse errichtet.

So trat dann ein, was ich befürchtet hatte. Zimmermeister Uhlig sprang in die Bresche, die der nun nicht mehr planende Landbaumeister hinterließ. Durch seine Kontakte in den rings um Chemnitz liegenden Ortschaften erhielt er einen ersten eigenen Auftrag von Christian Gottlob Eismann aus Einsiedel, dem Nachbarort von Uhligs Sitz in Altenhain. Uhlig sollte auf einem alten Mühlengrundstück an der Zwönitz eine Spinnmühle bauen, und das war ihm dann auch erfolgreich, ohne die beratende Hilfe des Landbaumeisters, gelungen.

Uhlig hatte dem Gremium der Anhörung sogar eine Zeichnung seines ersten Fabrikbaus übergeben. Georg hat sie später an sich genommen und mir überlassen. Zurück in Schlettau, konnte ich sie Johann Traugott mit den Worten vorlegen: »Uhlig hat offenbar Siebenhöfen kopiert. Die Eismannsche Spinnmühle ist als T gebaut wie die für Evans, doch das in sehr vereinfachter Form. Die Fassaden sind simpel, doch interessante Dachgauben hat sich Uhlig einfallen lassen. Sie sind langgestreckt wie ein Hecht.« Das löste ein Wortgewitter aus: »Die Gauben lasse ich gelten, doch das Bauwerk nicht. Wenn Uhlig als Zimmermeister große Häuser mit Fundamenten und Mauern baut, wird er das wohl auf die Reihe bekommen, doch da er nichts von Architektur versteht, wird die Baukunst den Bach runtergehen, wie der Volksmund sagt. Wenn sich das Weglassen in dieser Art durchsetzt und mehr und mehr Fabriken in simpler Bauweise entstehen, werden unsere Erzgebirgsorte bald wie Kasernenstädte aussehen, wie das bereits von Manchester in England berichtet wird.«

Ich denke, es wird so kommen, wenn sich keine ausgebildeten Baumeister um den Fabrikbau kümmern.

Auf der Rückfahrt zum Gärtnerhaus in Schlettau hatte ich einen Entschluss gefasst. Ich werde nach einer neuen Quelle suchen, an der ich für meine Familie und mich den Lebensunterhalt verdienen kann. Nun war ich froh, den Bauhof nur gepachtet zu haben, und dass auch das Gärtnerwohnhaus mich nicht an Schlettau band. So kann ich, wenn der alte Landbaumeister und neue Fabrikant nicht mehr ist, rechtzeitig einem Streit mit seinen Erben entgehen.

35
Ein Neubeginn

Schneller als gedacht musste sich Friedrich zu einem Neubeginn entschließen, denn unerwartet stand das Glück vor seiner Tür. Es war mit einer schwarzen Kutsche, bespannt mit zwei Rappen, durch das Tor des Bauhofs gerollt. Ein Offizier in der Uniform des 1. Sächsischen Reiterregiments war, wie sich bald herausstellte, der Glücksbote. Er stellte sich vor und bat um ein Gespräch. Das begann mit einem Vorgeplänkel, bei dem sich herausstellte, dass er aus Drebach stammte und in Dresden die von Graf von Wackerbarth gegründete Ausbildung für Bauoffiziere durchlaufen hatte. Friedrich fragte unverblümt: »Was sind das für Offiziere, was ist ihre Aufgabe?«

»Im Krieg Brücken über Flüsse schlagen, Sperr- und Schutzmauern und Wassergräben errichten und in Friedenszeiten vor allem Kasernen, Speicher und Reithallen bauen.«

Der Offizier trug den einfachen bürgerlichen Namen Holzer und war, wie Friedrich schnell herausfand, der Bruder von Georgs Ehefrau in Drebach. Georg steckte also hinter dem Besuch, und der erwies sich jetzt als Retter in der Not. Da wieder Frieden herrschte, wurde in der Garnisonstadt Marienberg viel gebaut. Dringend wurden dafür Baumeister gesucht.

Offizier Heinrich Holzer bot Friedrich Bauaufgaben an, die er mit eigenen Leuten im Auftrag des 1. Sächsischen Reiterregiments in Marienberg realisieren konnte.

Friedrich bebte das Herz in der Brust, als er das unerwartete Glück begriff. Wenn das Angebot lauter war und er Clara von einer Ortsveränderung überzeugen konnte, waren alle seine Sorgen nicht mehr vorhanden, da ihn die ausgestreckte Hand des Bauoffiziers mit einem Schlag aus dem Sorgensumpf zog.

Offizier Holzer räumte ihm zwei Stunden Bedenkzeit für eine Vorvereinbarung ein und machte sich auf den Weg, eine solide Gaststätte zu suchen. Ehe Friedrich mit Clara über das Angebot sprach, stieg er hinauf zum Schloss, um mit dem Landbaumeister zu reden. Großes Erstaunen! Der Offizier aus Marienberg hatte sich vor seinem Besuch im Bauhof ausführlich beim Landbaumeister über Friedrichs Können und Charakter informiert. Als Friedrich das mitbekam fragte er direkt: »Was hältst du von dem Angebot, kennst du es schon näher, Johann Traugott?«

»Er hat mich nicht nur über dich ausgefragt, vielmehr auch die Möglichkeiten, die er dir bieten kann, aufgezählt. Da können weder ich noch andere, die einen zivilen Beruf ausüben, mithalten. Bedenke, wenn meine dritte Fabrik fertig ist, wird es hier in der Gegend keine große Arbeit mehr für dich geben. Das habe ich bei einem Treffen der Obermeister der Bauhandwerkerinnungen mitbekommen. Dort wurde darüber beraten, was den verschiedenen Gewerken bevorsteht, wenn die Dampfmaschine das Wasserrad ablöst. Das wird nicht mehr lange dauern. Es werden dann Maschinenhäuser und Schornsteine dort stehen, wo sich jetzt ein Wasserrad dreht.«

»Es werden aber auch weiterhin Fabriken gebaut ...«

Der ältere Baumeister unterbrach den jüngeren: »Aber nicht mehr durch mich und erst recht nicht durch dich.«

»Wer wird es sonst sein, doch nicht etwas der Uhlig?«

»Doch, der Uhlig! In Grünhain habe ich erfahren, dass er in vielen Orten die Werbetrommel für sich rührt und vor den Türen möglicher Bauherren sitzt. In seiner Innung ist er bereits in den Vorstand aufgestiegen. Das will ihm auch keiner streitig machen. Bei Zimmerarbeiten ist er der Beste in der Gegend, doch bei den Baumeistern hat er nichts verloren. Er versucht, die Baukunst bei seinen Bewerbungen vorgeblich im Interesse der Kostenersparnis kleinzureden. Das wurde mir beim Innungstreffen berichtet. Er soll geäußert haben: ›Bei einer Fabrik muss man doch keinen Wert auf eine besondere Wirkung legen, wie das der alte Lohse vorgibt. Auf seinen Firlefanz mit Säulen und Portalen könne man gut verzichten.‹«

Johann Traugott Lohse bekam sich bei seinen Worten fast nicht mehr in den Griff, das ging ihm alles gegen seine Ehre. Er sah eine düstere Zukunft für Meister, die in den Maßstäben eines Architekten dachten. »Friedrich, wir bauen meine letzte Fabrik zu Ende und dann hast du meinen Segen für Marienberg. Nimm deine Clara und die Kinder und ziehe dorthin. In Marienberg sorgt Sachsens Reiterarmee für dich.« Der Baumeister holte Luft und fuhr fort: »Lieber Friedrich, ich habe dich ebenso wie deine Angehörigen schätzen gelernt und deshalb hatte ich schon seit langer Zeit Sorgen, wie es mit dem Bauhof und dir weitergeht. Nun ist eine sehr gute Lösung in Sicht. Das erleichtert mir die Trennung. Ich werde in Gedanken bei dir und deiner Familie sein, wenn Ihr nahe der Grenze zu Böhmen ein neues Heim gefunden habt.«

Das war schon der Abschied, dachte Friedrich. Er drückte seinem Lehrmeister lange und kräftig die Hand, und dieser knurrte: »Ich werde schon nicht gleich sterben!«

Mit Clara musste Friedrich nicht lange reden. Wenn der Umzug vor der Tür stand, würde die neugeborene Tochter schon kräftig genug dafür sein. Sie hatte den Namen Dorothea Johanne erhalten und wurde »Dorchen« genannt.

Von seinem Bruder Carl hatte Friedrich seit dem Brief aus Leipzig schon über Jahre nichts mehr gehört. Er machte sich Sorgen, er fuhr an einem Wochenende zu den Schnorrs in Schneeberg und hörte dort, dass der Akademiedirektor bei einem Besuch erzählt habe, dass Carl mit Freunden bereits im Herbst des Jahres 1822 nach Rom aufgebrochen sei und dort in der Gruppe der deutschen Künstler lebe, wie auch Julius, der Sohn des Akademiedirektors.

Schnorr von Carolsfeld wollte sich melden, wenn er eine Nachricht aus Rom erhielt, doch Friedrich hatte vergessen, seine neue Anschrift zu hinterlassen. Eine Nachricht zu Carl gab es erst Jahre später, als 1827 Julius Schnorr von Carolsfeld zunächst zu seinem Vater nach Leipzig reiste, bevor er eine Stelle als Malprofessor an der Akademie in München antrat. Julius berichtete dem Vater, dass Carl mit seinem kleinen Sohn, den er mit dem Modell eines Malers in die Welt gesetzt hatte, in Rom nicht mehr auffindbar war. Carls römische Hauswirtin hatte ihm zusammengepackt, was Carl in der

Atelierwohnung am Tiber zurückgelassen hatte. Das lag nun auf einem Tisch in der Leipziger Pleißenburg.

Veit Hanns Schnorr von Carolsfeld hatte die Nachricht von Carls Verschwinden tief getroffen, denn Carl wäre ihm ein sehr lieber Student gewesen. Nun war er für ihn so etwas wie ein verlorener Sohn. Wenigstens hatte Julius keine Todesnachricht mitgebracht, und so blieb die Hoffnung auf Carls Rückkehr aus einer selbst gewählten unbekannten Welt. Julius blieb einige Tage in Leipzig. Nach seiner Abreise begann der Direktor, die Anschrift von Carls Verwandten zu erkunden. Das war ohne Erfolg. Nun kramte er das Kästchen hervor, das ihn sein Schützling zur Aufbewahrung übergeben hatte und hoffte, eine Anschrift der Familie zu finden, um das Kästchen und die Habseligkeiten aus Rom an sie weitergeben zu können. Er fand keine Anschrift, dafür kleine Zeichnungen. Ein großer dicker Brief lag obenauf. Fein mit roter Farbe geschrieben, trug er die Aufschrift: »Für meine Liebste.« Er hoffte, im Brief eine Anschrift zu finden. In dem großen Brief waren viele kleinere Umschläge, alle mit derselben Aufschrift. Sie waren an Luise, die Ziehtochter der Meinerts, gerichtet und nie abgeschickt worden. Dass Luise längst verheiratet war, hatte Carl von Kaufmann Meinert erfahren, als er diesem auf dem Landsitz des nunmehr geadelten Wollhändlers Maximilian Speck von Sternburg begegnete. Er hatte dabeigestanden und war zufällig Ohrenzeuge geworden. Er hatte sich nichts dabei gedacht. Schlagartig begriff er nun die plötzliche Entscheidung von Carl, die beiden jungen Maler bei ihrer Wanderung nach Rom zu begleiten. Carls Zeichnungen waren ein kleiner Schatz. Sie wirkten romantisch und durch die Liebe zu Menschen und zur Natur beseelt. Auf einem der farbigen Blätter, es war ein bunter Blütenkranz, entzifferte er auf der Rückseite einen Liebesgruß und dieser endete mit einem Vierzeiler aus dem Gedicht über das Küssen des aus dem Erzgebirge stammenden großen Dichters Paul Flemming:

Küsse nun ein Jedermann,
Wie er weiß, will, soll und kann!

Ich nur und die Liebste wissen,
Wie wir uns recht sollen küssen.

Der letzte Brief war vor dem Tag datiert, an dem Carl den Kaufmann Meinert bei Speck in Lützschena gesprochen hatte.

Inzwischen waren fünf Jahre vergangen.

Der Kunstprofessor beschloss, die Briefe nicht weiterzulesen, aber das Kästchen wie ein kostbares Gut für Carls Angehörige zu verwahren. Es verging eine lange Zeit, bis der Akademieprofessor die neue Anschrift von Carls Bruder Friedrich in Marienberg herausgefunden hatte, denn in der Garnisonstadt war er mehrfach umgezogen.

Der Brief war liegengeblieben. Erst im Frühjahr kam eine Antwort in Leipzig an. Dann wurde über einen Postkurier vereinbart, dass Friedrich mit der Postkutsche, die von Marienberg über Chemnitz nach Leipzig gelangt, am Mittwoch, dem 2. September, abreisen und dann am 3. September des Jahres 1830, das war ein Donnerstag, in Leipzig auf dem Markt am Königshaus in Empfang genommen wird.

Eine Reise mit Hindernissen. Mitreisende bis Chemnitz sagten, als sie vom Reiseziel erfuhren: »Na, dann sehen Sie sich mal vor in Leipzig, da soll es schon seit Ende Juni Unruhen geben.«

Die Postkutsche brachte Friedrich bis zum Grimmaischen Tor in Leipzig. Hier fand die Fahrt ihr Ende, ohne dass der Markt erreicht war. Junge Burschen mit Armbinden einer Kommunalgarde nahmen die Reisenden in Empfang. Stadtrevolution. Kontrolle nach Waffen. Friedrich wurde von einem jungen Burschen angesprochen und gefragt, ob er der Herr Steiner aus Marienberg sei. Friedrich blickte erstaunt und auch erschrocken. Wer kannte ihn hier? Dann dachte er an das verabredete Erkennungszeichen. Es war ein roter Schal, den er schon um den Hals gelegt hatte. Als er sich als der Gesuchte zu erkennen gab, wurde sein Gepäck auf einen Schiebebock geladen. Der Bursche sollte ihn zur Pleißenburg bringen. Am Markt vor dem Königshaus erfuhr er, dass in Leipzig eine Art Stadtrevolution stattfand. Sie hatte nach Streitigkeiten zwischen einer Hochzeitsgesellschaft und der Polizei angefangen und begann nun auszuufern. Schnorr von Carolsfeld selbst hatte den Burschen mit dem Schiebebock der Postkutsche entgegengeschickt, denn er konnte das Haus nicht verlassen, da die Kommunalgarde die Pleißenburg nach Aufrührern durchsuchte. Das waren inzwischen vor allem Handwerker, die sich gegen die Einführung von Dampfmaschinen auflehnten, da sie um ihre Arbeitsplätze bangten. Das erfuhr Friedrich nun am Abendbrottisch in der Wohnung des Akademiedirektors.

Dessen zweite Gattin Wilhelmine und ihre gemeinsame Tochter Charlotte begrüßten den Gast und freuten sich über den Besuch.

»Sie sehen Carl aber ähnlich, das erkennt man, obwohl schon einige Jahre vergangen sind, seit der Zeit, als er bei uns wohnte«, staunte die Tochter, und die Mutter ergänzte, »wir haben Ihnen das Bett im Zimmer bezogen, in dem Carl damals schlief.«

»Zunächst ist wohl erst einmal eine Erklärung zu den Ereignissen, die Sie hier gerade erleben, nötig.« Der Kunstprofessor sprach zunächst vom Widerstand der Protestanten gegen überzogen erscheinende Jubelfeiern zu Ehren des katholischen Königshauses in Dresden. Dann sei es aus nichtigem Anlass zu jenem unglücklichen Vorgehen der Polizei gegen die Gäste eines Polterabends gekommen. Direktor Schnorr fuhr fort: »Dann demonstrierten Handwerker gegen die von Wollhändler Hartmann im Lagerhaus des Pfaffendorfs aufgestellte englische Dampfmaschine, um damit Spinnmaschinen für Schafwollgarne anzutreiben, und gegen die ebenfalls mit Dampf betriebene englische Buchdruckschnellpresse, die Brockhaus mit nur einem Arbeiter und drei helfenden Knaben betrieb. Handwerker haben die Stimmung in der Stadt genutzt und rebellieren gegen Hartmann, Brockhaus und deren Dampfmaschinen, um zu verhindern, dass sie ihnen die Arbeit wegnehmen. Stadthauptmännern gelang es, die Lage zu beruhigen. Sie ernannten Studenten zu Kommunalgardisten, die die Ordnung wiederherstellen sollten. Das waren die jungen Männer, die Ihr sicherlich bei der Ankunft gesehen habt. Ihr müsst leider einige Tage unser Gast sein, bis sich die Lage wieder beruhigt hat.«

Friedrich erzählte nun etwas von sich und der Familie, und Schnorr gab alles preis, was er von Carl nach dessen Abreise nach Rom von seinem Sohn Julius erfahren hatte.

»Morgen schauen wir gemeinsam an, was von Carl in meinen Besitz gelangt ist. Ich gehe davon aus, dass Ihr Bruder noch lebt, jedoch Angst hat, wegen des Angriffs auf seinen Nebenbuhler ins Gefängnis zu kommen und sein kleiner Sohn dann ohne väterlichen Schutz ist. Meinen Optimismus teilt auch mein Sohn Julius. Er hatte von der Vermieterin des Ateliers am Tiber nur erfahren, dass Carl mit dem kleinen Jungen geflüchtet war, da er aufgrund der Kopfwunde und einer großen Blutlache annahm, seinen Nebenbuhler erschlagen zu haben. Die Wirtin, die Carl zugetan war, hatte für ihn noch das Nötigste für die Flucht aus dem Atelier geholt. Carl hatte ihr nicht gesagt, wohin er flieht. Die Wirtin wollte es auch nicht wissen. Erst am Tag darauf hat sie die Polizei verständigt und berichtet, dass es in der Atelierwohnung eventuell einen Toten gebe. Doch da lag kein Toter. Auf dem Boden war allerdings noch Blut erkennbar. Carls untreue Geliebte hatte sich ebenfalls aus dem Staub gemacht.

Vier Wochen später saß der angeblich Erschlagene, berichtete Julius, wieder im ›Caffè Greco‹. An ihm war keine Wunde mehr zu sehen. Die Polizei hat ihn befragt, und er sprach von Streit mit einer Platzwunde und einem großen Missverständnis.

Julius hatte nach Carl gesucht, bis zu seiner Rückkehr nach Deutschland jedoch nichts herausgefunden. Er konnte sich nur an einen sehr vornehm wirkenden Süditaliener erinnern, den er kurz einmal mit Carl im ›Caffè Greco‹ gesehen, jedoch nicht gesprochen hatte. War das der Unbekannte, bei dem Carl Unterschlupf gefunden hat? Es blieb ein Rätsel.«

Am folgenden Tag sichteten sie alles, was der Kunstprofessor als Carls Eigentum aufbewahrte. Friedrich nahm Carls Briefe an Luise Meinert an sich und schenkte dem Professor von den Zeichnungen ein Blatt nach eigener Auswahl zur Erinnerung.

»Sehr gern würde ich die ›Ansicht von Schneeberg‹ wählen. Es ist die St. Wolfgang-Kirche deutlich zu sehen und auch mein Elternhaus zu erkennen. Ich hoffe, dass ich Carl dafür noch einmal danken kann.«

Die übrigen Blätter nahm Friedrich an sich und verpackte sie fest zwischen zwei Pappen für die Rückreise. Für den Montag fand er nur Platz in einer Postkutsche von Leipzig nach Schneeberg.

Aus der Leipziger Polterabendrevolution war bereits ein Aufstand in Dresden geworden, aus dem schließlich Unruhen vor allem im Erzgebirge, der Sturz des 1. Ministers Graf von Einsiedel, die Berufung des beliebten Grafen Bernhard August von Lindenau an die erste Stelle der Beamten im Land und mit diesem ein neues moderneres Sachsen hervorgingen.

Das alles erfuhr Friedrich Steiner zunächst im Schnorrhaus in Schneeberg und den Fortgang in Marienberg aus der »Leipziger Zeitung«, die man auch in der Garnisonstadt erhalten konnte.

In Schneeberg fand Friedrich Zeit, das Wandgemälde zu besichtigen, das Carl einst im Haus des Apothekers gemalt hatte. Er zeigte dem Apotheker Carls Zeichnungen, und der war begeistert. Der Besuch endete mit einem Geschäft, das beide zufriedenstellte. Friedrich behielt fünf der Blätter, die ihm am meisten gefielen, für sich und seine Familie. Eines sollte Beate erhalten. Für die restlichen Arbeiten zahlte der Apotheker eine Summe, die so reichlich war, dass noch Geschenke für Frau und Kinder, etwas für die Sparstrümpfe und die Kosten für eine Lohnkutschfahrt bis Marienberg abfielen.

Ach Carl, dachte der Bruder, hier in Sachsen könntest du mit deinem Talent ein reicher Künstler werden.

Als Friedrich in Marienberg aus der Kutsche stieg, waren die Unruhen bereits im gesamten Sachsen ausgebrochen. Ein knappes Jahr später verkündete die Zeitung, dass am 4. September 1831 Sachsen eine neue Verfassung erhalten hatte und damit zu einem neuen Staat geworden war.

Friedrich hatte nun mit seinem Bauhof mehr als genug zu tun. Eine neue Reithalle, ein Magazin für die Verpflegung und eines für Waffen, auch ein weiteres Kasernengebäude konnte er mit seinen Leuten errichten. Doch in seinem privaten Leben nahm das Unglück seinen Lauf. Sohn Carl Johann, der einmal in die Spuren des Vaters treten sollte, hatte nach der Gesellenzeit das Angebot erhalten, eine Ausbildung zum Ingenieuroffizier des sächsischen Heeres anzutreten. Anders als sein Onkel Carl, der ungebunden vom Gebirge nach Leipzig gezogen war, befolgte er den Rat seiner Mutter und heiratete Julia, seine Freundin aus Kinderzeiten. Sie war die Tochter eines Stallmeisters beim Sächsischen Reiterregiment. Ihr Vater war stolz, einen angehenden Offizier zum Schwiegersohn zu bekommen.

»Du wirst in Dresden an langen Abenden spüren, wie wichtig es ist, an eine junge Ehefrau in der Heimat denken zu können«, waren die Worte der Mutter, und diese fügte leise hinzu: »Auch an Kinder solltest du bald denken, es lohnt sich viel mehr, für sie zu leben, als für den König ins Feld zu ziehen.«

Der Nachwuchs kam bald zur Welt, war männlich und erhielt den Namen Carl Eduard. Sein Vater begann gerade sein zweites Ausbildungsjahr. Er galt als fleißig und hilfsbereit.

An einem Ausbildungstag an der Elbe stand er in der ersten Reihe. Hochwasser hatte die Offiziere nicht abgehalten, unter widrigen Bedingungen aus Holzstämmen eine Fähre zu bauen. Vor den Augen der jungen Soldaten kenterte mitten im Fluss ein Boot. Carl Johann Steiner hatte versucht, drei um ihr Leben Ringende aus den Fluten zu retten. Das gelang ihm zwei Mal. Beim dritten Opfer hatten ihn die Kräfte verlassen.

Am Tag darauf fand man den Leblosen unterhalb der Schlossterrasse. Das schnell sinkende Hochwasser hatte seinen Körper dort abgelegt.

36
Stilles Ende

Carl Johann war keine zwanzig Jahre alt geworden. Nun verließ auch seinen Vater der Lebensmut. Er unternahm noch eine letzte große Reise und über diese notierte er in sein nur selten genutztes Tagebuch: *Marienberg im Herbst 1943*

Eine vermutlich letzte Reise führte mich nach Siebenhöfen. Johann Traugott Lohse war schon zu Grabe getragen worden. Im selben Jahr war auch Lowry Evans verstorben. Ihr Gatte, etwas gebrechlich wirkend beim Treppensteigen, war schon über 70 Jahre alt, aber noch munter mit seinen Gedanken und Ideen unterwegs. Eli, nun Eigentümer des riesigen Fabrikpalastes und auch der vielen Unternehmen seines Vaters, erhielt immer noch technische Tipps von ihm, wie die Ergänzung des Wasserradantriebs durch eine der neuartigen Dampfmaschinen. Eli war offenbar sehr erfolgreich. Er hatte ein kleines Gut am anderen Ufer des Geyerbachs zu einem Landsitz ausgebaut und einen Garten wie einen Park anlegen lassen. Der Weg durch ihn führte vom Wasser durch ein rot blühendes Rhododendronwäldchen zum Wald. Am Berghang davor stand ein Gartenhäuschen. Eli führte mich durch sein kleines Gartenreich dorthin und erklärte: »So ein Haus am Hang hat sich Dichter Johann Wolfgang von Goethe in Weimar bauen lassen. Ich hab es selbst nie gesehen, doch mir einen Plan kommen lassen. Das Häuschen hier ist nur halb so groß wie das des Dichters, doch in ihm mit Freunden und der Familie zu weilen, ist für mich hier im abgeschiedenen Tal ein kleiner Ersatz für die fehlende große Welt.« Eli öffnete die Fenster im kleinen Salon, wo sie Platz genommen hatten. Von hier aus war »Siebenhöfen«, der Fabrikpalast mit der Anmutung einer Kirche, vom Fuß bis hinauf zum Blitzableiter auf der Turmspitze zu sehen. Ich war stolz, an diesem einmaligen Bauwerk mitgewirkt zu haben.

Eli hatte dann noch eine Idee, der ich nur zögerlich zustimmte. Er wollte mit seinem Vater und mir am nächsten Tag, einem Sonntag, bis Scharfenstein fahren und Uhligs neuestes Spinnereigebäude in Augenschein nehmen. Der Weg dorthin führte zwangsläufig über Drebach, doch das wollte ich nicht sehen, da es für mich nach den unrühmlichen Ereignissen um den Kirchenbau zum »ver-

gifteten Ort« geworden war. Evan Evans war jedoch von Elis Idee angetan und drängte mich, die Reise in der neuen bequemen Kutsche mit anzutreten.

Zeitig ging's los. Erst über die Berge und dann steil bergab bis zur Zschopau und dort weiter auf der Uferstraße bis nach Scharfenstein. Bei der Durchfahrt hatte ich vom einstigen Elternhaus in Drebach nichts und von der neuen Kirche nur wenig gesehen. Bäume an der Straße verdeckten den Blick. Die neue Spinnerei von Fiedler & Lechla in Scharfenstein war in einem Flussbogen der Zschopau entstanden. Im Sonnenlicht war sie in voller Größe gut zu erkennen. Die Kutsche hielt in einiger Entfernung.

»Ich fasse es nicht!«, rief der alte Evans aus. »Jetzt ist man bei den hässlichen Kisten gelandet, die ich noch aus Manchester kenne!«

Sein Sohn hatte bereits die Fenster gezählt: »Zweiundzwanzig Fenster in der Breite, zehn Fenster sind die Seitenflügel lang und acht Fensterreihen ragt der Bau über dem Vorplatz in die Höhe.«

Ich kommentierte: »Das Bauwerk zeigt mir, was unser verehrter Lohse befürchtet hat: den Niedergang der Baukunst! Nackt und nüchtern, eine Kiste ohne Anmut und obenauf ein niedriges Walmdach mit langen Hechtgauben, die allerdings praktisch und einfach zu bauen sind.«

Eli ergänzte: »Ich habe gehört, dass Uhlig seine erste Kirche in Einsiedel auch sehr nüchtern bauen wollte. Das hatte Ärger mit dem Kirchenvorstand gegeben, und so ließ er seinen neuen Maurermeister Lohs aus Dittersdorf während des Baus noch Säulenportale anfügen.«

»Die Turmspitze dieser Kirche ist allerdings eine meisterhafte Zimmermannsarbeit. Das musste ich ohne Neid anerkennen, als ich einst davorstand«, ergänzte ich und drängte zum Aufbruch: »Genug gesehen! Ich will mir meinen Appetit nicht restlos vergehen lassen. Mir knurrt der Magen, und der Gasthof zu Scharfenstein ist durch seine gute Küche bekannt.«

Das waren die letzten Worte, die Friedrich in sein Tagebuch schrieb.

Friedrich hatte in Evans' Spinnpalast noch eine Nacht verbracht, dann fuhr er den langen Weg zurück nach Marienberg. Er redete nach der Ankunft nicht viel über seine Reise.

Als der Südwind den Frühling aus dem Böhmischen hoch auf die Gebirgsebene von Marienberg trug, die Eiszapfen an den Dachtraufen zu schmelzen begannen und der tauende Schnee erste grüne

Graslinsen freigab, hatte Friedrich die Lust am Leben verloren. Er weigerte sich, aus dem Bett zu steigen, hielt die Augen geschlossen, trank ab und an noch Tee von aufgebrühten Kräutern. Den reichten ihn Marie und Dorothea, die beiden Töchter, die an seinem Bett wachten. Er sah glücklich und keinesfalls krank aus.

»Warum liegt der Vater mit geschlossenen Augen im Bett und lächelt?«, fragte Dorchen, das jüngere der beiden Mädchen, als ihre Mutter hinzukam.

»Dein Vater unternimmt in Gedanken eine Reise durch sein Leben und da er hierbei lächelt, wird er sich nur an dessen schöne Seiten erinnern. Das Schlimme, was er auch erlebt hat, hält er im Verborgenen zurück.«

»Vater ist wohl am Ende seiner Reise angekommen?«

Marie hatte es zuerst bemerkt. Die Hände, die ihr Vater bei seinen Erinnerungsträumen gefaltet hielt, hatten sich geöffnet. Ein kleines silbernes Kreuz kam zum Vorschein. Das hatte ihm einst seine Mutter zur Abwehr von Unglück und bösen Geistern um den Hals gehängt. Dann fiel der Kopf leicht zur Seite. Sein Herz hatte aufgehört zu schlagen.

»Schaut der Vater nun vom Himmel zu uns herunter?«, fragte Dorothea und die Mutter flüsterte ihr zu: »Der Pfarrer ist davon überzeugt und wird es so zu uns sagen, wenn er kommt, um uns zu trösten. Ich will hoffen, dass es so ist, doch ich weiß es nicht, aber es ist leichter ums Herz, wenn wir daran glauben.«

Epilog

1850. Das 19. Jahrhundert hatte die Hälfte seiner Zeit zurückgelegt und Sachsen dabei seinen technischen Höhenflug begonnen. Die Revolution in den Jahren 1848/49 war mit ihrem politischen

Ziel, das Land in eine Demokratie zu führen, kurz vorher gescheitert. Die Wortführer, wie Robert Blum in Leipzig und der Architekt Gottfried Semper in Dresden, mussten ins Exil fliehen. In Leipzig hatte das Palais des Stadthauptmanns in Flammen gestanden und in Waldenburg hatten Textilhandwerker aus dem erzgebirgischen Oelsnitz und den Nachbarorten, denen die neuen Fabriken Existenzängste bereiteten, das Fürstenschloss niedergebrannt.

Die Bemühungen des aufstrebenden Bürgertums, die Industrialisierung in Sachsen schneller voranzubringen, ließen sich dadurch nicht aufhalten. Es begann eine Zeit, in der – wie einst in England – die Fabrikgebäude ohne jeden architektonischen Anspruch wie Pilze aus dem Boden schossen und Dörfer und Städte in die umgebende Landschaft hineinwucherten. Wanderer sahen nun statt der Kirchtürme zuerst rauchende Schornsteine, wenn sie sich einem Ort näherten. Vor allem über Chemnitz begannen Rauchwolken, das Sonnenlicht zu verdunkeln.

Die Rolle des Wasserrads als Energiequelle war zu Ende. Neben jeder historischen Spinnmühle standen nun Kessel- und Maschinenhaus sowie ein hoher Schornstein. Da auch die Dampfmaschinen Wasser benötigten, entstanden die Fabriken in Städten am Wasser. Wie Perlen an der Schnur bildeten sich Industrieorte an Wasserläufen, die vom Gebirge in Richtung Zwickau, Chemnitz, Leipzig, Dresden und durch die Lausitz flossen.

Auch Evan Evans hatte im Alter noch eine Dampfmaschine für den Antrieb seiner Werkzeug- und Spinnmaschinen genutzt.

Nach seinem Tod führte Sohn Eli Evans als alleiniger Eigentümer die Unternehmen erfolgreich weiter.

Als 1839 von Leipzig aus eine Ferneisenbahn in Richtung Dresden den Betrieb aufnahm, war für Sachsens Industrie und Handel der entscheidende Schritt getan, um das Land deutschlandweit an die Spitze der Wirtschaft zu bringen.

Dienlich waren dabei neue verbindliche Maßsysteme. So wurde die rund 0,56 Meter messende sächsische Elle durch das metrische System ersetzt, und die sächsische Postmeile, die bisher mit zwei

Wegestunden, vergleichbar einer Strecke von reichlich neun Kilometern, angegeben wurde, gehörte bald nach 1840 der Vergangenheit an.

Für die Region um Chemnitz war die Entdeckung nutzbarer Steinkohlelagerstätten in der Struth zwischen den Dörfern Niederwürschnitz und Lugau von entscheidender Bedeutung. Die Kohle kam nun aus Schächten, die fast vor der Haustür lagen. Der Zwickauer Maschinenaufseher Carl Gottlob Wolf hatte sie 1844 entdeckt. Wie einst in Schneeberg nach den Funden von Silbererzen, begann nun auch hier in der unbewohnten Ödnis ein wilder Bergbau. Die Ersten, die Schächte teuften, waren neben dem Entdecker Wolf auch der Fürst zu Schönburg-Waldenburg und die Textilkaufleute Meinert. Nun wurde hier, als auch Kohle unter Oelsnitz aufgespürt worden war, das Textilgewerbe vom Bergbau verdrängt. Es wich in die Nachbarorte aus. Fürst Otto Victor zu Schönburg-Waldenburg hatte unter seinen Oelsnitzer Feldern die ergiebigste Kohlelagerstätte gefunden. Er konnte sich dadurch den Neubau seines Schlosses finanzieren. Die Kaufleute Meinert hingegen, denen nun die Textilhandwerker am Ort verloren gingen, hatten weniger Glück mit dem Bergbau. Ihr Herrenhaus wurde nach ihnen zum Bergamt und dann zu einer Rettungsstation mit Wohnungen. Bergschäden und Kriegsbomben zogen es in Mitleidenschaft. Nach 1990 wurde es abgerissen. Vorsorglich hatten die Meinerts 1834 vom Grafen von Hohenthal das Rittergut Crostewitz bei Leipzig erworben. Sie wussten damit jedoch nichts anzufangen. Ein Zweig der Familie Meinert zog nach Dresden. Das Rittergut wurde an den Oelsnitzer Textilhändler Hermann Fiedler verkauft. Dessen Söhne Philipp und Konrad machten es zum Treffpunkt von Malern und Musikern. 1946 wurde die Familie enteignet. Später musste das Gut den Braunkohlebaggern weichen.

Maximilian Speck Freiherr von Sternburg hatte in Lützschena eine große Schafzucht angelegt, baute die Brauerei zur Marke »Sternburg« aus, legte einen Park in der Elsteraue an und ließ ein Galeriegebäude für seine Kunstsammlung errichten, die nun als

Stiftung im Leipziger Museum der bildenden Künste zu bewundern ist.

Aus der architektonisch hochgelobten Fabrik der Gebrüder Meinert in Lugau wurde zunächst eine Fabrik für Messingteile, dann ein Wohnhaus für ledige Bergarbeiter, nach 1933 ein Gefangenenlager für politische Gegner und schließlich in der DDR eine Unterkunft für algerische Gastarbeiter. Nach jahrelangem Leerstand folgte 2016 die Festlegung der Kreisbaubehörde, das schlossähnliche Gebäude unverzüglich abzureißen. Dasselbe Schicksal teilte ein Jahr später die »Höffersche Fabrik«, die letzte palastähnliche Spinnmühle, die nahe Siebenhöfen Johann Christian Uhlig, der vormalige Zimmermeister von Johann Traugott Lohse, gebaut hatte. Lohses letztem Bauwerk, seiner eigenen Fabrik in Schlettau, droht inzwischen ebenfalls der Abriss, wie auch der 1799 gebauten Schafwollspinnerei des Grafen von Einsiedel im Dorf Wolkenburg an der Zwickauer Mulde.

Der größte Fabrikbau vom Beginn der sächsischen Industrialisierung, Evans' Fabrik in Siebenhöfen, brannte 1896 aus. Erhalten blieb der Hauptbau mit seinen 18 Meter hohen Kolossalsäulen. Ein flaches Notdach deckt ihn ab. Der Flügelbau ist verschwunden. Übrig blieb ein Fragment. Sachsens erster Fabrikbau für die Gebrüder Bernhardt von 1798/99 in Harthau an der Zwönitz konnte hingegen durch das Engagement der Chemnitzer Denkmalpfleger als Altenheim gerettet werden.

Viele der alten Spinnmühlen sind bereits im 19. Jahrhundert abgebrannt. Schließlich auch 1915 die von Lohses Konkurrent Uhlig für »Fiedler & Lechla« 1836 gebaute, acht Geschosse hohe Fabrik in Scharfenstein.

So dramatisch wie das Schicksal vieler der ersten sächsischen Fabrikbauwerke war das der Personen, die direkt oder indirekt in ihre Geschichte eingebunden sind, nicht.

Der in der Leipziger Pleißenburg geborene Sohn des Akademiedirektors Hans Veit von Carolsfeld hatte nach dem Abschluss der Gemälde im römischen Casino Massimo, wie erhofft, durch

Bayerns neuen Regenten Ludwig I. in München eine Kunstprofessur erhalten. Zugleich füllte er Wände und Decken der neuen königlich-bayerischen Staatsbauten mit Bildern aus der deutschen Geschichte und Sagenwelt. 1850 war er bereits Professor an der Dresdner Akademie und zugleich Direktor der Dresdner Gemäldegalerie. In Wien hatte er 1827 Marie Heller, die er schon verehrte, als sie noch ein Kind war, zur Frau genommen. In Dresden gehörte zu Julius' Freundeskreis, wie schon in Rom, der Maler und Zeichner Ludwig Richter, der durch seine Märchenbuchillustrationen in dieser Zeit als einer der bekanntesten deutschen Künstler galt.

Doch was war aus den Nachkommen der Steiners geworden, die für den Roman erfunden wurden, um die realen Personen aus Politik und Kunst zu begleiten?

Friedrichs Töchter Marie und Dorothea fanden Ehemänner, die beim Sächsischen Reiterregiment Karriere machten und mit denen sie nach Dresden zogen. Friedrichs Enkel Carl Eduard war Korporal bei den Reitern in Marienberg. Er plante bereits um 1850, den Werbern aus dem neuen Kohlerevier ins erzgebirgische Oelsnitz zu folgen. Man hatte ihm die gut bezahlte Stelle eines Bergwerksaufsehers angeboten. Die Kinder von Beate, der Schwester von Friedrich und Carl Steiner, heirateten Handwerkerkinder aus der Gegend um Geringswalde.

Carl Steiner war mit Hilfe seines Gönners, dem sizilianischen Großgrundbesitzer, nach Sizilien geflohen. Als er erfuhr, dass er nicht zum Mörder geworden war und als freier Mann hätte nach Rom zurückkehren können, hatte er sich bereits im Gästehaus seines Mäzens ein Atelier eingerichtet, von dem aus er über die Hügel hinweg zum Ätna blicken konnten. Jeden Tag boten der Vulkan, wenn er nicht von Wolken verdeckt war, und das Meer zu seinen Füßen ein anderes Bild. Bereits nach kurzer Zeit hatte sich Carl in die südliche Landschaft verliebt und kein Bedürfnis mehr, nach Leipzig oder gar Drebach zurückzukehren. Sehr gut verstand er, warum einst Friedrich der Zweite, Enkel von Kaiser Barbarossa, der die Gründung fast aller Orte zwischen Altenburg und Hartenstein veranlasst hatte, nicht im kalten Deutschland leben wollte und das Reich vom südlichen Sizilien aus regiert hatte. Carl lebte zusammen mit seinem Sohn Friedrich und bald auch mit Emilia, einer Hausgehilfin seines adligen Förderers, im Gästehaus, umgeben von den Pflanzen und Früchten des Südens. Emilia versorgte ihn und den Jungen, bis dieser schulpflichtig wurde. Friedrich erhielt wie die beiden gleichaltrigen Zwillinge des adligen Hausherrn Unterricht durch einen Hauslehrer. Doch er war den Zwillingen im Denken und ebenso in praktischen Dingen deutlich überlegen. Das machte Probleme. Carl erhielt von seinem Gönner deshalb für Friedrich zunächst einen eigenen Hauslehrer und dann, als er alt genug dafür war, das Angebot, einen Studienplatz in Rom zu finanzieren. Friedrichs Interesse galt dem Bauen aus Gestein. Das hatte er vom Großvater geerbt. Er beendete das Studium als Zivilingenieur und hatte sich bald auf den Bau von stabilen steinernen Brücken spezialisiert. Mit Beginn des Eisenbahnbaus waren sie für die Bergtäler Italiens unerlässlich geworden. Vater Carl war stolz auf seinen Sohn und in ihm keimte der Wunsch, dass dieser einmal den Namen Steiner zurück ins Erzgebirge bringen möge, um dort beim Bau der großen Steinviadukte für die Eisenbahnen hilfreich zu sein.

Carl Steiner porträtierte nun vermögende Auftraggeber aus Taormina und dem Umland. Er malte Bilder, in denen Licht und Schatten eine besondere Rolle spielten, wie er das kurz vor seiner Flucht in der Sammlung des französischen Diplomaten entdeckt hatte. Als er Friedrich auf einem guten Weg wusste, brach er mit seinem Mäzen zu zwei großen Reisen übers Meer auf. Er erreichte Madrid und sah dort Werke Goyas und kam schließlich bis Paris, um das »Floß der Medusa« und auch eine Vielzahl von Bildern zu sehen, von deren Malern er noch nie etwas vernommen hatte. Die Bilderinnerungen an Drehbach und Geyer, sogar von Leipzig und der Pleißenburg waren dabei verblasst. Doch der Palast der Arbeit in Siebenhöfen stand ihm auch in der Ferne immer noch vor Augen, wenn er an die großen Mühen dachte, die das monumentale Bauwerk gefordert hatte. Seinem Sohn hatte er das Bauwerk mit vielen Details aus der Erinnerung skizziert und sogar den Weg dorthin aufgezeichnet. Er war überzeugt, dass Friedrich Evans' Fabrik einmal mit eigenen Augen sehen würde.

Nachwort

Der Anlass, diesen Roman zu schreiben, war für mich der Abriss des letzten in kompletter Form im Erzgebirge erhaltenen Fabrikgebäudes im Stil der »Palastarchitektur« im Jahr 2016. Gebaut hatte es 1813 der erste sächsische Fabrikbaumeister Johann Traugott Lohse für die Kaufleute Meinert aus Oelsnitz/Erzgebirge. August Schumann, Vater des Komponisten Robert Schumann, hatte das Bauwerk als das schönste beschrieben, das neben einigen Schlössern damals im Schönburger Land entstanden war.

Mehr als zwei Jahrzehnte hatte ich gemeinsam mit Denkmalpflegern und einigen kulturbewussten Bürgern gegen den Verfall des Hauses und für eine Rettung gekämpft. Die Mühen waren erfolglos. Ein amtlicher Federstrich hat das Schicksal des Baudenkmals besiegelt.

Wenigstens in Worten will ich mit diesem Roman nacherlebbar machen, wie Sachsens Industrie im Erzgebirge entstand, wie die Menschen damals lebten und was in den politisch wechselvollen Zeiten ihre Lebensziele und Sorgen waren. Einige von ihnen zogen in die Handelsstadt Leipzig und auch weiter in die Welt hinaus bis Wien, Paris oder gar Rom. Manche von ihnen kamen zurück nach Sachsen. Carl Steiner, dem Helden des Romans, der sich zwischen vielen der historisch verbürgten Persönlichkeiten bewegt, wird das nicht vergönnt. Seine Spur geht in Rom verloren, doch die Chance, dass sein Name wieder in der Heimat auftaucht, bleibt erhalten. Alle Handlungen und Dialoge sind frei erfunden. Sie vollziehen sich jedoch vor realen historischen Hintergründen und in Gebäuden, die noch existieren oder einst bestanden.

Handelnde fiktive Personen

Carl Christian Steiner; Steinmetz und Maler aus Drebach, verschollen in Rom

Christian Carl Steiner; Steinmetzmeister, Vater von Carl Steiner

Anna Christine Steiner; geb. Bauer; Mutter von Carl Steiner

Friedrich Gottlob Steiner; Steinmetz- und Maurermeister und *Beate Sophie Steiner*; ältere Geschwister von Carl Steiner

Johann Ehregott Steiner; Stallmeister auf Schloss Wolkenburg und *Maria Johanna Steiner*; Großeltern von Carl Steiner

Karl Johann Steiner; Onkel von Carl Steiner

Ludwig Graf; Maler, unehelicher Sohn des Grafen von Hohenthal und *Georg Bauer*; beide Maler und Reisegefährten von Carl Steiner in Rom

Andreas Hans Kretzschmar, Johann Georg Hähnel und Martin Bamberger; Maurermeister beim Bau in Siebenhöfen

Marie, Christiane Luise Meinert, Susanne Schnorr, Johanna Bergmann, Giulietta Pucceti; Geliebte von Carl Steiner

Handelnde reale Personen

Johann Traugott Lohse (1760–1836); Erster Baumeister von Fabriken in Sachsen und Kirchenbaumeister

Christian Friedrich Uhlig (1774–1845); Zimmermeister von Johann Traugott Lohse, danach eigenständiger Kirchen- und Fabrikbaumeister

Evan Evans (1765–1844); Werkmeister in Manchester und Harthau, Erfinder, Maschinenfabrikant und Spinnereibesitzer in Geyer und Siebenhöfen

Lowry Evans (1771–1836); Ehefrau von Evan Evans

Anna, Carl Ludwig, Eli und Laura Evans; Kinder von Evan und Lowry Evans

Christoph Christian August Meinert (geb.: unbek.–gest. 1843) und *Johann Carl Meinert (1783–1855);* Inhaber des Welthandelsunternehmens und der Spinnerei Gebr. Meinert

Wilhelm Gotthelf Lohrmann (1796–1840); Architekturstudent, später königl. sächs. Landvermesser, Gelehrter

August Schumann (1773–1826); Reiseschriftsteller und Verleger in Zwickau

Fürst Otto Victor I. von Schönburg-Waldenburg (1785–1859); Fürst zu Schönburg, Ritterguts- und Bergwerksbesitzer, Kirchenpatron in Oelsnitz/Erzgeb.

Detlef Graf von Einsiedel (1737–1810); Konferenzminister von Sachsen, Kreishauptmann von Leipzig, Präsident der Ökonomischen Sozietät in Leipzig, Gießerei- und Spinnereibesitzer

Detlef Carl Graf von Einsiedel (1773–1861); Sohn von Detlef Graf von Einsiedel, Konferenzminister von Sachsen

Bernhard von Lindenau (1779–1854); Jurist, Astronom, Kunstmäzen, Konferenzminister von Sachsen

Hans Veit Schnorr von Carolsfeld (1764–1841); Jurist, Maler und Grafiker, Akademiedirektor in Leipzig

Wilhelmine Schnorr; zweite Ehefrau von Hans Veit Schnorr von Carolsfeld

Julius Veit Hans Ritter Schnorr von Carolsfeld (1794–1872); jüngster Sohn aus erster Ehe von Hans Veit v. Carolsfeld, Maler Grafiker in Rom, München, Dresden, Direktor der Dresdner Gemäldegalerie

Anna Charlotte Schnorr und Auguste Luise Schnorr; Töchter aus zweiter Ehe des Hans Veit Schnorr v. Carolsfeld

Maximilian Speck, dann Freiherr Maximilian Speck von Sternburg (1776–1856); Wollhändler, Rittergutsbesitzer, Kunstsammler und Mäzen

Friedrich Overbeck (1789–1869); Maler im Freundeskreis von Julius Schnorr von Carolsfeld

Ludwig Richter (1803–1884); Maler und Grafiker

Carl Stülpner (1762–1842); Soldat, Wilderer, Geschichtenerzähler, legendäre Person im Erzgebirge

Quellen

Gross, Reiner: Geschichte Sachsen, Leipzig, 2001.

Guratzsch, Herwig: Julius Schnorr von Carolsfeld 1794–1872, Katalog der Ausstellung im Museum der bildenden Künste Leipzig, Leipzig, 1994.

Henschel, Walter: Aus den Anfängen des Fabrikbaus in Sachsen in Wissenschaftliche Zeitschrift der Technischen Hochschule Dresden, Dresden, 1953/54.

Herschel, Klaus-Peter: Evan Evans (1765–1844), Leben und Werk des Förderers des Maschinenbaus und der maschinellen Baumwollspinnerei in Sachsen, Geyer: Tannenberg, 1999.

König, Albin: Die Sächsische Baumwollindustrie am Ende des vergangenen Jahrhunderts und während der Kontinentalsperre, Leipzig, 1899.

Krieg-von Hößlin, Stefan: Zum Werk von Johannn Traugott Lohse, in: Jahresheft des LfD 2018, Dresden, 2018.

Naumann, Günter: Sächsische Geschichte in Daten, München/ Wiesbaden, 1991/2003.

Prospetto dell'alma città Roma visito dal Monte Gianicolo, 1765 (Archiv Grassi-Museum Leipzig).

Schumann, August: Vollständiges Staats-, Post- und Zeitungslexikon von Sachsen, Zwickau, 1814–1833.

Sternburg, Wolf-Dietrich von: Geschichte der Ritter v. Speck Freiherren v. Sternburg, Leipzig, 2015.

Archive

Archiv der Hochschule für Grafik und Buchkunst Leipzig
Bibliothek des Museums der bildenden Künste Leipzig
Kreisarchiv Pfaffenhain
Privatarchiv des Autors
Stadtarchiv Oelsnitz/Erzgeb.

Bernd Sikora wurde 1940 im erzgebirgischen Stollberg geboren und verbrachte seine Kindheit und Schulzeit in Oelsnitz im Erzgebirge. Er studierte in Leipzig Architektur und Hochbau, war danach als Architekt für Sport- und Messebauten tätig, bevor er nach einem zweiten Studium die Hochschule für Grafik und Buchkunst in Leipzig mit einem Diplom für angewandte Grafik abschloss. Seitdem ist er freiberuflich als Grafiker, Architekt, Buch- und Theaterautor sowie bildender Künstler tätig. Er unterrichtete nebenberuflich an Universitäten und Hochschulen wie zuletzt zur Geschichte der Industriearchitektur an der TU Bergakademie Freiberg. Seit 1990 engagiert er sich für den Erhalt historischer Bauwerke und Stadträume sowie neue Architektur. Er publizierte erfolgreich viele Bildbände und kuratierte Ausstellungen vornehmlich zur sächsischen Industriearchitektur. Im Mitteldeutschen Verlag erschien seine Autobiografie »Balanceakte. Ein Leben zwischen Kunst, Architektur und Politik« (2017). Bernd Sikora lebt und arbeitet in Leipzig.

Umschlagabbildung: Spinnmühle von Evan Evans in Siebenhöfen; Zeichnung um 1880 von Paul Richard Evans (1855–1909)

www.mitteldeutscherverlag.de

Gesamtherstellung: Mitteldeutscher Verlag, Halle (Saale)

Lektorat: Dr. Ursula Beilke, Dresden

ISBN 978-3-96311-384-0

Printed in the EU